Rainer Bressler, Jurist im Ruhestand und Schriftsteller, geboren 1945, ist Schweizer und lebt in Zürich. In den Jahren 1980 bis 1993 profilierte er sich als Hörspielautor, dessen Hörspiele von Radio DRS produziert und ausgestrahlt wurden.

Bisherige Veröffentlichungen:

7 Hörspiele (Tom Garner und Jamie Lester, Morgenkonzert, Folgen Sie mir, Madame, Aufruhr in Zürich, Nächst der Sonne, Geliebter / Geliebte, Gaukler der Nacht, Beinahe-Minuten-Krimi), produziert und ausgestrahlt in den Jahren 1979 bis 1993

Geliebter / Geliebte. 8 Hörspiele, Karpos Verlag, Loznica 2008

Privatzeug 1856 bis 2012. Versuch einer Spurensuche, 5 Bände (Spur 1 Reisen, Spur 2 Spielen, Spur 3 Schreiben, Spur 4 Dichten, Spur 5 Weben), BoD Norderstedt 2012 bis 2016

Pink Champagne. Satirischer Roman, BoD 2020

Schattenkämpfe. Biografischer Roman, BoD 2020

Kraut & Rüben. Kurzgeschichten, BoD 2020

Reise-Impressionen. Erzählungen, BoD 2020

Fenstersturz. Krimi-Satire, BoD 2020

Texturen. Krimi-Satire, BoD 2020

Gärung

Roman

Rainer Bressler

Lektorat und Korrektorat: Rainer Bressler
Umschlagbild: Rainer Bressler
www.rainerbressler.ch

Die Handlung sowie die Personen sind frei erfunden.
Ähnlichkeiten mit Tatsächlichem sind nicht beabsichtigt.

Herstellung und Verlag: BoD – Books on Demand,
Norderstedt

ISBN: 978-3-7519-9725-6

Bibliografische Information der Deutschen
Nationalbibliothek:
Die Deutsche Nationalbibliothek verzeichnet diese
Publikation in der Deutschen Nationalbibliografie;
detaillierte bibliografische Daten sind im Internet über
http://dnb.dnb.de abrufbar.

‚Gärung' wurden erstmals in ‚Privatzeug 1856 bis 2012. Versuch einer Spurensuche. Spur 4 Dichten', BoD 2014, unter dem Pseudonym Gen Wil veröffentlicht.

Also ... Personen und Handlung dieses Buches
sind erfunden. Ähnlichkeiten mit lebenden oder
toten Personen sind zufällig. Hm ... stimmt
das? Immerhin habe ich in diesem Buch
versucht, mich an meine Kindheit und Familie
zu erinnern. Tja, ich denke, das Schlüsselwort
ist „versucht". Nach allem, was man so hört
und liest oder selber merkt, ist das Gehirn wenig
an präziser Erinnerung interessiert. Davon
wird im Folgenden noch die Rede sein. Also:
letztlich würde ich sagen: Erinnerungen sind
Fiktion. Und damit alles, was im Buch
vorkommt.
  Sprechblase aus Volker Reiche.
  Kiesgrubennacht. Graphic Novel. suhrkamp
  taschenbuch, S. 5

DIE JÜNGSTE WENDUNG DER DINGE

Sämi Bocksberger lacht sich ins Fäustchen. Protest (laut oder leise) lohnt sich, lohnt sich nicht, das ist hier die Frage. Fraglos ist (innerer oder äusserer) Protest eine Tatsache. In dieser oder einer anderen Form. Quod esset demonstrandum. Was zu beweisen wäre.

Die Ruhe vor dem Sturm. Bocksberger steht im vorderen Viertel des grossen Saals. Er lässt seinen Blick über das Geschehen schweifen.

Bocksberger nimmt zum ersten Mal an einem SP-Plausch teil. Der SP-Plausch ist ein traditioneller, alle zwei Jahre stattfindender geselliger Anlass der SP der hiesigen Stadt im Volkshaus, an dem gesetzte Genossinnen und Genossen, deren Freunde und zugewandte Orte, einzelne Mitglieder anderer Parteien und allfällige Spitzel der Rechten sich ein Stelldichein geben. Bocksbergers Freund, Dietsch Schaufelberger, ist Mitglied der SP und kennt all die Eggers, die Müllers, die Meiers, die Sturzenggers und wie sie alle heissen. Schaufelberger liebt Klatsch + Tratsch. Bocksberger ist scharf auf Schaufelbergers Klatsch + Tratsch.

Ausnahmsweise lässt Bocksberger sich in Schaufelbergers Aktivitäten hineinziehen.

Einmal überredete Schaufelberger Bocksberger, ihn in den Pfuusbus zu begleiten. Er, Schaufelberger, habe im Namen der Partei beim Obdachlosenpfarrer den Besuch einer Delegation seiner Kreispartei in dessen im Winter betriebenen Notschlafstelle für Obdachlose angekündigt. Nun hätten alle andern Vorstandsmitglieder der Kreispartei gekniffen. Alleine könne er nicht als Delegation auftreten. Bocksberger müsse ihm aus der Patsche helfen und ihn begleiten.

Wie beinahe alle Leute kennt Bocksberger den umtriebigen Pfarrer und sein Werk aus den Medien. Gutmenschen misstraut Bocksberger. Dennoch ist er neugierig darauf, diesen ominösen Pfuusbus einmal aus der Nähe zu sehen. Schaufelberger gegenüber ziert er sich, um ihn dennoch gespannt und in freudiger Erwartung zu begleiten.

Der Pfarrer begrüsst Schaufelberger und Bocksberger überschwänglich im Kreise seiner Obdachlosen, die er Freunde nennt, und der freiwilligen Helferinnen und Helfer. Er beginnt sogleich, Schaufelberger und Bocksberger das Konzept des Pfuusbus zu erläutern.

Der Pfuusbus ist ein Sattelschlepper, der von anfangs November bis Mitte April auf einem öffentlichen Parkplatz in einem Aussenquartier der Stadt aufgestellt ist. Im Bauch des Sattelschleppers befinden sich neben einer kleinen Küche mit Esstisch und Essbank gegen zwanzig Schlafkojen. An den fest platzierten Sattelschlepper angebaut sind ein Boden aus einfachen Holzplanken und darüber ein Zelt, das Vorzelt. Der Eingang zum Pfuusbus befindet sich im Vorzelt. Im Vorzelt befinden sich lange Tische und Bänke und dahinter genügend Platz, um weitere Matratzen als Schlafplätze auszulegen. Vom Boden des Vorzeltes führt eine schmale Metalltreppe rauf zum Seiteneingang des Sattelschleppers, in die Küche zuerst und dann links nach hinten in den Bauch, wo die Schlafkojen sind. Insgesamt verfügt der Pfuusbus über achtunddreissig Schlafplätze. Tagsüber sind Pfuusbus und Vorzelt geschlossen. Um sieben Uhr am Abend werden Vorzelt und Pfuusbus für Besucherinnen und Besucher geöffnet. Obdachlose flüchten sich vor der Kälte in den Pfuusbus, werden von Polizei und Anlaufstellen für Menschen in Not hergewiesen oder – gebracht. Sobald der Pfuusbus jeweils wieder für die Wintersaison geöffnet ist, spricht es sich herum. Es gibt Stammgäste, die die ganze Saison über oder einen Teil davon im Pfuusbus übernachten. Andere Gäste kommen für eine oder wenige Nächte. Ein Hüttenwart sorgt für Ordnung und verteilt die Schlafsäcke und weist die Schlafplätze zu. Manche Besucherinnen und Besucher kommen mit ihren Hunden. Besucherinnen und Besucher mit Hunden werden zu Matratzen im Vorzelt gewiesen, wo sie ihre Hunde bei sich haben können. Freiwillige Helferinnen und Helfer bereiten in Dreierteams das Nachtessen für die Besucherinnen und Besucher zu. Von weiteren Mitarbeiterinnen und Mitarbeitern erhalten die Besucherinnen und Besucher nach Wunsch und Bedarf seelsorgerische und solzialarbeiterische Hilfe. Im Sinne des Pfarrers ist der Pfuusbus das niederschwelligste Übernachtungsangebot für die Schwächsten der Schwachen, und zwar unentgeltlich.

Am Abend als Bocksberger und Schaufelberger den Pfuusbus besuchen, taucht zufällig auch ein Staatsanwalt mit einer weiblichen Begleitung als weitere am Projekt interessierte Gäste auf. Die Aufmerksamkeit des Pfarrers wechselt zum Staatsanwalt und dessen Begleitung. Schaufelberger mischt sich plaudernd unter die bereits zahlreich erschienenen und an den Tischen beim Nachtessen sitzenden Besucherinnen und Besucher. Bocksberger steht zuerst verloren herum. Setzt sich dann auf eine Bank an einen der langen Tische, mitten unter die Leute. Beobachtet die Situation. Die Begleitung des Staatsanwalts, eine ältere Dame, stürzt sich auf ihn, tut so, als ob sie und Bocksberger alte Freunde sind und quetscht ihn aus, ob er im Pfuusbus als freiwilliger Helfer mitarbeite. Sie bewundere Menschen, die ihre Freizeit opferten, um diesen armen Leuten zu helfen. Bocksberger schnauft auf, als Schaufelberger zum Aufbruch mahnt. Kaum sind sie draussen, fragt Schaufelberger Bocksberger, ob er nicht vorgezogen hätte, sich noch etwas von Amanda Pfau bezirzen zu lassen.

„Wer ist Amanda Pfau?"

„Ach, so unschuldig kann bloss mein Freund Bocksberger sein! Flirtet heftig mit einer Dame und weiss nicht einmal, wie sie heisst. Obacht. Sie ist SVP. Nein, halt: FDP, doch mit einem Drall nach SVP, stramm liberal und national denkend."

Bocksberger hat den Horror vor Parteiveranstaltungen. Während er im grossen Saal des Volkshauses am SP-Plausch alleine herumsteht, mag er nicht darüber nachdenken, welches Zusammenspiel von unerwarteten Dingen dazu geführt hat, dass er hier und erst noch äusserst gespannt darauf ist, wie die Abendunterhaltung beginnt und sich entwickeln wird.

Aus Schaufelbergers Schilderungen kennt er den üblichen Ablauf dieses Anlasses. Aperitif mit Vorprogramm im grossen Saal. Wobei dieser Teil von hübscher Hintergrundmusik begleitet wird. Dieser Programmteil beendet eine launige Rede des jeweiligen Präsidenten der Stadtpartei. Dieses Jahr, wie bereits seit einigen Jahren, ist Egger Präsident der Stadtpartei. Ihm eilt der Ruf voraus, vor Geist zu sprühen. Daher halten die Besucherinnen und Besucher des SP-Plauschs sich die Bäuche vor Lachen, bevor Egger seinen Mund richtig geöffnet hat. Eine Witzfigur sei Egger dennoch nicht, meint Schaufelberger. Egger besitze keinen Humor. Vielleicht sei es dieses Manko, das ihn zur Witzfigur werden lasse. Auf jeden Fall lachten die Leute, sobald Egger zu reden beginne. Kurz bevor Egger seine Rede beende, mindestens aber wenn die Rede zehn Minuten gedauert habe, stürzten sich die besonders wachen Besucherinnen und Besucher in die verschiedenen umliegenden Säle, wo lange Tische vorbereitet seien und das Büffet mit Antipasti und Pasta à discrétion aufgedeckt sei. Die Ersten ergatterten für sich und ihre Gruppe die besten Plätze, belegten ganze Stuhlreihen, reckten kreischend ihre Köpfe in die Höhe und winkten mit ausholenden Bewegungen, um ihren Freunden auch ja zu kommunizieren, dass sie hier seien und Platz für alle belegt hätten. Hätten die Leute sich die Bäuche vollgeschlagen, gehe es zurück in den grossen Saal. Dort spielt die Big Band der Arbeiterjugendmusik zum Tanz auf.

Wenn Hunde und Pferde nicht zu Malern und Schriftstellern werden, so mag das selbstverständlich sein. Wenn aber Menschen, welche im Besitze eines intakten Gehirnes, dazu noch geübte Denker sind und Ambitionen und Strebungen genug haben, trotz einem brennenden Wunsch keinen originellen Gedanken, keine sie befriedigende geistige Leistung vollbringen, so ist das für mich ein Tatbestand, welcher noch mehr Rätsel aufgibt, als die glänzendste geistige Leistung.

Boris Pritzker in: Marthi Pritzker-Ehrlich (hg.), „Sehnsucht nach der Erfüllung". Forschungen zu Psychose und Psychopharmaka von Dr. med. Boris Pritzker, Frieling Berlin 1997, S. 49

Bocksberger steht alleine da im vorderen Teil des grossen Saales und sieht, dass der Aperitif in vollem Gang ist. Die Besucherinnen und Besucher des SP-Plauschs stehen in kleinen Grüppchen herum. Gläser mit Weiss-, Rotwein oder Prosecco oder Bierflaschen in den Händen. Begrüssen sich überschwänglich, hauchen sich flüchtige Scheinküsse auf die Wangen, klopfen sich auf die Schultern, plaudern munter. Fühlen sich offensichtlich pudelwohl im bewährten, bekannten Kreis bei breit ausgewalzter Gemütlichkeit. Das übliche Bild der Stehparty, an der Leute zusammentreffen, die sich kennen, beherrscht, schätzt Bocksberger, vier Fünftel des grossen Saales. Eine Horde von Kids steht dicht gedrängt um die Bühne. Bildet einen Gürtel. Dann ein praktisch leerer Zwischenraum. Daran schliesst sich das übliche Bild einer Stehparty an. Bocksberger staunt, wie abgesondert die Kids von den Stammgästen sind. Wie die beiden Gruppen sich nicht vermischen. Sich wohl auch nicht beachten. Schaufelberger hatte Bocksberger gegenüber nichts von Kids erwähnt, die den SP-Plausch besuchen. Bocksberger schliesst daraus, dass die Anwesenheit dieser Kids eine Ausnahmeerscheinung ist. Kids in Hip-Hopper Kleidung, manche im Gothic Look. Eine schrille, bunte Menge, die begierig in Richtung Bühne agiert und die Typen auf der Bühne anfeuert.

Bocksberger schaut auf die Bühne hinauf. Stellt sich auf Zehenspitzen, um über die Köpfe der Kids hinwegzusehen. Stellt freudig fest, dass die Jungs von der Band ‚Rebellen mit Grund' sich auf ihren unmittelbar bevorstehenden Auftritt vorbereiten. An ihren Instrumenten rummachen. Auch der Rotzbengel in seiner Hip-Hopper Hose und dem Hoodie, die Kapuze hochgezogen. Unter der Kapuze eine Strickmütze, die er beinahe bis zu den Augen runtergezogen hat. Bocksberger wundert sich, dass der Rotzbengel in diesem Aufzug nicht verschmachtet. Teenager ticken klar anders. Bocksberger fragt sich, ob der Rotzbengel für seinen Rapper-Auftritt Kapuze und Strickmütze ablegt. Glaubt sich zu erinnern, dass der Rotzbengel bei dessen Auftritt im Knast 5, in den Bocksberger zufällig hineingeraten war, ebenfalls Strickmütze und Kapuze getragen hatte. Die Jungs spielen sich mit Finger- und Blasübungen auf ihren Instrumenten ein. Der Typ am Synthesizer macht an Knöpfen rum, die den Klang verändern. Rufe von der Ebene der Kids auf die Bühne rauf. Grinsen und freundlich blitzende Blicke von unten hinauf auf die Bühne und von der Bühne hinunter in die Menge der Kids. Gleich wird es losgehen, denkt Bocksberger. Er wendet sich um. Bewegt sich in Richtung hinterer Saalausgang und Eingangshalle. Um ein Auge voll zu nehmen, wie Egger, Schaufelberger und das restliche OK, Organisations-Komitee des SP-Plauschs, die Ankommenden begrüssen.

Mit Genugtuung stellt Bocksberger fest, dass das Stammpublikum sich selber genügt und nur zur Kenntnis nimmt, was ihm vertraut ist. Weder auf die Kids, noch auf die sich auf der Bühne auf ihren kurz bevorstehenden Auftritt vorbereitende Band achtet. Der Schock wird umso grösser sein, sobald die Band loslegt.

> *German Playwright Bertolt Brecht added elements of displeasure and the unknown to familiar everyday occurrences to utilize an 'alienation effect' to his plays, where the audience was made to face actual conditions that are unpredictable in the real world. 'BASARA', as well, possesses the same function of breaking down pre-established harmony.*
>
> *Tenmyouya Hisashi, BASARA. Japanese art theory crossing borders: from Jomon pottery to decorated trucks, 2010, Seite 015*

Bocksberger fühlt sich wie ein einsamer Wolf, der im Dickicht einer Pflasterstein- und Betonöffentlichkeit herumstreicht. Er erreicht den hinteren Ausgang des Saales. Sein Blick fällt auf das zu beiden Seiten der Flügeltüre aufgebaute Aperitif-Büffet und auf die Besucherinnen und Besucher, die vereinzelt noch in den Saal kommen. Sie wenden sich dem Büffet zu. Bewaffnen sich mit einem Glas oder einer Bierflasche. Wenden sich um und lassen ihre Blicke in die Runde schweifen, während sie sich langsam auf die Menge zubewegen. Sobald sie Bekannte erspähen, beschleunigen sie ihren Schritt.

Plötzlich blitzt in Bocksbergers Kopf ein Bild auf, das er zuvor bloss flüchtig aufgenommen hatte. Das ihm erst jetzt ins Bewusstsein rutscht. Ihn irritiert. Er wendet seinen Kopf noch einmal zurück. Nach links. Zur Seitenwand hin.

Wo bloss vereinzelte Gestalten sich aufhalten. Richtig! Da steht er noch. Eine Figur wie aus einem Science Fiction- oder einem Agenten-Film. Dieser zweite Blick lässt die Gewissheit aufquellen, dass er ähnliche Figuren unbewusst im Saal und in der Eingangshalle bereits wahrgenommen hatte.

Überall stehen roboterähnliche Männchen herum. Männchen mit rasierten Schädeln, Kugelköpfen, Body-Builder-Figuren, dunkler Kleidung, dunklen Hemden mit dunklen Krawatten, knopfgrosse Stecker in einem Ohr, wohl Mini-Kopfhörer. Fehlt nur noch die Sonnenbrille. Diese Männchen mischen sich unauffällig, mit klarem Dispositiv, gespielt zwanglos, unter die Leute. Im Saal, in der Eingangshalle. Sie fallen dem, der flüchtig schaut und gezielt bekannte Gesichter sucht, nicht auf. Sie stehen in sich ruhend, selbstgenügsam, ohne Getränke herum. Wie bestellt und nicht abgeholt, denkt Bocksberger. Geworfen. Mit wie mechanisch über das Geschehen peilenden Blicken.

Bocksberger kann es nicht fassen. Hat das OK tatsächlich Sicherheitsgorillas angemietet! Bocksberger muss unbedingt sofort Schaufelberger, der dem OK angehört, auf das lächerliche Sicherheitsdispositiv ansprechen.

Bocksberger geht zurück in die Eingangshalle, sucht den Blickkontakt mit Schaufelberger. Dieser steht beim Eingang. Er begrüsst, zusammen mit Egger, der Knüsli und der Reingauer, die Ankommenden mit Handschlag und gemütlicher Fröhlichkeit. Schaufelberger bemerkt Bocksberger, der im Abseits an eine Wand gedrückt wartet. Schaufelberger versteht Bocksbergers Blick. Verstohlen wirft Schaufelberger Bocksberger zwischen zwei Begrüssungen einen Blick zu, verdreht seine Augen und schneidet eine unmissverständliche Grimasse. Bocksberger steht möglichst abweisend herum. Er geht gezielt Höflichkeitsbegegnungen aus dem Weg.

Bocksberger lauert darauf, bis Schaufelberger frei ist und er ihn kurz angehen kann. Dieser geplanten und durchorganisierten Scheinidylle, brodelt es in ihm, gehört ein richtiger Aufruhr. Verstörend, provokant. Ein Aufruhr, der die Gemüter in Wallung bringt. Ein Blick auf seine Armbanduhr zeigt ihm, dass es in wenigen Minuten losgehen wird. Er freut sich wie ein Kind, dass gleich das Feld umgepflügt werden wird und die Wurzeln der aufgesetzten Etabliertheit ausgerissen werden.

Bocksberger war bloss seinem Freund Schaufelberger zuliebe vor Jahren in die SP eingetreten. Seine Aktivität in der Kreispartei 7 beschränkt sich auf das Bezahlen des Parteibeitrags. Im Gefolge Schaufelbergers hat er lustlos oberflächliche Kontakte mit Genossinnen und Genossen, mit lokalen Parteigrössen und selten auch mit auf nationaler Ebene für die SP agierenden Charismatikern über sich ergehen lassen. Dabei auch Einiges mitbekommen, was seinen Enthusiasmus für die Partei nicht ausgesprochen befeuert. Er tröstet sich damit, dass die anderen Parteien für ihn überhaupt nicht in Frage kommen, er rein ideell sich, wenn überhaupt einer Partei, dann der SP verbunden fühlt. Diese grundsätzliche Verbundenheit wegen konkreter und/oder personeller Mängel nicht in Frage gestellt wird. So dümpelte seine SP-Mitgliedschaft im Brackwasser eines mehr oder weniger gelingenden Alltags. Bis seine Parteizugehörigkeit sich für eine Kandidatur für eine Behördenstelle als glücklicher Zufall zu erweisen schien.

Dieser Zufall löste einen Höhenflug aus, der – im Nachhinein betrachtet – nicht anders als in einem Absturz enden konnte. Der Sturz Bocksbergers hatte für die SP-

Leitung von Anfang an festgestanden. Bewirkte einen Riss zwischen Bocksberger und den Exponenten dieser und aller anderen Parteien. Ausser mit seinem Freund Schaufelberger. Seit diesem Riss begegnet Bocksberger denen, die ihn ins Messer hatten laufen lassen, locker. Versucht aber, ihnen geflissentlich aus dem Weg zu gehen. Egger hatte er beim Betreten des Volkshauses die Hand schütteln müssen. Bocksberger hatte Egger frech angegrinst. So getan, als ob nichts gewesen ist. Jetzt steht er grinsend mitten in der Löwengrube, die keine Löwengrube ist, weil er die Raubtiere als Papiertiger erkannt hat. Er denkt, wenn sie wüssten, wenn sie wüssten!

Ihr werdet noch staunen! Er hätte im Stile von Melvilles Bartleby süffisant hinwerfen können, ich würde lieber nicht! Und sich dieser Umwelt verweigern können. Wohin es bei Bartleby geführt hatte, ist bekannt. Daher zieht Bocksberger es vor, als süsse Rache einen Aufruhr anzuzetteln. Auf diese Art sein Glaubensbekenntnis abzugeben. Im Wissen darum, dass jede Opposition reflektiert sein muss. In die richtige Form zu bringen ist. Damit er, als Aufrührer, nicht aus der Gemeinschaft herausfault.

Das Befremden über die Zustände in der eigenen Umgebung ist kein Spass. Es macht einen zum Fremden zuhause. Irgendwie muss man es schaffen, wieder zuhause anzukommen, weiss Bocksberger. Wer möchte schon als krakeelender Aussenseiter eine schmierige Spur hinterlassen und dann als Dreck in die Geschichte eingehen. Besser, witzig und frech den Lahmärschen, allen untertänigsten, in vorauseilendem Gehorsam katzbuckelnden, ewiggestrigen, mit Verklärungsblick geschlagenen und für das pulsierende Leben blinden Untertanen einen Spiegel vorhalten. Bloss nicht als Mitläufer die Achtung vor sich selber verlieren.

Lieber kämpfen und ringen mit diesen Menschlein. Sie schütteln. In der Hoffnung, sie zum Nachdenken zu bewegen. Ohne Menschen, ohne Mitmenschen läuft nichts. Zum Glück, grinst Bocksberger, hätschle ich meine Besessenheit und meine Sturheit. Von letzterer besitze ich eine gehörige Portion.

Schaufelberger huscht zu Bocksberger und zischt, sobald ich nicht mehr Händchen zu schütteln brauche, verziehen wir uns mit einem Bier in eine ruhige Ecke. Bocksberger schaut kurz, aber demonstrativ in die Richtung eines nahe beim Eingang zum grossen Saal stehenden Roboter-Männchens. Schaufelbergers Blick folgt dem Blick Bocksbergers. Er lacht, „Ach so!" Egger habe darauf bestanden, nachdem Veranstaltungen der SVP von Chaoten gestört worden seien, dass auch am SP-Plausch ein Sicherheitsdispositiv aufgezogen werde, jedoch unter keinen Umständen die Securitas, die in ihren Uniformen allen auffallen. Er habe verlangt, dass diskret Sicherheit garantiert werde, und ihm die Visitenkarte einer Firma zugeschoben, die den Anforderungen entspreche. Er, Schaufelberger, habe genau das getan, was der Präsident gewünscht habe. Das sei nun das Resultat. Egger habe eben Schiss, dass beim geringsten Vorfall ein Mediengewitter ausbreche.

„Egger spinnt!"

Schaufelberger zuckt mit den Schultern und stürzt sich auf die immer noch Ankommenden, um sie mit Handschlag und breitem Grinsen zu begrüssen.

Die gegen Bocksberger inszenierte Intrige der Parteigewaltigen, nicht nur der SP, aber aller Parteien, auch der Bürgerlichen, hatte für ihn die neuste Wendung der Dinge gebracht.

Bocksberger war vor etwas mehr als einem Monat siegesgewiss auf die Besuchertribüne des Ratssaales zugestrebt. Seine sichere Wahl durch den Gemeinderat genüsslich erwartend. Müller und Knüsli, seine Mitkonkurrenten, hatte er fröhlich begrüsst. Müller hatte ihm zugeraunt, du wirst es schaffen. Knüsli hatte verlegen grinsend fallen lassen, ich bin halt das fünfte Rad am Wagen, das in diesem Fall aus strategischen Gründen da sein muss. Dann hatten sie alle drei Kandidaten zwischen weiteren Besuchern Platz genommen.

Es dauert einige Zeit, bis Traktandum 151 an der Reihe ist. Im ersten Wahlgang erreicht Bocksberger zwar die meisten Stimmen, überflügelt Müller und selbstverständlich Knüsli, der chancenlos ist, verpasst aber das absolute Mehr um wenige Stimmen. Die Tatsache, dass ein zweiter Wahlgang erfolgt, beunruhigt Bocksberger nicht. Er grinste Müller und Knüsli noch immer siegesgewiss zu. Dann beim zweiten Wahlgang, Blitz und Donnerschlag und ein Dolchstoss streckt Bocksberger nieder. Müller erhält 87 Stimmen und hat haushoch gesiegt. Bocksberger schreit vor Schmerz und Jammer stumm auf. Er weiss mit einem Mal: ein abgekartetes Spiel. Er wurde von den Politikern als Spielball missbraucht!

In diesem Moment entstand der Riss. Bocksberger erlebt die Geschichte noch einmal, als ob sie sich erneut abspielt. Ein Film, in den er eintaucht und von dem er weggetragen wird. Er verlässt das Rathaus wie von Sinnen, türknallend (hätte er gerne, doch die Türe des Rathauses hat einen Schliessmechanismus, der sie sanft von selber schliesst und jeglichen Knaller verunmöglicht). Er mischt sich mit brodelndem Kopf unter die Passanten auf dem Limmatquai.

Er stakst vorwärts. Er pflügt sich eine Gasse durch das Gedränge. Plötzlich hält er inne. Ich verspüre eine riesige Hitze, denkt er, dabei ist es hier draussen kühl und windig. Dieser Gedanke bringt ihn, auf dem Limmatquai stehend, nach der Wahlniederlage, in gewisser Entfernung vom Rathaus, zur Besinnung. Mit leichter Verzögerung erinnert er sich wieder daran, dass er den Ort des schamlosen Geschehens wutschnaubend verlassen hatte. Ernüchtert, wie er ist, fragt er sich, ob wenigstens Schaufelberger ihm aus dem Rathaus gefolgt ist?

> *Vorne kein Stauraum für Träume, hinten Romantik*
> *mit Mängeln und in der Mitte jener pralle*
> *Wahnwitz, der unseren Fluchtwunsch verursacht.*
> Markus Werner, Am Hang, Position 412 E-Book

Als sein Freund hätte Schaufelberger ihm unbedingt folgen müssen. Aus Mitgefühl, aus Solidarität, aus Freundschaft eben. Bocksberger wirft angstvoll einen Blick zurück. Der Menschheit ganzer Jammer packt ihn an. Sein Rundblick bestätigt seine schlimmste Befürchtung. Sein Freund folgt ihm nicht.

Bocksberger hätte auf der Stelle losheulen mögen. Kein Schwein kümmert sich um ihn. Er ist allen scheissegal. Alle sind bloss auf sich, ihren Auftritt, ihren Vorteil und ihr Fortkommen fixiert. Bloss er glaubt, immer allen mit seinem Handeln und Reden gefällig sein zu müssen. Nett sein zu allen. Ihnen die gewünschten Stichworte liefern. Damit diese Popanzen ihre Monologe aufbauschen und selbstgefällig rausplätschern lassen können. Man müsste diesen Schön-Mächtig-Reichen und ihren Untertanen einen Brand unter den Hintern legen. Mit einem hochwirksamen

Brandbeschleuniger. Damit es endlich einen Aufruhr gibt. Einen richtigen Aufruhr!

Weshalb, zum Teufel, denkt Bocksberger voller Wut, ist kein RePorter da, dem er, das kleine Würstchen, seine Tragödie brühwarm ins Mikrophon schleudern kann und der dieses Geschehen als Skandal aufgebrezelt in die weite Welt verkauft. Wie verlogen die Politik ist!

Alter Käse!

Bocksbergers Gefühl knickt ein, bevor er diesen Traum zu Ende fantasiert hat. Er fühlt sich lächerlich. Ein kopfloser Hanswurst mitten auf der Strasse. Mitten unter nichtsahnend Eilenden. Bei der Vorstellung, dass ihm der Kopf fehlt (wo ist mein Kopf, Hilfe! Trage ich ihn unter dem linken Arm oder rollt er wie ein Ball davon?) schüttelt ihn unwillkürlich ein Lacher. Er ist sich der jüngsten Wendung der Dinge bewusst und weiss, dass er jetzt unmöglich schnurstracks nach Hause gehen kann. Liza würde triumphieren. Sie müsste ihn auslachen. Und dies zu Recht. Sie wiese ihn darauf hin, dass sie ihm keinen Trost spende, weil sie diese Bewerbung für ein politisch zu besetzendes Amt, wo er doch eine ihm zusagende Stelle habe, von allem Anfang an idiotisch gefunden habe. Ihm wird mit einem Mal bewusst, dass er mitten in einem Gedränge stillsteht. Lacht wie ein Idiot.

Trotzig denkt Bocksberger, alle können mich! Einem vorbeieilenden Typ, der im Vorübergehen den Kopf nach ihm, Bocksberger, zurückverdreht, streckt er die Zunge raus. Der Typ verhaspelt sich in dem Moment mit seinen vorwärtsgeschmissenen Beinen, strauchelt, fängt sich auf, seinen Blick wieder vorwärts gerichtet. Er hat meine Geste nicht mal mitbekommen, denkt Bocksberger bitter. Sich vom Stolperkandidaten abwendend, seinen Blick nach innen richtend, stillstehend, ruhig atmend, irritiert, murmelt Bocksberger erstaunt vor sich hin, ich bin verletzt. Ich leide.

Diese Feststellung erleichtert Bocksberger. Er weiss, woran er ist. Gewinnt neuen Schwung. Setzt sich mit elastischen Schritten vorwärts in Bewegung. Bis er sich, belustigt, doch heftig, fragt, verflixt, wohin gehe ich? Ziellos geht er weiter, wahllos Strassen, Gassen nach links und rechts einschlagend. Seiner Nase nach. Er sieht die Welt mit neuen Augen. Er geniesst Anblicke, die ihm im gewöhnlichen Alltag nie aufgefallen waren. Er denkt darüber nach, wie achtlos der Mensch durch sein Leben wutscht. Selbst wenn das Hasten keine Hast bedeute, sei die nahtlose Folge von Wahrnehmungen, Begegnungen, Dingen, Menschen, Ereignissen ein schwindelerregender Tanz, in dem das kleine Menschlein, nichts Böses ahnend, gefangen ist und selbst den Genuss, wenn es überhaupt in der Lage ist, etwas auch tatsächlich zu geniessen, nicht festzuhalten ist. Das ‚verweile doch, du bist so schön‘ setze klar einen Pakt mit einem Teufel voraus.

Als Bocksberger aufschaut, steht er am Stauffacher. Er weiss nicht weshalb, doch er befindet sich klar am Stauffacher. Er fühlt sich erfrischt, wie neugeboren, hat das ziellose Flanieren auf Boulevards, auf Strassen, auf Gässchen und wieder auf Strassen und Plätzen, dem Schauen und vagen Denken hingegeben, genossen. Die Vorstellung, jetzt ausgerechnet vor einem Starbucks zu stehen, schüttelt ihn. Ironie des Schicksals, nach der Niederlage im Rathaus ein Starbucks! Bocksberger hat noch nie ein Starbucks betreten.

Auch kein McDonalds. Ausser in Okinawa einmal aus reiner Verzweiflung ein Kentucky Fried Chicken. Weil er schlicht nicht mehr die Nerven gehabt hatte, sich an diesem touristisch nicht erschlossenen Ort durch die Fremdheit der einheimischen Restaurants hindurchzuschlagen. Die Chicken Nuggets und der Coleslaw-Salad hatten ihm geschmeckt. Und er hatte sich mit seinem Schicksal, damals, in Japan, in der Fremde, wo er sich total verlassen vorgekommen war, wieder ausgesöhnt.

Bocksberger gibt sich einen Stoss, amüsiert. Auf in den Kampf! Er tastet sich ins Innere des Starbucks vor. Er stellt sich hinten in eine der beiden Warteschlangen vor der Theke. Beide Schlangen sind gleich lang, sehr lang. Ihm ist die Warterei egal. So kann er beobachten, wie es hier vor sich geht, bevor er an der Reihe ist. Orte, die er nicht kennt, machen ihn nervös. Er will sich nicht daneben benehmen. Keinen Idioten aus sich machen. Er wundert sich über sich selber, wie er aus Neugierde auf etwas wartet, das er nicht mag. Er mag nicht Kaffee, trinkt nie welchen. Was hat er hier verloren? Sein Stolz verbietet ihm, sich vorzeitig wegzustehlen. Der Anblick der andächtig wartenden Leute lässt seine Gedanken abschweifen. In Sekundenschnelle rattert ein Erinnerungsfilm durch. Gestochen scharfe Bilder der einzelnen Vorgeschichten seiner schockierenden Nichtwahl durch den Gemeinderat blitzen auf. Kaum aufgeblitzt, spielen sie hübsch chronologisch in Sekundenschnelle, während des Wartens, den Erinnerungsfilm seiner Tragödie ab.

Im radikalsten Sinne lässt sich das Reale der subjektiven Erfahrung nur in Gestalt der Fiktion wiedergeben.

23

Der erste Akt von Bocksberges Tragödie: der Anruf von Theo Güller.

Bocksbergers Vorwissen über Theo Güller: Er mischt überall mit. In der Politik, in der Wirtschaft, in den Medien. Sein Markenzeichen ist die Unauffälligkeit. Als Erscheinung ein dezenter Bürger mit streng gezogenem Scheitel im weissen Haar. Das Haar immer tadellos geschnitten, wie direkt vom Frisör. Obwohl Mitglied der SVP, die in der Region sich als extreme Rechte profiliert, ist Theo Güller moderat und kennt keine Berührungsängste. Aufrecht und sympathisch flutscht er überall durch, ist in der Politik regelmässig Kandidat für höchste Ämter, auch für die Opposition annehmbar, schafft aber keine Wahl, was seinem Ansehen nie schadet und auch nicht verhindert, dass er bei einer nächsten Wahl wieder als Kandidat auftritt. Im persönlichen Umgang ist er offen, geht auf sein jeweiliges Gegenüber empathisch ein und verwirrt vor allem die Leute aus dem oppositionellen Lager, weil er nicht wie ein eingefleischter Rechter daherkommt. In eingeweihten Kreisen ist man gut beraten, sich mit Theo Güller gutzustellen, weil er als graue Eminenz gilt. Bocksberger hat weder beruflich, noch in der Partei eine Position, die ihn für eine Person im Zentrum des öffentlichen Lebens, wie Theo Güller, interessant macht. Dennoch hat er, am Rande jeweils und im Bewusstsein, dass er jemandem vom Format eines Theo Güller keinen bleibenden Eindruck hinterlässt, in zufälligem Small Talk erlebt, wie Theo Güller vom Allerweltsgeschwätz zu einem persönlichen Gespräch wechselt, bei dem Bocksberger sich ihm gegenüber öffnet und ihm dies oder das anvertraut, weil die Zugeneigtheit Theo Güllers ihn umgarnt.

Schaufelberger warnte Bocksberger, Theo Güller tue nichts ohne Absicht. Seine Stärke sei eine weitgespannte Vernetzung. Bocksberger ist erstaunt, gleichzeitig aber auch geschmeichelt, als Theo Güller ihn vor einiger Zeit aus heiterhellem Himmel anruft und sich dabei so vertraut gebärdet, als ob sie dicke Freunde sind.

„Sämi, ich verfolge deine berufliche Tätigkeit seit einiger Zeit und bin tief beeindruckt von deinen Fähigkeiten. Du brauchst nicht weiter erstaunt zu sein, schliesslich geniesst du auf deinem Amt einen guten Ruf. Das haben mir Freunde, mit denen du beruflich zu tun hast, bestätigt. Ich will nicht um den heissen Brei herumreden. Bestimmt hast du längst gemerkt, weshalb ich dich heute anrufe. Ja, ja, der Müller!"

Theatralisch und mit einem Schuss zu viel Ironie presst Theo Güller diese letzte Bemerkung hervor. Bocksberger horcht auf. Er ahnt sogleich, dass Theo Güller ihn, den harmlosen und unbedeutenden Durchschnittsmensch, über Müller aushorchen möchte. Müller hat sich als Kandidat der SP für ein politisch zu bestellendes Amt vorgedrängt und wird, allem Anschein nach, auch offiziell als Kandidat aufgestellt werden. Bocksberger will ausgerechnet Theo Güller gegenüber nicht aus der Schule plaudern. Er hält sich bedeckt und schweigt. Gleichzeitig irritiert ihn, dass Theo Güller ihn trotz der indirekten Aufforderung, sich zu Müller und dessen Kandidatur zu äussern, nicht zu Wort kommen lässt. Theo Güller scheint Bocksbergers demonstratives Schweigen nicht einmal zu beachten. Er redet fröhlich weiter.

„Keine falsche Sorge, Sämi, es wäre fies von mir, falls ich dich über Müller ausnehmen wollte. Zudem sind die Qualifikationen Müllers, beziehungsweise das Fehlen derselben, ein offenes Geheimnis. Nein, nein, mir geht es um etwas ganz anderes, das ich in diesem Zusammenhang mit dir besprechen möchte."

Bocksberger ist gespannt. Die Kandidatur Müllers für dieses Amt hat er bloss am Rande mitbekommen, weil Schaufelberger über alles tratscht. Diese Angelegenheit interessiert ihn mässig. Dennoch ist Einiges von Schaufelbergers Tratsch hängengeblieben. Unter anderem auch, weil Bocksberger beruflich einmal Müller persönlich getroffen hatte.

In einem Fall, wo Müller Auskunftsperson gewesen war. Sich aufgedrängt hatte, um eine Aussage machen zu können. Müller hatte sogar eine Vollmacht der im Fall betroffenen Person beigebracht. Er wollte unbedingt in das Verfahren einbezogen werden. Bocksberger meinte, seine, Müllers, Aussage sei nicht notwendig. Daraufhin spielte Müller sich auf, schmiss mit juristischen, falsch angewendeten Begriffen um sich, so dass Bocksberger klar war, dass Müller nicht Jurist ist. Aus Anstand fragte Bocksberger Müller, ob er Jurist sei. Müller lachte höhnisch.

„In Sachen Recht kann niemand mir etwas vormachen. Ich weiss, wie man die Herren Rechtsverdreher aus dem Busch klopft. Ich kenne das ZGB."

Bocksberger war es zu blöd gewesen, sich mit Müller rumzustreiten. Er hörte sich an, was er zu sagen hatte. Dabei belastete Müller die Person, die er angeblich vertritt. Verschlechtert ihre Situation.

Schaufelberger empörte sich, dass der Parteivorstand Müller als Kandidaten aufstellt. Intern sei zwischen den Parteien klar, dass für dieses Amt ausschliesslich ein Jurist in Frage komme. Es sei ein Skandal, dass unter diesen Voraussetzungen der Parteivorstand mit Müller die grösste Flasche, die nicht einmal Jurist sei, als offiziellen und einzigen Kandidaten präsentiere. Mit Oberli hätte für die SP ein bestens qualifizierter, etwas aufmüpfiger Jurist als weiterer Kandidat zur Verfügung gestanden. Oberli habe neulich zu Recht dem Parteivorstand in einer anderen Angelegenheit Vetternwirtschaft vorgeworfen. Gedroht, damit an die Öffentlichkeit zu gehen. Damit habe Oberli sich beim Parteivorstand unbeliebt gemacht. Müsse abgestraft werden. Oberlis Anmeldung zur Kandidatur sei ohne Begründung zurückgewiesen worden.

Die weiteren Ausführungen zum Fall Müller hatte Schaufelberger genüsslich auf seiner Zunge zergehen lassen. Bocksberger hing ihm gebannt am Munde. Nach der offiziellen Version sei Müller ein armer Tropf, habe seine letzte Stelle, während der Probezeit, nota bene, bereits verloren und befinde sich in Scheidung. Diese Geschichte sei echt berührend und der Parteivorstand könne sich mit der Nomination Müllers als Kandidat als Rettungsengel aufspielen. Tatsache aber sei, dass Parteipräsident Egger, Müller als den fähigsten Mann für dieses Amt bezeichne. Egger habe auch klar gemacht, dass er in der Lage sei, dies zu beurteilen. Wer das Gegenteil behaupte, sei ein Ignorant. Endlich habe die SP wieder einmal Gelegenheit, den andern zu zeigen, dass in elitärem Dünkel errichtete Hürden, die nicht einmal gesetzlich verankert seien, zu beseitigen seien.

Wie Egger dazu komme, ausgerechnet Müller als den fähigsten Mann zu bezeichnen, wüssten wenige, doch er, Schaufelberger, wisse es. Müller habe Egger vor Jahren steuerlich beraten. Bei steuerlicher Beratung gehe es in der Regel darum, Schlupflöcher für ‚Steueroptimierung‘ zu finden, die rechtens oder eben doch nicht ganz so rechtens sind. Auf jeden Fall habe Müller jetzt Egger, und nicht nur Egger, auch andere Mitglieder vom Parteivorstand, in der Hand. Und Müller sei eben scharf darauf, sich den grossen Lohn zu besorgen, den das Amt einbringt.

Bocksberger ist das Thema Müller am Telefon mit Theo Güller peinlich, weil er von dem, was er weiss, insbesondere Theo Güller nichts verraten will.

„Ich sehe“, fährt Theo Güller fort, „etwas schwarz für das abgekartete Spiel deiner SP. Der Anspruch der SP auf die Besetzung des Amtes ist klar. Es steht auch fest, dass der von der SP vorgeschlagene Kandidat vom Gemeinderat gewählt wird, selbst wenn andere Parteien Gegenkandidaten aufstellen, womit aber nicht zu rechnen ist. Ich will offen zu dir sein, Sämi. Über Müller habe ich, abgesehen davon, dass er nicht Jurist ist, nicht so gute Dinge gehört. Wenn ich die Dinge weiss, wer weiss, wer sonst noch davon Wind bekommen hat. Wenn nun zu viele Leute unschöne Dinge über Müller wissen, schadet es dem Ansehen der SP, dass sie ausgerechnet Müller als einzigen Kandidat aufstellt. Der Gemeinderat wird wütend sein, dass er keine Wahl hat und Müller durchwinken muss. Mit Egger kann ich darüber nicht sprechen. Überhaupt sind mir die Mitglieder des Parteivorstandes zu sehr verklüngelt. Und aus der Fraktion, eurer Fraktion, vernehme ich Stimmen, die meine Sorge teilen. Was, lieber Sämi, ist da zu tun? Ich weiss, ich weiss, du scherst dich nicht um Politik, bist aber ein kluger Kopf. Wie könnte man das Ansehen der Partei retten.“

„Du sagst es ja selber, Theo, der Gemeinderat müsste eine Wahl haben."

„Hat er aber nicht."

„Dann muss man, verdammt nochmal, dafür sorgen, dass er eine Wahl hat!"

„Richtig, das ist es. Du hast absolut Recht, Sämi. Doch wie", seufzt Theo Güller, „können wir dafür sorgen, dass der Gemeinderat die Wahl hat?"

„Theo, du weisst, mir ist Politik wurst. Schaut ihr Politiker, wie ihr einen Gegenkandidaten findet. Es gibt bestimmt genügend fähige Juristinnen und Juristen, die nach diesem Amt schielen. Oberli, zum Beispiel."

„Genial! Sämi, das ist genial. Eine Doppelkandidatur der SP. Keine Gegenkandidatur der Bürgerlichen. Sie wäre ein Affront gegen die SP. Eine Doppelkandidatur der SP, das ist die Lösung! Oberli jedoch steht nicht mehr zur Verfügung. Ich weiss, es ist noch geheim, bitte, bloss im Vertrauen: er hat eine Bombenstelle in Aussicht und ist nicht weiter an diesem Amt interessiert. Ich habe meine Beziehungen spielen lassen. Ein so brillanter Kopf muss richtig eingesetzt werden. Sag mal, Sämi, weshalb lässt du dich eigentlich nicht aufstellen? Blöde Idee, war bloss ein Witz. Vergiss es wieder."

Bocksberger hatte sich zuvor geweigert, diesen Gedanken anzudenken. Doch jetzt, wo ein anderer ihn ausgesprochen hat, beginnt die Sache ihn zu reizen. In seinen Träumen malt er sich die schönsten Dinge aus. Im Alltag aber fehlt es ihm an Ehrgeiz. Er schreckt auch davor zurück, sich anzupreisen und zu verkaufen. Steht Theo Güller hinter ihm, könnte seine Kandidatur für dieses Amt eine Chance haben und er wird sich nicht a priori blamieren. Dabei fällt ihm wieder ein, als er von der Kandidatur Müllers gehört hatte,

hatte ihm durch den Kopf geblitzt, selbst ich wäre tausendmal besser für dieses Amt als diese Flasche! Theo Güller plätschert wie ein Wasserfall, nennt Bocksberger unzählige wohlklingende Namen aus dem Gemeinderat, Mitglieder der Bürgerlichen, die ihm zugesichert hätten, für ihn, Bocksberger, zu stimmen, falls er sich dazu durchringen könnte, seine Kandidatur beim Parteivorstand anzumelden. Gegen eine Doppelkandidatur könne die SP nichts haben. Und wahre damit ihr Gesicht. Zudem sei das Unheil, das Müller im Amt bestimmt anrichten würde, verhindert. Er, Bocksberger, müsse als Mitglied der SP seine Verantwortung wahrnehmen, den Skandal verhindern. Als Retter in der Not zur Verfügung stehen. Bocksberger ist berauscht. Selbst im Nachhinein sagt er sich, dass die Sache zu Beginn überzeugend geklungen hatte.

> *Die Fernsehserie ist die Kunstform des frühen 21. Jahrhunderts. Serien wie „Sopranos", „Breaking Bad", „House of Cards" sind die teuerste, komplexeste, aber auch heisseste Ware auf dem Markt. Als einzige Kunstform sind die TV-Serien Avantgarde und populär zugleich. Sie erregen Theoretiker wie Publikum. Sie sind – vielleicht neben der Computerindustrie – die letzte Branche, die bei ihren Kunden regelmässig Begeisterung herstellt.*
>
> *Constantin Seibt, Nichts nimmt ein Ende. Dies ist das Zeitalter der Serie: Fernsehserien dominieren die Kunst, die Finanzkrise den Rest der Welt. Porsches bleiben Porsches, werden aber immer dicker. Ein Kongressbericht, Tagesanzeiger vom 13. November 2013, Hintergrund, Seite 8*

Der zweite Akt von Bocksbergers Tragödie: die Reaktion von Liza.

Bocksberger quält sich mit der Auswahl eines günstigen Augenblicks, um Liza seinen neusten Plan zu eröffnen. Er ist selber irritiert darüber, dass er sich scheut, ausgerechnet mit Liza seine Pläne zu besprechen. Er redet sich zwar ein, Liza mit seinem Scheiss nicht belasten zu wollen und daher den geeigneten Moment abwarten zu müssen, bis sie Zeit für ein ernsthaftes Gespräch habe, weiss aber gleichzeitig, dass er tun wird, was er will, eine Ablehnung seiner Pläne durch Liza ihn jedoch verunsichern würde. Bocksberger erachtet den Moment der Wahrheit für gekommen. Sie sitzen seit gut zwanzig Minuten beim Nachtessen. Liza hatte Bocksberger ausschweifend über ihren Zwiespalt bei der Behandlung eines Konflikts im Geschäft berichtet. Es ist alles gesagt. Liza schweigt. Bocksberger denkt, jetzt oder nie. Er gibt sich einen Stoss. Er schöpft sich bewusst noch etwas Kartoffeln, um seinen Blick zu beschäftigen und lässt wie nebenher fallen, übrigens habe er sich entschlossen und so weiter, während er verstohlen von der Kartoffelschüssel zu Liza hinschielt.

Liza kriegt einen Lachanfall. Hört nicht mehr auf zu lachen. Bocksberger ist perplex. Intuitiv lässt er den Schöpfer in die Schüssel fallen. Er starrt Liza entgeistert an. Sie weicht seinem Blick aus, während sie von Lachern geschüttelt wird. Bocksberger bleibt die Spucke weg. Er will nichts sagen, er wüsste nicht, was er sagen sollte. Es dauert eine Weile, bis das Lachen Lizas abschwillt und sie, noch immer zwischen Lachern, hervorpresst, „Nein, Hilfe! Tu mir das nicht an! Ich habe nichts anzuziehen für die Feier deiner Wahl."

Stille. Bocksberger schaudert. Mit einem Mal wird Liza ernsthaft, reisst sich klar zusammen. Bocksberger und Liza schauen sich in die Augen. Liza bittet Bocksberger inständig um Entschuldigung für ihre blöde Reaktion. Es sei ein unseliges Zusammentreffen gewesen, dass ausgerechnet in dem Moment, wo er ihr seine Pläne erzählt habe, ihr ein Witz wieder eingefallen sei, den ein Kollege im Büro erzählt habe. Bocksberger ist enttäuscht. Es würde ihn schrecklich reizen, Liza auf ihre Reaktion anzusprechen. Gleichzeitig befürchtet er, dass eine ernsthafte Aussprache die ganze Angelegenheit komplizieren würde. Er zwingt sich zu einem Lachen, von dem er annimmt, dass es natürlich und locker klingt. Liza lacht ebenfalls. Sie greift mit ihrer Rechten nach seiner Linken, drückt sie und lächelt.

> *Vielleicht besteht zwischen von Warteck und seinen Kollegen dieselbe Partnerschaft wie zwischen einem Romanautor und seiner Leserschaft. Mit den blossen Worten allein ist wenig anzufangen, der Leser braucht seine Fantasie, um den Text zu beleben.*
> *Andreas Pritzker, Eingeholte Zeit. Erzählung, munda 2001, Seite 90*

Dritter Akt von Bocksbergers Tragödie: Schaufelberger und die Genossinnen und Genossen.

Am meisten Schiss hat Bocksberger vor der tatsächlichen Anmeldung seiner Kandidatur. Sie kann ihm keiner abnehmen. Er muss selber tätig werden. Theoretisch weiss er, wie man es geschickt einfädeln müsste, und in seinen Tagträumen schafft er es brillant. Stellt er sich aber konkret vor, zuerst dem Parteivorstand und der Parteileitung nahe stehenden Genossinnen und Genossen seine, als eventuell deklarierte, Absicht zu kommunizieren, graut es ihm. Er mag sich nicht mit solchen Leuten und solchen Dingen herumschlagen. Alles ist ihm schlicht zuwider. Am liebsten hätte er, dass ihm Kandidatur und Wahl ohne sein Dazutun in den Schoss fielen. Zuerst muss er, soviel steht fest, die Sache mit Schaufelberger begackern. Sie verabreden sich auf ein Bier im Certo. Bocksberger bemüht sich um Begeisterung in seiner Stimme bei der Eröffnung seiner Pläne. Schaufelberger schaut ihn gross an. Bocksberger hatte nicht erwartet, dass Schaufelberger gerade Feuer und Flamme für seine Kandidatur ist, doch irgendein Zeichen der Aufmunterung hätte er schon erwartet.

Dumpfes Schweigen. Bis Schaufelberger seine Frage stellt.

„Hast du Theo Güller genau angeschaut? Hat er nicht einen Klumpfuss und rlecht er nicht nach Schwefel?"

Bocksberger hätte Schaufelberger am liebsten erwürgt. Schaufelbergers Reaktion erschreckt ihn. Er ärgert sich, dass nicht einmal sein bester Freund mit etwas Ermutigendem auf die Mitteilung seines Plans reagiert. Er verflucht Schaufelbergers Zynismus und bezweifelt, an seinem besten Freund je eine echte Stütze gehabt zu haben. Bocksberger hängt es aus. Er will von der Sache nichts mehr wissen. Er wird Theo Güller anrufen und ihm erklären, dass die Sache für ihn gestorben sei. Und irgendeine faule Begründung dafür geben.

In dem Moment strömen aus dem Sitzungssaal des Certo einige Mitglieder des Parteivorstandes in das Lokal hinein, entdecken Schaufelberger und umlagern im Nu den Tisch, an dem Bocksberger und Schaufelberger sitzen, fragen, ob es gestattet sei und nehmen quasselnd Platz, bestellen Bier und Weisswein. Fragen die Bedienung, ob sie zu den Getränken Erdnüsschen oder Salzstangen bringen würde.

„Meine Lieben", hebt plötzlich Schaufelberger zu reden an, worauf alle gespannt auf ihn schauen, „meine Lieben", wiederholt er, schaut in die Runde und fährt fort, „ich kann euch mitteilen, dass Sämi morgen seine Kandidatur schriftlich anmelden wird, zu einer Doppelkandidatur mit Müller, dass der Gemeinderat eine echte Wahlmöglichkeit hat."

Zuerst herrscht eine Sekunde Schweigen, dann gackern alle gleichzeitig los, klopfen Bocksberger auf die Schultern, wollen unbedingt mit ihm auf gutes Gelingen und auf eine glückliche Wahl anstossen.

Bocksberger fährt zu Höchstform auf und zieht eine Show ab. Er staunt über sein spontanes Showtalent. Die Worte, die er sich zuhause für den Fall, dass sie nötig würden, sorgfältig zurechtgelegt und mehrmals laut vor sich hergesagt hatte, bettet er in die Nummer des verlegenen, ratlosen Zögerers ein, der aber dennoch eine flammende Rede hält. Er reitet auf seiner Kandidatur, die ihm widerstrebe, doch für die Partei, wie wichtige Leute gesagt hätten, eine Notwendigkeit sei, so lange herum, bis auch der und die Letzte der Anwesenden ihn auffordern, sich bitte, bitte, bitte nicht um das Notwendige zu drücken und seine Kandidatur unbedingt anzumelden. Bocksberger spürt, dass seine Nummer bestens ankommt. Er hat diese Genossinnen und Genossen im Sack. Er will und wird Liza und Schaufelberger, diesen Spielverderbern, zeigen, was in ihm steckt und wie er, wenn es draufankommt, locker seinen Mann stellt. Die Stimmung ist genial. Bocksberger bezahlt etliche Runden. Plötzlich taucht Egger aus dem Nichts auf und fragt, was gefeiert wird? Jemand ruft Egger begeistert und erhitzt vom Bier zu, „stell dir vor, Sämi ist bereit, neben Müller ebenfalls zu kandidieren, so dass wir von der SP mit einer Doppelkandidatur kommen. Das wird die Bürgerlichen aus den Socken hauen."

Bocksberger wird bang. Er erinnert sich, dass Müller der Protegé von Egger ist, und stellt sich vor, dass Egger, der für seine Wutausbrüche bekannt ist, diese Mitteilung in den falschen Hals bekommen könnte. Er spürt ein Kribbeln im Bauch und bekommt Schiss.

Zu Bocksbergers Erstaunen verzieht sich Eggers Gesicht zu einem breiten Grinsen. Egger steuert mit ausgestreckter Rechter auf Bocksberger zu, gratuliert ihm überschwänglich zu diesem feinen Entscheid, der ihm sicher schwer gefallen sei. Zum Schluss liegen Egger und Bocksberger, als Einzige stehend, neben dem Tisch, um den die andern geschart sind, sich in den Armen. Die Genossinnen und Genossen applaudieren. Der Lärmpegel im übrigen Lokal fällt. Egger flüstert Bocksberger ins Ohr, die Bewerbung, die Interviews beim Parteivorstand, beim Wahlgremium der Partei, bei den Fraktionen seien kein Problem. Alle würden sich beglückt erklären, dass sich mit ihm, Bocksberger, ein Kandidat aufstellen lasse, über den über die eigene Partei hinaus Konsens herrsche. Bocksberger glaubt zu träumen. Diese Welle der Zustimmung trägt ihn über alle Zweifel hinweg.

Egger klopft Bocksberger tüchtig auf die Schultern und strahlt ihn an. Die Augen aller Gäste im Certo sind auf den runden Tisch gerichtet, um den zu benamsen, der da steht, nicht der Kleine, der Grosse. Man kennt ihn von irgendwoher. Aus der Zeitung. Aus dem Fernsehen. Die Gäste des Certo werweisen tuschelnd, wer der Mann neben dem Typ im grünen Pullover sei. Politiker. Kantonsrat? Oder der Präsident der SP Stadtpartei?

Bocksberger hat die Schulterschläge Eggers heil überstanden, setzt sich wieder und stellt fest, dass Schaufelberger mit saurer Miene dasitzt. Bocksberger will mit Schaufelberger Blickkontakt aufnehmen. Schaufelberger stiert vor sich hin, steht dann auf und geht wortlos auf die Treppe zu, die zur Toilette führt. Bocksberger befremdet das Jammerbild, das Schaufelberger abgibt. Er kann sich nicht erklären, weshalb Schaufelberger sauer ist. Der Wermutstropfen im Moment seines Triumphs. Er schwört sich, dass er sich seine gute Laune nicht verderben lässt.

Die fröhliche Runde wird auch Bocksberger deutlich zu laut. Der Gesichtsausdruck der Gänswein verdüstert sich. Sie lauert auf das Ende der Rede des redseligen Egger. Mit einer unkontrollierten Armbewegung stösst sie ihr Weinglas um. In ihrer sichtlichen Erregung kümmert sie sich nicht um das umgestossene Weinglas und den verschütteten Wein, stösst gleich noch das Glas Mattmeiers um. Dann feuert sie wie eine Maschinengewehrsalve ihre Worte ab, was Egger verstummen lässt. Es sei die Höhe, dass nicht einmal die SP, wenn es um eine Doppelkandidatur gehe, eine Frau als Kandidatin in Betracht ziehe. Egger wirft grinsend hin,

Bocksbergers X-Chromosom reicht, um auch die Frauen würdig zu vertreten. Bocksberger findet die Bemerkung total daneben und die Gänswein kreischt, selbst Egger mache sich über ihre berechtigten Interessen lustig. Dabei schnappt sie sich das Bierglas der perplexen Reingauer aus deren Hand. Die Reingauer will gerade einen Schluck trinken und traut ihren Augen kaum, als das Glas plötzlich von der Gänswein behändigt wird. Die Gänswein stürzt das Bier ihre Kehle runter. Die Reingauer schreit, es gehe nicht, dass sie, die Gänswein, ihr drinking problem mit ihrem, Reingauers, Bier ruhigstelle. Schönbühler fordert mit Stentorstimme die Genossinnen und Genossen zu mehr Ernsthaftigkeit auf. Man wolle fröhlich feiern. Schaufelberger kommt vom Pissen zurück. Sein Blick fällt auf die Reingauer und ist schrecklich böse. Bocksberger denkt, oje, da schwelt etwas. Schaufelberger wendet seinen Blick ab, schnappt sich seine Jacke, murmelt etwas von, Zeit, nach Hause zu gehen. Bocksberger fordert seinen Freund auf zu warten, entschuldigt sich bei der fröhlichen Runde, begleicht die Rechnung an der Theke und zieht mit Schaufelberger von dannen.

Vierter Akt von Bocksbergers Tragödie: Schaufelberger und Bocksberger im Suff.

Der nächste Film zeigt zwei durch das Dickicht der nächtlichen Stadt torkelnde Gestalten. Ein sachter Nordwind kühlt die Gestalten und lässt die Lichter wanken. Sie lallen sich gegenseitig zu, wie sie von einander total enttäuscht sind, dass aber diese gegenseitigen Enttäuschungen, die von Dritten an sie herangetragen worden sind, ihre Freundschaft, ihre Liebe, die sie füreinander empfinden, nicht stören dürfe. Die torkelnden Gestalten werden so schrecklich sentimental, dass wenig gefehlt hätte und sie sich heulend in die Arme gefallen wären, wenn da nicht eine der torkelnden Gestalten, von der Gerührtheit aufgekratzt sich der Wunde wieder bewusst geworden wäre, die ihr tatsächlich Kopfschmerzen und – lach nicht so blöd! – Tränen verursacht. Schaufelberger gesteht Bocksberger, wie er leide, kaum mehr einen Ausweg wisse. Denn anders, als alle annehmen, sei er ein gefühlvoller Mensch, der, anders als alle meinen, im Leben nichts auf die leichte Schulter nehme. Er sei einfach zu gut und lasse sich zu rasch zu Dingen überreden, die ihn dann echt stressen. Bocksberger ist echt berührt, wie Schaufelberger sich ihm öffnet, und hätte ihn am liebsten umarmt, wenn es unter ausgewachsenen Mannsbildern angängig wäre. Die Reingauer! Schaufelberger spricht diesen Namen mit Todesverachtung aus. Neulich habe Willimann – du kennst Willimann, der Typ mit dem Glatzkopf und dem Bocksbärtchen – , nun Willimann habe ihn angefleht an seiner Stelle ins OK, das Organisationskomitee vom SP-Plausch, einzutreten, weil er, Willimann, zu viel um den Kopf habe. Aus Gutmütigkeit habe er zugesagt. Sich dabei nichts Böses gedacht. Willimann habe ihm versichert, es laufe alles wie am Schnürchen. Zu organisieren gebe es nichts. Die andern beiden Mitglieder des OK, die Reingauer und die Klöti seien in Ordnung, wüssten, wie der Wagen läuft. Nachdem er, Schaufelberger, zugesagt habe und sie die erste Sitzung in dieser neuen Zusammensetzung gehabt hätten, habe man das Datum für den diesjährigen SP-Plausch festgelegt. Die Reingauer und die Klöti hätten beteuert, es laufe alles wie bisher. Das Aperitif-Büffet inklusive Getränke, im grossen Saal, liefere das Sankt Jakob. Während dieses Teils des Abends spiele eine Band, dann, nach ungefähr anderthalb Stunden folge die Ansprache von Egger. Das Essen, ein Pasta-Plausch in den verschiedenen anderen Sälen des

Volkshauses, werde von einer Institution der Stadt angeliefert. Es klappe immer prima. Die Caterer kümmerten sich auch um die Tische, das Geschirr, die Gläser und die Getränke. Und nach dem Essen spiele die Big-Band der Arbeiterjugendmusik zum Tanz auf. Er solle sie ruhig machen lassen. Auf das gute Gelingen des diesjährigen SP-Plauschs hätten er und die beiden Frauen fröhlich angestossen und einen gelungenen Abend verbracht.

Erst später hätte die Reingauer, eine pensionierte Lehrerin, ihn, Schaufelberger, angerufen und ihn gebeten, auf die Klöti einzuwirken, denn die Klöti habe Geissberger, dem Leiter der Rockband Satyricon, die sonst immer das Vorprogramm während des Aperitifs bestritten haben, eigenwillig, ohne Rücksprache mit ihr, der Reingauer, erklärt, man möchte diese Band nicht mehr. Nun sei Geissberger, der seit seiner Pensionierung als Betreibungsbeamte schon etwas ziellos sei, heillos enttäuscht.

Die Klöti sei mit der geschiedenen Frau von Geissberger eng befreundet, diesem wie ein Weihnachtsbaum aufgemachter Barockengel mit Wurzeln in der Tschechoslowakei. Die geschiedene Geissberger sei unübersehbar. Strecke bei jeder passenden und unpassenden Gelegenheit Brust und Hintern raus, verdrehe ihren Oberkörper, grinse blöd und frage, ob ihr eigener Sexappeal nicht an Anita Eckberg aus ‚Otto e mezzo' erinnere? Der Geissberger sei jetzt mit einer vierzig Jahre jüngeren Philippina, einem entzückenden Mädchen, zusammen und werde sie demnächst heiraten. Die Klöti, die mit der geschiedenen Geissberger intim sei, die Klöti also habe schlicht dem Geissberger eins auswischen wollen. Nun habe die Klöti, wiederum eigenmächtig, ohne das OK zu begrüssen, die Jazzband Blue Boyzzz verpflichtet.

Sie, Reingauer, sei, wie er, Schaufelberger, bestimmt wisse, nicht im geringsten Rassistin. Sie habe nichts gegen Schwarze. Im Gegenteil, sie finde Schwarze seien sehr gute Menschen, man dürfe ihnen gegenüber nicht Vorurteile haben. Die Blue Boyzzz bestünden aus zwei Schweizern, einem Deutschen und einem Nigerianer. Tatsache aber sei, dass bei den Auftritten immer wieder unangekündigt weitere Musiker zugezogen werden, meist Schwarze, geniale Musiker, die aber meist ohne die notwendigen Papiere in der Schweiz leben, hier untergetaucht sind und sich finanziell mit Schwarzarbeit und eben solchen Auftritten mit den Blue Boyzzz über Wasser halten. Sie selber finde diese Politik der Blue Boyzzz lobenswert, doch bei einem Auftritt am SP-Plausch bestehe ein Problem. Bekanntlich besuchen auch Bürgerliche den SP-Plausch. Insbesondere die Spione der SVP lauern darauf, etwas zu entdecken, das sich aufbauschen und publizistisch ausnützen lässt. Wenn nun ein SVP-Mensch wittere, dass einer der Musiker, die am SP-Plausch auftreten, mit Wissen der Organisatoren über keine gültigen Aufenthaltspapiere verfügt, „dann fallen sie in der nächsten Weltwoche wieder über uns her. Dietsch, du musst unbedingt die Klöti rumkriegen, dass sie die Blue Boyzzz wieder auslädt und die Big-Band der Jugendmusik halt, sei's drum, in ihrer Kleinformation, bereits beim Aperitif aufspielt."

„Diese Weiber!", jammert Schaufelberger Bocksberger vor. „Es ist nicht auszuhalten. Kaum ist mehr als eine um den Weg, gerätst du in Schwierigkeiten. Jetzt soll ich mit der Klöti reden! Kennst du die Klöti? Kupfer, Wolle, Bast, eine Walküre, und rechthaberisch ist sie. Sie weiss alles. Besser! Am besten!"

Schaufelberger hat seinen Monolog zu Ende gelallt, schaut sich um und sucht Bocksberger. Dieser ist gerührt, wie der sonst so weltgängige und selbstsichere Schaufelberger von seiner schwachen Seite erzählt. Bocksberger ist einige Schritte hinter Schaufelberger zurückgeblieben. Er versucht mit seinem Feuerzeug die Zigarette anzustecken, die aus seinem Mund ragt. Die Flamme trifft die Zigarettenspitze selten und wenn, dann nicht genügend lange, um die Zigarette zu entflammen. Schaufelberger will seinem Freund zu Hilfe eilen, torkelt, droht zu strauchhen, worauf Bocksberger mit offenen Armen Schaufelberger entgegen rennt und ihn auffängt. Dabei entgleitet ihm das Feuerzeug und fällt aufs Pflaster. Die Zigarette hat sich an Bocksbergers feuchter Unterlippe festgesogen. Bei der Umarmung kitzelt die Zigarettenspitze Schaufelberger in der Nase. Dieser quietscht lachend, „hör auf, hör auf!". Bocksberger lässt Schaufelberger los. Bocksberger versteht die Welt nicht mehr. Er tröstet sich damit, dass im Leben so vieles absurd ist. Dabei blitzt ihm durch den Kopf, dass Schaufelberger die ganze Zeit über ihm den Kopf mit seinem Scheiss vollgeschwatzt hat. Sein Freund hat es nicht als nötig befunden, über seine Kandidatur, die ihm im Moment das Wichtigste im Leben ist, zu reden. Bocksberger ist enttäuscht und betrübt. Schaufelberger fragt lallend, „wo sind wir stehengeblieben?"

„Unter der Laterne", gibt Schaufelberger sich die Antwort selber.

Bocksberger intoniert Lilly Marlen. Beide summen und grölen eine Weile dieses Lied, während sie weiterstapfen.

41

Immerhin gibt auch der Nüchterne zu, dass vieles an dieser Sitzung rituellen Charakter hat. Und er ist mittlerweile davon überzeugt, dass menschliche Unternehmungen, wenn man nichts dagegen tut, eine Eigendynamik entfalten, die zum Selbstzweck führt.

Andreas Pritzker, Eingeholte Zeit. Erzählung, munda 2001, Seite 91

Fünfter Akt von Bocksbergers Tragödie: das zweite Gespräch mit Theo Güller.

Zufällig begegnen sich Bocksberger und Theo Güller auf den Bahnhofstrasse vor dem Gebäude der Bank Julius Bär. Theo Güller lächelt wohlmeinend-väterlich und beglückwünscht Bocksberger überschwänglich zu seiner erfolgreichen Kandidatur im Tandem mit Müller. Seine, Bocksbergers, Auftritte bei den Fraktionen der Bürgerlichen seien genial gewesen. Alle seien begeistert von ihm und so sehr erleichtert. Müller habe seine Auftritte total verpatzt. Und auch Knüsli sei, wie er, Bocksberger, bestimmt wisse, kein Held im sich Verkaufen und im die Leute für sich Gewinnen.

Bocksberger glaubt nicht richtig zu hören. Was soll Knüsli in diesem Zusammenhang? Bocksbergers wird heiss und kalt. Sollte er tatsächlich Konkurrenz bekommen, und erst noch Knüsli, ist es eine Katastrophe.

Bocksbergers und Knüslis Wege haben sich neulich erst gekreuzt. Knüsli ist wie Bocksberger Jurist, doch der jüngeren Generation, Mitte Dreissig, ein freundlicher

Typ, von dem alle sagen, er habe enorm viel drauf und werde noch Karriere machen. Bocksberger schätzt ihn nicht als Mann mit Ellbogen ein. Bocksberger hatte sich bloss gewundert, wie weit Knüsli es in jungen Jahren bereits in der Hierarchie der kantonalen Verwaltung geschafft hat. Bocksberger empfindet sich als atypischen Vertreter seiner Zunft. Fachgespräche mit erfolgreichen Karrieristen langweilen ihn. Viel lieber hört er sich Erzählungen von Leuten an der Basis an, die von ihrem Alltag berichten. Am liebsten aber tauscht er sich über Filme, Theater und Bücher aus. Als er Knüsli zum letzten Mal getroffen hatte und sie ihre berufliche Unterredung beendeten, stopften beide je ihre Akten in ihre Aktentaschen. Dabei fiel Bocksberger bei einem ungezielten Blick in Knüslis geöffnete Aktentasche ein Buch auf, Markus Werners Roman ‚Am Hang'. Vor Jahren hatten alle über ‚Am Hang' gesprochen und das Buch gelobt. Bocksberger hatte sich dem Buch, weil es in aller Munde war und weil er so oft darauf angesprochen worden war, verweigert. Er sprach Knüsli darauf an. Dieser erklärte, er habe den Roman wieder hervorgeholt, nachdem er den Film, der nach dem Roman gedreht worden sei und der jetzt in den Kinos laufe, gesehen habe. Er lese wenig, verstehe nichts von Literatur. Seine Freundin habe ihm damals den Roman aufgedrängt. Er habe ihn total spannend gefunden, echt philosophisch. Im Film komme genau das, was er am Buch so geliebt habe nicht rüber. Dieses Bekenntnis Knüslis hatte Bocksberger für Knüsli eingenommen und er hatte sich den Roman beschafft und verschlungen, um dann zum Schluss zu sagen, Knüsli hat recht, der Roman handelt Beziehungen ab und ist echt philosophisch. Bocksberger wird sich bewusst, dass er auf die Erwähnung des Namens Knüsli durch Theo Güller diesen fassungslos anstarrt.

Theo Güller lächelt Bocksberger amüsiert an.

„Auf welchem Planeten lebst du, Sämi? Du hast bestimmt gehört, dass Knüsli zum Sprengkandidaten für die CVP ernannt wurde, nachdem ihr von der SP mit einer Doppelkandidatur ins Rennen steigt. Keine Sorge, keine Sorge, du wirst siegen. Ich garantiere es dir!"

Bocksberger atmet erleichtert auf und ist sich seiner Sache wieder sicher.

Die Katharsis: die Nichtwahl im Rathaus.

Die Siegesgewissheit im Rathaus auf der Besuchertribüne und dann der totale Absturz. Und die plötzliche Ahnung, dass er den Falschen vertraut hatte und für eine gemeine Intrige benutzt worden war. Ihm ist klar, alle wussten von Anfang an, dass Müller gewählt werden musste und dass eine Show inszeniert worden war, um allfälligen Kritikern den Wind aus den Segeln zu nehmen. Filmriss. Die Bilderflut verschwindet abrupt. Bocksbergers Erinnerungsfilm über seine Tragödie ist zu Ende. Bocksberger ist, auch in Gedanken, wieder da, wo er sich gerade befindet, im Starbucks, in einer Warteschlange.

Eine Stimme fragt, was darf es sein, Caffè Americano, Caffè Mocha, Caffè Latte, Cappuccino, Caramel Macchiato, Caramel Hot Chocolate? Bocksberger wischt das klebrige Bildergesumse weg. Er schaut den jungen Mann über die Theke hinweg an. Er hat nicht memoriert, welche Dinge dieser soeben aufgezählt hat. Aus Verlegenheit schaut er nach links. Er erblickt eine unsagbar Schöne. Sein Blick klebt fest, sein Mund steht offen und der Junge hinter der Theke rattert seine Frage mit den angehängten Angeboten in einem Tempo runter, dass Bocksberger unwillkürlich diesem jungen Mann erneut ins Gesicht schauen muss, platt ob dem artistisch artikulierten Wortfeuer. Bocksberger stottert verlegen, „das Letzte, das sie genannt haben, bitte". Der junge Mann lächelt zurück. „Caramel Hot Chocolate? Okay, Caramel Hot Chocolate!"

Bocksberger denkt, noch selten habe ich mich in einem Restaurant, einem Schnellimbiss, nota bene, so gut amüsiert, bei dieser neuen Erfahrung, und sein Blick gleitet wieder hinüber, direkt auf die unsagbar Schöne. Die Fragen nach der Grösse und ob zum Mitnehmen, beantwortet Bocksberger, ohne seinen Blick von der unsagbar Schönen abzuwenden. Die unsagbar Schöne gibt ihre Bestellung bei einer hübschen jungen Frau auf. Offensichtlich spürt die unsagbar Schöne Bocksbergers Blick auf sich ruhen. Sie schaut zu ihm hin. Bocksberger direkt in die Augen. Mit einem neckischen Grinsen. Bocksberger weiss, anständigerweise sollte er wegschauen. Er kann seinen Blick jedoch nicht von der unsagbar Schönen losreissen. Er nimmt wie aus der Ferne die fragende Stimme des jungen Mannes hinter der Theke wahr und murmelt, ja. Parallel mäandern durch Bocksbergers Kopf zwei Gedankenflüsschen, die Faszination durch die unsagbar Schöne und das Erkennen der eigenen Möglichkeiten.

> *Es ist das Vertrauen auf die Macht der Sprache, die sie mächtig macht.*
> *Constantin Seibt, Deadline: wie man besser schreibt, Kain & Aber 2013, Pos. 1057 E-Books*

Bocksberger verbrennt sich beinahe seine Finger, als er mit seiner Rechten nach dem Becher greift, ist sich plötzlich bewusst, wie er in den Anblick der unsagbar Schönen versunken ist, schämt sich und hat gleichzeitig Herzklopfen. Die unsagbar Schöne hat ebenfalls ihr Getränk gefasst. Sie ist im Begriff, das Lokal zu verlassen. Bocksberger will und kann nichts gegen seinen Impuls ausrichten, der unsagbar Schönen zu folgen. Auf dem Gehsteig wenige Schritte hinter ihr herzugehen. Sie bemerkt ihn. Sie wirft einen Blick nach hinten, nimmt Bocksberger wahr. Bocksberger steht beinahe das Herz still. Sie lächelt. Sie wendet ihren Blick wieder nach vorne und zieht, trotz ihrer High Heels, forsch aus. Bocksberger folgt ihr. Er fühlt sich wie ein unbeschwerter Teenager. Sie biegt in ein verwinkeltes Gässchen nach dem andern ein. Zu beiden Seiten alte, kleinstädtische Häuser, zum Teil gepflegt, zum Teil verlottert. Viele Wände sind vollgesprüht mit Graffitis. Bocksberger staunt.

Bocksberger hatte sich nie träumen lassen, dass es in seiner Stadt solche Quartiere gibt. Seine Sorglosigkeit bekommt einen Knick bei dem Gedanken, dass er in einen Hinterhalt hinein gelockt wird. Er verscheucht den Gedanken. Selbst wenn er hier wegen seines Anzugs und seiner Krawatte überfallen wird, wäre es eine köstliche Erfahrung. Die Szenerie erinnert ihn an Science Fiction Filme. Die Musik fehlt. Das dumpfe Aufwallen von elektrisierenden Klängen. Eine gespenstische Szene, eine aufreizende Handlung. Bocksberger springt über seinen Schatten und sieht in seiner Fantasie hinter allen Ecken die Schön-Mächtig-Reichen und ihre Untertanen hervorlugen. Er streckt ihnen seine Zunge raus. Er lässt gelangweilt an einen Vertreter dieser Gattung gerichtet fallen, „mein Herr, hier hast du nichts verloren, du Arschloch, hau ab, störe nicht meine Kreise, tritt mir aus der Sonne!" Das lässt er, dieser Herr, sich nicht bieten, haut ab. Und mit ihm sein Gefolge. Er wird sich hier nie wieder blicken lassen. Obacht, Bocksberger, sagt Bocksberger sich, nicht den Boden unter den Füssen verlieren. Die unsagbar Schöne öffnet die Eingangstüre eines Hauses voller Graffiti. La commedia è finita! Der Traum war so schön gewesen, doch nichts für mich, denkt Bocksberger. Er sieht zu seiner Schreck-Begeisterung, wie die unsagbar Schöne ihm die Türe offenhält und ihm auffordernd zulächelt. Ist sie eine Dirne, lockt sie mich in ihre Absteige, schiesst es Bocksberger durch den Kopf. Er tritt zaghaft ins Gebäude. Hitze und Lärm schlagen ihm entgegen. Er muss sich einen Stoss geben, um in diese Hölle, die kein Bordell zu sein scheint, einzutreten. Die unsagbar Schöne wünscht ihm viel Spass, taucht in den Pulk von feiernden jungen Menschen. Sie entgleitet Bocksbergers Blick.

Bocksberger tritt ein. Er lässt die Türe hinter sich zufallen. Als erstes erschlägt ihn der Lärm. Eine Musik aus schrillenden, wummenden, kakophonischen, ohrenbetäubenden Klängen. Dann diese Luft. Zum Abschneiden. Stickig, schwül-feucht, Schweissgeruch. Das flirrende Licht macht ihn ganz verrückt. Es dauert eine Weile, bis er Menschen und Dinge erkennt. Eine Wand von animiert Tanzenden und Feiernden. Schattenriss-Gestalten. Die plötzlich in einem Lichtblitz aufleuchten. Ein Walpurgisnacht-Tableau. Bocksberger blitzt durch den Kopf, falls es einen hölzernen Himmel gibt, dann befindet er sich hier, zusammengesetzt aus allen höllischen Qualen: Lärm, Blitzlicht, Gestank und Ausserirdische. Ein Bild, wie es ihm fremder nicht sein könnte. Er fühlt sich wie in Zombie auf einem fremden Planeten. Der perfekte Entwurf einer Gegenwelt. Als Negativ. Witzig, denkt Bocksberger, die Formulierungen, die mir dazu einfallen. Wie er diesen

Gedanken denkt, staunt er, dass er sich im Nu an diese fremde Umwelt gewöhnt und sie ihn nicht mehr quält, er dazu neigt, sie genau zu beobachten und genüsslich zu zerzausen. Er stellt seinen inzwischen erkalteten Becher Caramel Hot Chocolate aus dem Starbucks auf eine Ablage und drängt, quetscht sich mitten rein ins Getümmel. Gemütlich Plaudernde, in Selbstvergessenheit ihre Arme verwerfende, mit ihren Körpern schlängelnd Tanzende kurz beiseite schiebend. Stutzend, wie Jungs und Mädels in diesem Lärm gemütlich zu plaudern scheinen. Ihn juckt in der Erinnerung das Bild der unsagbar Schönen. Seine Neugierde treibt ihn, herauszufinden, wohin sie verschwunden ist. Bocksberger ist es ein Rätsel, wie eine hübsche junge Frau, adrett gekleidet, die unsagbar Schöne, sich in einen solchen Hexensabbat stürzt.

Bocksberger drängt und quetscht sich selbstverständlich nicht mitten ins Getümmel rein, er drückt sich einer Wand entlang. Zum einen, weil ihm dies als der gangbarste Weg erscheint. Zum andern, weil er nicht auffallen, nicht stören möchte. Er erspäht eine Bartheke.

Ein Jüngelchen hinter dem Tresen strahlt ihn an und bewegt seine Lippen. Der Lärm jedoch übertönt die Stimme, so dass die Worte in Bocksbergers Ohr nicht ankommen. Der Mimik des Jüngelchens entnimmt er dessen Bereitschaft, ihm ein Getränk zu verkaufen. Bocksberger murmelt, „ein Bier". Das Jüngelchen schreit tonlos etwas, das Bocksberger bei diesem Lärm nicht verstehen kann. Ihre beiden Köpfe schnellen zusammen und Bocksberger schreit dem Jüngelchen ins Ohr, „ein Bier, bitte!" Beim zweiten oder dritten Anlauf, versteht Bocksberger endlich, was das Jüngelchen ihm ins Ohr schreit. „Sieben Franken fünfzig." Er gibt dem Jüngelchen im Austausch gegen eine Büchse Feldschlösschen eine Zehnernote und deutet gestisch an, dass er kein Rückgeld wünscht, was ein Aufleuchten der Augen und ein dankendes Kopfnicken des Jüngelchens bewirkt.

Bocksberger pflügt sich zaghaft von der Bartheke weg in den Pulk der jungen Leute hinein. Er erhascht einen Blick, zwischen zappelnden Gestalten hindurch auf den Aufbau am Ende des Raumes, der Bühne, auf der Lärmmacher herumzappeln.

Auf der Bühne stehen dicht gedrängt zwischen Mammutverstärkern und –lautsprechern Jungs mit Instrumenten und Mikrophonen. Fünf an der Zahl. Wie Bocksberger unwillkürlich einfällt: räudige Teenager. Er amüsiert sich selber über diese Bezeichnung, die sich ihm in den Sinn gestellt hat. Drei der Typen auf der Bühne machen an Gitarren rum, einer spielt Querflöte und einer Posaune. Einer der Gitarristen, der scheinbar Jüngste der Band und der Kleinste, kreischt dazu in ein Mikrophon. Er frisst sich beinahe ins Mikrophon hinein. Seine Gekreische dröhnt. Bocksberger kann die Gesichtszüge des Vokalisten kaum erkennen. Er trägt, trotz der Hitze, eine Mütze. Dazu die Kapuze seines Hoodie hochgezogen. Die Kids, die dicht gedrängt an der Bühne kleben zappeln im Rhythmus des Gekreisches, grölen gesamte Passagen mit. Es dampft, es wummt, es irrlichtert, es wogt, es kreischt. Bocksberger denkt, wahrlich eine Neuauflage, eine zeitgemässe Ausgabe der Walpurgisnacht.

Bocksberger bekommt, zwischen zwei vor ihm stehenden, zappelnden Gestalten mehr oder weniger mit, wie der kleine Kreischer auf der Bühne sein Mikrophon auf einen

Ständer einklemmt – Bocksberger stellt sich auf Zehenspitzen, um unwillkürlich zu beobachten, was der kleine Kreischer nun machen wird. Kaum hat das Gekreische ein Ende gefunden, geht im Raum ein unsägliches Getobe los, ein Klatschen und Pfeifen, ein Hopsen und Armeschlenkern und Händeschwingen und durch das Gewirbel hindurch kann Bocksberger wahrnehmen, wie der kleine Kreischer, dieser Rotzbengel, dieser Zappelclown, der so schrecklich ins Mikrophon geplärrt hat, von der Bühne springt und, Bocksberger kann es kaum fassen, die unsagbar Schöne, die am Bühnenrand, ganz hinten steht, umarmt und küsst. Die unsagbar Schöne lässt, sich von diesem Rotzbengel küssen. Scheint sich nicht dagegen zu wehren. Bocksberger hängt es aus. Er will sein Bier runterstürzen, verschluckt sich, weil er sich nicht mehr gewohnt ist, aus einer Büchse zu trinken. Er bekommt einen Hustenanfall, der im allgemeinen Lärm untergeht, so dass keines der zusammengepfercht herumstehenden und –zappelnden Kids mitzubekommen scheint, wie der Alte, der zufällig hier hineingeplatzt ist, sich lächerlich macht. Er stellt die Büchse mit einem Rest drin auf eine Ablage, kämpft sich durch die gedrängte Menge zum Ausgang und verlässt fluchtartig das Lokal.

Draussen sticht ihm ein Aushang in die Augen. Er entnimmt diesem Aushang, dass am soundsovielten – dies ist, wie Bocksberger sich rasch vergewissert, heute – die ‚Rebellen mit Grund' auftreten, und zwar im Knast 5. Sein Blick in Richtung Eingangstüre erhascht eine schief hängende Tafel mit einem Totenkopf in blassem Grau und darüber in Blutrot die Lettern und die Ziffer ‚Knast 5'. Spott und Hohngelächter bricht aus Bocksberger raus. Die Ironie des Tatsächlichen: sie, die glauben, Rebellen mit Grund zu sein, rebellieren ausgerechnet im Knast 5. In den sie sich freiwillig begeben. Dröhnen sich zu mit Lärm, Gestank und Blitzen. Abgeschottet von der übrigen Welt. Doch, tröstet Bocksberger sich, werden diese Kids nach der Feier schön brav nach Hause gehen, zu ihren bürgerlichen Eltern. Bocksberger wird seine lieben Kinderchen fragen, ob sie oft im Knast 5 waren. Die lieben Kinderchen werden erstaunt, empört kreischen, woher kennst du den Knast 5?! Ich bin ein Glückspilz, gesteht Bocksberger sich ein. Er atmet erleichtert auf. Im Grunde liegt ihm nichts an einem schnellen Abenteuer. Die unsagbar Schöne war ein erfrischender Traum. Sie soll bleiben, wo sie ist. Ebenso wenig liegt ihm an einem beruflichen Aufstieg. Zum Teufel mit Aufstiegschancen! Er scheut die vermehrte Verantwortung. Ist zu bequem. Die Verantwortung für die Führung eines Teams und für administrative Dinge liegt ihm nicht. Er flaniert heiter und gelassen zur nächsten Tramhaltestelle. In seinem Job fühlt er sich wohl. Mit Liza hat er es gut. Er möchte seine Arbeit gut machen. Er findet Befriedigung darin, wenn er gefordert ist und sich zum Schluss sagen kann, gut gemacht!

Zuhause empfangen ihn Liza und Schaufelberger. Beide sind angetrunken. Liza dringt lallend und grinsend auf ihn ein, ob er ihr nicht etwas zu gestehen habe. Schaufelberger schubst Liza beiseite und versucht ernsthaft zu sagen, jedoch mit einem solchen Zungenschlag, dass die Worte nur unklar rauskullern, sie hätten sich echt Sorgen gemacht um ihn, ob er sich nicht etwas antue, von der Bahnhofbrücke in die Limmat springe, oder so etwas. Liza quietscht vor Lachen. „Nein, ehrlich, Bocksberger, wenn du dich in Selbstmordabsicht in die Fluten stürzen willst, dann kündige es vorher an, dass ich zuschauen und ein Bild davon schiessen kann."

Als Schaufelberger Liza klar machen will, dass ihre Worte unangemessen sind, wendet sie ein, vielleicht habe Sämi sich Trost in einem Puff gesucht. Seine Kleider röchen nach Rauch. Nun kann Schaufelberger sich kaum mehr halten vor Lachen. In einem Puff rieche es nicht nach Rauch, aber nach Rosenwasser, Moschus und Yasmin. Bocksberger sagt, „leckt's mir, ich lege mich aufs Ohr", worauf Schaufelberger ihm nachrennt, ihn am Ärmel zerrt und ihm mit dem Blick eines treuen Hundes erklärt, er habe ihn, Bocksberger, das Rathaus verlassen sehen, habe ihm gleich folgen wollen, sei aber von der Klöti zurückgehalten worden, die ihm gedroht habe, sie trete sofort aus dem OK für den SP-Plausch zurück wenn er, Schaufelberger, nicht der Reingauer, dieser Rassistin die Knöpfe eintue. So, wie die Reingauer intrigiere, sei eine konstruktive Zusammenarbeit nicht möglich. Nachdem die Reingauer ihr Veto für die ‚Blue Boyzzz' eingelegt habe, rühre sie keinen Finger mehr, um eine Musikbegleitung für den Aperitif des SP-Plauschs zu finden. Alle könnten ihr mal, sie habe die Nase voll.

„Wegen dieser blöden Kuh und ihrem Getue konnte ich dir, meinem besten Freund, in dieser schweren Stunde nicht beistehen. Dabei habe ich von allem Anfang an geahnt, dass die Bürgerlichen ein fieses Spiel mit dir vorhaben. Und nicht nur die Bürgerlichen, unsere Leute machten brav mit. Es ist zum Schreien. Der Gemeinderat hat seine Pflicht getan, hat gewählt. Dass er mit Müller die grösste Niete gewählt hat, kümmert kein Schwein. Die Behörde, der er nun angehört, soll sich mit ihm gefälligst arrangieren. Und wieder einmal geschieht das Wunder: trotz alledem läuft in unserem Staat das Meiste rund, weil die Basis gut funktioniert!"

Die unsagbar Schöne und der Rotzbengel beleben ab dato Bocksbergers Tagträume. Es gibt Menschen, die man vom Sehen her kennt. Sie stechen einem ins Auge und ihre Person, ihre Figur, ihre Haltung, ihre Bewegungen nehmen einen gefangen. Man holt sie sich in seine Träume und beflügelt die eigene Phantasie mit diesen Fremden, die zu Vertrauten werden und als Traum- und Phantasiegestalten einem einen Geschmack davon geben, wie das Leben sein könnte, wenn man seinen Phantasien nachleben und nachschweben könnte, nicht dazu verdammt wäre, der Versager und Taugenichts zu sein, der man eben ist. Bocksberger kann sich die beiden nicht aus seinem Kopf schlagen: die unsagbar Schöne als Idealgestalt, den Rotzbengel als deren Negierung. Wann immer seine Gedanken umherschweifen, tauchen die unsagbar Schöne und in ihrem Schlepptau der Rotzbengel auf. Bocksberger malt sich in seiner Phantasie aus, wie es hätte sein können, wenn das Lokal nicht gar so schrecklich gewesen wäre und wenn die unsagbar Schöne nicht ausgerechnet diesen Rotzbengel geküsst hätte. Tagträume der schönsten Art lullen ihn ein. Er stellt sich vor, wie es ist, die unsagbar Schöne zu gewinnen und den Rotzbengel in den Senkel zu stellen. Bocksberger sticht diesen Rotzbengel aus. Schubst ihn. Er fällt in den Dreck. Selbstverständlich weiss Bocksberger, dass Träume Schäume sind und er mit Liza glücklich ist und ihm nichts fehlt.

Schaufelberger nervt Bocksberger. Perpetuiert jammert er das alte Lied über die Hennenkämpfe der Klöti und der Reingauer. Inzwischen wünsche er sich das OK des SP-Plauschs und den ganzen SP-Plausch ins Pfefferland! Beide, die Klöti und die Reingauer, nähmen sich so schrecklich wichtig. Ohne mindestens drei Flaschen Wein gehe keine Sitzung zu Ende. Und entschieden werde nichts, aber auch rein gar nichts. Weil die Klöti und die Reingauer sich bloss gegenseitig ankeiften. Und er, Schaufelberger, dazwischen stehe. Oder besser: sitze. Alles, aber auch ganz alles bleibe an ihm hängen. Bocksberger denkt, diese Platte hat einen Sprung. Abwarten, bis Schaufelberger eine neue Platte auflegt. Bis dahin gibt Bocksberger sich arg beschäftigt, sobald Schaufelberger ihn dringend sehen muss. Er vertröstet ihn auf nächste Woche, weil, diese Woche liegt wirklich nichts mehr drin. „Wenn du mir nicht glaubst, kannst meine Agenda anschauen."

Bocksberger kann seinen Mund ohne weiteres voll nehmen, Schaufelberger würde sich nie die Blösse geben, Bocksbergers Agenda tatsächlich sehen zu wollen. Bocksberger lässt Schaufelberger gerne zappeln. Schliesslich hat dieser von allem Anfang an um die Intrige bei Bocksbergers Kandidatur gewusst. Diese kleine Rache ist süss. Auch wenn er sich etwas schämt, seinen besten Freund so zu behandeln. Doch erträgt er das Geschrei um das OK des SP-Plauschs nicht länger.

Liza kündigt Bocksberger an, dass sie am Mittwoch ausgehen werde und nicht zu Hause sei, er sich um ein Nachtessen für sich und die Kinder kümmern müsse, weil sie sich mit ihrer Freundin bereits zu einem kleinen Imbiss vor der Opernaufführung verabredet habe. Bocksberger fällt wieder ein, dass Liza mit ihrer Freundin in die Oper geht. Ursprünglich hatten Liza und Bocksberger während Jahrzehnten das Opernabonnement gemeinsam gehabt. Dann stieg Bocksberger aus und an seiner Stelle übernahm die Freundin von Liza seinen Platz. Der Zeitung entnimmt er, dass der ‚Fliegende Holländer' gegeben wird, in einer

Inszenierung von Berghaus. Diese Aufführung reizt ihn. Er kündigt Liza an, er werde schauen, ob er noch eine Karte bekomme, dann würde er sich ihr und der Freundin anschliessen, ob es okay sei? Es klappt, Bocksberger bekommt eine Eintrittskarte, wie er es sich wünscht, in der zweiten Reihe im Parkett. Sie drei trinken vor der Vorstellung vergnügt Champagner und essen Häppchen, bis es Zeit ist, sich ins Foyer des Opernhauses zu begeben. Bocksberger und die Freundin stürzen sich je zur Theke der Programmverkäufer. Jeder will der erste sein, um zwei Programme zu ergattern. Es ist dies ein beliebtes Spielchen zwischen Bocksberger und der Freundin von Liza. Liza will unbedingt vor der Aufführung einen Blick ins Programmheft werfen, um zumindest die Zusammenfassung der Handlung kurz zu überfliegen. Die Freundin erklärt der das Programm lesenden Liza die Handlung, so dass Bocksberger Zeit hat, etwas Maulaffen feilzuhalten und rumzuschauen. Er liebt die an der Oberfläche strahlende Atmosphäre von dekadentem Glanz mit Gold und viel Kremenzel, die Auswahl von Privilegierten, die sich in schönster Ausstattung sonnen. Bocksberger ist neugierig zu sehen, wer sich wo wie gekleidet mit wem in der geschützten Öffentlichkeit des Opernhauses herumtreibt. Dann werfen Liza und die Freundin in die Runde, ob man sich nicht bereits in den Zuschauerraum setzen möge, was aber verworfen wird, weil es bis zum Beginn der Aufführung noch eine Viertelstunde dauert.

Bocksbergers Blick fällt auf ein Paar, von dem er sogleich weiss, dass er die Beiden kennt, doch fällt ihm nicht mehr ein, wer sie sind und woher er sie kennt. Vollends vertrottelt kommt er sich vor, als ihm plötzlich das Licht aufgeht. Dass es sich bei der Frau um die unsagbar Schöne aus seinen Tagträumen, beziehungsweise von der Begegnung im Anschluss an seine Wahlschlappe handelt. Dann erkennt er zu seinem Erstaunen in ihrem Begleiter den Rotzbengel, der diesmal wie ein artiger Junge im Konfirmandenanzug herausgeputzt ist. Mit adrett gegelter blonder Lockenpracht. Ohne Strickmütze über dem Schädel. Bocksberger grinst, Kleider machen Leute. Sein Blick bleibt an diesem Paar kleben. Er ist drauf und dran, beim unerwarteten Anblick der unsagbar Schönen in seine Traumwelt abzudriften. Zu seinem Schrecken grüsst die unsagbar Schöne ihn fröhlich. Liza und die Freundin sind in einen Diskurs über die Angemessenheit von High Heels verwickelt. Erleichtert stellt Bocksberger schielend fest, dass Liza und die Freundin nicht auf ihn achten. Die unsagbar Schöne kommt tatsächlich auf Bocksberger zu. Sie begrüsst ihn wie einen alten Bekannten. Sie erklärt dem etwas irritiert wirkenden Rotzbengel, dieser Herr habe neulich bei einem Auftritt der ‚Rebellen mit Grund' kurz in den Knast 5 reingeschaut. Daraufhin stellt sie sich als Lucia und den Rotzbengel als Leo vor. Bocksberger bleibt nichts anderes übrig, als seinen Vornamen, Sämi, zu nennen. Mit einem unauffälligen Schielen nach rechts, stellt Bocksberger mit Erleichterung fest, dass Liza und die Freundin noch immer in ihr Gespräch vertieft sind. Er stellt nebenher belustigt fest, dass ihm diese Begegnung hier, in aller Öffentlichkeit, nicht peinlich zu sein braucht. Lucia hat das Gespräch voll im Griff, redet auf Bocksberger ein und der Rotzbengel steht mit süffisantem Lächeln daneben. Irgendwie irritiert Bocksberger, dass ausgerechnet der Rotzbengel anwesend ist. Andrerseits würde es ihn schon reizen, dem Rotzbengel eine Lektion zu erteilen und ihm die Freundin auszuspannen. Er kann nicht verstehen, was die unsagbar Schöne an diesem Rotzbengel findet, der viel jünger als sie ist. Andrerseits zeigt dies die unsagbar Schöne, die sich Lucia nennt, als eine emanzipierte junge Frau. Hier und jetzt, in

Anbetracht der Situation, sind sie zu small talk verdammt. Lucia übernimmt die Führung des Gesprächs und lässt ihrer Ungehaltenheit über den Rotzbengel freien Lauf. Was Bocksberger amüsiert und freut. Doch scheint Lucias Gezeter den Rotzbengel nicht weiter zu beeindrucken. Ein pubertärer, doch zahmer Rebell, denkt Bocksberger. Lucia wird von ihm bald die Nase voll haben. Bocksberger schielt zu Liza und ihrer Freundin hin. Noch immer sind sie ins Gespräch vertieft. Er kann seinen Verführerblick auf Lucia werfen. Sie könnte, denkt er beklommen, seine Tochter sein.

„Leo ist unmöglich! Wie denkst du darüber, Sämi, ehrlich? Ich gehe hin und möchte die Musik geniessen. Doch Leo, es ist kaum auszuhalten, seziert die Handlung, hinterfragt jedes Wort. Und nicht nur die Handlung, auch die Inszenierung, die er, man merke, noch nicht gesehen hat! Wo bleibt da der Genuss! Sämi?"

„Mach mal halblang, Lucia. Ich habe bloss festgestellt, dass es kein Zufall ist, wenn die Berghaus den Holländer mit einem schwarzen Sänger besetzt. Die Berghaus denkt politisch. Jede Kunst ist politisch. Das ist eine Tatsache. Mach nicht immer gleich eine Staatsaffäre draus, wenn mir Dinge auffallen, die wichtig für das Verständnis einer Inszenierung sein können."

Längst interessiert mich Freundlichkeit mehr als Schrecken – sie ist das schwierigere Problem. Lese ich heute radikale Manifeste, hebe ich kurz die Augenbraue. Und denke: Ich kenne deine Tricks.
Constantin Seibt, Deadline: wie man besser schreibt, Kain & Aber 2013, Pos. 2102 E-Books

Bocksberger versteht, dass Lucia sich über das altkluge Geschwätz des Rotzbengels ärgert. Hämisch denkt er, du wirst noch zur Welt kommen, Rotzbengel, wenn du nicht merkst, wie du Lucia nervst. Doch gehen ihn diese jungen Leute letztlich nichts an. Sie werden meine Tagträume nicht länger beflügeln. Sie werden aus meinem Gedächtnis rauskippen und weg sein, spurlos. Beim ersten Klingelzeichen schielt Bocksberger zufällig zu Liza und der Freundin hin. Er stellt zu seinem Schrecken und seiner Belustigung fest, dass sie beide ihn und das junge Paar unverhohlen und sprachlos anstarren. Lucia, auf die beiden ihr unbekannten, sie musternden Frauen nicht achtend, greift mit rascher Bewegung, blindlings in ihre Handtasche, zieht etwas heraus, reicht es dem überraschten Bocksberger. Eine Visitenkarte. Der Rotzbengel, der auf die beiden unverhohlen Lucia musternden Frauen aufmerksam geworden ist und ahnt, dass sie zu Bocksberger gehören, stösst Lucia diskret an.

Liza und ihre Freundin überbieten sich gegenseitig mit geistreich-witzigen Bemerkungen über Bocksbergers zweiten Frühling und seinen bisher unbekannten Don Juan-Trieb. Bocksberger braucht nichts zu erklären. Darf schweigen. Muss bloss die dummen Sprüche über sich ergehen lassen. Liza frotzelt, „der kleine Bruder deiner Angebeteten ist von eurem Verhältnis überhaupt nicht angetan". Liza stösst ihre Freundin kurz an. „Hast du bemerkt, wie er sie böse angeschaut hat?" Das zweite Klingelzeichen erfolgt. Die Freundin erinnert daran, dass sie und Liza in der Mitte sitzen und daher möglichst rasch ihre Sitze einnehmen sollten. Die beiden Frauen verabschieden sich von Bocksberger, wünschen ihm viel Vergnügen und streben ihren Plätzen in der sechzehnten Reihe zu, während Bocksberger nach vorne geht. Bevor er sich auf seinen Platz in der zweiten Reihe setzt, wirft er einen Blick zurück in den Zuschauerraum, entdeckt ganz hinten Liza und ihre Freundin, die ihn ebenfalls sehen. Sie winken sich gegenseitig zu. Dann setzt Bocksberger sich. Er klaubt die Visitenkarte, die Lucia ihm zusteckte, aus seiner Jackentasche. Bei der Visitenkarte handelt es sich um einen Mini-Flyer der ‚Rebellen mit Grund'. Bocksberger schüttelt seinen Kopf. Ihm scheint, dass Lucia sich über ihn lustig macht. Das Licht geht aus. Der erste Akkord der Ouvertüre erklingt.

In Bocksbergers Alltag sind die einzelnen Bereiche harmonisch und dennoch anregend auf einander ein- und abgestimmt. Überflüssige Fragen stellt er nicht und werden nicht gestellt. Er geniesst seine Freiheit. Gibt sich ungeniert und ohne wesentliche Gewissenbisse seinen Tagträumen hin. Die scherzhaft gemeinten Andeutungen Lizas über Bocksbergers Hang zu jungen Damen laufen sich in Kürze tot. Bocksberger sieht sich nicht veranlasst, die Geschichte richtigzustellen. Schliesslich ist an der Sache nichts dran. Eine kurze Begegnung bloss. Dennoch bewahrt er die Visitenkarte auf. Irgendwann brennt sie ihm zwischen den Fingern. Er gibt sich einen Stoss und wählt die darauf verzeichnete Nummer.

Lucia meldet sich. Offensichtlich erkennt sie Bocksberger an dessen Stimme. Ihre Stimme klingt freudig. Bocksberger ist etwas bang. Im Grunde weiss er nicht, weshalb er anruft. Weiss nicht, was er sagen soll. In seiner Verlegenheit fragt er, wie ihr die Aufführung des Fliegenden Holländers gefallen habe. Ob sie die Musik habe geniessen können. Dann erwähnt er noch sein Erstaunen, dass sie ihm die Visitenkarte der ‚Rebellen mit Grund' zugesteckt habe. Lucia entschuldigt sich lachend für das Versehen. Blindlings in ihrer Handtasche suchend, habe sie wohl einen Fehlgriff getan, was sie schrecklich bedaure. Bocksberger schaltet rasch. Lucia muss, ja, sie muss die Managerin der Band ihres kleinen Bruders sein. Lucia wirft hin, sie würde sich freuen, wenn sie sich zu einem Aperitif treffen und sich über den ‚Fliegenden Holländer' austauschen könnten. In der Altstadtbar. Zum Beispiel am Donnerstag nächster Woche, um Fünf. Bocksberger lässt sich auf das Abenteuer ein. Fügt noch an, doch bitte ohne deinen kleinen Bruder.

„Ach, du kennst ihn. Er ist in einer schwierigen Phase. Er glaubt, die ganze Welt verschwört sich gegen ihn. Er muss gegen alle kämpfen, befindet sich in ständigem Aufruhr. Wie Jungs in diesem Alter eben sind. Wobei ich ehrlich eingestehen muss, dass die Eltern oft schrecklich stur sind. Doch, sag mal, woher kennt du ihn? Wie kommst du ausgerechnet darauf, dass ich Ariel mitschleppen könnte."

„Ariel?! Ich denke, er heisst Leo."

Lucia lacht. Bocksberger nimmt bei ihr im Hintergrund Geräusche wahr. Sie ist wieder ernst.

„Entschuldige, Sämi, ein Anruf auf der anderen Leitung. Dann also bis Donnerstag um Fünf in der Altstadtbar. Tschüss. Ich freue mich."

Bocksberger denkt, Liza und ihre Freundin haben sich getäuscht. Der Rotzbengel ist nicht Lucias jüngerer Bruder.

Kaum hat Bocksberger das Gespräch mit Lucia beendet, ruft Liza an und teilt ihm mit, soeben hätte ihr Chef angekündigt, dass er und sie am Donnerstag nächster Woche Gäste aus dem Ausland zum Nachtessen in ein Zunfthaus ausführen müssten, sie werde also an diesem Abend nicht, wie geplant, zu Hause sein, Bocksberger müsse selber schauen, was er zum Essen finden werde. Die Kinder seien bei Freunden. Bocksberger wirft hin, „kein Problem!", und atmet auf, dass er Liza nicht weiter zu erklären braucht, weshalb er an besagtem Donnerstag später als üblich aus dem Geschäft nach Hause kommt.

Der nächste Anruf ist von Schaufelberger. Er müsse Bocksberger dringend sehen. Bocksberger winkt ab, keine Zeit. Schaufelberger legt jammernd los über die neuste Entwicklung des Dramas im OK für den SP-Plausch. Die Reingauer und die Klöti forderten ständig Sitzungen, an denen die beiden keiften und man keine konstruktive Lösung finde, vor allem keine Band für das Vorprogramm habe. Wenn er aus dem OK aussteige, befürchte er, dass es zwischen der Reingauer und der Klöti zu Mord und Totschlag komme und der SP-Plausch total im Eimer sei. Zu allem Überfluss habe Selina, seine Frau, den Verdacht geäussert, seine häufigen Abwesenheiten wegen angeblicher Sitzungen deuteten auf eine Affäre hin. Zugegeben, Selina habe dies im Scherz gesagt, doch oft stecke hinter scherzhaften Bemerkungen Selinas mehr, als man vermute.

> *Natürlich sind die Machwerke von Anfängern schrecklich herzlos. Und nervtötend für alle. Aber eigentlich sind sie eine schöne Sache. Hier fängt jemand an zu spielen – mit den Möglichkeiten der Welt.*
>
> *Constantin Seibt, Deadline: wie man besser schreibt, Kain & Aber 2013, Pos. 2063 E-Books*

Bocksberger trifft am vereinbarten Donnerstag als Erster in der Altstadtbar ein. Als einzige Gäste ausser ihm sitzt in einer Ecke an einem Tischchen ein älteres Ehepaar. Er und sie haben je eine Tasse Kaffee vor sich auf dem Tischchen stehen und blättern je in einer Zeitung. Gute Idee, denkt Bocksberger, bestellt sich ein Bier und sieht, dass im Zeitungsständer neben der zweiten Eingangstüre eine NZZ steckt. Obwohl er die NZZ bereits gelesen hat, holt er sie sich, um sich die Zeit damit zu vertreiben. Zufällig bleibt sein Blick an einem kurzen Artikel kleben, der ihn am Morgen bei der üblichen Zeitungslektüre nicht interessiert hatte, den er aber jetzt, wo er Zeit totschlägt, gelegen kommt. *„In der jemenitischen Stadt Taiz hat am Mittwoch ein Gerichtshof der ersten Instanz den populären Sänger Fahed al-Karani zu anderthalb Jahren Gefängnisstrafe und einer Busse von 500'000 Rial – rund 2'500 Franken – verurteilt. Karanis satirische Songs, die oft Misswirtschaft und Korruption der Regierung kritisieren, sind in Jemen überaus populär. Das Gericht bestrafte ihn für die Beleidigung von Beamten und hochgestellten Persönlichkeiten."* (NZZ)

Bocksberger schüttelt seinen Kopf. Man stelle sich vor, Leonard Cohen oder Kris Kristofferson bekämen eine Busse aufgebrummt. Der Liedersänger Kris Kristofferson ist sowieso geadelt, seit sein Name in einem Artikel der NZZ, erinnert Bocksberger sich vage aus den Siebzigerjahren, aufgetaucht ist. Im auslandpolitischen Teil. Nota bene. In einem Artikel über Jimmy Carter. Der damalige US Präsident wurde in dem Artikel charakterisiert mit einem Zitat aus dem Lied ‚The Pilgrim'. ‚He is a walking contradiction, partly truth and partly fiction'. Bocksberger war damals bei der Lektüre des Artikels der Kiefer runtergefallen. Ihn hatte verblüfft, im ernsthaften Medium der Korrektheit und der satten Bürgerlichkeit den populären Sänger zitiert zu lesen. Erst noch im seriösen Auslandteil.

Leo trudelt in die Altstadtbar ein. Alleine, ohne Lucia. Der Rotzbengel, adrett gekleidet, Jeans, ein modisches Polo-Shirt, mit prall gefüllter Freitag-Tasche, kommt strahlend auf Bocksberger zu und nimmt sogleich vorweg, dass Lucias Zeitmanagement Verbesserungspotential habe. Dass er sie aber soeben noch gesprochen und sie ihm zugesichert habe, sie sei im Anmarsch. Bocksberger versucht zu verhehlen, dass er sich langweilt, einem über alle Massen enthusiasmierten, stürmenden und drängenden Jüngling ausgeliefert zu sein. Insbesondere empfindet er als ärgerlich, wie dieser Rotzbengel sich über die Begegnung mit Bocksberger zu freuen scheint und die Führung der Unterhaltung übernimmt. Kaum hat er ein Bier vor sich stehen, fragt er Bocksberger, „und, was treibst du eigentlich so?"

Dabei strahlt der Rotzbengel Bocksberger an.

„Ach, dies und das. Erzähl du, wie es bei dir läuft", fordert Bocksberger mit gespieltem Interesse den Rotzbengel auf. Bocksberger irritiert die Tatsache, dass er den Rotzbengel noch immer als Rotzbengel denkt, obwohl er in diesem Aufzug zivilisiert und brav wirkt.

Sogleich verdüstert sich der Gesichtsausdruck des Rotzbengels. Er erklärt, nicht darüber reden zu mögen. Er habe sich schrecklich ärgern müssen. Dennoch plappert er munter los, was Bocksberger entgegenkommt. Er hat keine Lust, sich auf diesen Gnom einzulassen. Hört bloss mit halbem Ohr hin. Worüber sich ein Gymnasiast ärgert, interessiert Bocksberger nicht. Das Bildungssystem hat er, zum Glück, längst hinter sich gebracht. Und seine Kinderchen sind ebenfalls aus dem Ärgsten raus. Die

Hörprobe vom Musizieren Leos und seiner Gang hat ihm klar gezeigt, dass die Geschmäcker verschieden sind. Mit diesen rhythmischen Sprechgesängen und den dazu wummenden Bässen, bedenkt Bocksberger, kann er nichts anfangen. Er hütet sich davor, aus Gefälligkeit zu schmeicheln. Kommt sich dabei fies vor, weil er sich seinem Gegenüber verweigert. Er empfindet es als Zumutung, dass die unsagbar Schöne, Lucia, mit ihm spielt. Ihn zappeln lässt. Bocksberger stellt befriedigt fest, wie der Rotzbengel sich in ein Feuer hineinredet, wie es junge Menschen tun. Ohne im Geringsten auf die Worte zu achten, studiert er die Mimik des Rotzbengels und wundert sich, wie ein Mensch in seiner Wut und Welt gefangen ist und nicht mehr mit seinem Gegenüber kommuniziert. Amüsiert nimmt Bocksberger wahr, wie der Rotzbengel ihn, Bocksberger, sein Gegenüber, keines Blickes würdigt, in seinen verbalen Erguss versunken ist. Plötzlich schaut der Rotzbengel Bocksberger zu dessen Schrecken mit grimmiger Fratze ins Gesicht, stutzt, wohl ob dem vagen Grinsen Bocksbergers. Des Rotzbengels Gesichtszüge entspannen sich. Er lächelt verlegen.

„Entschuldige, meine Wut ist noch so gross, dass ich mich vergesse. Doch jetzt ist's draussen. Und irgendwie. Danke, dass du mir zugehört hast. Du hast Recht, mein Ausbruch von soeben ist kindisch."

Bocksberger staunt darüber, wie dieser Rotzbengel es geschafft hat, ihn, Bocksberger, zum Zuhören zu bringen. Intuitiv reagiert er mimisch auf des Rotzbengels Worte, grinst, nickt, verzieht seinen Mund mal so, mal so.

„Letztlich ist es egal", wirft der Rotzbengel nun lässig hin, „dass Schönauer sich auf Freiligrath eingeschossen hat und findet, ich mit meinem Füssli könne einpacken. Das

Freiligrath-Zeugs kann ich locker untersuchen. Wenn es Schönauer so wünscht. Doch jetzt, du, es ist Wahnsinn, jetzt weiss ich, ich werde über Füssli schreiben, einfach so, für mich. Ich schreibe mir meine Wut vom Leib und steigere mich in den Aufruhr Füsslis hinein. Klar, Schönauer hat Recht. Freiligrath ist das Paradebeispiel für einen Aufruhr und ..."

Bocksberger schweift in Gedanken wieder ab. Ihn nervt Klugscheisserei. Wenn einer mit Namen um sich schmeisst, die er nur vage oder gar nicht kennt. Wer ist Füssli? Wer ist Freiligrath? Beide in Aufruhr verwickelt? Bocksberger erinnert sich an einen Aufenthalt in Key West. Liza und er hatten sich noch während ihres Studiums ein schrecklich teures Hotel geleistet. Als sie dort ankamen, traf ihn beinahe der Schlag. Eine Kitschidylle, wie man sie aus Hollywood kennt. Ein altes Anwesen im karibischen Stil erbaut, neu renoviert, aufgetakelt, üppig und mit einem Dreh zu viel Geschmack dekoriert. Ein Innenhof mit Laubengängen rundherum, Terrassen, Gebäuden aus strahlend weiss bemaltem Holz. Im Innenhof ein schönster Pool. Eine Kulisse so kitschig, so perfekt, so traumhaft schön, dass ihm das Grausen kam. Überall flatterten hübsche Angestellte herum und servierten farbige Drinks, dekoriert mit exotischen Fruchtkreationen in wunderschönsten Gläsern. Liza war total hin gewesen. Bocksberger hatte den Entscheid, hierher zu reisen, heimlich verflucht. Dieser Ort war für ihn nicht auszuhalten. Die Künstlichkeit, das übertriebene Getue. Liza und Bocksberger lagen am Pool. Im Schatten einer Palme. Sie umherschauend, mit verzücktem Gesichtsausdruck. Er sein Gesicht in das zu einem Kopfkissen gefalteten Badetuch verbohrt, mit krampfhaft zugekniffenen Augen und schwirrendem Kopf.

Plötzlich geht ein Lärm los. Ein Hämmern, Sägen, forsche Zurufe und alles, was zu einer Baustelle gehört.

Von den vier Seiten des Innenhofes sind drei makellos, die vierte Seite wird gerade renoviert/aufgebaut. Rohes, noch unbemaltes Holz, kernige Handwerker, die tüchtig arbeiten und schwitzen und den um den Pool hindrapierten Gästen vorleben, wie die Kitschidylle Stück für Stück entsteht. Der Hotelmanager flattert zwischen den Gästen herum und entschuldigt sich für die Lärmbelästigung. Die Leitung der Terrazza di Martì bemühe sich, den Lärm auf das absolute Minimum zu beschränken. Dann erzählt der Hotelmanager dem grinsenden Bocksberger, dass der Nationaldichter Kubas auf der Terrasse dieses Gebäudes zur Revolution aufgerufen habe. „Von der Terrasse, selbstverständlich, die auf die Strasse gibt", fügt der Hotelmanager hinzu. Bevor er zum nächsten Gast weiterfliegt.

Der Anblick der Kitschwelt im Entstehen, in Kombination mit der Vorstellung, dass an diesem Ort vor etwas über hundert Jahren die Geschichte einer Revolution geschrieben worden sein soll, lässt Bocksbergers Geist abheben und erheitert seine Stimmung. Er setzt sich auf. Schaut um sich. Nippt an seinem Daiquiri. Lizas und Bocksbergers Blicke treffen sich. Ihre Lippen nähern sich zu einem Kuss. In unmittelbarer Nähe zum Ort, wo José Martì 1892 die kubanische Unabhängigkeitsbewegung befeuert hatte.

Bocksbergers Erinnerungstraum sackt vom Höhepunkt ab. Katapultiert ihn in die Wirklichkeit zurück, wo er mit leerem Blick in der Altstadtbar Leo ansieht, der soeben wegschaut, zur Türe hin. Bocksberger folgt Leos Blick. Lucia schwebt von der Strasse her in das Lokal hinein. Schaut kurz um sich. Entdeckt Bocksberger und Leo. Lächelt, kommt an ihren Tisch. Fragt mit Unschuldsmiene, „ich bin nicht etwa zu spät? Habe ich euch warten lassen?" Der Rotzbengel verstummt. Lucia, im eleganten Kostüm, in High Heels und mit eleganter Leder-Aktentasche, reisst das Gespräch an sich, erkundigt sich, ob sie beide sich gut unterhalten hätten. Leider, leider müssten sie und Leo schleunigst weiter. Sie hätten noch eine dringende Verabredung.

Bocksberger erkennt, dass jetzt sein Moment gekommen ist. Wenn er sich jetzt nicht bemerkbar macht, ist die unsagbar Schöne für ihn verloren. Dann fühlt er sich künftig als Schlappschwanz. Er fällt Lucia ins Wort, wendet sich an den Rotzbengel und fragt ihn, einer spontanen Eingebung folgend, ob er und seine Jungs Lust hätten auf ein Engagement ihrer Band. Er könne noch nichts Konkretes sagen, doch habe er eine Idee. Der Rotzbengel erstarrt und sagt mit ernster Miene und fester Stimme, „Nein!". Lucia strahlt geflissentlich und säuselt, ich bin die Managerin der Band, spreche für die Band. Die Band würde sich riesig über ein Engagement freuen.

„Auf, auf, Leo! Wir müssen weiter. Sämi, es hat mich sehr gefreut. Den Flyer mit meiner Telefonnummer als Managerin der ‚Rebellen mit Grund' hast du ja. Tschüss. Ruf mich an!"

Und weg sind die Beiden. Erst jetzt wird Bocksberger bewusst, dass er handeln muss, wenn er nicht sein Gesicht verlieren will. Mit seiner locker hingeworfenen

Bemerkung hat er sich etwas eingebrockt, das ihm schrecklich peinlich ist. Nun muss er Schaufelberger gestehen, dass er ihm die schrecklichste Band der Welt als Vorprogramm des SP-Plauschs beinahe schon engagiert hat.

Schaufelberger ist Feuer und Flamme. Je schrecklicher desto besser.

„Wenn wir uns jetzt physisch gegenüberstehen würden, müsste ich dir um den Hals fallen. Spielt doch keine Rolle, was für eine Band, Hauptsache, ich habe endlich eine Band. Und du schwörst mir, dass alle Mitwirkenden der Band von hier sind?"

„Aber klar, Gymnasiasten vom Zürichberg im Lotterlook, wie die Jungs ihn heute pflegen."

„Ich sehe. Diese schreckliche Band ist unsere Rache an der SP und all den Politikern, die bei deiner Nichtwahl intrigiert hatten!"

Dieser Gedanke gefällt Bocksberger. Er wundert sich, dass er nicht schon früher draufgekommen war. Bocksberger malt sich aus, wie die sauberen Herrschaften sich schrecklich über diesen unerträglichen, haarsträubenden Lärm ärgern werden. Je mehr er darüber nachdenkt, desto sicherer ist er, dass diese Musik wie eine Bombe in die Idylle dieses Kitsch-Anlasses einschlagen und lauthalse Proteste, vielleicht sogar einen Aufruhr entfachen wird.

Schaufelberger besteht darauf, dass er selber mit Lucia Kontakt aufnimmt. Inzwischen ist Lucia Bocksberger gleichgültig. Er hat sie abgeschrieben. Die Freude an seiner süssen Rache an der SP erheitert sein Gemüt. Schaufelberger erhält von Lucia eine CD der ‚Rebellen mit Grund', die er Bocksberger weiterreicht. Bocksberger lässt die CD in der

Stube herumliegen. Liza fragt, was diese CD soll, schnappt sie sich, bugsiert sie in den Player und drückt auf play. Sogleich hält Bocksberger sich beide Ohren zu und schreit, „ich bitte dich, verschone uns mit diesem Lärm!" Liza tanzt bereits im Rhythmus des Rap in der Stube herum. Bocksberger fragt sie schreiend, „was soll dieser Begattungstanz?!"

Liza hält inne. Hört offensichtlich auf die Musik. Bocksberger gesteht sich ein, dass die Musik ganz so schrecklich nicht ist. Dass er überreagiert hat. Dennoch, er kann mit diesem Zeugs, das sich Musik nennt und bloss Lärm erzeugt, nichts anfangen. Liza hört gebannt hin. Sie lässt fallen, „das ist ja unerhört! Dieser Rap!" Zu Bocksbergers Entsetzen, scheint sie nicht entrüstet, doch gebannt. Zumindest checkt Bocksberger, dass es sich bei diesem Lärm um Rap handelt, der Rotzbengel also Rapper ist.

In diesem Augenblick geht die Wohnungstüre auf und zu. Eva gleitet vorüber, nett grüssend, mit der bestimmten Absicht, sich durch die Eltern nicht aufhalten zu lassen. Sie lässt bloss kurz fallen, bei hochgezogenen Augenbrauen, „was ist in euch gefahren, seit wann hört ihr Schlafliedchen für Kleinkinder?" Ihre Bemerkung wird von einem weiteren Öffnen und Schliessen der Wohnungstüre kurz unterbrochen. In den Fussstapfen von Eva zieht Patrick vorbei. Er schiebt, bevor auch er in sein Zimmer verschwindet, erklärend für die Eltern nach, „Multikulti-Geschwrubel aus der Agglo". Liza und Bocksberger schauen sich schweigend an.

Bocksberger vermutet, dass Liza gleich loslegen wird. Er versteht bloss Bahnhof und will die Stube verlassen, wird von der imperativ gestellten Frage Lizas, „hast du das gehört?", zurückgeangelt. Ihm schwant Schreckliches. Er hadert mit der Tatsache, dass er und Liza so oft einen gegensätzlichen Geschmack haben. Liza fordert Bocksberger auf, genau hinzuhören, auf die Worte zu hören. Ob ihm diese Worte nichts sagten? Bocksberger schneidet eine Grimasse und schüttelt seinen Kopf, drauf und dran, sich erneut abzuwenden und aus der Stube zu gehen. Liza sagt schwelgend, „ist doch Biermann!"

„Was Biermann?!"

„Wolf Biermann, Trotz alledem! Klar, dieser Rap ist bloss angelehnt an Biermann, das heisst Freiligrath oder noch besser, David Burns."

Bocksberger weiss, dass er nun unter keinen Umständen murmeln darf, hübsch, hübsch, aber so tun muss, als wäre er im Bild. Grundsätzlich hätte er nichts dagegen, dass Liza ihn aufklärt. Sobald jedoch Liza zu Erklärungen ansetzt, bekommt Bocksberger Zustände. Ihre Erklärungen sind so kompliziert und verwirrlich, dass sie erstens stundenlang dauern, zweitens bis zum Schluss unklar bleibt, was sie erzählen will, und drittens die Schärfe der Aussage fehlt. Aus Erfahrung weiss Bocksberger, dass er gut daran tut, sich heimlich schlau zu machen und das Thema später, nachdem er sich ins Bild gesetzt hat, erneut anzusprechen. Dann können er und Liza jeweils blendend über einen Gegenstand streiten. Er murmelt etwas von, „entschuldige, dringend pissen", und stiehlt sich in sein Arbeitszimmer. Er staunt über den Zufall, dass er innert wenigen Tagen zweimal mit dem Namen Freiligrath konfrontiert wird, der ihm nichts sagt.

Im Nu hat er sich die notwendigen Daten und Gedichts- oder Liedtexte ergoogelt, weiss nun, dass Ferdinand Freiligrath ein revolutionärer Dichter im deutschen Vormärz gewesen war und 1844 das Gedicht ‚Trotz alledem' geschrieben hatte, das in der Folge eines der Leitmotive des damaligen Aufruhrs geworden war.

> *Ob Armut euer Los auch sei,*
> *Hebt hoch die Stirn, trotz alledem!*
> *Geht kühn den feigen Knecht vorbei;*
> *Wagt's, arm zu sein trotz alledem!*
> *Trotz alledem und alledem,*
> *Trotz niederm Plack und alledem,*
> *Der Rang ist das Gepräge nur,*
> *Der Mann das Gold trotz alledem!*
> > *Ferdinand Freiligrath, 1810 bis 1876, Trotz alledem! (1843)*

Freiligrath hatte die Inspiration bei Robert Burns geholt, dort abgekupfert und das Gedicht aus dem Englischen sinngemäss ins Deutsche übertragen.

> *Is there for honest Poverty*
> *That hings his head, an' a' that;*
> *The coward slave-we pass him by,*
> *We dare be poor for a' that!*
> *For a' that, an' a' that.*
> *Our toils obscure an' a' that,*
> *The rank is but the guinea's stamp,*
> *The Man's the gowd for a'that.*
> > *Robert Burns, 1759 bis 1796, A Man's A Man For A'That (1795)*

Um keinen falschen Verdacht aufkommen zu lassen, geht Bocksberger auf dem Weg zurück in die Stube zur Toilette, bestätigt dort kurz die Spülung und ist zufrieden mit sich und der Welt. Als er zurück in die Stube kommt, ist Liza bereits in der Küche und bereitet das Abendessen zu. Bocksberger stellt sich zu ihr in die Küche und sagt, von selber wäre er nicht auf die Genealogie dieses Liedes der ‚Rebellen mit Grund‘ gekommen. Er müsse sich das Lied noch einmal in Ruhe zu Gemüte führen. Liza fragt ihn, woher er die CD habe. Bocksberger erklärt, Schaufelberger müsse fürs Vorprogramm des SP-Plauschs eine Band organisieren. Liza hält beim Schälen der Kartoffeln inne, so dass auch Bocksberger mit dem Schneiden der Zwiebeln kurz aufhört und zu ihr schaut. Liza fragt, wie Schaufelberger ausgerechnet auf diese Band gekommen sei? Bocksberger zuckt mit seinen Schultern und zieht seine beiden Mundecken nach unten, zum Zeichen, dass er nichts wisse. Es sei eine Band von Gymnasiasten. Liza prustet los vor Lachen. Das sei unmöglich. Ein Text, der das alte Lied und seinen Drive aufgreife und so geschickt zwischen den Zeilen zum Argument der Füsse aufrufe, gegen die Ausländerpolitik des Bundes, insbesondere der Bürgerlichen, aber auch der SP, verrate einen Autor mit Lebenserfahrung und mit dem Willen, sein Publikum zum Protest aufzurufen. Es werde am SP-Plausch einen Aufruhr geben. Dieses Lied mit diesem frechen Text – „hast du überhaupt hingehört?“ – sei eine echte Provokation, selbst für eingefleischte Sozis. So radikal. Schaufelberger habe sich da etwas Subversives einfallen lassen. Sie sei gespannt, wie der Auftritt dieser Band am SP-Plausch einfahren werde.

„Ja, ja, glotz mich nicht so an, Sämi! Lieder – Pussy Riot! Jede Revolution hat ihre Lieder. Das ist kein Witz. Das ist die Poesie des Volkes, wie es auch die Märchen sind, denn gute Lieder sind Märchen. Aufruhr im Sinne von, der Superstar, der die Kids kreischen macht? Komm mir nicht damit. Es geht um die Wirkung der Dichtung. Die Dichtung, die in Worte fasst, was an der Basis brodelt und gärt. Wenn schwarze Schafe in einem Land keinen Platz mehr haben sollen, muss man sich, wie Hugh Hamilton auf seinem Weingut im McLaren Vale in Süd-Australien den Slogan einfallen lassen, dass jede Familie ein schwarzes Schaf hat. Das Gedicht, das Lied – ja, es geht um das LIED. Nimm das Nibelungenlied, mit Betonung auf Lied. Das Eingängige, das, was aufgeschnappt werden konnte, wurde gesungen und so memoriert und pflanzte sich so in den Gehirnen fest. Oder nimm Gottfried Kellers ‚Heisst ein Haus zum Schweizerdegen' – Drohgebärde gegen Vereinnahmung. Und man kann es so wunderbar in die Welt hinausbrüllen. Dabei entsteht Gemeinschaft."

Bocksberger gesteht sich ein, ganz so schrecklich ist diese Musik, die sich anscheinend Rap nennt, nicht. Nun weiss er endlich, was unter Rap zu verstehen ist. Er vermutet, was Liza sagt, könnte Hand und Fuss haben. Er muss sich die CD in Ruhe anhören und auf den Text achten.

> *Ich füge – im Geist von Ludwig Börnes grossartig-*
> *ungeduldigem Gebet an die Göttin Geduld – hinzu:*
> *Da wir in einer sich überstürzenden Welt leben,*
> *müssen wir lernen, der Zeit Zeit zu geben und doch*
> *uns zu beeilen, als ob schon die Flammen durch das*
> *Dach des Hauses schlügen.*

Peter Sloterdijk, Reflexionen eines nicht mehr Unpolitischen, Sonderdruck edition suhrkamp 2013, E-Book Position 502

Eines schönen Tages, als Bocksberger an der Haltestellte Altenburgerwiesweg auf den Bus wartet, sieht er im Unterstand der Haltestellte auf der Sitzbank einen Stapel Bücher liegen, die jemand offensichtlich hingelegt hat, damit Passanten sich nach Lust und Laune davon bedienen. Zum Zeitvertreib geht er hin, schichtet die Bücher kurz um und stillt seine Neugierde, welche Bücher Leute loswerden wollen. Er stutzt. Da liegt ein hübscher Bildband in grösserem Format, ein schlankes, elegantes Buch. Er nimmt es zur Hand und beguckt es genau.

Der Schutzumschlag des Buches, ein Landschaftsbild mit Hügeln, Dörfchen, Pferdefuhrwerk und Fluss mit Schiffen drauf, gesäumt von Felsen. Der romantische Rhein. Ein prachtvoll verführerisches, sich in Bocksbergers Sinne einschmeichelndes Bild aus der Biedermeierzeit weht ihm zu. Schau dir diesen wunderbaren Band an, gebietet ihm eine innere Stimme. Ein Buch, wie man es sich nur wünschen kann. In Leinen gebunden, angenehm im Format. Und das Papier erst! Papier mit dezentem Glanz. Nun, das Buch wird ja auch nicht ganz billig gewesen sein. Doch es spricht an. Bocksberger kann es kaum fassen, dass ausgerechnet dieses Buch ihn anspringt. In seiner Überraschung glaubt er gar an höhere Fügung, kann nicht glauben, dass schierer Zufall so etwas schafft.

Das Buch: *Kurt Roessler/Irene Hufnagel, 1844er Assmannshäuser. Kommentarband zu ,Ein Glaubensbekenntnis. Zeitgedichte' von Ferdinand Freiligrath, Verlag Philipp von Zabern, gegründet 1785, Mainz 1994.*

Bocksberger schaut verstohlen um sich. Behändigt rasch das Buch. Versenkt es in seiner Freitag-Tasche. Bedenkt sein törichtes Verhalten. Er tut nichts Unrechtes. Er zieht das Buch gelassen langsam aus seiner Freitag-Tasche. Schaut um sich. Stellt fest, dass er noch immer alleine an der Bus-Endhaltestelle steht. Niemand ihn beobachtet. Er widmet sich ,seinem' Buch.

Der Bus kommt an, Bocksberger steigt ein, versenkt sich in das Buch und liest, wahllos eine Seite aufschlagend:

Hierzu kann F. F. sich selbst verteidigen im Brief vom 11. Dezember 1844 an Levin Schücking:
Wer mich so lange gekannt hat, wie Du, sollte billig wissen, dass, wenn irgend ein Mensch auf eigenen Füssen still seinen Weg vor sich hingegangen ist, ich der bin. Eine Nacht im Riesen … konnte mich nicht umwandeln! Eins der bösesten Gedichte des Bändchens, das Sonett S. 278, war, wie Du Dich erinnern wirst (ich las es Dir noch in Marienberg vor), vor jener Nacht entstanden, in der Hoffmann beiläufig bloss Persönliches, die Geschichte seiner Absetzung und seiner Flucht aus Fallersleben erzählte. Der Portraitmaler Becker aus Frankfurt war zugegen, von Proselytenmalerei war keine Rede. Überhaupt würde gerade Hoffmann, dessen persönliche Liebenswürdigkeit ich schätze, dessen kleinliche Auffassung der Gegenstände aber mir längst zuwider ist, nicht im Stande gewesen sein, mich zu einer Demonstration zu veranlassen. Dazu haben mich nächst die Landtagsabschiede vom Jan.

d. J. bewogen. Wer konnte bei solchem schamlosem
Herauskehren des krassesten Absolutismus länger
zusehen?

Wenn ich mich influenzieren liesse, warum hast
denn Du, warum hat Geibel, warum Landrath
Heuberger nicht irgendwie einen entscheidenden
Einfluss auf mich ausgeübt? Ihr seid allzusammen
Narren! Was ich bin, bin ich durch mich selbst und
durch den König von Preussen. Der ist der ärgste
Demagogenfabrikant.

Roessler/Hufnagel, 1844er Assmannshäuser, S.
170

Freiligrath ist mit den Autoritäten und mit der jüngsten Wende der Dinge ganz und gar nicht zufrieden, freut Bocksberger sich und staunt, wie die grossen Züge in der Geschichte im Kleinen ihren Ausdruck finden. Wie ein ins Wasser geworfener Kieselstein Kreise um Kreise um Kreise zieht. Bis er als Kiesel auf dem Grund mit dem Wasser zieht. Die Kreise in der Ferne sich vielleicht, gebrochen zwar, noch und noch fortsetzen. Sich des Moments entsinnen, wo der Kieselstein ins Wasser fiel! Eine Momentaufnahme über das Legen einer Spur, die wirkt. Oder auch nicht wirkt. Doch wenn sie wirkt, fasziniert. Solche Momente des Zufalls zu entdecken, bedenkt Bocksberger, ist Wonne und verbindet über Zeit und Raum.

Der Aufrührer von damals als vage Spiegelung ins Heute. Wo man, durch dieses Bild aus fernen Zeiten und Landen, beim Vorwärtsschreiten beschwingt nun einen Fuss vor den andern setzt. Die Zeiten haben sich geändert. Probleme gibt es immer. In veränderter Form. Unscheinbarer. Doch für den engagierten Bürger gibt es alleweil Grund zu

Protest. Entgegen der Vermutung, bedenkt Bocksberger, befinden sich selbst in einer direkten Demokratie Recht und gesundes Volksempfinden nicht von selber in einem Gleichgewicht. Menschlichkeit und Nächstenliebe reichen nicht aus. Es braucht Gesetze. Gesetze, die die Rechte und Pflichten der Menschen ordnen und zusammen mit Menschlichkeit und Nächstenliebe allen Menschen ein Leben in Würde bringen.

Das Getriebe des Alltags überwuchert die Gestelle, auf denen, wie im Lager einer Fabrik, Gesetzesentwürfe, neue Gesetze, alte Gesetze lagern, bedenkt Bocksberger. Nimmt man zufällig ein Gesetz unter die Lupe, blitzt einem unwillkürlich durch den Geist, was der Gesetzgeber sich wohl dabei gedacht hat? Korruption und Klüngelei, um besondere Interessen zu stützen. So Vieles läuft an den berechtigten Interessen der Basis vorbei. Der Absolutismus ist überwunden. Die direkte Demokratie ist vor Ungerechtigkeiten nicht gefeit. Wenn Demagogen mit falschen Argumenten der Basis Angst machen und ihr die Köpfe verdrehen. In der Folge durchgefuhrte Abstimmungen krasse Verletzungen der Menschlichkeit absegnen. Das mit dem Recht ist so kompliziert, schüttelt Bocksberger seinen Kopf.

Je komplizierter die Lebensverhältnisse werden und je mehr Bereiche innert kurzer Zeit einer Regelung bedürfen, umso gesicherter muss aber die Durchsetzung einer genau bestimmten Ordnung sein. Angesichts der Fülle der möglichen Verhaltensweisen bedürfen die Beziehungen innerhalb der Gesellschaft, zitiert nach Luhmann, einer selektiven Abstimmung, die nicht improvisiert werden kann. Angesichts dieser grossen Aufgabe kommt nur der Staat als umfassendster Träger sozialer Verantwortung in Frage, das Zusammenspiel der notwendigen Ordnungen zu garantieren. Die ausserrechtlichen Ordnungsmechanismen und damit selbstverständlich auch die ausserrechtlichen Kontrollgruppen, wie Familie oder Kirche, treten an Bedeutung zurück und ihre Funktionen übernimmt nach und nach ein sich immer weiter ausbreitendes Staatsgefüge. ... Die faktische Wirksamkeit einer Norm liegt dann vor, wenn sie entweder freiwillig befolgt oder von Staates wegen mit Hilfe von Zwangsmitteln durchgesetzt wird. Zu letzterem bemerkt Adorno sinngemäss, dass die Anwendung eines Gesetzes umso übertriebener sein müsse, je ausgehöhlter es sei, um den Legitimitätsglauben heraufzubeschwören. Die Römer hatten dafür das Sprichwort ,leges sine moribus vanae'. ... Dem Befrager fiel dazu auf, dass die Befragten im Anschluss an das Interview kaum Fragen zum Thema der Untersuchung stellten, sondern Diskussionen über Rechtsprobleme aus dem Alltag wünschten.

Bressler, Rechtskenntnis der Bevölkerung am Beispiel des Strafrechts. Diss Zürich 1978, S. 4 ff., 8 ff., 132 ff.

Weshalb bloss, fragt Bocksberger sich, begehren so wenig Leute auf, selbst wenn sie unerhört finden, was geschieht? In der Regel winken die Leute kraftlos ab, werfen einen abgedroschenen Spruch über die Politik und die Politiker hin und gehen ins Fussballstadion zu einem

Ausscheidungsspiel oder schwingen sich auf ihr Rennrad, um sich beim Aufstieg auf einer Passstrasse den Schweiss aus dem Körper zu strampeln. Die Leute nehmen, verdammt nochmal, wütet Bocksberger still in sich hinein, ihre Rolle als Bürger nicht mehr wahr. Sie denken, fühlen nichts. Latschen autoritären Gestalten hinterher und brüllen deren Parolen nach. Ich beobachte, ich gehe mit offenen Augen durch meinen Alltag, überlegt Bocksberger, und ich mache die Faust im Sack.

Verachtung für die Politiker, Desinteresse an politischen Dingen, Gefolgschaft von autoritären Gestalten sind ein modernder Schwelbrand, phantasiert Bocksberger und landet in einem Tagtraum, während er das Buch über Freiligrath in Händen hält. Die Mächtigen können oder wollen den Schwelbrand nicht sehen. Sie fürchten sich davor. Sie setzen alles dran, dass der Schwelbrand niemandem in die Sinne sticht und dass allfälliger Rauch oder züngelnde Flammen vertuscht werden. Dann gibt es so freche Typen, die auf Vertuschungsmanöver nicht reinfallen. Solche Typen braucht es. Zum Zunder werden sie, die ihren Protest in Worte fassen können. ,Ho Ho Ho Chi Minh'. gegen den Vietnam-Krieg. Politische Dichtung. Rap. Lieder, die unter die Haut gehen. Aufrütteln.

Diese erinnerten, durch sein Bewusstsein rasende Geschichte, diese Geschichten und Geschichtchen geben als Spuren aufflackernder Vergangenheit dem Augenblick, den Bocksberger jetzt, physisch präsent am SP-Plausch in der Eingangshalle des Volkshauses, erlebt, Farbe.

Aber vielleicht sind, was man Revolutionen nennt,
nichts anderes als die Weigerungen von Kollektiven,
nur Zuschauer bei Endspielen zu sein.
Peter Sloterdijk, Reflexionen eines nicht mehr
Unpolitischen, Sonderdruck edition suhrkamp
2013, E-Book Position 488

Zum ersten Mal, erinnert Bocksberger sich an die vor wenigen Minuten geäusserte Bemerkung Schaufelbergers, strömen auch junge Menschen, zwar unbeachtet von den übrigen Besucherinnen und Besuchern, an den SP-Plausch, belagern die Bühne und zeigen, dass sie eine Botschaft erwarten. Dass sie nicht wahllos schlucken, was ihnen vorgesetzt wird. Vielleicht, denkt Bocksberger weiter, mache ich mir zu grosse Hoffnungen über die Wirkung, die der Rapper, der kleine Rotzbengel, auf die Jungen und die Alten ausüben wird. Ohne Grund werden die ‚Rebellen mit Grund' ihren Namen nicht tragen. Die Alten, beobachtet Bocksberger, nehmen die Jungen nicht zur Kenntnis. Die Alten sind mit sich und ihren Freunden beschäftigt. Sie wollen ihre Gemütlichkeit. Die Jungen kleben an der Bühne. Fiebern dem entgegen, was gleich losgehen wird. Die Ruhe vor dem Sturm.

Das Volkshaus füllt sich immer mehr. Bocksberger bleibt nahe dem Eingang im Abseits stehen. Er beobachtet, obwohl er so tut, als ob er nicht schaut. Er hat sich eine Position ergattert, von der aus er einerseits den bestmöglichen Überblick über die Ankommenden und andrerseits Blickkontakt mit Schaufelberger hat. Er malt sich aus, wie das Stammpublikum das übliche Wohlfühlprogramm erwartet. Welche Wonne es für ihn bedeutet, wenn der Rapper loslegt, der Lärm und das

Gekreische der Jungen die harmoniesüchtigen Schlafmützen, die die Alten sind, aus ihrem Dämmerschlaf aufwecken. Endlich werden die Alten aus ihrer Lethargie gerissen. Klammern sich bis zuletzt an das Wohlgefühl als Prinzip. Kommen wegen des Lärms nicht umhin, aufzuhorchen, irritiert zu sein. Sie werden gegen das OK des SP-Plauschs, gegen den Parteivorstand, gegen die Leitung der Partei, gegen die Zumutung, die ihnen geboten wird, protestieren. Derweil der anarchistische Chaot, der der Rotzbengel ist, seine Strophen über die Köpfe hinweg schmettert. Bei der Vorstellung, welch tumultuöser Aufruhr hier und jetzt gleich entstehen wird, beginnt Bocksbergers Herz zu hüpfen und er spürt seinen Puls schlagen.

Schaufelberger zwinkert Bocksberger zu. Bocksberger deutet Schaufelbergers Zwinkern dahingehend, dass auch dieser gespannt ist auf die Wirkung des Auftritts der Rebellen mit Grund.

> *Nähert sich das Kollektiv hingegen dem kampfgemeinschaftlichen Pol, so legt es die Tendenz an den Tag, zu einer monothematischen Kommune zu fusionieren – besonders dann, wenn es synchron aufgewühlt wird von Vorstellungen gemeinsamer Bedrohtheit – völlig unabhängig davon, ob die mitgeteilte Bedrohung real besteht oder erfunden wurde, um die Fusion zu provozieren.*
> *Peter Sloterdijk, Reflexionen eines nicht mehr Unpolitischen, Sonderdruck edition suhrkamp 2013, E-Book Position 366*

Bocksberger fragt sich, wer beim Krawall als Erster die Boulevard-Zeitung benachrichtigen wird. Um sich einen

Geldschein zu verdienen. Vielleicht sogar als Augenzeuge am Lokalfernsehen zu kommen. ‚Aufruhr im Volkshaus beim SP-Plausch'. Dann wird Skandal, Skandal geschrieen und die News politisch instrumentalisiert. Was hoffnungsvoll beginnt, mündet leider meist in ein ärgerliches Medien-Geplärre der bekannten Skandal- und Aufgeregtheits(un)kultur, denkt Bocksberger. Er verscheucht diesen Gedanken, um sich seine Laune nicht zu verderben. Er fängt nochmals ein Augenzwinkern Schaufelbergers auf, der sich heimlich über die überwiegend grauen Panther mokiert, die er vordergründig überschwänglich begrüsst. Bocksberger spürt einen leichten Klaps an seinem rechten Oberarm.

Bocksberger wendet seinen Kopf und starrt in die Visage von Deiss. Bocksberger freut sich, Deiss zu sehen. Deiss ist ein fröhlicher Kumpan. Bocksberger weiss nicht, ob Deiss Mitglied der SP ist. Es würde ihn wundern. Bocksberger hätte ihm am liebsten von seiner süssen Rache berichtet und ihn davor gewarnt, sich zu sehr vorzuwagen, weil der Anlass womöglich vorzeitig, nach Beginn des Auftritts der ‚Rebellen mit Grund', in einem Aufruhr enden könnte. Zum Glück redet Deiss sogleich auf Bocksberger ein. Bocksberger kommt nicht zu Wort. Deiss sagt, er sei nicht Mitglied der SP, doch Rösli habe darauf bestanden, am SP-Plausch teilzunehmen und ihm sei es im Grunde gleichgültig, herzukommen. Er sei schlicht neugierig darauf, was sich wo tue. Und nun habe er das Glück, ihn, Bocksberger, hier zu treffen. Er, Bocksberger, sei für ihn die Rettung. Als er von Bocksbergers Kandidatur und der Wahlschlappe, beziehungsweise der Intrige gehört habe, habe er sich gewundert, dass Bocksberger, was er nie vermutet hatte, Mitglied der SP sei. Nun aber wundere er sich noch mehr, dass er, Bocksberger, nach der Intrige, mir nichts dir nichts, sich hier am SP-Plausch zeigen möge, wo ausgerechnet die Politiker sich in Szene setzen, die die Intrige angezettelt oder doch zumindest bei ihr mitgespielt haben. Er, Deiss, wolle sich unter keinen Umständen in Bocksbergers Angelegenheiten einmischen. Schliesslich seien hier ja nicht bloss Scheinheilige und Verräter, aber auch anständige Leute. Bocksberger ist drauf und dran, Deiss zuzuflüstern, was er hier, im Sinne seiner süssen Rache, angezettelt hat, als er sieht, wie der Rotzbengel in voller Rapper-Uniform mit Pudelmütze auf dem Kopf, sich eine Gasse durch den Strom der Ankommenden schlagend, zum Ausgang hetzt, Eintretende beiseite schiebt und nach draussen verschwindet. Bocksbergers Blick verfolgt den Weg des Rotzbengels. Vor Schrecken bleibt sein Mund offen stehen. Deiss verstummt und richtet seine Augen in Bocksbergers Blickrichtung.

„Was macht Keller hier?! Und erst noch in dieser Kostümierung, fragt Deiss erstaunt und grinsend. Hat der SP-Plausch Keller für eine parodistische Kabarettnummer engagiert?"

Bocksberger ist verdattert und brüselt murmelnd die Frage hervor, ob er, Deiss, den Rapper meine, der soeben das Volkshaus verlassen habe? Zu Bocksbergers Erleichterung rennt der Rotzbengel mit gleichem Tempo, wie er soeben das Gebäude verlassen hatte, wieder rein, sich eine Gasse durch den trägen Strom der Ankommenden schlagend, um alle zu überholen und wieder eiligst in den grossen Saal zu stürmen.

Deiss wundert sich, dass Bocksberger Keller als Rapper bezeichnet. Er will nicht glauben, dass Keller der Rapper der ‚Rebellen mit Grund' ist. Selbstverständlich sagt Deiss die Band ‚Rebellen mit Grund' nichts. Er findet es unglaublich, dass Keller Rapper sein soll. Ob Bocksberger denn nicht wisse, wer Keller sei?

„Er wird der jüngste Professor für zeitgenössische Geschichte an der Uni werden. Schönauer, du weisst schon, unsere Geschichts-Koryphäe, betreut die Habilitationsschrift von Keller, über Jugendunruhen in Zürich. Schönauer findet Keller als Forscher genial. Schönauer ist sich auch sicher, dass Keller, sobald habilitiert, als Nachfolger von Bergmann als ordentlicher Professor gewählt wird. Nein, echt, du hast angenommen, dass er ein Mittelschüler ist?! Er sieht zwar wie einer aus. Ist aber knapp über Dreissig. Mit Lucia Blum verheiratet. Sie ist Geschäftsführerin irgendeiner NGO. Sie haben zwei niedliche kleine Kinderchen. Das muss ich hören, Keller als Rapper! Ich kann es nicht glauben. Wir sehen uns noch. Ich muss Rösli suchen. Gleich geht es los."

Ich bewundere Menschen, die sich ein Projekt vornehmen, das für sie eigentlich viel zu gross ist, und sich hineinstürzen, obwohl sie sich dem Risiko aussetzen, lächerlich zu wirken. Und mir gefällt es, Ihnen dabei zuzusehen.

Wes Anderson im Interview ‚Das Chaotische ist natürlich' von Anna Kemper, ZEIT MAGAZIN 6. Februar 2014 Nr. 7, S. 41

Bocksberger steht belämmert da. Er grinst wie ein Idiot und glaubt zu träumen. Seine Welt kommt ihm gespenstisch vor. Er nimmt eine Stimme wahr und spürt einen Boxschlag gegen seine linke Schulter. Bocksberger starrt in Irnigers grinsende Fratze.

„Du stehst wie ein Verschwörer da. Was führst du im Schild? Hast du Lassalle hier heimlich eingeschleust, oder zumindest dessen kämpferischen und aufrührerischen Geist?!"

Bocksberger weiss, dass Irniger ein Intimus von Egger, ein guter Freund von Müller und selber Gemeinderat ist. Intuitiv denkt Bocksberger, wenn ich Kämpfer wäre, müsste ich diese scheinheilige Tüte von Irniger auf der Stelle k.o. schlagen, mit einem zünftig platzierten Kinnhaken. Mist, denkt er weiter, ich bin ein Feigling und ein Schwächling, kann keiner Fliege etwas zuleide tun. Denkt dann noch weiter, doch meine Rache ist süss. Der Rotzbengel oder Keller oder, wie der Typ auch immer heissen mag, wird die Stimmung aufheizen, sobald er in wenigen Minuten in die Saiten greift und losröhrt. Weder Irniger noch sonst wer von all diesen Intriganten, die hübsch feiern und auf Idylle machen wollen, ahnt, wie die Gemütlichkeit aufgemischt werden wird.

„Na klar", gibt Bocksberger mit süffisantem Grinsen zurück. „Und Lassalle wird ‚Trotz alledem!‘ von Freiligrath singen. Unsere lieben Genossen werden mitbrüllen und schunkeln!"

„Hahaha, geistreich wie immer! Doch, mein Lieber, keiner mehr in diesem Saal weiss, wer Lassalle ist, geschweige denn Freiligrath und sein ‚Trotz alledem!‘"

„Trotz alledem! Es sei, wie es sei."

Zu Bocksbergers grösstem Erstaunen stolziert unter den Leuten, die nur noch vereinzelt ankommen, Hüttental von der Strasse her in die Eingangshalle herein. Die graue Eminenz der Liberalen, wie Bocksberger weiss. Hüttental begrüsst Egger, Schaufelberger, Klöti und Reingauer. Steuert dann, zu Bocksbergers Schrecken, direkt auf Bocksberger zu, der nicht weiss, wie er diese Ehre verdient. Unter normalen Umständen nimmt Herr Doktor von Hüttental Bocksberger nicht wahr.

Hüttental trägt, obwohl am SP-Plausch legere Kleidung angesagt ist, seine übliche Tracht: silbergrauer Zweireiher, auf Hochglanz polierte, rahmengenähte, englische Lederschuhe, weisses Hemd und als Markenzeichen eine Fliege umgebunden, schwarz mit grünen Punkten. Falls Hüttental hier, entgegen seinem sonstigen Aufzug, fährt es Bocksberger durch den Kopf, in schlabbrigen Jeans mit einem Totenkopf-T-Shirt der ‚Motor Head' auftauchen würde, wäre er noch seltsamer.

Hüttental gehört zur lokalen Prominenz. Bocksberger hält ihn für einen eingebildeten Schwätzer. Hüttental hätschelt die Kunst der Herablassung in perfekter Manier. Gibt sich immer und überall scheissfreundlich. Ausser er will jemanden demonstrativ schneiden und in seine Grenzen weisen. Hüttental ist ein Liebling der (Boulevard-)Presse und jedes gehobenen Klatsch + Tratschs. Bocksberger hält Hüttental für ein Schwein und einen Profiteur und hat ihn sich zu seinem Lieblingsfeindbild auserkoren.

Wann immer Bocksberger Wut über die Arroganz der Reichen und Mächtigen überkommt, er Dampf ablassen und gegen jemanden loslegen will, muss Hüttental herhalten. Hüttental ist ein dankbares Objekt. Als in sich verliebter Selbstdarsteller und eindrücklicher Koloss ist er immer und überall dabei. Weiss alles besser, brüstet sich mit ausgesuchten Geistesblitzen und entfaltet schamlos seine Macht und Pracht. Was er von sich gibt, wird liebend gerne kolportiert. Bocksberger hinterfragt die Dinge. Ortet Verlogenheit und Scheinheiligkeit. Kann in jeder Gesellschaft über Hüttental schimpfen. Sehr zum Erstaunen der Leute, die Hüttental für einen etwas verstaubten Kavalier der alten Schule halten, weil er in der Presse so dargestellt wird. Die Leute lassen wie beiläufig und von Bocksbergers Schimpftirade peinlich berührt fallen, Politiker, „na ja, Mächtige, na ja". Bocksberger schämt sich für seine Schimpftirade. Er verstummt. Er ballt bloss noch die Faust im Sack und fühlt sich als Ritter der lächerlichen Gestalt.

So, wie Hüttental für Bocksberger das Feindbild des ideal-hassenswerten Menschen darstellt, erträumt er sich in der Person Mellners den idealen Menschen, den er bewundert und dem er nachstrebt. Die Person Mellner ist ein Mensch aus Fleisch und Blut, den Bocksberger nicht persönlich kennt, der ihm aber seit seiner Studienzeit immer wieder über den Weg läuft. Als Bocksberger Mellner, der wenige Semester über ihm studiert, zum ersten Mal erblickt, verguckt er sich in das Bild dieses Mannes. Der das Bild eines sympathischen, fröhlichen, gescheiten, unauffälligen, hübschen und bescheidenen Menschen abgibt. Zufällig erfährt Bocksberger, dass dieser ältere Kommilitone Mellner heisst. Bocksberger kann sich nicht mit Bestimmtheit erinnern, ob Mellner und er je ein Wort gewechselt haben. Irgendwann, Jahre später, als sie sich in der Stadt zufällig über den Weg laufen, erkennt Bocksberger von weitem bereits Mellner und zögert, ihn zu grüssen, weil sie sich nicht wirklich kennen. Jedes Mal, wenn er Mellner sieht, bleibt dessen Person in seinem Gedächtnis gegenwärtig und mutiert für eine Weile zu einer Traumgestalt, in die er Geschichten projiziert. Bocksberger lässt Mellner in seiner Fantasie zum Erfolgsmenschen werden, dem bei seiner Durchschnittlichkeit alles gelingt und der angemessen freundlich und bescheiden bleibt. Als sie sich, es war auf der

Bahnhofstrasse gewesen, einander physisch nähern, stellt Bocksberger fest, dass Mellners Blick länger als bei flüchtigem Rumschauen auf ihm ruhen bleibt. Bocksberger wird nervös und zweifelt, wie er sich verhalten soll. Anlass für ein Gespräch besteht nicht. Obschon Bocksberger sich liebend gerne einmal mit Mellner unterhalten hätte. Jedoch keinen blassen Schimmer davon hat, worüber sie sich hätten unterhalten sollen. So grüsst er kurz vor dem Kreuzen mit einem Lächeln, ohne die geringsten Anstalten zu treffen, anzuhalten. Mellner grüsst zurück. Als sich ihre Wege kreuzen. Auf der Bahnhofstrasse. Diese Begebenheit ohne Bedeutung schuf Mellner in Bocksbergers Tagträumen für einige Zeit eine Vorzugsstellung. Inzwischen hat Bocksberger von verschiedenen Seiten Informationsfetzen über Mellner aufgeschnappt, so dass er weiss, was Mellner arbeitet, mit wem er verheiratet ist, wieviele Kinder er hat.

Bocksberger pflegt guten Umgang mit seinen Traumfiguren. Sie beflügeln seine Phantasie. Mit ihnen unterhält er sich. Mit ihnen führt er Streitgespräche. Ihnen gegenüber kann er Dinge ansprechen, über die er sonst mit keiner Menschenseele reden will. Bei ihnen kann er sich für Dinge rechtfertigen, wenn niemand eine Rechtfertigung von ihm fordert, er sich aber rechtfertigen möchte. Mellner als Traumfigur ist der beste Freund, der Bocksberger, wenn er zögert, zaudert und verzweifelt ist, gut zuredet und ihm neuen Mut gibt. Jetzt, im Volkshaus, wo es draussen acht Uhr schlägt, hätte er seine Nervosität gerne mit Mellner geteilt, doch vor ihm plustert sich sein Intimfeind Hüttental auf, der nicht einmal weiss, dass er Bocksbergers Intimfeind ist und der Bocksberger bloss beschwatzt, weil ihm niemand Besseres über den Weg läuft. Bocksberger nimmt wahr, wie Lucia von der Strasse durch die Eingangshalle in den Saal stürmt. Im Vorübergehen ihm kurz gequält zulächelt und verschwindet.

„Mutig, mutig, ihr Linken", grinst Hüttental Bockberger zu. „Heuert die ‚Rebellen mit Grund' an. Befürchtet ihr nicht, dass sie euch links überholen?! War bloss ein Scherz. Wird schon schief gehen."

Aus dem Saal dringen kakophonische Klänge in die Eingangshalle. Hüttental eilt in den Saal. Bocksberger ist nahe daran, zu explodieren. Er ärgert sich, dass ausgerechnet die widerlichsten Menschen tatsächlich alles wissen und immer ihre Nasen vorne haben. Schaufelberger packt Bocksberger am Arm, wirft noch einen Blick zurück, bevor er Bocksberger in den Saal ziehen und stossen wird. Plötzlich bleibt er stehen mit durch die geöffnete Eingangstüre nach draussen gerichtetem Blick.

„Schau, schau, dort!!"

„Was?"

„Amanda Pfau."

„Wer ist Amanda Pfau?"

„Amanda Pfau. Deine Verehrerin!"

„Kenne ich nicht."

„Erinnerst du dich nicht? Im Pfuusbus. Als wir kurz dort reinschauten."

„Ach so."

„Typisch du! Hast eine Verehrerin und erinnerst dich nicht einmal an sie. Jedes Mal, wenn ich ihr über den Weg laufe, erkundigt sie sich nach dir. Komm, komm, wir müssen. Drinnen ist's losgegangen! »

Il revoyait sa vie folle, courageuse, lâche, obstinée et toujours tendue vers ce but dont il ignorait tout, et en vérité elle s'était tout entière passée sans qu'il ait

essayé d'imaginer ce que pouvait être un homme qui
lui avait donné justement cette vie pour aller mourir
aussitôt sur une terre inconnue de l'autre côté des
mers.

Albert Camus, Le premier homme, Gallimard
1994, Seite 30

Bocksberger zieht es mit unheimlichem Sog in den Saal hinein. Er muss erleben, wie Unruhe entsteht, sich etwas zusammenbraut und als Krönung der Bewegtheit die Explosion im Aufruhr erfolgt.

Unklar ist beim Konzept des operative(n)
Künstler(s) insbesondere, ob nun ästhetische
Impulse zur Wiederbelebung der Politik führen
sollen oder die Politik sich umgekehrt in ein
ästhetisches Ereignis verwandeln soll.
Dieter Thomä, Totalität und Mitleid, Suhrkamp
Taschenbuch 2006, S. 31

Bocksberger steht hinten im grossen Saal. Späht mit Sperberaugen herum. Will unbedingt mitbekommen, wo sich im Publikum zuerst etwas regt. Das Einsetzen der Musik hat nichts am Gesamtbild verändert. Die Alten stehen noch immer in kleinen Gruppen in Partylaune munter plaudernd herum. Kein Kopf bewegt sich in Richtung Bühne. Der Gürtel von Jungen belagert die Bühne. Die Jungen kreischen und jubeln. Das Ritual ist eingespielt. Spult wie mechanisch ab. In diesem grossen Raum wirkt die Musik nicht ganz so schrecklich. Sie ist nicht schmerzhaft laut. Bocksbergers Herz klopft. So hat er es sich nicht vorgestellt. Nicht einmal das Schrille der kreischenden Jungen dringt tatsächlich schrill bis zu ihm durch.

Jemand stösst Bocksberger an. Beim ersten Ton erkennt er Lizas Stimme. Sie murmelt, „fantastisch, toll, nicht wahr?" Er wendet sich Liza zu und küsst sie auf ihren Mund. Während er Liza küsst, sieht er, wie beschwingt, gelöst und fröhlich, mit Tanzschritten im Rhythmus der lauten Musik vorwärtsschreitend, Lucia auf ihn zukommt. Lucia fixiert Bocksberger grinsend. Intuitiv schreckt er von Liza zurück. Liza und er starren hin auf die sich nähernde Lucia. Lucia nähert sich ihnen bedenklich. Streckt ihren Kopf zwischen Bocksberger und Liza nahe an Bocksbergers Gesicht. Ihr Mund gegen sein Ohr. Lucia schreit fröhlich provozierend, mit Seitenblick auf Liza, Bocksberger ins Ohr, „Herr Häuptli, jetzt ist der Moment der Wahrheit gekommen, gestehen sie!"

Zu seiner Überraschung versteht Bocksberger trotz des Lärms jedes einzelne Wort. Was die Worte sollen, weiss er nicht. Er wirft einen hilfesuchenden Blick auf Liza, die ihn böse anschaut und wie eine Alarmsirene losbrüllt, „hast du etwas mit dieser Frau?"

Bocksberger möchte am liebsten im Erdboden versinken. Ungewohnte Geräusche wallen auf.

Zuerst dumpf-leises, dann anschwellendes und laut vernehmbares Stimmengewirr dringt aus der Richtung der Bühne bis in den hinteren Teil des Saales. Lizas, Lucias und Bocksbergers Blicke schnellen in die Richtung, woher die Geräusche kommen. In Richtung Bühne. Bocksberger schiesst durch den Kopf, jetzt geht es los. Ein schlaksiger Junge, dem Aussehen nach ein Nordafrikaner, rennt Liza, Lucia und Bocksberger beinahe um. Er flüchtet mit verängstigtem Blick nach hinten in Richtung Bühne auf den Ausgang des grossen

Saales zu. Alle Drei schauen ihm verärgert nach. Bevor er durch den Saaleingang verschwindet, nickt er im Rennen mit zurückgewendetem Kopf den Dreien zu und presst im Stakkato mehrmals „Entschuldigung, Entschuldigung" hervor, bevor er verschwindet. Bocksberger ruft ihm nach, „schon gut, schon gut". Er wundert sich und nimmt wahr, dass die Band zu spielen aufgehört hat. Lucia flüstert entgeistert, dort ist etwas! Nahe der Bühne ist etwas los. Die Sicherheitsroboter eilen alle in eine Richtung, bloss einer bewegt sich zurück zum Saaleingang und spricht in ein Handy. Bocksberger schnappt das Wort Polizei auf. Bocksberger lacht sich nicht mehr ins Fäustchen. Der Sturm ist losgegangen. Doch nicht der, den er erwartet hatte.

Wake up and dream.
Open your eyes,
Take a look at the skies,
Where the stars so romantiv'lly gleam.
Wake up and dram.
Ev'ry moment you're bored is a sword
Of hari-kari in you.
  Cole Porter, 1929

KÄMPFER FÜRS VATERLAND ÜBERALL

Lucia lässt sich nicht mehr aus der Ruhe bringen. Sie hat sich eingestanden, dass das Leben als Mutter, Ehefrau und Geschäftsfrau ständiger Stress bedeutet. Sie will die einzelnen Kampfzonen scharf trennen. Mit den sich darin inszenierenden Kämpfern im Sinne einer Schule der Verbesserlichen umgehen. So kann sie ihren Alltag locker anpacken. Ihren Protestierenden zurufen, ändere dein Leben.

und bräche nicht aus allen seinen Rändern
aus wie ein Stern: denn da ist keine Stelle,
die dich nicht sieht. Du musst dein Leben ändern.
Rainer Maria Rilke, Archaischer Torso Apollos,
letzte Strophe, geschrieben 1908 in Paris

Sie nimmt es gelassen, dass sie die Betreuung für die Kinder organisiert hat und keine Zeit fand, den geplanten Kontrollanruf zu machen. Sie nimmt es gelassen, dass sie wegen der Präsentation den ganzen Tag über nicht dazugekommen ist, Leo anzurufen und sich zu vergewissern, dass er sich beruhigt hat und entgegen seiner Drohung den Auftritt als Rapper am SP-Plausch im Volkshaus absolviert. Sie nimmt es gelassen, dass Knoll einmal mehr es nicht hat lassen können, sie in der Präsentation ihrer neusten Kampagne zu unterbrechen, sich aufzuspielen, als ob er der Schöpfer der Kampagne sei und mit einer unbedachten Bemerkung den Auftritt zu verbocken, so dass sie, Lucia, den gesamten Nachmittag damit verbringen musste, die Geldgeber zu überzeugen, dass die Bemerkung Knolls ein Missverständnis ist. Als der CEO der Grossbank sich von ihr überzeugen lässt, beteuert, seine Firma werde das Projekt weiterhin unterstützen, die wegen Knolls dummem Auftritt zur Zitterpartie gewordene Präsentation für sie zu Ende ist, erdolcht sie Knoll nicht. Sie fällt ihm um den Hals und beglückwünscht ihn überschwänglich zu seinem genialen Auftritt. Knoll strahlt wie ein Maikäfer und Lucia denkt sich einmal mehr ihren Teil. Lucia nimmt es gelassen, dass der Kleine, Ariel, ihr kleiner Bruder, einmal mehr ausgetickt ist. Sie keine Zeit fand, die Papiere, die er Vati gestohlen und die sie ihm entrissen und an sich genommen hat, möglichst unbemerkt wieder zurück an ihren angestammten Ort zu verstauen. Geschweige denn, Ariel runterzuholen von seinem lodernden Hass auf alle Autoritäten, insbesondere den Vater.

Lucia weiss, dass ausser Leo sie die Einzige ist, mit der Ariel vernünftig redet. Sie mag den kleinen Aufrührer. Sie bedauert es, kaum Zeit zu finden, sich auf ihn einzulassen. Sie hat zu viel um die Ohren. Sie nimmt sich vor, Ariel unbedingt zu einem Abendessen einzuladen, falls er nicht von selbst vorbeikommt und sich zum Abendessen einlädt.

Lucia nimmt es gelassen, dass Leo gestern Abend, als er etwas zu viel getrunken hatte, durchdrehte und im Brustton der Überzeugung schrie, es falle ihm nicht im Traum ein, an diesem idiotischen SP-Plausch aufzutreten. Lucia hatte ihn darauf aufmerksam gemacht, dass ein Vertrag unterschrieben sei und er eine Konventionalstrafe zu bezahlen habe, wenn er den Vertrag breche. Leo warf höhnisch hin, die Jungs werden schon auftreten und Chuck wird an meiner Stelle liebend gerne die Vocals übernehmen. Lucia äusserte ihre Bedenken, dass die Jungs ohne ihn einen Auftritt schafften. Lucia nimmt es gelassen, dass sie nun nicht weiss, ob Leo seinen Vertragspflichten, die sie für ihn und seine Band mit Schaufelberger ausgehandelt hatte, einhält oder nicht. Sie ist schlicht neugierig und wird ins Volkshaus pilgern, um zu sehen, wie der Wagen läuft. Dabei hofft sie, Sämi ‚Bocksberger' zu begegnen und kann es kaum erwarten zu sehen, welches Gesicht er macht, wenn sie ihm eröffnet, dass sie ihn durchschaut hat. Doch das Gesicht, das er machen wird, ist ihr nicht das Wichtigste. Sie will ihm eröffnen, was sie sich ausgedacht hat und wie er ihr dabei helfen kann.

Die Grenzen der Vernunft begreifen – das erst ist wahrhaft Philosophie.
Friedrich Nietzsche, Der Antichrist, E-Book, S. 93

Lucia hatte seit der ersten Begegnung mit ‚Bocksberger', wo er, der reife Herr, sie richtiggehend angemacht hatte, das Gefühl, dass etwas nicht stimmt. Seine linkische Art sie anzumachen, seine Verlegenheit dann, als sie ihn in der Oper anspricht, seine Gelassenheit, als sie in der Altstadtbar die Männer sich selber überlässt, dass er nicht um sie kämpft und doch immer zur Verfügung steht, hatte sie zuerst für ihn eingenommen. Sie fühlt sich wohl in seiner Gesellschaft und empfindet ihm gegenüber, wie gewissen Freunden ihrer Eltern gegenüber.

Seit ihrer Mittelschulzeit ist Lucia theaterbegeistert. Vor einiger Zeit hatte sie die Aufführung eines zeitgenössischen Stückes gesehen, von der sie hin gewesen war und die ihr bis heute lebendig in Erinnerung ist. Den Namen des Regisseurs hatte sie sich gemerkt. Wohl weil sie diesen Namen zuvor nie gehört hatte. Samuel Häuptli. Seit sie sich diesen Namen gemerkt hat, kann sie Theaterkritiken über Aufführungen vor allem im deutschsprachigen Ausland entnehmen, dass Samuel Häuptli ein begehrter und erfolgreichster Regisseur ist. Neulich hatte sie im Kunsthaus-Magazin den mit Bildern von Besucherinnen und Besuchern bestückten Bericht von der letzten Vernissage überflogen und aus Neugierde die Namen der Abgebildeten herausgepickt. Auf einem Bild – das Bild war klein, schwarz-weiss, nicht gestochen scharf – war ein Mann drauf, zusammen mit seiner Frau und einem Kurator des Museums. Sogleich weiss sie, den kennst du! Woher kennst du ihn? Der in der Bildlegende genannte Name, Samuel Häuptli, ist ihr gleich bekannt. Doch war ihr nicht bewusst, dass sie DEN Samuel Häuptli – in der Bildlegende ist er sogar als Theaterregisseur bezeichnet – kennt. Erst später fällt ihr plötzlich ein, das ist doch ihr flüchtig Bekannter, der sich ihr als Samuel ‚Bocksberger‘ vorgestellt hat. Sie sucht das Kunsthaus-Magazin aus dem Stapel der zu entsorgenden Zeitungen nochmals hervor und vergewissert sich. Da ist kein Irrtum möglich. Es handelt sich bei Samuel Häuptli um ihren Sämi ‚Bocksberger‘! Nun erklärt sich auch ‚Bocksbergers‘ Zurückhaltung ihr gegenüber. Die Scheu des prominenten Zeitgenossen, der sich Leuten, die er nicht kennt, nicht aufdrängen, aber, unter einem Pseudonym gleichsam, normalen Umgang pflegen will. Seit sie weiss, dass sie den berühmten Häuptli kennt, entwickelt sie einen Plan.

Leo redet mit Lucia kaum über das, womit er sich gerade beschäftigt. Er ist nicht mitteilungsfreudig. Sie Beide sind mit ihren Berufen vollauf beschäftigt. Leo ausserdem noch in seiner Freizeit mit den ‚Rebellen mit Grund', der Band, die er als Rapper schlecht und recht zusammenhält. Zu guter Letzt bleibt ihnen als Eltern kleiner Kinder kaum Zeit, sich ernsthaft über ihrer beider Gedanken und Ideen auszutauschen.

Leo ist unordentlich. Er lässt alles überall herumliegen. Erinnert sich jedoch immer haargenau, wo er was hingelegt hat. Lucia bekommt, wenn sie ihren Teil der Hausarbeiten erledigt, ungewollt Spuren von dem mit, was Leo umtreibt. So hatte sie vor kurzer Zeit zu ihrem Erstaunen, weil sie überhaupt nicht gewusst hatte, dass Leo neuerdings Hörspiele schreibt, ein Hörspiel-Typoskript „Aufruhr in Zürich" rumliegen sehen. Sie liest das Stück und ist begeistert. Es handelt vom Grebelhandel im Jahr 1762, als Füssli, Lavater und Hess mit einem Pamphlet ein solches Feuer unter dem Hi9ntern des ungerechten Landvogts Grebel entfachten, dass dieser Hals über Kopf ins Ausland fliehen musste – ein Aufstand der Jungen gegen die Obrigkeit! Das Hörspiel als Prozess, in dem der berühmte Goethe aus Weimar, der vom Aufstand dieser Jungs in Zürich Wind bekommen und sie bewundert hatte, als Richter. So gut, die Form des Hörspiels, direkt genial. Zuerst nimmt sie sich vor, in einem ruhigen Moment Leo auf sein Hörspiel anzusprechen. Dazu kommt es nicht. Dann entdeckt sie

Samuel Häuptlis Bild im Kunsthaus-Magazin. Ihr kommt eine Idee. Sie will, hinter dem Rücken von Leo, weil er zu bescheiden und unsicher ist, Samuel Häuptli, ihrem ,Bocksberger', Leos Hörspiel geben und ihn fragen, ob er damit etwas anfangen kann. Sie schaut nach, ob das Hörspiel-Typoskript noch immer an dem Platz liegt, wo es nicht hingehört. Es liegt noch immer da. Sie kopiert das Werk. Ohne Leo ein Sterbenswörtchen davon zu verraten. Sie legt das Typoskript an den Platz zurück, wo es nicht hingehört.

Sie packt die Kopie des Hörspiel-Typoskripts am Morgen dieses Mittwochs, zusammen mit den Unterlagen ihrer Präsentation und dem blauen Sichtmäppchen mit den Dokumenten, das Ariel am Vortag Vati entwendet und das sie behändigt hatte, in ihre Aktentasche und dampfte ab.

> *Im Geschriebenen verschwindet das Gedachte, wenn das Schreiben es nicht vermag, im Geschriebenen selbst noch ein Gehen des Denkens, ein Weg zu bleiben.*
> *Martin Heidegger, Was heisst Denken?, Reclam 1992, S. 31*

Die Präsentation ist vorüber. Lucia sitzt im Tram in Richtung Stauffacher. Wenn alles klappt, wird sie zwei, drei Minuten vor Acht am Stauffacher sein und es just auf den Auftritt der ,Rebellen mit Grund' hin schaffen, sehen, ob Leo seine Drohung wahrmacht und seinen Auftritt als Rapper platzen lässt, und ,Bocksberger' begegnen und ihn mit ihrem Wissen um seine wahre Identität und mit ihren Wünschen an ihn konfrontieren. Die Fahrt mit dem Tram wird rund zwanzig Minuten dauern. Endlich hat sie die Musse, sich den Inhalt des blauen Sichtmäppchens zu

Gemüte zu führen, das sie dem vom Schock gelähmten und zornigen Ariel gestern am späteren Nachmittag entrissen hatte. Obwohl sie sich mit Bedacht auf das Auspacken des blauen Sichtmäppchens aus ihrer Aktentasche konzentriert, blitzen die Erinnerungen an den Zusammenstoss mit Ariel gestern am späten Nachmittag und den Ausbruch von Leo gestern in der Nacht durcheinander. Lucia verscheucht die Erinnerungen. Sie will nicht unnötig Dinge hinterfragen, die geschehen sind und an denen nichts zu ändern ist. Sie zwingt sich, sich auf den Inhalt des blauen Sichtmäppchens zu konzentrieren und redet sich ein, gespannt darauf zu sein.

Lucia hatte gestern nach der Arbeit, am späteren Nachmittag, Mutti eine Tupperware-Schale zurückgebracht, die diese ihr früher einmal gefüllt mit den Überresten einer Mahlzeit mitgegeben hatte. Sie weiss, dass die Eltern nicht zuhause sind. Lucia besitzt einen Schlüssel des elterlichen Hauses, Dennoch klingelt sie mehrmals, bevor sie eintritt. Sie möchte Ariel, falls er zufällig zu Hause ist, nicht überraschen. Nach dem Klingeln, schliesst sie die Haustüre auf und tritt ein. Steuert auf die Küche zu. Verstaut die Tupperware-Schale im Küchenschrank. Sie ist drauf und dran, das Haus zu verlassen, als sie ein Geräusch im Innern des Hauses wahrnimmt. Sie erschrickt, horcht auf. Geht zögernd in die Richtung, aus der das Geräusch gekommen war. Steht im Schrankzimmer der Eltern plötzlich vor Ariel. Er zuckt zusammen, wie auch sie. Er hält ein blaues Sichtmäppchen, gefüllt mit Papieren, in der Hand. Lucia ist klar, dass Ariel im Schrank von Vati gewühlt hat. Die Schranktüre steht noch offen. Lucia ärgert sich, dass sie Ariel beim Durchsuchen von Vatis Sachen überrascht. Sie nimmt an, dass Ariel das blaue Sichtmäppchen entwenden will. Ariel presst leise, doch mit Todesverachtung hervor, „Dieses Arschloch!" Lucia hat es über, sich schon wieder eine Tirade Ariels gegen Vati anzuhören. Sie schnappt mit affenhafter Behändigkeit das blaue Sichtmäppchen und verschwindet. Erst danach wird sie sich ihres kopflosen Verhaltens bewusst. Ihr ist ein Rätsel, wie sie das an sich gerissene Sichtmäppchen unbemerkt von Vati und Mutti wieder an den von ihr vermuteten ordentlichen Ort zurückschmuggeln wird. Sie hat ein schlechtes Gewissen, im nicht anständigen Besitz von Vatis Papieren zu sein. Sie nimmt sich vor, das Sichtmäppchen unbesehen zurückzulegen. Überdies fehlt ihr die Zeit, auch noch den Inhalt dieses Sichtmäppchens durchzusehen.

Nun endlich, im Tram, fällt ihr ein, dass das blaue Sichtmäppchen in ihrer Aktentasche ist. Aus Neugierde, bloss um sich zu vergewissern, dass es noch da ist, zieht sie es aus der Aktentasche. Obenauf liegt ein altes Foto. Die Neugierde sticht sie. Sie liebt alte Fotos. Spuren, deren Betrachtung Gefühle, Gedanken, Erinnerungen auslösen. Die Wehmut beim Betrachten von Bildern aus längst vergangenen Zeiten mit Abbildungen von Menschen, die nicht mehr leben oder damals noch jung waren. Der Reiz, die längst vergangene Zeit und die Personen von damals mit Hilfe von zeitlichen Anhaltspunkten und eigenem Wissen über Geschichte zu erfassen. Der Spass, sein Wissen und seine Erinnerungen mit dem überlieferten Bild, der Vergangenheit und der Gegenwart in Einklang zu bringen.

Als erstes fällt ihr eine Unterschriftenkarte in die Hände. Das Foto zeigt ein Brustbild eines gepflegten alten, weisshaarigen Herrn mit weissem Bart und strengem Blick in die Kamera, überkorrekt gekleidet, mit Krawatte, Orden, unter dem Foto mit Schwung und gross geschrieben mit etlichen Schlenkern der Name Wilhelm. Lucia blitzt durch den Kopf, der deutsche Kaiser. Ein der Unterschriftenkarte beigelegter Brief aus dem Haus Doorn in Holland nennt das Jahr 1935. Unterschriftenkarte und dieser Brief betreffen nicht Vati, doch Grossvati, der damals 24 Jahre alt gewesen war. Grossvati hatte also dem abgedankten Kaiser zum Geburtstag gratuliert. Rund zwei Jahre nach der Machtergreifung Hitlers. Bisher hatte Lucia, wenn überhaupt, nur von Menschen, Schriftstellerinnen und Schriftstellern, Schauspielerinnen und Schauspielern, Intellektuellen, gehört, die damals mit dem Kommunismus, den Bolschewisten geliebäugelt hatten. Sie hatte nie daran gedacht, dass es damals auch Menschen gegeben hatte, die der guten alten Zeit nachtrauerten, kaisertreu geblieben waren. Die Dokumente im blauen Sichtmäppchen betreffen anscheinend Grossvati, stamme aus dessen Nachlass. Betreffen eine Zeit, bevor Vati geboren war. Lucia ist ein Rätsel, was Ariel an diesen Dokumenten von Grossvati so sehr empört hat, dass er ausser sich geraten war.

Ein weiteres, sehr altes Foto zeigt Urgrossvati als Offizier 1914. Lucia staunt und schaut. Nicht dass dieses Bild sie überrascht. Sie hatte sich nie Gedanken über ihre Vorfahren gemacht und wird nun mit ihnen in konkreten Situationen und als konkrete Erscheinung mit Haltung und Gesichtsausdruck konfrontiert. Ein Kribbeln. Das Eintauchen in eine ferne Welt. Sich vorzustellen, wie diese Bilder Geschichten über Verknüpfungen mit Geschichte erzählen und die abstrakten Ereignisse näher bringen. Urgrossvati war im ersten Weltkrieg Offizier gewesen. Grossvati noch ein kleiner Junge, der später dann, wohl in den Dreissigerjahren, als junger Mann die Unterschriftenkarte des abgedankten Kaisers bekam.

Ein Foto von 1918 mit der urgrossväterlichen Familie, wo Grossvati noch ein kleiner Junge von sieben Jahren, adrett in weisse Kleider gehüllt, gewesen war und sich an seinen Vater in Uniform anschmiegt.

Ein Foto von Grossvati als junger Mann! Womöglich zu der Zeit, als er dem abgedankten Kaiser zum Geburtstag gratuliert hatte. Lucia vertieft sich in das Bild. Student der Medizin. Adretter junger Mann, korrekt gekleidet. In Pose als ordentlicher Bürger. Ein Buch im Schoss. Beim Lesen. Lucia fragt, wen er mit dieser Selbstinszenierung wohl hatte beglücken wollen. Eine Freundin? Die Eltern? Die den Beweis geliefert erhalten sollten, wie anständig und wohlgesittet ihr Sprössling ist, während seines Studiums in Halle, Heidelberg, Berlin, Wien oder Breslau. Kein verbummelter Student. Für Lucia ist es neu, Grossvati als jungen Mann zu sehen. Ihn, den sie als alten, etwas zerstreuten Herrn kennen gelernt hatte. Einer, der rührend war, nichts so ganz ernst zu nehmen schien und vor Nähe intuitiv zurückschreckte. So ganz verschieden ist das Wesen nicht, das sie aus der Erinnerung von Grossvati als alter Mann, wie sie ihn gekannt hat und mit sich trägt, von dem Jugendbild, das sie hier sieht.

Lucia kann sich nicht erklären, wie diese harmlosen Dokumente Ariel so sehr schockieren und in Rage bringen. Intuitiv schaut sie aus dem Fenster des fahrenden Trams und schon sind ihre Gedanken bei Leo und sie fragt sich, ob er es tatsächlich wagt, die Jungs der ‚Rebellen mit Grund' zu versetzen und dem Auftritt fernzubleiben, obwohl er weiss, dass er es ist, der die Band zusammenhält, und die Jungs ihm vertrauen.

Leo hatte, bevor Lucia in sein Leben getreten war, zu Gymnasiumszeiten mit Freunden zusammen eine Band gegründet, eben die ‚Rebellen mit Grund'. Leo und seine Freunde spielen heute die Bedeutung der Band herunter, doch hatten sie damals ein sie verbindendes Freizeitvergnügen und hatten auch gewisse Engagements, die ihnen Geld einbrachten. Zu Beginn ihrer Studienzeit behielten Leo und seine Freunde das Probenlokal, wo sie regelmässig gemeinsam spielten, verzichteten aber bewusst auf Auftritte, weil sie nicht mehr die Zeit hatten, ernsthaft zu proben und ein Programm einzuüben. Nachdem sie ihre Studien abgeschlossen hatten und im Berufsleben gelandet waren, fehlte ihnen die Zeit und auch die Lust, weiterhin gemeinsam Musik zu machen. Die Band aus Mittelschulzeiten hatte sich überholt. Zum Spass vereinbarten die Freunde, aus Anlass der Auflösung der ‚Rebellen mit Grund', einen grossen Auftritt zu organisieren, in einem alternativen Jugendzentrum. Der Auftritt wurde zu einem durchschlagenden Erfolg. Die Kids belagerten die Musiker nach ihrem Auftritt und bombardierten sie mit unzähligen Fragen. Ins Visier genommen wurde vor allem Leo, der als Rapper, wie auch Lucia findet, die inzwischen mit ihm zusammen ist, nicht schlecht ist.

Dieser Abschiedsauftritt führte zu einem Neubeginn, den vor allem die Freunde von Leo nicht mochten. Anfänglich machten sie noch gute Mienen zum bösen Spiel, versprachen, auf Wunsch der Kids vom alternativen Jugendzentrum, halt noch dann und wann aufzutreten. Einzelne Freunde sagten die jeweiligen Auftritte aufgrund anderer und auch familiärer Verpflichtungen ab, so dass Leo die Kids aufforderte zu übernehmen, in die Band einzutreten und ihre eigenen Ideen in ihrer Musik umzusetzen. Die Kids, viele mit Migrationshintergrund oder nicht astreinem Aufenthalt, lassen sich von Leo begeistern, nehmen mit Enthusiasmus teil und finden es mega-cool, wenn Leo rappt. Leo besteht darauf, dass niemand von seinem Doppelleben weiss. Sein Dasein als Rapper soll geheim gehalten werden. Lucia ist es recht. Insbesondere ihre Eltern hätten kein Verständnis für einen so unangemessenen Zeitvertreib. Selbst Ariel, der sonst alles ausplaudert, hat bisher dichtgehalten.

In letzter Zeit häufen sich die Anfragen für Auftritte. Leo und Lucia haben deswegen Meinungsverschiedenheiten. Lucia vertritt klar die Ansicht, dass Leo die Kids nicht hängen lassen darf. Dass für die Kids die Auftritte wichtig sind, genau so wie eine Gage für ihre lässigen Auftritte. Weil Leo in Sachen Administration überfordert ist und rasch in einem Chaos landet, hat es sich so ergeben, dass Lucia sich des Papierkriegs oder des Mailverkehrs annimmt, sobald es um Auftritte geht. Sie versteht es besser als Leo, das Maximum an Gage für die ‚Rebellen mit Grund' herauszuholen. Die ‚Rebellen mit Grund' sind beschränkt auf die Stadt und die Agglomeration. Da sind sie die Kultband im Untergrund. Leo bereitet es riesigen Spass – in einer Hip Hopper-Verkleidung, die ihn kaum älter erscheinen lässt als die Kids, deren Mentor er ist – als Rapper umjubelt zu werden. Er macht sich aber zusehends rar. Auch wegen seiner beruflichen Verpflichtungen. Zumindest, so hatte Lucia bis gestern angenommen, hatte es ihm riesigen Spass gemacht, als Rapper das Idol von kreischenden und tobenden Kids zu sein. Ein Ausgleich zu seiner Forschertätigkeit, und auch eine praktische Ergänzung zu seinem Thema, soziale Unruhen. Lucia hatte ihm seine Sprüche, dass er die Nase voll davon habe, dass er sich als Dreiunddreissigjähriger dämlich vorkomme in einer Teenager-Hip-Hop-Verkleidung, nicht abgenommen. Sie hatte die nicht ernsthaft vorgebrachte Weigerung Leos seiner Eitelkeit zugeschrieben. Bis gestern.

Dabei hatte der Abend gemütlich angefangen, denkt Lucia, während sie, im Tram sitzend, in Gedanken versunken, die Silhouette der vorbeigleitenden Stadt anschaut.

Lucia war gestern, nach dem Zusammenstoss mit Ariel, kurz nach Fünf zu Hause eingetroffen. Im Treppenhaus bereits hörte sie den ‚Fliegenden Holländer' aus ihrer Wohnung schallen, gedämpft durch die Wohnungstüre. Leo liegt auf dem Sofa, in einem Arm Julia, dem kleinen Paul ein Händchen haltend. Paul stampft auf den Boden und ‚tanzt' zur Musik. Julia hört andächtig zu und trommelt mit ihren zu Fäusten geballten Händchen auf Leos Bauch herum. Dazu diese Musik. Die Idylle rührt Lucia beinahe zu Tränen. Kaum bemerkt Paul ihr Erscheinen, bricht er in einen Singsang im Takt der Musik aus und skandiert mit leicht krächzender Kinderstimme, „Ritsch, ratsch, Ritchibum".

Kaum hatte Leo Lucia wahrgenommen, setzt er sich auf, entledigt sich der Kinder, klatscht in die Hände, stellt den CD-Player ab und sagt, so, und jetzt ist Schluss für heute.

„Jetzt ist Lucia da. Und wir freuen uns worauf, auf? Richtig, auf Ariel. Übrigens, Lucia, Ariel hat soeben angerufen. Er wird sich etwas verspäten, doch spätestens um halb Sechs da sein. Denn, jetzt hört gut zu, Julia und Paul: Lucia und Leo gehen heute aus. Ariel wird mit euch zu

Abend essen. Er wird Rosanna mitbringen. Das freut euch ganz besonders, oder?"

Lucia atmet erleichtert auf, dass Ariel trotz des Vorfalls von vorher seine Babysitter-Pflichten wahrnimmt und ihr Ausgang mit Leo gerettet ist.

Paul stürzt sich auf Lucia. Er sprudelt los. Seine Stimme überschlägt sich beinahe. Er schleudert seine Geschichte mit glänzenden Äuglein im Stakkato hinaus.

„Ritsch will Kaffeehaus gehen. Polizist versperrt Weg. Ritsch will durch. Polizist Ritsch erschiessen. Ritsch Polizisten Kinnhaken. König sehr böse. Ritsch Gefängnis. Ritsch Minna Hund wegspringen. Schiff Meer. Sturm. Blitz, Donner, Wellen soooooo hoch. Schiff Schaukel. Angst. Schiff untergeht. Ritsch hören. Wellen – Musik. Wellen Musik Wellen Musik. Komposchtiert Musik aus Wellen. Wumm wumm wumm. Musik. Sturm. Ritsch, Minna, Hund London. Musik."

„Der ‚Fliegende Holländer'", säuselt Lucia entzückt, schaut Paul mit grossen Augen an, worauf dieser ihr in die Arme rennt.

„Gut gemacht", Paul, lobt Leo Paul und Julia macht sich bemerkbar, dass auch sie gut aufgepasst habe. Paul reisst sich von Lucia los, tollt weiter in der Stube rum und schreit.

„Ritsch Ritsch ratschibum! Dann John Johnny Johnnyhatz. John Johnny Johnnyhatz. Zürich London. Legielungslat böse. Schweizerkarte. Draufgeschissen."

„Wie redest du, Paul!"

„Ist aber wahr!"

„Ich habe Julia und Paul die Geschichte von Füssli erzählt und ihnen diese Zeichnung hier gezeigt, wo Füssli sich selber porträtiert, wie er mit entblösstem Hintern über eine Schweizer Landkarte kauernd scheisst. Du weisst doch, Füssli hatte zusammen mit Lavater und Hess im Jahr 1762 etwas gegen den ungerechten Landvogt von Grüningen, Grebel, unternommen und erreicht, dass dieser vor der Wut der Bevölkerung fliehen musste. Trotz ihres Erfolgs und der guten Sache, wurden Füssli und seine Kumpane von der Obrigkeit der Stadt für einige Zeit aus der Stadt verbannt. Was Füssli schrecklich ärgerte, doch ihm die Chance gab, sich in London niederzulassen und als Maler berühmt zu werden."

Lucia ist vernarrt in ihre Lieben. Leo steht auf, streicht seine Kleider glatt und sagt, „Auf, auf, gehen wir!" Dabei schiebt er einen Blitz-Abstecher ins Badezimmer ein, um sich in eine Wolke von Guerlain's Vétiver zu sprühen. Er küsst Lucia auf den Mund. Sie ist betört. Julia und Paul kreischen. Paul stellt fest, „Komme mit!" Dabei geht Paul in die Garderobe und holt sich seine Mütze, im Schlepptau Julia, die einen Regenschirm anschleppt.

„Gute Idee, Paul", sagt Leo, stutzt dann und schneidet eine Grimasse, worauf Paul Leo erschreckt und fragend ansieht. Leo presst mit weinerlicher Stimme hervor. „Ariel und Rosanna, wenn du nicht hier bist. Sie wissen nicht, was sie hier tun sollen, wenn du nicht hier bist. Ich befürchte, du musst hier bleiben, um Ariel und Rosanna zu hüten, weil sie sonst schrecklich traurig sind."

„Ich auch Aliel und Losanne hüten", zetert Julia.

Es klingelt an der Wohnungstüre. Julia und Paul rennen um die Wette zur Wohnungstüre, um Ariel und Rosanna reinzulassen.

Leo legt seinen Arm um Lucia. Sie schlendern dahin wie ein jungverliebtes Paar. Lucia fragt, wohin gehen wir? Leo grinst. Sie werde es sehen. Lucia insistiert nicht. Sie weiss, Leo hat sie noch nie enttäuscht. Sie kann ihm vertrauen. Sie tut es auch. Sie fühlt sich gut. Sie schmiegt sich an ihn. Sie lässt sich gleichsam blindlings durch die Strassen führen. Auf ein Ziel zu, das bestimmt okay, vielleicht aber überwältigend sein wird. Irgendwo, unter Bäumen, überkommt es sie und sie beginnt mit Leo zu schmusen. Leo geht auf ihr Geschmuse ein. Sie stehen neben der Neuen Börse unter Kastanienbäumen und knutschen wie ein junges, jungverliebtes Paar. Es ist zu hell, es sind zu viele Passanten hier, sie genieren sich, es hier draussen zusammen zu treiben. Doch ihre heiter gelassene Schmuserei lässt sie beide wie auf Wolken schweben, bis Leo sich aus der Umarmung löst und Lucia mit sanftem Druck den Badweg runterstösst, so dass sie im Gleichschritt runterschweben. Leo schiebt Lucia eine Stufe runter zu einer verwitterten Wand, öffnet eine Türe und schiebt Lucia durch den Eingang auf einen überdachten Holzplankensteg, der Teil der Männerbadeanstalt ist und der über dem Fluss steht, dem ursprünglichen Graben der Stadtbefestigung. In der einsetzenden Abenddämmerung werden die Girlanden aus farbigen Lämpchen, die dem Dach entlang angebracht sind, von der bläulich schimmernden Spiegelfläche des Flusses reflektiert. Lucia glaubt zu träumen, der Anblick ist betörend schön. Leo schiebt Lucia weiter zu einer Türe, die er öffnet. Sie verschwinden in einer Abstellkammer und lieben sich hastig. Danach flüstert Lucia, ich liebe dich. Leo drückt ihr einen Kuss auf den Mund. Ihr Bekenntnis verschwindet in den sich begegnenden Lippen und Mundhöhlen.

Leo erklärt Lucia, dass die Männerbadeanstalt nach dem Badebetrieb als Bar und Lounge genutzt wird. Die Umgebung, mitten in der Stadt, abseits vom Verkehrslärm ist eine traumhafte Oase des Wohlbefindens. Lucia ist hin. An der Bar holen sie sich zwei Gläser Prosecco und lassen sich genüsslich mit ihren Getränken in nostalgische Polster fallen, schauen sich gegenseitig tief in die Augen, necken sich und erfreuen sich unbeschwert des Daseins. Leo wendet seinen Kopf in einer fliessenden Bewegung ab. Erstarrt. „Heilige Veronika!" Lucia beobachtet diesen Vorgang besorgt, schaut nach da, wo Leo etwas wahrgenommen hat, das ihn erschreckt. Sie erkennt auf einem Sofa den zwischen zwei jungen Frauen, wohl Studentinnen, thronenden Schönauer. Den Professor, bei dem Leo seine Habilitationsschrift schreibt. Um einen länglichen Salontisch herum eine fröhliche Runde von Studentinnen und Studenten in Fauteuils oder auf Sofas. Schönauer schäkert unverhohlen mit einer der jungen, hübschen Frauen neben ihm. Leo flüstert dumpf, „Ich glaub's ja nicht! Baggert Schönauer Semianovics Freundin an!"

Lucia sieht den reifen Herrn sich sichtlich um die junge Frau zu seiner Rechten bemühen.

„Habe ich dir nicht erzählt, dass …?!"

„Du und erzählt?! Wann denn??? Dann hat Semianovic endlich wieder eine Freundin?"

„Wirf mir nicht wieder vor, dass ich nichts erzähle! Ich erzähle dir immer alles, doch du hörst nie zu. Semianovic ist total verliebt. Nathalie studiert Geschichte. Sie ist für Semianovic ein Segen. Sie ist ebenfalls verknallt in ihn. Endlich hat Semianovic mit Nathalie sein Glück gefunden. Nun die Regelung meiner Nachfolge auf das nächste Semester hin. Allen ist klar, dass trotz vieler und bester Bewerbungen Semianovic Favorit ist, weil er den besten

Leistungsausweis hat und menschlich sehr anständig ist. Überdies ist er auf diese Stelle angewiesen, weil er seine Eltern in der Heimat unterstützen muss. Das weiss nur ich. Er hausiert nicht mit solchen Privatdingen. Nun hat Zoller mir erzählt, er habe gehört, der Semianovic gehöre einer extremistischen Organisation von was weiss ich nicht welchen Befreiungskämpfern in seiner Heimat an. Für mich hat es wie ein Witz geklungen. Der Zoller sagte daraufhin, nein, nein, er habe es aus zuverlässiger Quelle, von Dörmann. Siehst du, ich habe genau so reagiert wie du. Der Semianovic – wir kennen ihn zu lange und zu gut – und eine extremistische Organisation! Semianovic hatte ich ursprünglich nichts von diesem Gerücht sagen wollen, um ihn nicht unnötig aufzuregen. Ich bin gleich zu Dörmann gerast und habe gefragt, woher er diese Information habe, sie treffe überhaupt nicht zu. Dörmann stellt sich blöd. Er habe nie etwas gesagt. Zoller schwört mir hoch und heilig, der Dörmann habe es ihm erzählt. Gleichzeitig erfahre ich, dass Steinwald sich für die Stelle ebenfalls bewirbt. Du weisst schon, DER Steinwald. Mit Millionen am Arsch. Als Student nie präsent, seine schriftlichen Arbeiten hat er, wie ich aus sicherer Quelle weiss, immer von jemandem schreiben lassen. Dörmann war schon einige Male auf der Yacht der Steinwalds auf Segeltörns in der Karibik. Und Dörmann wohnt in einem der Terrassenhäuser der Fletscherweid-Überbauung. Die Fletscherweid-Überbauung gehört über eine Firma auf den Virgin Islands den Steinwalds. Du fragst dich bestimmt, woher ich diese Information habe. Der Steinwald selber hat sich damit gebrüstet. Welch geschicktes Händchen sein Vater für Steueroptimierungen habe. Dörmann hat mir gegenüber einmal fallen lassen, dass er das Terrassenhaus vom alten Steinwald für einen Dienst, den er ihm geleistet habe, geschenkt bekam. Dörmann macht sich bei Schönauer, der über die Besetzung der Stelle entscheidet, dafür stark, dass der junge Steinwald für ihn unentbehrlich ist, er selber aber keine freie Stelle hat, um ihn einzustellen. Sie könnten sich den jungen Steinwald dann teilen, auch wenn er formell bei ihm, Schönauer angestellt sei. Steinwald hat etwas gegen Ausländer, insbesondere gegen Semianovic. Er hatte sich schon verschiedentlich damit gebrüstet, er werde den Semianovic schon vertreiben. Das ist für Steinwald DIE Gelegenheit. An der Assistenz liegt ihm nichts. Ernsthaft zu habilitieren gedenkt er nicht. Er will bloss ein paar Jahre absitzen, um dann in die Firma seines Vaters einzutreten. In meiner Verzweiflung habe ich Semianovic mit dem Gerücht konfrontiert. Semianovic erklärte, in seiner Heimat der Jugendsektion einer Friedensorganisation angehört zu haben, die sich bloss mit gewaltfreien Mitteln für den Frieden in seinem Land einsetze. Er hat riesige Angst, sich mit Zoller und Dörmann anzulegen. Also schweigt er, hofft und verzweifelt. Und Schönauer? Lässt heute früh lachend fallen, er werde wohl Dörmann den Gefallen tun und nolens volens Steinwald einstellen. Mir stehen die Haare zu Berg. Die Situation ist so blöd, dass ich nicht gleich reagieren kann. Morgen muss ich Schönauer mit dieser Geschichte konfrontieren. Du kennst ja Schönauer. Sein Erfolg und sein Prominenten-Status in der Öffentlichkeit sind ihm total in den Kopf gestiegen. Er ist als Wissenschaftler okay. Für mich toll, in Tuchfühlung mit einer Koryphäe zu sein. Ihm über die Schultern zu gucken. Zu beobachten, wie er was anpackt. Welche Fragen er stellt. Und wie er ausgerechnet auf diese Fragen kommt. Seit er so berühmt ist, ist er blind. Nützt die Menschen schamlos aus, die ihn bewundern, ihm zu Füssen liegen, ihm hörig sind, von ihm abhängen. Geht über Leichen. Sieht nur noch sich und seinen Erfolg. Ich kann diesen Intrigen nicht ruhig zuschauen. Ich bin es Semianovic und meinem Gewissen schuldig, dass ich den Aufruhr, den es geben wird, anzettle! Dann ist meine Karriere futsch. Dann kann ich einpacken. Dennoch, ich kann nicht anders, ich muss es wagen! Und jetzt fällt diesem Idioten nichts Gescheiteres ein, als Nathalie anzumachen und sie Semianovic auszuspannen!"

> *Aber die grosse Attitüde dieser kranken Geister, dieser Epileptiker des Begriffs, wirkt auf die grosse Masse, — die Fanatiker sind pittoresk, die Menschheit sieht Gebärden lieber als dass sie Gründe hört.*
> *Friedrich Nietzsche, Der Antichrist, E-Book, S. 91*

Lucia wundert sich, wie Leo von einem Feuer gepackt wird. Sich in diese Geschichte dramatisch hineinsteigert. Sonst ist er stumm wie ein Fisch ist. Leo kommt dermassen in Fahrt, dass Lucia ihn weder stoppen kann noch will. Sie spürt, dass es ihn erleichtert, diese Geschichte loszuwerden, die ihn, nimmt sie an, seit Tagen beschäftigt. Ob Leo monologisiert oder ob sie sich über sonst etwas unterhalten, ist ihr egal, Hauptsache, sie sind zusammen und Leo ist ihr nah. Inzwischen ist auch Schönauer, trotz seiner Hofhaltung, die er sichtlich geniesst, auf Lucia und Leo aufmerksam geworden.

Man nickt sich gegenseitig lächelnd zu. Nach der Geschichte, die sie soeben vernommen hat und die schwelt, ist Lucia froh, Schönauer diesmal auf Distanz zu sein. Bei früheren Anlässen hatte sie sich amüsiert, wie Schönauer sie angemacht hatte, doch, wie sie vermutete, nicht um sie zu erobern, aber um vor der jeweiligen Gesellschaft als Platzhirsch dazustehen. Sie wundert sich darüber, wie

Männer im Allgemeinen funktionieren. Auch die Annäherungen von Häuptli/Bocksberger empfindet sie als auf seltsame Weise verklausuliert. Sie wird nicht schlau aus ,Bocksberger'. Ob er es tatsächlich auf sie abgesehen hat. Oder ob er sie als Mittel benutzt, um an Leo ranzukommen. Während Leos Erzählung weiterfliesst, hängt sie ihren eigenen Gedanken nach. Worum es bei Leos Erzählung geht, hat sie längst mitgekriegt.

Die Bedienung der Bar stellt ungefragt zwei weitere Gläser Prosecco vor Lucia und Leo hin und grinst. „Lasst es euch schmecken!" Leo redet unbeirrt weiter. Lucia sieht den Kellner fragend an. Dieser macht eine Kopfbewegung in Richtung Schönauer und nickt. Lucia schneidet eine Grimasse, stösst Leo an, um ihn auf den spendierten Prosecco aufmerksam zu machen.

Lucia und Leo halten ihre Gläser bereit, warten, bis Schönauer zu ihnen hinsieht und prosten ihm aus der Entfernung zu. Nun nimmt auch Nathalie Leo wahr. Sie lächelt Leo verlegen zu. Leo lächelt zurück. Lucia erkennt, dass es dieser Nathalie peinlich ist, hier von Leo in Gesellschaft von Schönauer gesehen zu werden. Leo raunt Lucia zu, „Siehst du, so ist er, er macht sich spielend zum Zentrum des Geschehens und wir müssen uns nun in seinen Kreis begeben, um uns für den Prosecco zu bedanken."

Leo kennt die Studentinnen und Studenten in Schönauers Runde. Schönauer stellt Lucia vor. Er fordert die Studentinnen und Studenten auf, zusammenzurücken. Er dirigiert die jungen Leute so herum, dass Lucia auf dem kleinen roten Plüschsofa aus der Gründerzeit zu seiner Linken zu sitzen kommt. Schönauer strahlt wie ein Maikäfer und ist in seinem Element. Er erklärt, dass sie, wie Leo ja wisse, das Seminar über ‚Dichter der Verweigerung und die politische Dichtung als Massenmedium' gehabt. Im Anschluss daran habe er die ganze Runde zu einem Umtrunk eingeladen. Danach gratuliert er Lucia zu ihrem Mann, Leo. Er, Schönauer, sei schon höchst gespannt auf die Antrittsvorlesung von Leo. Diese Antrittsvorlesung werde bestimmt etwas vom Besten sein, das man hören könne. Schönauer sülzt etwas daher über geniale Forscherseele, Brillanz der Erkenntnisse. Einen so aufgeweckten und inspirierenden Geist wie Leo habe er noch kaum je erlebt und – nun redet er gegen den verschämten Protest von Lucia und das Augenverdrehen von Leo an – ohne die Ideen von Leo hätte er sein neustes Werk, ‚Gedichte der Verweigerung und ihre Autoren', nie in dieser Form schreiben können. Lucia gesteht, dass sie sich das Buch in der Zentralbibliothek besorgt und gleich durchgesehen habe und von dem Werk echt beeindruckt sei, weil es zwar wissenschaftlich sei, aber dennoch flüssig lesbar, wie ein Roman. Der Verzicht auf zu viel wissenschaftlichen Ballast bringe das Thema schlank auf den Punkt. Nach dieser Lektüre nehme man Phänomenen, die man sonst nicht wirklich eingeordnet hatte, anders wahr. Auch heutige Lied- und Songtexte, Rap und selbst Graffiti. Schönauer freut sich sichtlich über das Lob, gibt sich vordergründig bescheiden und verlegen. Spielt seine Leistung plakativ herunter. Schliesslich sei man als Professor der Gesellschaft etwas schuldig. Die Reaktion der Medien, dieses einhellige und gut begründete Lob, sowohl in der Fachpresse als auch in den übrigen Zeitungen und Zeitschriften, beschäme ihn. Er habe bloss zusammengefasst, was eine Analyse des Zeitgeists nahe lege. Ihm selbst sei es ein Rätsel, dass es beste Rezensionen aus den USA, aus Deutschland, Frankreich und England hagle. Das grosse

Aufheben, das um sein bescheidenes Werk gemacht werde, sei ein Witz. Schönauer lacht röhrend in die Runde, winkt die Bedienung herbei, um, wie er grinsend sagt, seine Lieben nicht auf dem Trockenen sitzen zu lassen.

„So, aber nun genug von mir. Ihr müsst mir alles über Euch und Euer Tun berichten."

Leo steht auf. Er sagt, leider müssten sie nun weiterziehen. Schönauer möge ihn und Lucia entschuldigen. Er kündigt Schönauer an, dass er ihn morgen früh in einer dringendsten Angelegenheit unbedingt sprechen müsse.

„Weshalb so ernst, junger Mann", grinst Schönauer. „Du weisst, für dich bin ich immer zu sprechen. Bis morgen also."

Leo führt Lucia über die Bahnhofstrasse die Augustinergasse hinauf, auf der Gemüsebrücke über die Limmat zum Limmatquai, die Kirchgasse hinauf, am Kunsthaus vorbei zum Pfauen. Leo ist heiter und geschwätzig. Er phantasiert über das bevorstehende Gespräch mit Schönauer. Wie er diesen hart anpacken wird. Ohne Rücksicht auf Verluste. Lucia krault Leo während des Gehens im Haar und fragt, ob sich nicht auch eine unaufgeregte Version dieses Gesprächs denken lasse.

„Dass ich bei Schönauer zum Beispiel offene Türen einrenne?"

„Wer weiss."

„Schönauer ist ein Geck. Macht aus jeder Situation eine Plattform, auf der er sich produziert, um bewundert und beklatscht zu werden. Ich muss mich wappnen und mit dem schlimmsten Szenario rechnen. Schönauer ist berechenbar. Er ist immer strahlender Sieger, selbst wenn es ihm tüchtig auf seinen Schwanz schneit. Neulich diese Veranstaltung, wo wir gemeinsam mit der Stadt potenziellen Sponsoren ein neues Forschungsprojekt verklickerten. Ich habe für Schönauer eine geistreiche, hübsche Rede geschrieben mit absolut neuen, schlagenden Argumenten, auf die zuvor keiner gekommen war. Ich sass in der Aula hinter Schönauer, dem CEO der UNICO und dem zuständigen Regierungsrat. Bekomme zufällig mit, wie der Regierungsrat Schönauer flüsternd fragt, Herr Professor, ich weiss nicht im Geringsten, was ich in meiner Rede erzählen soll. Schönauer ist im Element und flötet flüsternd, Herr Regierungsrat, um sie vorzuwarnen, meine Argumente sind genial. Dann zählt er die Argumente, die ich ihm geliefert hatte, einzeln auf. Mit geschwellter Brust und hörbar selber beeindruckt von dem, was er als seine Genialität verkauft. Ein Argument nach dem andern. Der Leiter der Veranstaltung bittet den sehr geehrten Herrn Regierungsrat ans Rednerpult, um die Veranstaltung zu eröffnen. Der Regierungsrat wirft sich hinter dem Rednerpult in die Pose, auf die die Bevölkerung im Allgemeinen fliegt. Er räuspert sich. Gibt sich schrecklich verlegen, weil er als Politiker im Grunde nichts zu sagen habe (Lacher im Publikum), aber dennoch betonen möchte, dass es wohl gute Argumente gibt, das Forschungsprojekt und dessen Notwendigkeit für Gesellschaft, Wirtschaft und Politik zu begründen. Dann zählt er wie beiläufig alle Argumente auf, die Schönauer ihm zuvor als seine Trümpfe flüsternd verraten hatte. Schräg von hinten kann ich die Mimik Schönauers während dieser Rede des Regierungsrats verfolgen. Entsetzen, Entrüstung, kurz davor, protestierend aufzuspringen. Als der Regierungsrat seine Ansprache beendet hatte, applaudiert Schönauer frenetisch und schaut siegesbewusst herum. Dabei fällt sein Blick auch kurz auf mich. Er zischt mir zu, „diesem Arschloch drehe ich den Hals um!" Der Regierungsrat bat nach dem Applaus den verehrten

Professor Schönauer, den einzigartigen Wissenschaftler und Forscher, ans Rednerpult. Als sich Schönauer und der Regierungsrat vor dem Rednerpult kreuzen, schütteln sie sich, ins Publikum lächelnd, die Hände und verkaufen sich als Freunde, die durch Dick und Dünn zusammenhalten. Schönauer, du wirst es kaum glauben, steht grinsend hinter dem Rednerpult, schaut ins Publikum und schweigt. Er schweigt solange, bis echte Spannung im Saal aufkommt. Jeder sich fragt, was geschieht nun? Schönauer setzt an. Entgegen dem, was der hochverehrte Herr Regierungsrat von sich erklärt habe, habe er als Wissenschaftler nicht etwa nichts zu sagen. Der hochverehrte Herr Regierungsrat habe Dinge gesagt, die sehr wohl von Bedeutung seien. Dann unterschiebt Schönauer dem Regierungsrat locker und eloquent Behauptungen, die der Regierungsrat so nicht gesagt hatte. Mit einem Geschwrubel von Argumenten und Gegenargumenten verwirrt er die Zuhörenden. Er kritisiert die vom Regierungsrat vorgebrachten Argumente, die ursprünglich Schönauers, das heisst meine, sind, als untauglich, um dann die haargenau gleichen Argumente als seine Erfindung zu verkaufen und schlagend zu begründen. Zum Schluss können Schönauer und ich davon ausgehen, dass die Zuhörenden im Ernst davon überzeugt sind, der Regierungsrat habe Stuss erzählt und der brillante, unbezahlbare Schönauer habe ihnen die Augen geöffnet und den Durchblick gegeben. Ein Schwätzer, der aus einem Nichts Behauptungen wuchern lassen kann, die im Moment nicht überprüfbar sind und jeden hinreissen. Tosender Applaus. Der CEO der UNICO springt auf, umarmt Schönauer. Bittet das Publikum um Ruhe und sichert mit bewegter Stimme die Finanzierung des Forschungsprojektes zu. Wiederum tosender Applaus. Der Wirtschaftskapitän lächelt schelmisch und fügt hinzu, dass die Teilfinanzierung des Forschungsprojekts vom verehrten Professor Schönauer stehe, sofern die beiden ebenfalls hier anwesenden CEOs von CEFRA und CIMBALA zusicherten, je hälftig die Restfinanzierung zu übernehmen. Nochmals tosender Applaus. Die CEOs von CEFRA und CIMBALA stürzen herbei. Fotografen sind da, schiessen Bilder davon, wie alle Hände schütteln, sich um die Hälse fallen. Unnötig zu betonen, dass ich im Vorfeld dieser Show mit Klemm von der UNICO, Geissmann von der CEFRA und Studer von der CIMBALA, alle von ihren Firmen die Sponsoring Beauftragten, den gesamten Vertrag ausgehandelt hatten. Der Vertrag war längst unterschrieben. Die Veranstaltung eine Show für die Presse und solche, die nichts lieber tun als sich gratis an einen Aperitif riche ihre Kehlen volllaufen zu lassen und ihre Bäuche vollzuschlagen.

„Weshalb schreibst du keine Soap über den Betrieb in deinem Institut?", fragt Lucia Leo und schmunzelt ihn an. „Übung hast du ja."

„Ich?"

„Ein Hörspiel …"

Sie erreichen den oberen Stock des Santa Lucia Teatro. Leo nennt der Geschäftsführerin seinen Namen. Diese führt Lucia und Leo an ihren Tisch.

Lucia und Leo sitzen sich an einem schmalen Tisch gegenüber und strahlen sich an, jedes ein Glas Prosecco vor sich. Der Kellner bringt die Vorspeise. Parmigiana di Melanzane. Leo kostet als erster. Er jauchzt, „köstlich, köstlich". Lucia steckt den ersten Bissen in ihren Mund, schliesst ihre Augen und lässt die Speise langsam kauend auf ihrer Zunge vergehen. Strahlend sagt sie, „so überwältigend schmackhaft, diese Zubereitungsart". Der Kellner entfernt die leergetrunkenen Prosecco-Gläser und bringt zwei Rotweingläser und eine Karaffe mit einem halben Liter Primitivo di Manduria. Lucia ist unter dem Tisch heimlich aus ihren Schuhen geschlüpft. Sie tastet mit ihren Füssen nach den Schuhen von Leo, seinen Beinen und streicht mit der grossen Zehe ihres rechten Fusses einem Schienbein Leos hoch zu seinem Knie. Leo schaut Lucia aus lachenden Äuglein an. Er greift nach Lucias Linker und führt sie zu seinem Mund, um ihre Fingerkuppen zu küssen.

Ohne dass Lucia und Leo es bemerken, pflanzt sich ein Halbwüchsiger vor ihnen auf. Der Halbwüchsige kann vor Aufregung kaum reden. Dann platzt es aus ihm heraus.

„Ich habe dich gleich erkannt. Vulkan. Von Rebellen ohne, das heisst: mit Grund. Dein Rap ist mega-geil. Gibst du mir ein Autogramm. Hier ist mein Füller. Meine Eltern haben mir nicht geglaubt, dass du der berühmte Vulkan bist. Sie hassen die Musik, die ich mag. Übrigens, ich heisse Aschi. Meine Freunde nennen mich Bübü. Mein Name ist Aschi Bühler. Meine ganze Klasse, und die Parallelklasse auch, sind Fans von dir. Morgen kommen wir ins Volkshaus. Tschüss Vulkan. Ich muss. Die Eltern drängen."

Lucia geniesst es, dass Leo von einem Bewunderer angesprochen wird. Leos Gesichtszüge verhärten sich. Er geht zu wie eine Auster. Diese plötzliche Verwandlung erschreckt Lucia. Sie ist verunsichert. Weiss nicht, wie sich verhalten. Sie ahnt, ein falsches Wort ihrerseits könnte die Stimmung ganz zum Kippen bringen. Sie schweigt. Sie lässt von Leo ab, um ihn bloss nicht zu provozieren. Ihr Mann wird ihr einmal mehr zum Rätsel. Sie nimmt an, dass er, seinen Blick nach Innen gerichtet, brütet.

Schön ist nicht, was gefällt, sondern was unter jenes
Geschick der Wahrheit fällt, das sich ereignet, wenn
das ewig Unscheinbare und darum Unsichtbare in
das erscheinendste Scheinen gelangt.
Martin Heidegger, Was heisst Denken?, Reclam
1992, S.14

Lucia sieht Leo fragend an. Intuitiv legt sie ihr Essbesteck nieder. Leo sieht sie an. Ausdruckslos. Legt sein Essbesteck ebenfalls nieder. Leo beginnt zu reden. Unpathetisch. Trocken. Mit einem Gesichtsausdruck, als ob seine Worte ihn selber erstaunten.

„Mein Rap, billiger Populismus. Ekelhaft! Ich wiederhole mich in einer Endlosschlaufe. Die kreischenden Kids sind wie eine Knetmasse, die ich nach Belieben formen kann. Und Schönauer frisst mir das aus der Hand, was ihm schmeckt. Und, vor allem, ihm weiterhilft. Ohne meinen Gestaltungswillen sind sowohl die Kids, als auch Schönauer am Arsch. Meine Imagination jedoch streikt. Die Situation lähmt mich. Ich werde zum Manipulator. Keine Rede mehr von Begegnungen auf Augenhöhe. Ich werde in die Rolle eines Übermenschen gedrängt. Nehme weder die Kids noch Schönauer ernst. Manipulator-Diktator. Ich habe ihnen nichts mehr zu sagen. Zur Ikone erstarrt. Bildhaft und tot. Meine Ecken und Kanten hat der Fluss des Alltags weggeschliffen. Ich bin zu einem durch die Elemente flutschenden Kiesel geworden."

Lucia hört fassungslos zu. Weiss nicht, was sagen. Leos Stimme klingt allmählich verzweifelt.

„Den lieben Kinderchen predige ich die Notwendigkeit der Selbstbehauptung, dass man so ist, wie man eben ist – und es gut so ist. Dass diese Selbstbehauptung meist problemlos ist, doch in Ausnahmefällen nicht unbedingt zur Katastrophe, doch zu einer dramatischen Geschichte führt. Die lieben Kinderchen bekommen glänzende Wangen und weitaufgerissene Äuglein, wenn sie mir zuhören. Wer weiss, bis wohin sie mir folgen, wie weit sie mir zustimmen. Schönauer und die Kids benutzen mich, weil es bequem so ist. Dann brauchen sie nicht selber zu handeln. Dem Schönauer liefere ich, was er braucht. Dann brüstet er sich mit den fremden Federn. Den Kids liefere ich einen lockeren Refrain, den sie bis zum Geht-nicht-mehr nachbrüllen und dabei in Ekstase geraten."

Lucia knabbert an ihrer Unterlippe. Sie möchte etwas sagen, weiss nicht, was. Leos Stimme klingt mit einem Mal kämpferisch, in verächtlich hartem Ton.

„Niemand erkennt das Potenzial, das in mir steckt: die Widersprüche, Ying und Yang, der Wille, die leere Form zu zertrümmern, kurz, der Aufruhr!"

Lucia wird unruhig. Ist wie gelähmt. Leos Stimme wird weinerlich.

„Vielleicht auch bilde ich mir alles bloss ein. In Wahrheit keine Rede vom wilden Aufrührer. Bin ich, sage es mir, bereits zum satten Bürger geworden!? Der lieber gut frisst und scheisst, als sich um die Belange der Gesellschaft zu kümmern? Ich bin nicht der Erste, der sich über die Verhältnisse im eigenen Staat empört. Demokratie, Abstimmung, Wahlen – alles egal. Was wir bräuchten ist eine Grundsatzdiskussion, die weder vom Militär, der Politik, der Wissenschaft, der Kirche, der Wirtschaft kommt. Diese Mächtigen sind mit dem Erhalt ihrer Macht beschäftigt. Hitzköpfe braucht es, die Visionen haben. Noll. Sagt dir der

Name Peter Noll noch etwas? Professor für Strafrecht und Gesetzgebungslehre an der Universität Zürich gewesen. Hat es so treffend formuliert, als er sich während der Jugendunruhen auf die Seite der Jugend geschlagen hat."

> *Die radikale Kritik der Macht und die Freiheit ihr gegenüber hat Jesus nicht aus dem Nichts abgeleitet, sondern in der Berufung auf höchste Legitimation von einer ganz andern, umgekehrten Ordnung her: Die Ersten sind die Letzten und die Niedrigsten die Höchsten. Nur so konnte er die Macht, die er nicht einmal bekämpfte – er nahm sie einfach nicht ernst – so grundtief verachten, wie er es tat.*
>
> *Peter Noll, Ungehorsam. Eine Predigt, gehalten am 1. Dezember 1978 in der Predigerkirche Zürich, Tagesanzeiger Magazin Nr. 22, vom 2. Juni 1979*

Lucia erinnert sich, Nolls ‚Diktate über Sterben und Tod' zu Beginn ihrer Studienzeit gelesen zu haben. Tief bewegt durch diese Lektüre.   Leo starrt durch Lucia hindurch.

„Zugedröhnt mit Allerweltsgeschwätz. Die kleinen und grossen und tatsächlichen und juckenden Irritationen perlen ab. Mal kurz gegen den Juckreiz kratzen. Vielleicht blutet es, vielleicht auch nicht. Was mache ich?!"

Lucia fragt sich besorgt, hört Leos Jammern nie mehr auf? Bitter und höhnisch presst Leo Worte heraus.

„Zugeschüttet. Unter einem Schuttberg. Wo bleibt der Befreiungsschlag?"

Lucia nimmt an Rande ihres Blickwinkels wahr, wie der Kellner sich beschwingt ihrem Tisch nähert. Der Kellner vergewissert sich mit einem Blick, ob die noch nicht leergegessenen Teller abzuräumen sind. Nimmt die angespannte Situation wahr, stutzt und schwenkt diskret weg zu einem andern Tisch. Lucia wird es ungemütlich. Leo grinst böse und spricht höhnisch weiter.

„Aufruhr!"

Leos Gesichtszüge entspannen sich. Lucia ist erleichtert. Lachend fährt er fort. Ergreift dabei mit jeder Hand je eine Hand von Lucia. Lucia schnauft auf.

„Aufruhr in Zürich."

Lucia denkt, der Schlingel, lässt mir nichts dir nichts den Titel seines heimlich geschriebenen Hörspiels fallen! Im Überschwang der Freude, dass Leo wieder normal wird, rutscht Lucia beinahe raus, dass sie sein Hörspiel, das er über den Maler Füssli und dessen Protest geschrieben hat, zufällig entdeckt und gelesen hat, dass sie damit grosse Dinge vorhat. Im letzten Moment hält sie sich zurück. Nichtwissend, wie er auf eine solche Mitteilung reagieren würde. Leo ergreift wieder sein Essbesteck, plaudert munter weiter, während er einen Bissen des Auberginenauflaufs in seinen Mund schiebt.

„Hat nicht Hamlet schon gefunden, es sei etwas faul im Staate Dänemark. Doch er ist ein Träumer. Und ich bin ein heilloser Beobachter, der sich an Geschichten Wagners, Zschokkes, Freiligraths, Herweghs, Heines, Füsslis begeilt und stumm und ohnmächtig im eigenen Dreck stecken bleibt."

„Aufruhr in Zürich", wirft Lucia, schiebt sich einen weiteren Bissen in den Mund und kaut genüsslich. Sie denkt, Protestierende auf allen Fronten, mit spitzen Federn.

„Wie kommst du darauf", fragt Leo erstaunt.

„Einfach so."

Lucia hofft, dass Leo sie endlich in seinen Schreibversuch einweiht und sie ihm gestehen kann, wie toll sie sein Hörspiel findet.

> When the Pentagon offered its rationale for the censorship, it claimed that poetry "presents a special risk" to national security because of its "content and format".
>
> Judith Butler, Frames of War, Verso London
> 2010, S. 55

„Hast du dabei an die Jugendunruhen gedacht? Mich bedrückt, wie wenig Proteste im Allgemeinen an den Verhältnissen ändern. Wie wenig die Inhalte der Proteste wahrgenommen werden. Wie das Äussere, die Form bekrittelt wird."

> Man könnte sich nun fragen, da der Prozess eigentlich im Jahr 1762 selbst angelegt scheint (letztlich bleibt das alles ebenso belang- wie folgenlos), weshalb der zu diesem Zeitpunkt 13jährige Goethe als ‚berühmter Jurist aus dem fernen Weimar' daran teilnimmt. Aber was soll's? Der Autor glaubt, sich exkulpiert zu haben von jeder Verpflichtung auf Wahrscheinlichkeit – auch im Unwahrscheinlichen – durch den praktischen

Hinweis, sein Text sei ,immer und überall spielend im Reiche der Phantasie, dort aber in Zürich angesiedelt'.

Christoph Egger, Am Radio gehört. ,Aufruhr in Zürich' – ein Scherz?, NZZ vom 20. März 1986

„Wie unbedacht die Leute wieder zur Tagesordnung übergehen, als ob nichts ist", fährt Leo fort. „Trotzdem, wir erinnern uns daran. Wir sprechen zumindest noch darüber. Mit etwas Glück bewegt sich etwas in uns. Und pflanzt sich fort."

Leo springt auf, lehnt über den Tisch zu Lucia hin, ulkt, „auf die Fortpflanzung!" Er küsst Lucia auf den Mund. Dabei gerät der Zipfel seines weissen Hemdes in die ölige Sosse, die auf seinem Teller vom Parmigiana di Melanzane übrig geblieben ist. Lucia bemerkt es. Nach einem intensiven Kuss entzieht sie ihren Mund Leos Gesicht und sagt, „ui, ui, ui, dein Hemd!" Was mit seinem Hemd sei, fragt Leo unschuldig, während er sich wieder setzt. Der Kellner räumt die leergegessenen Teller weg und füllt die Gläser aus der Karaffe nach.

„Ach, ist ja nichts, ein kleiner Fleck", dämpft Leo ab.

„Obacht. Sobald der schmutzige Hemdenzipfel auf die Hose kommt, ist auch die Hose hin."

„Ach wo! Kann man waschen. Du brauchst mir bloss zu erklären, wie man die Waschmaschine anwirft, dann wasche ich mein Hemd und die Hose selber. Ach, die Hose, nicht tragisch. Achtet man nicht auf einen Fleck. Übrigens, Lucia, ich will mein Leben ändern. Ab sofort bin ich nicht mehr Rapper."

„Und morgen der Auftritt am SP-Plausch!?"

„Die Jungs werden es schon packen. Zorro rappt phantastisch."

„Leo, das kannst du nicht machen!"

„Und ob ich es kann! Ich habe schlicht die Nase voll. Mit Dreiunddreissig, mich als Teenager zu verkleiden. Für die Leute den Clown machen! Ich will einen anderen Weg suchen, um an den morschen Verhältnissen zu rütteln. Morgen werde ich als Erstes mit Schönauer Klartext reden. Selbst auf das Risiko hin, dass ich die Annahme meiner Habilitationsschrift gefährde. Ich will und kann nicht mehr regungslos zuschauen, wenn in meinem engsten Umfeld die Dinge aus dem Ruder laufen. Die Verlogenheit hinterfragen und nach Wegen suchen, wie sie anzugehen ist. Wagner hat in seinem ,Die Kunst der Revolution' das Unhaltbare der Zustände treffend formuliert."

> *Das ist die Kunst, wie sie jetzt die ganze zivilisierte Welt erfüllt! Ihr wirkliches Wesen ist die Industrie, ihr moralischer Zweck der Gelderwerb, ihr ästhetisches Vorgeben die Unterhaltung der Gelangweilten.*
>
> *Zitiert nach Konrad Paul Liessmann, Die Freiheit und das Neue. Die epochale Idee der Revolution ist verblasst – in der Theorie, in der Politik und in der Kunst, NZZ vom 9. September 2013, Feuilleton Seite 35*

Lucia geht der Sinn fürs Philosophieren ab. Insbesondere, wenn ob dem endlosen Bedenken die praktischen Dinge auf der Strecke bleiben. Gegen ihren Einspruch bestellt Leo zweimal je einen weiteren halben Liter Rotwein. Leo trinkt tüchtig, während Lucia bloss an ihrem Glas nippt. Ihr Ossobuco ist vorzüglich. Leo rühmt zwischen seinen weitschweifigen Ausführungen über ein ehrliches Leben seine Pizza al Salmone. Lucia begnügt sich nach dem Hauptgang mit einem Espresso. Leo bestellt für sich zwei Kugeln Glace, Vanille und Mocca. Dazu einen Grappa. Lucia versucht mehrmals auf Leos Auftritt am SP-Plausch zurückzukommen. Dies gelingt bloss ansatzweise. Sie kann einstreuen, dass sie verstehe, wenn er sich für das Rappen mit den ‚Rebellen mit Grund' zu alt fühle. Den Auftritt am SP-Plausch zu seinem letzten Auftritt zu erklären, fände sie sehr gut. Leo, zusehends betrunken, lacht sie aus. Sie verstehe nicht, ein Mann, ein Wort. Er habe sich entschlossen, mit dem Rappen Schluss zu machen. Sofort! Dabei bleibe es.

Lucia weiss, wie stur Leo ist, sobald er sich etwas in den Kopf setzt. Ihre Chance ist, dass er zu betrunken ist, um sich am nächsten Morgen an seinen Entscheid vom Vorabend zu erinnern. Leo ergeht sich in ausufernden Analysen der verschiedenen Arten von Lebenslügen und argumentiert, obwohl, oder weil, betrunken, flüssig. Lucia ist hin- und hergerissen. Hört ihm gerne zu. Möchte ihn dennoch auf den richtigen Weg bringen.

Lucia schwört, sich von ihren lieben Kämpfern fürs Vaterland nicht in deren Kampfzonen hineinzerren zu lassen. Sie mag ihre Kämpfer. Knoll, Ariel und Leo. Selbst wenn sie bisweilen schrecklich nerven. Insbesondere wenn alle drei mehr oder weniger zeitgleich Unmögliches verkünden. Knoll wird nicht einmal bemerkt haben, wie unmöglich er sich benommen hat, und morgen wieder sein wie immer. Bei Ariel hat sie ein ungutes Gefühl, weil er unberechenbar ist und explodieren könnte. Die Implosion Leos wiederum beunruhigt sie. Lucia sitzt im Tram in Richtung Stauffacher, während sie diese Erinnerungen und

Gedanken wälzt. Sie richtet ihren Blick nach draussen und nimmt ihre Umgebung wieder wahr.

Die Silhouette der vorbeigleitenden Stadt ist unendlich, denkt Lucia. Sie ärgert sich über sich, dass sie nicht anders kann, als sich um alles, was Menschen betrifft, die sie liebt, zu sorgen. Sie senkt ihren Blick wieder auf das blaue Sichtmäppchen, das sie in Händen hält. Sie hasst es, in griesgrämige Gesichter zu schauen. Sie bemüht sich um einen freundlichen Gesichtsausdruck. Sie hält das Manuskript, das sie dem blauen Sichtmäppchen zufällig entnommen hat, genügend hoch, dass sie es aufschlagen kann. Die Deckblätter des Manuskripts sind aus normalem Schreibpapier, die Manuskriptseiten aus dünnem Durchschlagspapier. Das Manuskript stammt von Grossvati. 1934. Lucia ist echt gespannt. Sie mochte Grossvati sehr. Für sie der Traum eines Grossvaters. Die Seiten des Manuskripts sind vergilbt. Sie sind beschrieben mit einer Schreibmaschine und, weil es sich dabei um einen Durchschlag handelt, mit schwach gedruckter Schrift. Das Manuskript ist zusammengeheftet mit Heftklammern. Lucia schlägt wahllos eine Seite auf. Ach, Gedichte, denkt sie. Sie hebt die Seite, die sie wahllos aufgeschlagen hat, so weit hoch, dass sie gut lesen kann. Sie stutzt. Sie liest das Gedicht zweimal. Ihr ist, als ob der Boden unter ihren Füssen weggezogen würde und sie in einen schwarzen Traum fiele. Worte hämmern mit Wucht auf sie ein. Brenneisen drücken zischend Worte als Male in ihr Dasein.

> *Straffe Kerls in Reih und Glied,*
> *Lehrling, Student, kein Unterschied.*
> *Grauer Rock, Sturmriemen ums Kinn,*
> *Einer wie alle, nur eins regiert,*

Das ist aufrechter, deutscher Sinn:
Stahlhelm marschiert!
  Ein Glaubensbekenntnis, Hans-Günther Bressler

Lucia hebt ihren Blick, schaut weg in die Ferne. Sie kriegt das hübsche Porträtbild vom jungen Grossvati und dieses Gedicht nicht zusammen. Zudem war Grossvati 1934 in Deutschland als nichtarischer Christ, Lucia weiss es, bereits rassisch verfolgt. Lucia wühlt in den Papieren im blauen Sichtmäppchen und zieht aufs Geratewohl ein weiteres Dokument hervor.

Lucia denkt, unselige Papiere! Schaffen Papiere es, die schöne Erinnerung zu zerstören! Weshalb können diese Spuren einer düsteren Vergangenheit nicht dort bleiben, wo sie waren und geruht hatten: in einem verschlossenen Schrank. Sie hatte, wie die Familiengeschichte geht, Grossvati unhinterfragt als Opfer der Nazi-Zeit angenommen. Das Unheimliche des Entdeckten verstört sie. Am Liebsten würde sie das verhängnisvolle blaue Sichtmäppchen ungeschehen machen. Ein stiller Seufzer soll das Geschehen zu einem Ende bringen. Der wilde Protest gegen Tatsachen. Doch die Neugierde lenkt ihren Blick auf mechanisch hervorgezogene Papiere.

Ich hab keine Lust mehr! Niemand hört mir zu!
Und auf ihre faschistischen Gewaltphantasien pfeif ich!
  Sprechblase aus Volker Reiche. Kiesgrubennacht.
  Graphic Novel. suhrkamp taschenbuch, S. 87

Lucia zieht in schlafwandlerischer Manier weitere Papiere und Fotos hervor. Sie kann es nicht fassen,

Uniformierte, Militante – darunter soll Grossvati gewesen sein?! Mit einem Mal begreift sie Ariels Schock. Sie begreift auch Ariels Wut auf Vati, der von diesen Dingen wusste und sie bewusst versteckt hielt.

Lucia ahnt das schwarze Familiengeheimnis. Sie denkt, es war so dumm gewesen, ausgerechnet darüber nicht zu sprechen. Grossvati nicht als Verfolgter, aber als Verfolger! Aus eigenem Willen Teil des verhetzten, hetzerischen Pöbels, der bereit ist, jede Grenze zu überschreiten. Eines Pöbels, der seine Absichten klar äussert. Die Ziele nennt und propagiert. Von den Medien breit ausgewalzt kolportiert.

> *Deutsche Volksgenossen! Der heutige Tag war der Auftakt zum Gegenangriff der NSDAP gegen die Greuelpropaganda des Auslandjudentums. Wir haben noch nicht zum Generalangriff ausgeholt, und trotzdem wird der Feind gemerkt haben, dass, wenn der heilige deutsche Zorn ausbricht, sein Schicksal besiegelt ist. Unser Führer will dem Judentum der Welt Gelegenheit geben, den feigen Angriff aus dem Hinterhalt einzustellen, und hat angeordnet, dass eine Unterbrechung des Boykotts bis Mittwoch 10 Uhr erfolgt. Wenn bis dahin die Greuelpropaganda im Ausland nicht restlos eingestellt ist, wird von uns der Abwehrkampf mit doppelter Schärfe wieder aufgenommen und so lange und so rücksichtslos fortgesetzt, bis das deutsche Judentum endgültig vernichtet ist. Von einem solch feigen und schmutzigen Gegner, wie es das Judentum ist, lassen wir uns niemals das Heft aus der Hand winden. Unser Kampf ist rein und*

von dem ehrlichen und heissen Willen beseelt, das deutsche Volk einer besseren Zukunft entgegenzuführen, und es für alle Zeiten von dem Parasitentum, nämlich von dem ausbeutenden, wuchernden und unproduktiven Juden zu befreien. Unter unserer Führung wird es dem Juden nicht gelingen, den deutschen Geist zu vergiften, deutsche Kultur zu verschandeln, deutsches Heldentum in den Dreck zu ziehen. Die im deutschen Volk ruhenden Kräfte werden wir wieder wachrufen und dem deutschen Volk den Platz an der Sonne wieder verschaffen, der ihm gebührt. Alles für das deutsche Volk, für Deutschlands Grösse und Zukunft. In diesem heiligen Kampfe können wir uns nicht beirren lassen von einem gefühlsduseligen und behaglichen Spiessbürgertum. Unseren Kampf um die Rettung des deutschen Volkes werden wir unbelastet von unangebrachter Weichheit rücksichtslos bis zum siegreichen Ende fortführen. Unser Zweck, unser grosses Ziel heiligt unsere Mittel. Wer uns da nicht folgen kann, der kann nicht mehr deutsch denken und zeigt nur, dass er bereits vom jüdischen, pazifistischen Gift angesteckt und nicht mehr lebensstark ist. Wer noch weiterhin beim Juden kauft, zeigt, dass er nicht mithelfen will am deutschen Wiederaufbau. Wir Nationalsozialisten werden in der Stadtverwaltung und überall dahin wirken, dass die deutsche Arbeit und das deutsche Gewerbe geschützt werden. Wir fordern alle deutschdenkenden Bürger auf, nunmehr den Kauf beim Juden restlos und endgültig einzustellen und nur noch den deutschen Mittelständler und Gewerbetreibenden zu

berücksichtigen. Wer für den Juden eintreten will,
dem kann es ergehen, wie es zahlreichen Emder
Kommunisten ergangen ist, die ihren fanatischen
Kampf für das Judentum, denn nichts anderes
lauert hinter dem Kommunismus, mit ihrer Freiheit
büssen müssen.

Rede des NSDAP-Kreisleiters anlässlich einer
Kundgebung der NSDAP auf dem Neuen Markt
im Emden am 28. März 1933, erschienen in der
Emder Zeitung vom 3. April 1933, zitiert nach
Claudi, Marianne und Reinhard Claudi, Goldene
und andere Zeiten. Emden – Stadt in
Ostfriesland, Anlageband, Emden 1982, dies
wiederum zitiert nach Michael Wildt,
Volksgemeinschaft als Selbstermächtigung,
Hamburger Edition 2007, S. 124 ff

Lucia atmet aus und schüttelt ihren Kopf. Sie
zwingt sich, ihre Denkmaschine abzudrehen. Die ihr durch
eine Verquickung von Umständen zugefallenen Papiere
ruhig und gelassen durchzusehen. Sie trägt in ihrer
Erinnerung ein Bild von Grossvati. Sie lässt es sich nicht
nehmen. Sich bloss nicht zu wilden Fantasien hinreissen
lassen. Theorien, die ihr Bauchgefühl, das ihr sagt, Grossvati
war ein lieber Mann, verschütten. Der liebe Mann, als den sie
Grossvati erinnert, hatte bestimmt seine Ecken und Kanten,
seine dunkeln Seiten gehabt, die sie damals, als Kind, als
Heranwachsende, als junge Frau nicht wahrgenommen oder
die sie nicht irritiert, vielmehr belustigt hatten. Grossvati, der
so stolz darauf war, Schweizer zu sein, hatte astreines
Hochdeutsch gesprochen. Dabei echt geglaubt, er rede
Schweizer Dialekt. Sich schrecklich geärgert über Leute, die
in seiner Gegenwart in ein holpriges Schriftdeutsch verfielen.

Er hatte sich zwar über Lucias schulischen Leistungen gefreut, doch immer durchblicken lassen, dass sie als Frau ihren Mann nicht zu stellen brauche, dass der harte Alltag Männersache sei. Er hätte gerne gesehen, dass sie Kunstgeschichte studierte. Dass sie als Frau sich für Wirtschaftswissenschaften entschied und davon begeistert war, hatte er nicht begreifen können.

Grossvati war ein geselliger Mensch gewesen, liebte Gesellschaften, stand oder sass, weil er ein brillanter Erzähler war und viel wusste, im Mittelpunkt und genoss es. Er war begeisterter Freimaurer gewesen. Er hatte sich in Literatur- und Forschungszirkeln engagiert. Sie erinnert sich, wie er Biographien von Freimaurern erforschte, historische Arbeiten schrieb, sich mit der ganzen Welt über seine Forschungstätigkeit austauschte. In Erinnerung ist ihr noch, wie er, als sie das Gymnasium besuchte, für die Forschungsloge Quatuor Coronati eine Arbeit über José Rizal und das Erwachen der Philippinen geschrieben hatte. Als sie dann, kurz vor Grossvatis Tod, während Semesterferien mit Leo zusammen, sehr zum Entsetzen ihrer Eltern, in die Philippinen gereist war, hatte sie in einem Antiquariat in Manila einen Faksimile-Druck der Handschrift von Rizals Roman ,El Filibusterismo' (Der Aufruhr) entdeckt und für Grossvati erstanden. Grossvati hatte sich sehr über das Geschenk gefreut. Ohne Grossvatis Aktivitäten hätte sie vom Freiheitskämpfer Rizal nichts gewusst und wäre nie darauf gekommen, Leo zu einer Reise in die Philippinen zu überreden.

Grossvati als Psychiater hatte sie weniger wahrgenommen. Sie erinnert sich bloss daran, wie Vati sich über Grossvati ärgern konnte, wenn dieser Leute als paranoid oder schizoid bezeichnete. Sobald dann die Grosseltern jeweils abgereist oder sie, die Eltern mit ihr, Lucia, und dem kleinen Ariel, auf der Rückreise von den Grosseltern waren, schimpfte Vati über Grossvatis Überheblichkeit, normale Leute mit psychiatrischen Fachausdrücken herabzuwürdigen.

> *Unsere Mutter steht Vater innerlich fern, aber*
> *wenn sie mit Arnold irgendetwas hatte, da wurde*
> *sofort mit Vater gedroht.*
>   *Gerhart Hauptmann, Michael Kramer, Vierter*
>   *Akt*

Lucia überlegt sich, dass Ariel, der erst sechs war, als Grossvati starb, Grossvati noch nicht so differenziert wahrgenommen hatte.

Als sie sich dazu entschloss, Wirtschaftswissenschaften zu studieren, hatte Grossvati ihr im Ernst geraten, sich nicht in eine so trockene Materie zu stürzen. Schliesslich lebten sie in Verhältnissen, wo sie nach Lust und Laune das studieren könne, was ihr Spass bereite. Urgrossvater bereits hätte liebend gerne Geschichte studiert. In den Neunzigerjahren des Neunzehnten Jahrhunderts. Doch da seien die Geschäfte von Ururgrossvater nicht gut gelaufen. Mit einem Geschichtsstudium seien damals die pekuniären Aussichten schlecht gewesen. Daher habe Urgrossvater sich nolens volens entschlossen, das damals noch kürzeste Studium zu wählen, die Medizin, mit der Aussicht, gleich nach der Promotion recht Geld zu verdienen. Mit Vierundzwanzig, anno 1895 habe Urgrossvater in Jauer seine Arztpraxis eröffnet. Auch sein, Grossvatis, Traum sei es gewesen, Geschichte zu studieren. Ende der Zwanzigerjahre habe Krise geherrscht und man habe einen Beruf wählen müssen, der krisensicher sei. So habe er sich nolens volens für die Medizin entschieden. Ariel solle, sobald er soweit sei, Wirtschaftswissenschaften studieren. Es sei ein Studium für einen Mann.

„Dich, Jüngferchen, sehe ich als Kunsthistorikerin, zum Beispiel. Wir können es uns leisten. Geh der Funktion der Kunst im Bürger-Bewusstsein auf den Grund."

> *Die bundesrepublikanische Nachkriegszeit war – etwa durch den Wiederaufbau – der erfolgreiche Versuch, gegen die Faszination durch kriegerische und totalitaristische Moratorien des Alltags, Frieden mit dem Alltag zu schliessen: dadurch war sie eine entschieden vernünftige ausdrückliche Reaktion auf den Nationalsozialismus und seinen Krieg.*
>
> *Odo Marquard, Verweigerung der Bürgerlichkeitsverweigerung, in Endlichkeitsphilosophisches. Über das Altern, Reclam 213, S. 32*

Diese Erinnerungen an Grossvati erheitern Lucia. Gleichzeitig kann sie sich den Wutausbruch Ariels, das blaue Sichtmäppchen in seiner Hand, nicht aus dem Kopf schlagen. Auf Ariel, der immer gleich hinter allem das Schlimmste vermutet, müssen diese harmlosen Dokumente wie ein Schock gewirkt haben. Unter den Ahnen einen zu haben, der einer rechtsextremen Partei angehört hatte. Der Hitzkopf Ariel kann, vermutet Lucia, mit solchen Dingen nicht umgehen. Kann sich, wenn er erst auf Touren kommt, nicht mehr beruhigen.

In Russland war es nie die Aufgabe der Literatur,
zu unterhalten. Literatur war immer die einzige
Möglichkeit, die menschliche Würde zu retten. Nur
beim Lesen kann man sich ein Territorium schaffen,
in dem man nicht erniedrigt wird.

> *Michail Schischkin im Gespräch mit David Nauer*
> *in Berlin, in 'In der Auseinandersetzung*
> *zwischen dem Poeten und dem Zaren gewinnt*
> *immer der Poet', Tages-Anzeiger, 3. April 2013,*
> *Kultur & Gesellschaft, S. 21*

Lucia kann sich nicht vorstellen, dass Ariel sich
Zeit genommen hat, die Dokumente genau zu studieren.
Womöglich hat sie, Lucia, ihn dabei gestört. Sie ist
Schnellleserin und es gelingt ihr, trotz der ungeahnten
Überraschung ihren Grossvati betreffend einen kühlen Kopf
zu bewahren und die Dinge auf sich einwirken zu lassen.

> *Acht Tage weilten wir wieder in Jauer, da kam es*
> *am 1. April 1933 zum berüchtigten Boykott, da alle*
> *nichtarischen, jüdischen und sonst nicht genehmen*
> *Geschäfte durch bewaffnete Braunhemden bewacht*
> *wurden; auch vor unserer Haustür an der*
> *Wilhelmstrasse stand ein Doppelposten, der den*
> *Patienten Angst einflössen und sie am Betreten der*
> *Praxis hindern sollte. An diesem Nachmittag kam*
> *zufällig ein Stahlhelmkamerad Urstädt zu mir*
> *herauf und äusserte sich erstaunt dahingehend, dass*
> *er gar nicht gewusst habe, dass der im gleichen*
> *Haus wohnhafte Zahnarzt Hey Jude sei. Ich belehrte*
> *ihn eines besseren und klärte ihn darüber auf, wem*
> *die 'Ehrenwache' gelte. Schliesslich erschien Hals*
> *über Kopf Ilse, die viereinhalbjährige unbekümmert*

plaudernde Trautel an der Hand, den kleinen Karl-Heinz, damals ‚Pimmer' genannt, im Kinderwagen, und erklärte, dass sie unter den obwaltenden Umständen Glück und Fortkommen des Gatten nicht zu belasten beabsichtige und hiemit endgültig ins Elternhaus zurückkehre. Karl holte seine Familie noch gleichentags zurück, zu der er in all den bitteren folgenden Jahren treu gestanden ist und für die er sich im wahrsten Sinne geopfert hat. Mottl behauptete später, ich hätte nach Vatels Revolver gesucht, um unsere Bewachung nieder-zuschiessen....

Am Tage nach dem Boykott erschien, nachdem er sich Hals über Kopf dringend angemeldet hatte, Graf Pfeil in unnachahmlicher Noblesse auf dem Schauplatz und ersuchte darum, eine Woche bei uns logieren zu dürfen. Er motivierte seine Anwesenheit mit dringenden persönlichen Geschäften, doch merkten wir unschwer, dass der Freund nur unseretwegen erschienen war, um durch seine demonstrative Gegenwart Partei für die Verfolgten zu nehmen. ...

Eine im Rückblick geringe, dazumal für mich bedeutsame Sorge kam hinzu. Ich gehörte dem Stahlhelmstudentenring mit Leib und Seele an. Meine Begeisterung hatte unlängst einen Schock erlitten. Stellvertretender Bundesführer und viel beliebter als der eigentliche, inzwischen zum Reichsarbeitsminister ernannte Präsident Seldte war Oberstleutnant a.D. Theodor Düsterber, eine menschlich sympathische, sozial aufgeschlossene, im besten Sinne treudeutsche Natur. Diese Säule war von den Nazis in perfider Weise gestürzt worden. Sie hatten entdeckt, dass Düsterbergs direkter Vorfahr, der übrigens 120 Jahre zuvor als Militärarzt in den preussischen Freiheitskriegen das Eiserne Kreuz erwarb, Jude gewesen und somit auch der Nachkomme eine Inkarnation des Un- und Antideutschen sei. Der Stahlhelm hatte der Hetze nicht standgehalten; der verdiente Mann war gegangen. Selbstverständlich handelte es sich um eine gezielte Infamie, denn die Nazis konnten, wenn sie wollten, ohne weiteres ein Auge zudrücken und gelegentlich selbst in der Blutsfrage fünfe gerade sein lassen. Dem dicken Goering sagte man den Karl Lueger nachempfundenen Ausspruch nach: ,Wer Jude ist, bestimme ich'. Profitiert soll hievon Generalfeldmarschall Erhard Milch haben; längst verstorbene Nutzniesser solche fragwürdiger Maxime waren die Wiener Walzerkönige Strauss, deren 1720 in Ofen geborenen jüdischen Ahnherrn Johann Michael Strauss das Reichssippenamt kurzerhand ,arisierte'. Aber Theodor Düsterberg war ein zu gradliniger und zu ernst zu nehmender Antipode, als dass man seine Achillesferse hätte übersehen mögen.

Als ich diese Unglücksbotschaft vernahm, war es für mich klar, dass ich, der ich ja, wenn auch auf unscheinbarem Posten, viel ,belastete' sei, gleichfalls die Konsequenz ziehen müsse. Ich ging zu meinem jauerschen Vorgesetzten und bat ihn um meinen Austritt, doch lachte mich dieser nicht nur aus, sondern er warnte mich, dass eine demonstrative

Abkehr vom immer noch anerkannten nationalen Verband von Seiten der Nazis erst recht Repressalien, womöglich auch gegenüber der Familie zur Folge haben werde. Meine Kameraden wüssten mich zu schätzen, und an mir sei es, still in Reih und Glied meine Pflicht zu tun und nicht eidbrüchig zu werden. Also sprach Buchhändler Sasse. Demnach blieb ich im Bunde. ... Also gelangte ich in die Breslauer Stahlhelm-Studentengruppe, zu deren berittener Abteilung ich gehörte, und ich fand unter den Kameraden liebe, von der täglich klarer sich abzeichnenden Entwicklung zum grossen Teil wenig entzückte Freunde, bis unsere Schar erheblich später – versteht sich ohne mich – in die SA. überführt wurde. ...

Damals hatte ich, stürmischer Student, unter dem Freiligrath entliehenen Titel ‚Ein Glaubensbekenntnis', neunzig Jahre nach seinem Vorbild, einen das uns zugefügte Unrecht behandelnden und korrigieren wollenden Gedichtzyklus geschrieben. Darin versuchte ich, meine persönlichen Gefühle auszudrücken, pochte auf das Recht des ‚sum civis Romanus' und beschwor eine Reihe von tatsächlichen oder vermeintlichen Schicksalsgenossen, die ich gemäss der landläufigen Mentalität nicht dem Reiche des Geistes, der hohen Kunst oder der Wissenschaft entnahm, sondern insbesondere dem deutschen Soldatentum. Da fanden sich etwa die gefallenen Pour-le-mérite-Flieger Frankl und Loewenhardt zitiert, die gefallenen Kriegsdichter Walter Heymann und

Hugo Zuckermann; Linderer, Poet des deutschen Flaggenliedes; sowie der Ozeanflieger Freiherr von Hünefeld. Vergeblich wandte ich mich an verschiedene Verleger, von denen z.B. S. Fischer mein Manuskript mit sichtlichem Bedauern zurückgab. Der hochanständige preussische historische Schriftsteller Friedrich von Oppeln-Bronikowski (1873-1936), dessen mutige Schrift ‚Gerechtigkeit – auch in der Judenfrage', wie er mir meldete, soeben in Thüringen verboten worden war, schrieb, dass er für die „ebenso rührenden wie schönen Gedichte" keine Unterbringungsmöglichkeit wisse, und unterm 31. März 1934 gedachte Gerhart Hauptmann, an den ich mich gleichfalls gewandt hatte, aus Rapallo einer mit folgenden Worten: ‚Hiermit, überaus verspätet, sende ich Ihre Gedichte ‚Ein Glaubensbekenntnis' mit Dank zurück. Sie haben mich sehr ergriffen und müssen jeden ergreifen, der sie liest. Ein opferfreudiges Deutschtum tief innerlicher Art spricht sich in ihnen aus. Sie werden daran festhalten: Gold bleibt Gold unter allen Umständen. Wie Ihre Gedichte einen Weg in die Öffentlichkeit finden könnten, weiss ich allerdings nicht. Mein väterlicher Rat wäre, das medizinische Studium zunächst eifrig weiter zu betreiben, was Ihnen ja eröffnet ist' …"

Das Doktorhaus in Schlesien. Eine Familienchronik aufgezeichnet von Hans G. Bressler, S. 202, 203, 205, 219

Bewusst sucht Lucia in den Papieren nach dem Gedicht, das sie zu Beginn ihres Eintauchens in das Innere des blauen Sichtmäppchens schockiert hatte. Sie liest es nun mit heiterer Gelassenheit.

> *Straffe Kerls in Reih und Glied,*
> *Lehrling, Student, kein Unterschied.*
> *Grauer Rock, Sturmriemen ums Kinn,*
> *Einer wie alle, nur eins regiert,*
> *Das ist aufrechter, deutscher Sinn:*
> *Stahlhelm marschiert!*
>   *Ein Glaubensbekenntnis, Hans-Günther Bressler*

Sie liest es nochmals und erkennt den Dichter dieses Verses als schwärmerischen Jüngling, der für Fragwürdiges schwärmte, zu einer Zeit, wo ein wacher Sinn, die Zeichen der Zeit hätte hinterfragen müssen oder können. Das Schicksal jedoch hatte ihn, den schwärmerischen Jüngling davor bewahrt, selber Schuld auf sich zu laden. Beim Gedanken, wie sehr das Schicksal den Menschen im Griff hat, schmunzelt Lucia unwillkürlich und liest den Vers noch einmal.

> *Straffe Kerls in Reih und Glied,*
> *Lehrling, Student, kein Unterschied.*
> *Grauer Rock, Sturmriemen ums Kinn,*
> *Einer wie alle, nur eins regiert,*
> *Das ist aufrechter, deutscher Sinn:*
> *Stahlhelm marschiert!*
>   *Ein Glaubensbekenntnis, Hans-Günther Bressler*

Lucia sie überfliegt das Manuskript von Grossvatis ‚Glaubensbekenntnis' in aller Eile. Sie denkt an Ariel. Ariel ist ein ausgesprochen attraktiver junger Mann. Scheint gutmütig, ist dabei aber ein hitziger Ankläger der

Ungerechtigkeit auf dieser Welt. Er sieht den Grund dafür in der satten Bürgerlichkeit mit ihrer Wirtschaft, ihrer Politik, ihrem Militär, kurz in allen Autoritäten, die er als rechts abtut und hasst. Trotz seiner Intelligenz fehlt ihm die Musse, die Dinge ganzheitlich zu betrachten und in Ruhe zu bedenken. Er fängt Feuer und explodiert. Weshalb, denkt Lucia, sind meine lieben Kämpfer fürs Vaterland so schrecklich stur?

> *Was Vaterland! Dorthin will unser Steuer, wo unser Kinder-Land ist!*
> *Friedrich Nietzsche, Also sprach Zarathustra, III. Teil, Von alten und neuen Tafeln, 28., Reclam, S. 223*

Das Tram nähert sich dem Stauffacher. Lucia wird nervös. Kaum lässt sie ihren Gedanken freien Lauf, wuchern schreckliche Phantasien, von denen sie nicht weiss, woher sie so überraschend ihren Horizont verdüstern. Sie hätte unbedingt Ariel zur Rede stellen müssen. Sie hätte unbedingt sich die Zeit nehmen müssen, ihn in die Wirklichkeit zurückzuholen. Sie hätte die Zeit finden müssen, Leo noch einmal gut zuzureden. Falls Ariel Amok läuft. Falls sie bei Leo eine schleichende Depression übersehen hat und er sich etwas antut. Ein Blick auf ihre Armbanduhr zeigt ihr, dass sie es knapp schaffen wird, um Acht im Volkshaus zu sein und mitzubekommen, ob die ‚Rebellen mit Grund' und Leo, vor allem, da sind. Bocksberger/Häuptli kann ihr gestohlen bleiben. Sobald sie weiss, dass im Volkshaus alles rund läuft, muss sie unbedingt Ariel erreichen.

Lucia hastet im Schein der Strassenlampen auf dem breiten Trottoir den Alleebäumen entlang. Sie erreicht rennend und atemlos das Volkshaus. Hetzt durch die

Eingangshallte ohne nach links oder rechts zu schauen. Nimmt dennoch wahr, dass Häuptli/Bocksberger und Schaufelberger rumstehen. Nickt ihnen grüssend zu. Ohne sich aufhalten zu lassen. Sie betritt den grossen Saal. Die Musik setzt ein, mit dem Eingangstusch. Lucia erhascht einen Blick auf die Bühne, sieht, wie Leo in seinem Rapper Outfit dasteht, beim Mikrophon und gleich mit seinem ersten Song loslegen wird.

> *When the Pentagon offered its rationale for the censorship, it claimed that poetry 'presents a special risk' to national security because of its 'content and format.*
> *Judith Butler, Frames of War, Verso London 2010, S. 55*

Lucia atmet auf. Sie will nach draussen, ihren Kopf lüften. Um auszuhecken, wie und wo sie Ariel erreichen kann. In der Menge der jungen Leute, die am Bühnenrand kleben und mit dem Sound mitgehen, entdeckt sie eine Gestalt von hinten, die Ariel sein könnte. Neben ihm zur einen Seite ein weibliches Wesen, zur andern Seite ein schlanker junger Mann. Der schlanke junge Mann und die Gestalt, die Ariel sein könnte, wenden sich die Gesichter zu, um Worte auszutauschen. Dabei sieht sie die beiden im Profil und staunt. Es sind tatsächlich Ariel und Noureddine. Ein Stein fällt ihr vom Herzen. Die Welt ist oder scheint zumindest in Ordnung. Ihre beiden Kämpfer funktionieren normal und scheinen zu keinen besonderen Schlägen auszuholen. Nun, da sie beim Reinhasten in den Saal des Volkshauses Bocksberger/Häuptli hat stehen sehen, kann sie sich gemütlich auf die Suche nach ihm machen, um ihm zu sagen, dass sie weiss, wer er ist, und ihm zu eröffnen, dass sie mit Leos Hörspiel ‚Aufruhr in Zürich' einen Anschlag auf ihn vorhat. Ob sie jetzt oder etwas später die Babysitter ablöst, spielt keine Rolle.

> *Die politische Tradition der Moderne denkt radikale politische Veränderungen als Revolution, die als konstituierende Gewalt eine neu verfasste Ordnung herbeiführt. Dieses Modell muss verabschiedet werden. … Will man das antidemokratische Abdriften des Sicherheitsstaats aufhalten, wird die Frage nach den Formen und Mitteln einer solchen Kraft zur entscheidenden politischen Frage der kommenden Jahre.*
>
> *Giorgio Agamben, Die Geburt des Sicherheitsstaats, in Le monde diplomatique, März 2014, S.12/13*

Lucia entdeckt Bocksberger/Häuptli. Er steht im hintersten Teil des Saales. Eine Dame steht neben ihm. Bestimmt seine Frau. Von dem Bild, das sie im Kunsthausmagazin von Häuptli gesehen hatte, hätte sie schwören können, dass Häuptlis Frau anders aussieht. Doch ihre Erinnerung kann sie täuschen. Sie steuert im Rhythmus der Musik tänzelnd, mit Bedacht auf beide, Bocksberger/Häuptli und seine Frau, zu. Wird von beiden wahrgenommen, hebt ihren Kopf so nahe an Häuptlis Gesicht heran, dass sie möglichst wenig schreien muss. Nimmt auch wahr, dass Häuptlis Frau zuhört. Lucia bemüht sich um einen lässig kumpelhaften Tonfall, was bei den wegen des hohen Lärmpegels beinahe geschrienen Worten sogar zu gelingen scheint.

„Herr Häuptli, jetzt ist der Moment der Wahrheit gekommen, gestehen sie!"

Die Reaktion Häuptli/Bocksbergers lässt Lucia nicht im Geringsten daran zweifeln, dass er ihre Worte verstanden hat. Er steht augenblicklich wie ein tumber Tor da. Scheint nicht zu checken, was die Worte sollen. Diese erste Reaktion Bocksberger/Häuptlis auf ihre Worte lassen Lucia mit Schrecken erkennen, sie hat sich mit ihrer Vermutung womöglich verhauen. Dieser Mann ist nicht Häuptli. Hat ihr nichts vorgemacht. Sie hat sich etwas eingebildet. Wie ein Maschinengewehr mäht Bocksbergers Frau den flauen Moment mit einem Stakkato von Silben oder Worten weg. Lucia ist es peinlich. Am liebsten würde sie im Erdboden versinken. In dem Moment rennt Noureddine sie drei beinahe um. Sie sieht dem fliehenden Noureddine nach. Dieser schaut kurz zurück, mit Schreckensmiene, und murmelt so etwas wie eine Entschuldigung. Dann ist er verschwunden. Lucia versteht nicht, weshalb Noureddine davonrennt. Sie hofft inständig, dass er keinen Mist gebaut hat und Ariel mit hineinzieht. Lucia nimmt plötzlich wahr, dass die Band zu spielen aufgehört hat. Sie ahnt, sie weiss dort drüben, nahe bei der Bühne gibt's einen Aufruhr. Ihr entfährt gemurmelt ein „dort ist etwas!". Bereits hat sich ein dicht gedrängter Halbkreis um den Ort des Geschehens gebildet. Lucia, gleichzeitig wie Bocksberger und seine Frau, geht nach vorne, bis zum Gürtel von Gaffern. Lucia mit angehaltenem Atem. Lucia stellt sich auf ihre Zehen, um über die Köpfe hinweg etwas von dem zu erhaschen, was sich dort drinnen, mitten im Halbkreis tut. Typen, die wie Sicherheitsleute aussehen, sperren mitten unter den Leuten, nahe der Bühne, etwas ab. Die Mitglieder von der Band starren von der Bühne fassungslos zum Ort des Geschehens. Leo klettert von der Bühne runter, schreit etwas, verschwindet in der Menge. Junge Menschen und gestandene

Leute klettern mit Verrenkungen auf die Bühne, um auch ja einen guten Blick auf den Ort des Geschehens werfen zu können, winken ihren Freunden stolz zu, dass sie es geschafft haben und schauen mit weit aufgerissenen Augen runter auf den Ort, wo Lucia plötzlich, sie glaubt zu träumen, für den Bruchteil einer Sekunde zu sehen scheint, wie Ariel von einem Sicherheitsmenschen festgehalten wird. Die Verhältnisse haben sich für sie zum Unerträglichen verändert. Sie müsste protestieren, laut oder leise.

> *Am Abend mit Maschine den II. Teil vom Glaubensbekenntnis für Chef zum 17. Februar abgeschrieben.*
> *Tagebuch Hans-Günther Bressler vom 22. Januar 1938*

Auf einem unendlichen Planeten ein gutes Leben zu führen kann weder darin bestehen, immer mehr Güter zu konsumieren, noch darin, immer mehr Schulden anzuhäufen. Denn wenn der Begriff des Wohlstands irgendeinen Sinn haben soll, dann muss er auf die Qualität unseres Lebens und unserer Beziehungen zu anderen Menschen zielen, auf die Anpassungsfähigkeit und Widerstandskraft unserer Gemeinschaften sowie auf unser Gefühl dafür, was uns individuell und kollektiv etwas bedeutet.

Tim Jackson, Wir Unersättlichen, in DIE ZEIT Nr. 44 vom 27. Oktober 2011

DAS UNAUSSPRECHLICHE RESULTAT DES ZUSAMMENSTOSSES DER EREIGNISSE MIT MEINEM RECHTSGEFÜHL UND MEINER ÜBERZEUGUNG

„Zuerst muss ich aus ihrem Mund hören, was vorgefallen ist. Können sie, Herr Blum, uns kurz schildern, wie es dazu gekommen ist, dass Herr Doktor von Hüttental am SP-Plausch im Volkshaus mitten unter den Leuten neben ihnen am Boden lag. Danach wird uns Herr Doktor von Hüttental seine Version des Vorfalls erzählen. Nein, nein, Herr Doktor von Hüttental, zuerst der Angeschuldigte."

Ariel hat das Affentheater über. Seine Nase voll von dummem Geschwätz. Ihn interessiert einzig, ob Noureddine in Sicherheit ist oder, wie er vermutet, ebenfalls festgenommen wurde. Der Rest geht ihn einen Scheiss an. Sollen sie mit ihm machen, was sie wollen. Aus ihm bringen sie kein weiteres Wort heraus. Können ihm ruhig Löcher in seine Visage starren, der junge Staatsanwalt, der alte Lüstling und die alte Tipse. Sein Protest gegen die Wendung der Dinge ist die Verweigerung. Diese Scheissbürger sind so etwas von blöd, checken nie, was abgeht. Schnappen sich die Unschuldigen und lassen die echten Verbrecher laufen.

Ariel ärgert sich über seine eigene Blödheit, Noureddine an den Auftritt der ,Rebellen mit Grund' am SP-Plausch ins Volkshaus mitgeschleppt zu haben. Seit Noureddine von Ariel gehört hat, welche coolen Protestsongs Leo rappt, will er unbedingt Leo rappen hören. Die ,Rebellen mit Grund' haben nur selten Auftritte. Ariel hatte sich gedacht, dass Noureddine etwas zu sorglos ist, wenn er ihn, Ariel, unbedingt ins Volkshaus begleiten will. Noureddine lachte. Er sei sich gewohnt, auf der Hut zu sein. Er wittere Uniformierte und Beamten in Zivil auf weite Distanzen. Ariel ist sowieso empört, dass ein Kumpel, der nichts angestellt hat, sich verstecken muss. Aus dieser Situation heraus hatte Ariel gesagt, okay, du kannst Felicitas und mich begleiten. Doch entferne dich nie von uns. Wir müssen aufeinander achten.

Ariel schielt nach rechts. Sieht den alten Lüstling wie ein Mehlsack auf seinem Stuhl thronen. Ariel richtet sich auf, schaut stur geradeaus, zwischen dem jungen Staatsanwalt und der alten Tipse hindurch. Auf das Bild, das an der Wand hängt. Eine Reproduktion von Füsslis ‚Die schwörenden Eidgenossen auf dem Rütli'. Ariel betrachtet stumm das Bild. Er will sich zynische Gedanken zu diesem Bild nicht verkneifen. Das Bild mutet an wie ein Witz. Drei versiffte Typen in pathetischer Pose. Und die Typen erst! Verkommen, scheinheilig. Links ein dekadenter Weichling. In der Mitte der Meineid in Person. Der Typ rechts, hat er einen Klumpfuss und einen Schwanz? Es riecht verdächtig nach Schwefel. Und SIE sollen einen Bund beschwören. Der Gründungsmythos des Staates, dessen Behörden er, Ariel, nun ausgeliefert ist. Diese Beobachtung kann er hier nicht mitteilen. Der junge Staatsanwalt, der alte Lüstling und die alte Tipse würden ihn als Nestbeschmutzer, Niederreisser, Aufrührer niedermachen. Dabei weiss er, dass es sich beim Originalbild Füsslis um ein Auftragswerk handelt eines Herrn Escher aus Zürich an Füssli, der ins Exil nach London gegangen und dort ein berühmter Maler geworden war. Ariel ist klar, Füssli hat seinen lieben Eidgenossen mit diesen zynisch hingepinselten drei Eidgenossen die Rechnung dafür präsentiert, wie sie ihn behandelt hatten. Und nun hängt das Bild im Kunsthaus, im Rathaus und hier auf der Staatsanwaltschaft, in Kopie. Und wird bewundert. Füssli würde sich totlachen und seine lieben Zürcher verspotten.

Es gibt action. Der alte Lüstling setzt sich, ohne seine Stimme zu erheben, mit schmieriger Freundlichkeit gegen das kühl ausgesprochene Redeverbot des jungen Staatsanwalts durch. Der junge Staatsanwalt wiederholt sein Verbot mehrmals. Vergeblich. Der alte Lüstling sülzt mit Gewalt daher. Holt aus bei Adam und Eva, kann sich an nichts erinnern und, Ariel traut seinen Ohren kaum, nimmt ihn, Ariel in Schutz. Voller Hohn denkt Ariel, er weiss genau, weshalb es für ihn, den alten Lüstling ratsamer ist, sich an nichts zu erinnern. Doch dann, Ariel stockt der Atem, bringt der alte Lüstling Noureddine ins Spiel. Sagt wortwörtlich: „Ach, jetzt fällt mir gerade wieder etwas ein. Wie ich meine Augen öffne, fällt mein Blick auf einen jungen Mann. Er hatte neben mir gestanden. Kaum hatte ich meine Augen geöffnet, rannte er weg, ergriff er die Flucht. Er, wenn überhaupt jemand, könnte es gewesen sein. Es ist bloss eine Vermutung. Ich bedaure, dies nun sagen zu müssen. Der junge Mann war seiner Physiognomie nach ein Nordafrikaner. Ein Araber. Ein Ausländer, eben."

Das Schwein, empört sich Ariel. Er ist drauf und dran, dem alten Lüstling protestierend ins Wort zu fallen. Den hier Anwesenden klar zu machen, dass Noureddine unbeteiligt ist und der alte Lüstling bewusst lügt. Doch keiner würde ihm glauben. Alle wären gegen ihn. Wenn er Noureddine als Freund bezeichnet, reitet er ihn und sich erst recht in die Scheisse rein. Ariel ist verzweifelt. Er muss seinen Mund halten. Unbedingt.

Ariel träumt nicht. Diese beinahe unwirkliche Situation ist real. Er befindet sich nach dem ungeheuerlichen Vorgang beim Auftritt der ‚Rebellen mit Grund' am SP-Plausch im Volkshaus im Büro von Staatsanwalt Doktor Lüscher. Der junge Staatsanwalt, der alte Lüstling und er sitzen um einen rechteckigen Tisch. Die alte Tipse an einem kleinen Tischchen mit einem Laptop neben dem jungen Staatsanwalt. Der junge Staatsanwalt und die alte Tipse auf einer Seite. Der alte Lüstling und Ariel ihnen gegenüber. Der junge Staatsanwalt hat einen Schreibblock vor sich und spielt mit einem Kugelschreiber. Der alte Lüstling ist verstummt. Alle schweigen. Das ganze Drum und Dran ist bitterer Ernst. Er, Ariel, sitzt echt in der Scheisse. Die Zeit verrinnt. Alle erwarten von Ariel, dass er zu reden beginnt. Er wird nicht reden. Er wird abwarten, was weiter geschieht. Der junge Staatsanwalt mag grinsen, wie er will. Ihm, Ariel, in süsslichem Tonfall gut zureden. Er, Ariel, fällt auf dieses Spiel nicht rein. Er versucht, sein Gesicht zu entspannen. Alles ist so schnell gegangen. Er denkt nach. Nichts ist schnell gegangen. Eher schleppend. Stundenlang hat es gedauert und will nicht aufhören. Inquisition samt Pranger. Zu allem Überfluss wutscht ihm dieser Satz in den Kopf, dieser Satz, den er aus Filmen kennt, über den alle lachen werden, sobald er ihn ausspricht. Doch er muss etwas tun. Selbst wenn er sich der Lächerlichkeit preisgibt. Ariel macht sich keine Illusionen.

Einerseits findet er es cool, ein Verhör hautnah zu erleben: Andrerseits hat er echt Schiss. Um Noureddine. Um sich. Verzweifelt ob der Vorstellung, dass die Wahrheit keine Chance hat. Niemand die Wahrheit wissen will. Die Wahrheit eine zu persönliche Sache ist, als dass er sie breit auswalzen wird. Ariel reisst seinen Mut zusammen. Richtet sich auf. Seine Stimme zittert.

„Ich sage nichts ohne meinen Anwalt."

Die alte Tipse verdreht ihre Augen, stösst den jungen Staatsanwalt an. Der alte Lüstling erschrickt, fasst sich gleich wieder. Der junge Staatsanwalt ergreift das Wort. Ariel rutscht nervös auf seinem Stuhl hin und her. Er spürt Angstschweiss seinen Rücken und die Brust seines T-Shirts befeuchten. Das Grinsen und der Blick des jungen Staatsanwalts bringen Ariel beinahe aus der Fassung.

„Herr Blum, sie scheinen etwas Bestimmtes im Sinn zu haben. Das ist ihr gutes Recht. Doch vorerst müssen wir noch etwas klären. Sie sind minderjährig."

„Nach neuem Recht bin ich volljährig."

„Das neue Recht gilt erst ab dem neuen Jahr. Ich schlage vor, wir entspannen uns erst einmal, bevor ich ihre Eltern, Herr Blum, benachrichtigen muss. Bei einem Kaffee?"

Der alte Lüstling lehnt sich grinsend in seinem Stuhl zurück und nickt. Die alte Tipse schüttelt ihren Kopf.

„Ich trinke keinen Kaffee", wirft Ariel trocken hin. „Für mich ein Glas Wasser, bitte. Hahnenwasser. Falls sie meine Eltern benachrichtigen wollen, sie sind in Atlanta, USA. Als ihr Vertreter könnte mein Pate benachrichtigt werden. Götti Dani, Daniel Mellner. Doktor Daniel Mellner."

> *Der Denker braucht nur einen einzigen Gedanken. Und die Schwierigkeit für den Denker ist, diesen einzigen, diesen einen Gedanken als das einzig für ihn zu-Denkende festzuhalten, dieses Eine als das Selbe zu denken und von diesem Selben in der gemässen Weise zu sagen.*
> *Martin Heidegger, Was heisst Denken?, Reclam 1992, S. 31*

„Frau Pfau, würde es Ihnen etwas ausmachen, für sich, Herrn Doktor von Hüttental und mich einen Kaffee zu holen und für den jungen Herrn Blum ein Glas Wasser?"

„Mit Freuden zu ihren Diensten, Herr Doktor Lüscher", sülzt die alte Tipse. „Und für Arielchen, Entschuldigung, Herr Blum, wollte ich sagen, ein Glas Wasser."

Der Name Pfau lässt Ariel aufhorchen. Er bringt das Telefon an Götti Dani hinter sich. Dieser ist zuhause. Erklärt sich sofort bereit, auf die Staatsanwaltschaft zu kommen. Die Warterei beginnt. Der junge Staatsanwalt und der alte Lüstling reden über irgendetwas. Ariel hängt seinen Gedanken nach. Vage erinnert er sich daran, dass die Mutter von Sergio Pfau, Leos Freund, auf der Staatsanwaltschaft arbeitet. Er ist ihr zuvor nie begegnet. Mutti kennt diese Frau Pfau von irgendwoher. Die alte Tipse wird bestimmt, denkt Ariel, nichts Gescheiteres wissen, als Mutti brühwarm zu tratschen, was vorgefallen ist.

Beim Gedanke an Mutti taucht Ariel unwillkürlich in seine ausgeleierte Familien-Soap ein. Mutti hat es raus, sobald sie ahnt, dass er, Ariel, sich weigern wird, das zu tun, was sie von ihm fordert, ihn nicht etwa scharf anzufahren, sondern einen eindringlich traurigen Blick aufzusetzen und zu seufzen, „ich hätte dich gerne um das und das gebeten, doch, vergessen wir es". Dann gerät Ariel jeweils in diese Zerrissenheit, wo er einerseits schwach wird und andrerseits den aufsteigenden Zorn runterschlucken und kleinlaut sagen muss, „Komm, ich mach schon!" Dann lobt Mutti ihn über den grünen Klee und er fühlt sich total beschissen. Vor allem, wenn noch jemand Drittes dabei ist und das Spiel mitbekommt. Immer wieder fällt er auf diese Tricks von Mutti rein und immer wieder erlebt er, wie er sich bei ihr nicht durchsetzen kann. Er ist ein Versager. Manchmal gerät er in diesen Situationen so sehr ausser sich, dass er echt befürchtet, die Herrschaft über sich zu verlieren und wie von Sinnen loszuschlagen. Doch selbst diese Angst ist ein Vorwand, denn er weiss überhaupt nicht, wie man dreinschlägt, wie man sich wehrt. Er ist im Vergleich mit den echten Machos ein Weichei ist. Die Machos haben eindrücklichste Drohgebärden drauf. Geraten nicht in das Gedankengeschwrubel von, wie droht man, darf man es und so weiter? Wenn Mutti Ariel weichklopft, stürzt er in ein

Loch und verflucht die ganze Welt, die Eltern, die ihn zu diesem Schwächling erzogen haben. Immer anständig, immer rücksichtsvoll sein. „Wir wollen uns nicht für dich schämen." „Du hast eine böse Art, pass auf, Bub, pass auf." „Wie du das wieder gesagt hast, dieser Ton, dieser Ton!" „Wundere dich nicht, wenn die Leute dich nicht mögen, wenn du so mit ihnen redest."

Es ist keine Gewalt im Spiel. Selten fällt ein echt böses Wort. Doch diese demonstrative Besorgtheit, diese Besserwisserei, die jeden Augenblick aus dem Hinterhalt hervorschnellen und ihn, Ariel, im Nu bremsen und lähmen. Bloss im stillen Kämmerlein kann er in seinen Tagträumen der unbeschwerte Maulheld sein. Sobald er in Gesellschaft ist, quälen ihn die Verunsicherungen, die tief in seine Seele eingepfropft sind. Wenn er jemandem sagt, was für ein Angsthase er ist, lachen alle ihn aus. Er ist und bleibt eine lächerliche Figur, die nirgends Chancen hat, weil er zusammengestaucht wurde von den Eltern. Die sich einen anderen Sohn als ihn gewünscht hatten. Die sich seiner schämen. Er ist, das bestreitet er nicht, schon etwas speziell. Doch das Schrecklichste ist diese Gesprächs-Un-Kultur, die in der Familie herrscht. Wenn überhaupt geredet wird.

Doch dass er so den Launen seiner fordernden und ihn als Menschen kaum beachtenden Eltern ausgeliefert ist, provoziert ihn mächtig. Klar lebt er in der Vorstellung, dass er Mutti liebt und dass Mutti ihn liebt, doch in kritischen Momenten, wird er sich abrupt bewusst, dass es eine Illusion ist. Wie damals, als Mutti ihn mit dem Vorschlag überraschte, ihn neu einzukleiden, und zwar bei Excelsior. Damit hatte Mutti ihn erwischt.

Ariels Herz hüpft vor Freude, doch er spielt auf cool, zieht eine Schnute, meckert, um dann, wenn es absolut nicht anders gehe, vielleicht doch noch Zeit zu finden, Mutti ins Excelsior zu begleiten und mal zu schnuppern, ob er sich mit Bonzen-Klamotten, die dort verkauft werden, überhaupt anfreunden könnte. Mutti nagelt ihn gleich bei seiner vagen Zusage fest, was Ariel sehr recht ist. Und, o Wunder, im Nu finden sie einen Termin, wo sie sich in der Stadt treffen, um dann gemeinsam zur Einkaufs-Expedition zu starten.

Grundsätzlich gibt Ariel nichts auf Kleidung. Weil seine Kumpels ebenfalls nichts auf Kleidung geben. Ihre Uniformen, Second Hand Jacken und zerschlissenen Jeans, aber stundenlang zurecht zupfen. Die Mütze zurechtschieben, bis sie die gewünschte Wirkung erzielen. Nicht dass es Ariel je ein Herzenswunsch gewesen wäre, bei Excelsior einzukaufen, doch spielte er im Hinterkopf bisweilen mit dem Gedanken, wie sein Leben ausschauen würde, falls er wie Cousin Karl herausgeputzt daherkommt. Dieser Gedanke umspielt seine Sinne insbesondere, seit er es auf Rosanna abgesehen hat und sie auf seine Werbung eingeht. Als er mit Rosanna im Odeon sitzt, schämt er sich ein Bisschen, dass sie so cool gekleidet ist und er in seinem Hip Hopper-Outfit, das ihm nicht entspricht. Das er bloss trägt, weil seine Kumpels es tragen. Im Grunde seines Herzens ist Ariel angepasst. Und nun platzt Mutti mit eben diesem Ansinnen hervor.

Kurz vor dem vereinbarten Termin hat Ariel Stress mit der Polizei. Er und seine Kumpels stehen quatschend an einer Strassenecke im Quartier herum. Sie bemerken, wie zwei Polizisten in Zivil sie diskret beobachten. Einer der Kumpels schlägt vor, denen zeigen wir es! Er zieht bedächtig eine Haschzigarette aus der Tasche und zelebriert sie, bevor er sie sich in den Mund steckt und dann anzündet. Ariel und seine Kumpels öffnen den Kreis, auf dass die zwei Polizisten auch bestimmt jede Geste mitbekommen. Die Zigarette kreist. Ariel steht zwar mit seinen Kumpels beisammen, lässt den Joint aber vorübergehen. Nicht etwa, weil er etwas gegen das Kiffen hätte. Er ist später noch mit Rosanna verabredet. Möchte da nicht benebelt sein. Dann stürzen die beiden Polizisten rennend auf sie zu. Einer der Kumpels ruft, „Los!" Spurtet weg. Taucht im Stadtgewühl unter. Die ganze Bande hinterher. Ausser Ariel. Ariel sind solche Spielchen zu blöd. Er bleibt, Maulaffen feilhaltend, stehen. Der jüngere der beiden Polizisten fährt ihn forsch an. „Ausweis, aber dalli!" Dann fragt er Ariel, was er und seine Kameraden hier getan hätten. Ariel grinst ihn an. Sie wüssten es haargenau, weshalb sie fragten? Sie seien Mittelschüler, pafften ab und an. Ihre Leistungen in der Schule seien okay. Sie fielen wegen des Bisschens Paffen nicht auf. Der jüngere Polizist wirft Ariel einen bösen Blick zu. Mit Drogenkonsum liesse sich nicht spassen. Ariel schüttelt seinen Kopf. Moralpredigten kämen bei ihm nicht an. Er sei alt und gescheit genug, um zu wissen, was er tue. Der junge Kläffer fällt ihm sogleich ins Wort und droht, „Bürschchen, Bürschchen, werd nicht frech!" Dabei winkt er provozierend mit Ariels Ausweis, den er fest in seiner Hand hält. Ariel fragt im Brustton der erstaunten Unschuld, „Wann haben wir beide Duzis gemacht?" Ariel entnimmt dem Gesichtsausdruck des älteren Polizisten, dass diesem die Entwicklung der Dinge peinlich ist. Doch der junge Kläffer zeigt Ariel, wer der Meister ist. Befiehlt ihm, sich mit seinem Gesicht zur Wand zu stellen und tastet ihn von oben nach unten ab. Heisst ihn, seine Taschen zu leeren. Ariel lächert das Theater. Er bleibt erstaunlich heiter. Lächelt dem älteren Polizisten freundlich zu, als der junge Kläffer

Ariel anherrscht, „Du begleitest uns auf den Polizeiposten".
Der ältere Polizist schneidet eine Grimasse.

Auf dem Polizeiposten wird Ariel gezwungen, sich bis auf die Unterhose auszuziehen. Zuerst glaubt er, es ist ein Scherz. Doch die Polizisten ziehen das Theater voll durch. Ariel wird nach Spritzeneinstichen untersucht. Darf seine Arschbacken auseinanderziehen, dass der ihn untersuchende Polizist auch sein Arschloch sehen kann. Dann gibt Ariel zu Protokoll, selber nicht geraucht zu haben, die Kumpels, mit denen er zusammengestanden hatte, nicht namentlich zu kennen, und kein Haschisch zu besitzen, „wie ihre Kollegen feststellen konnten".

Bisher hatten er und seine Kumpels die Polizei, Autoritäten und den übrigen Repressionssalat verlacht, verhöhnt und scheinheilig provoziert. Bei seiner tatsächlichen Erfahrung auf einem Polizeiposten wird ihm klar, sie hatten den Ernst der Sache nicht begriffen und sich wie Kinder verhalten.

Die Polizisten halten Ariel ein Protokoll zur Unterschrift unter die Nase. Ariel ist entsetzt. Da steht geschrieben, die Auskunftsperson habe den Haschischkonsum nicht bestritten. Er habe jedoch weder Haschisch, noch Zigaretten auf sich getragen. Ariel weiss, er müsste protestieren. Es ist ihm zu blöd. Der protokollierende Polizist treibt ihn zur Unterschrift an. Falls er die Unterschrift verweigere, werde er ihn hier behalten. Kaum hat Ariel unterschrieben, ruft der Polizist bei Ariel zu Hause an. Mutti ist zu Hause. Der Polizist bleibt sachlich und fragt Mutti, ob sie die Mutter von Ariel Blum, geboren am 3. Dezember 1979 sei. Dann bittet er sie, ihren Sohn auf dem Polizeiposten

Hottingen abzuholen. Er könne nichts dazu sagen. Doch könne sie ihren Sohn mit nachhause nehmen.

„Haben sie das gewollt, Herr Blum? Ihre Mutter ist aus allen Wolken gefallen. Sie haben ihr mit ihrem unverantwortlichen Treiben einen riesigen Schrecken eingejagt."

Der Auftritt von Mutti auf dem Polizeiposten ist genial. Sie schäkert mit den Polizisten. Die Polizisten werden locker, verlieren ihre herrische Art, verwandeln sich in putzige Freunde und Helfer. Verschmitzt und zum Spass fragt Mutti die Polizisten sogar, ob sie nichts Dringenderes zu tun hätten, als Jagd auf kiffende Mittelschüler zu machen.

Kaum sind Mutti und Ariel aus dem Polizeiposten raus, lässt Mutti ihre fröhliche Maske fallen. Sie bittet Ariel inständig und in larmoyantem Tonfall, von dieser Katastrophe Vati gegenüber kein Sterbenswörtchen fallen zu lassen. Vati würde sich so sehr über Ariels Verhaftung aufregen, dass er einen Herzanfall kriegen könnte.

„Bub, Bub, machst du mir Sorgen. Versprich mir, dass du es nie, nie wieder machst! Ich kann dir gar nicht sagen, wie sehr ich mich schäme. Vor lauter Schrecken, dass ich wegen deinen Dummheiten auf dem Polizeiposten antanzen muss, habe ich vergessen, den Siegel- und den Brillantring anzustreifen, bevor ich das Haus verliess. Ohne meine Fingerringe fühle ich mich nackt. Ich bin ganz aus der Fassung. Tu mir das nicht noch einmal an! Was sollen wir bloss mit dir anfangen?!"

Ariel will die Sache von allem Anfang an klarstellen. Mutti lässt sich nicht unterbrechen. Sie schnupft, seufzt, zieht sogar, während sie das Auto durch den Verkehr lenkt, ein Taschentuch hervor, um angebliche Tränen abzutupfen. Dabei zittert der Tacho-Zeiger bedenklich über der Anzeige mit der erlaubten Höchstgeschwindigkeit. Als er dies bemerkt, will er Mutti darauf aufmerksam machen. Überlegt sich dann, so wie sie drauf ist, wird sie eine solche Bemerkung krumm nehmen. Dann lehnt er sich zurück und denkt, recht geschieht ihr, falls sie eine Busse einfängt.

„Du hast mich so sehr enttäuscht, ich mag mich mit dir nicht im Kleidergeschäft Excelsior blamieren. Neue Kleider bekommst du nicht!"

Ariel denkt, wenn es nicht zum Totlachen wäre, müsste er sich ärgern. Das Rendezvous mit Rosanna verpasst er. Seine ältere Schwester Lucia hält zu Ariel, erteilt ihm jedoch schrecklich gescheite Ratschläge. Leo macht auf Kumpel, schlägt einen gemeinsamen Spaziergang vor. Sie trinken Bier aus der Dose und kiffen und begackern Gott und die Welt. Vor allem den Ärger mit Autoritäten. Leo lacht. Denk bloss an die Halbstarken und ihren Kampf gegen die Füdlibürger, die Jugendunruhen. Ariel, du bist schlicht zu jung, um diese Rebellionen noch zu kennen. Da war es nicht bloss um übergriffige Mütter gegangen. Götti Dani, Mellner, schiesst den Vogel ab. Er lacht sich beinahe krank über Ariels Geschichte mit der Polizei. Mutti brauche sich nicht als mater dolorosa aufzuspielen. Sie hätte früher, damals, miterlebt, wie Vati und er gekifft hätten. Nie exzessiv, aber doch hin und wieder. Nicht einmal das Kiffen hätte sie vom guten Weg abbringen können. Dass Mutti ihm, Ariel, jetzt so ein Theater mache, sei scheinheilig. Ariel soll zeigen, dass er ein Mann sei und über solchen Dingen stehe. Götti Dani boxt Ariel auf einen Oberarm. „Und, hat es sich mit Rosanna wieder eingerenkt?" „Na klar", strahlt Ariel. Erinnerungsriss und Aufwachen in die Gegenwart.

Ariel sitzt nach dem Vorfall am SP-Plausch im Volkshaus auf der Staatsanwaltschaft und harrt der Dinge, die da kommen sollen. Alle schauen ihn an. Rühren in ihren Kaffees. Ariel sitzt trotzig und abweisend da, ein Glas Wasser vor sich, aus dem er von Zeit zu Zeit einen Schluck trinkt. Er schweigt beharrlich. Er vergleicht seine neuste Erfahrung mit den Erfahrungen Meursaults in ‚L'étranger' von Camus mit dem Staatsanwalt und mit dem scheinbar unabhängigen Gericht. Die Gelassenheit Meursaults hatte Ariel bei der Lektüre beeindruckt. In schwierigen Situationen spielt er Meursault, genau bedenkend, wie Meursault sich in ähnlichen Situationen verhalten würde. Ariel eifert seinem Helden nach.

> *Pour que tout soit consommé, pour que je me sente moins seul, il me restait à souhaiter qu'il y ait beaucoup de spectateurs le jour de mon exécution et qu'ils m'accueillent avec des cris de haine.*
> *Albert Camus, L'étranger, Le livre de poche 1957, S. 179*

Seit der Camus-Lektüre bedachte und bedenkt Ariel die Widrigkeiten, die ihm zustossen, mit Meursault im Hinterkopf. Dann lässt er etwas raus, von dem die Leute sagen, wie kannst du nur so böse Dinge sagen. Ariel denkt, ich bin echt zynisch. Er hasst sich für seinen Zynismus. Den harten Brocken runterwürgen. Auf seinen Mund hocken. Ohne sich die Blösse eines Wutanfalls zu geben. Vati treibt ihn jeweils zur Weissglut. Da kann und will er sich nicht weiter beherrschen. Jetzt, auf der Staatsanwaltschaft, gelingt es ihm, sich zu beherrschen. Er atmet tief durch. Schweigt. Wie die andern auch. Der junge Staatsanwalt, die alte Tipse und der alte Lüstling. Alle starren ihn an. Erwarten, dass er seinen Mund öffnet. Etwas sagt. Die Zeit zerrinnt träge. Hörbar. Mit seiner aufgesetzten Gelassenheit fühlt er sich lässig. Dabei nimmt er sich vor, dem Französischlehrer mitzuteilen, dass er ‚L'étranger? als Maturitätslektüre wählt. Er fühlt sich beschissen. Unversehens taucht er in das Bedenkliche seines Daseins ab.

> *Er wurde ruhig, es war ihm als träten alte Gestalten, vergessene Gesichter wieder aus dem Dunkeln, alte Lieder wachten auf, er war weg, weit weg.*
> *Georg Büchner, Lenz, Pos. 35, E-Book*

Mit Vati verhält es sich anders als mit Mutti. Vati hat es raus, Ariel mit zynischen Fragen, zynischen Bemerkungen, zynischen Kommentaren, zynischer Haltung zu provozieren. Er bemäkelt alle Leute, vor allem seine Kollegen und Vorgesetzten. Steht Vati diesen Leuten dann physisch gegenüber, gibt er sich scheissfreundlich. Ein richtiger Arschlecker. Bereits wenn Vati sich an ihn anschleicht, kommt Ariel die Galle hoch. Dann Vatis kumpelhaft herrischer Ton. Ariel kann nicht anders. Er explodiert. Gibt Vati den Vorwand, um erst recht zynisch einzufahren. Lucia sieht zwar ein, dass Vati sich Ariel gegenüber bisweilen seltsam verhält. Hingegen seien Ariels Trotzanfälle kindisch. Ariel verteidigt sich. Es handle sich nicht um kindische Trotzanfälle, der Alte ärgere ihn schrecklich. Leo rät Ariel, von zu Hause auszuziehen. Zorro und Hänse, der Schlagzeuger und der E-Bass-Spieler der ‚Rebellen mit Grund', suchten einen weiteren Bewohner für ihre WG. Dieser Vorschlag gefällt Ariel. Andrerseits will er unbedingt nicht als Klarinettist in Leos Band hineingezogen werden. Er spielt Klarinette leidlich. Weil er einmal im Musik Hug eine blaue Klarinette im Schaufenster gesehen und sie gekauft hatte. Doch seine Liebe gilt dem Klavier. Zum Üben kommt er jedoch nicht. Gegen den Auszug aus dem Elternhaus in eine WG sprechen die finanziellen Gegebenheiten. Vati weigert sich, ihm ein Zimmer ausserhalb des Elternhauses zu finanzieren. Seine Eltern sind immer gegen alles, das er sich unbedingt wünscht.

In der Schule sind Ariels Leistungen mittelmässig. Ausser im Französischunterricht. Er mag den Französischlehrer. Der Französischlehrer mag Ariel und gibt ihm meist beste Noten. Im Übrigen lässt Ariel die Schule über sich ergehen, lernt für die Prüfungen und ist froh, wenn er es schafft. Er kuscht vor den Lehrern. Schimpft hintenrum mit den Kumpels über sie. Bewundert schweigend den Mathematiklehrer, wie er von der Mathematik schwärmt und ehrlich glaubt, mit der Mathematik alles, selbst die Kunst, erklären zu können. Ebenfalls schweigend bewundert er den Deutschlehrer, der von seinem Fachgebiet immer zu Klatsch und Tratsch abschweift und ein brillanter Glossator der Gesellschaft ist. Er kennt als Erster allen Klatsch + Tratsch aus der Boulevard-Presse und von sonstwo und versteht es, ihn geschickt in die grösseren Zusammenhänge einzubetten. Echt hadern muss Ariel bloss mit seinen Eltern, die es ständig schaffen, ihn zu nerven. Ariel findet, dass er es schrecklich schwer im Leben hat.

Kurz nach dem Vorfall mit dem Haschisch und dem Kleidergeschäft lässt Mutti wie beiläufig fallen, am nächsten Dienstag seien sie und Vati nicht zu Hause zum

Nachtessen. Er müsse selber sehen, was er essen werde. Ariel ist gleich auf Hundert, weil Mutti ihn wie ein Kleinkind behandelt und echt glaubt, er verhungere, wenn sie nicht da ist. Obwohl Ariel längst weiss, dass die Eltern jeweils an Dienstagen ihre Abonnementsvorstellung im Schauspielhaus haben, holt Mutti zu Erklärungen aus. Dann wird sie sauer, weil er ein solches Gesicht zieht. Und Ariel fühlt sich einmal mehr missverstanden. Als Mutti erwähnt, das Stück, das sie sehen werden, sei ‚Michael Kramer' von Hauptmann, horcht Ariel auf.

Der Name ‚Michael Kramer' lässt eine Erinnerung aus seiner Kindheit aufblitzen. Grossvati und Vati hatten sich vor Urzeiten in Gegenwart von Ariel – er war damals höchstens Fünf gewesen – über Gerhart Hauptmann unterhalten. Dabei war der Stücktitel ‚Michael Kramer' gefallen. Ariel hatte damals aus Neugierde gefragt, wer ist Michael Kramer. Grossvati hatte Ariel auf seinen Schoss genommen und ihm erzählt, ‚Michael Kramer' sei ein Theaterstück. Ariel hatte kaum glauben wollen, dass ‚Michael Kramer' nicht ein Mann sei. Grossvati hatte ihm von Gerhart Hauptmann berichtet, der ein Theaterstück geschrieben habe über einen Mann namens Michael Kramer. Grossvati hatte weitererzählt, dass er von Gerhart Hauptmann einmal einen Brief erhalten habe. Ariel hatte nichts wirklich begriffen, es aber genossen, auf Grossvatis Schoss zu sitzen, in seinen Armen geborgen zu sein und Grossvati zuzuhören. Seltsamerweise hatte der Name Michael Kramer sich damals in Ariels Gedächtnis eingebrannt, spukt noch immer herum und lässt, sobald aktiviert, Ariels Erinnerung sprudeln. Grossvati hatte dem damals Fünfjährigen Ariel einen Geldschein zugesteckt und ihn aufgefordert, sich dieses sehr interessante Stück in der Reclam-Ausgabe zu kaufen und zu

Gemüte zu führen. Mutti und Vati hatten ihre Köpfe über Grossvati geschüttelt. Ariel hatte sich damals schrecklich über seine Eltern geärgert.

Ariel will ‚Michael Kramer' unbedingt sehen. Mutti schaut ihn mit einer Mischung aus Freude und Erstaunen an.

Grundsätzlich hasst Ariel, mit den Eltern ins Theater zu gehen. Dennoch, er spart dabei Geld. Er besorgt sich zwar die Eintrittskarte mit seinem Schülerausweis, doch Vati erstattet ihm den Eintrittspreis zurück. Dafür muss er in Kauf nehmen, dass Mutti bestimmt, was er für den Theaterbesuch anzuziehen hat, und dass er unzähligen Bekannten und Freunden seiner Eltern im Theaterfoyer Pfötchen geben muss.

> *Er meinte, er müsse den Sturm in sich ziehen, alles in sich fassen, er dehnte sich aus und lag über der Erde, er wühlte sich in das All hinein, es war eine Lust, die ihm wehe tat;*
> *Georg Büchner, Lenz, Pos.13, E-Book*

Vor dem Theaterbesuch seufzt Mutti, sie hasse sich zwar für ihre Inkonsequenz, doch könnte sie sich vorstellen, den Besuch im Kleidergeschäft Excelsior im Hinblick auf den bevorstehenden gemeinsamen Theaterbesuch nachzuholen, damit sie sich vor ihren Bekannten und Freundinnen Ariels Kleidung wegen nicht zu schämen brauche. Neue Kleider sind Ariel inzwischen egal. Mutti fügt noch an, sie möchte stolz auf ihren Sohn sein und sich nicht für ihn schämen. Ariel hält seine Klappe. Im Kleidergeschäft Excelsior ist Mutti einmal mehr charmant und betörend mit den um sie herumscharwenzelnden Verkäufern. Tut auch so, als ob sie stolz auf ihren Sohn, Ariel, ist. Ariel kann es sich nie verkneifen, Muttis Theater mitzuspielen. Einerseits ist es ihm zuwider, wie Mutti und die Verkäufer Kleider um Kleider hervorzerren und er stundenlang in die Umkleidekabine gejagt und dann von allen begutachtet und betatscht wird. Andrerseits geniesst er das Befremden, wenn er sich aus dem Spiegel als Fremder entgegengrinst. Vollends peinlich ist ihm, als Mutti den Preis runterzudrücken versucht für den Fall, dass sie sich für zwei Hosen und eine Jacke entschieden. Beim Verlassen des Geschäfts trägt Ariel die neuen Kleider. Er fühlt sich wie ein Clown, kann kaum mehr normal gehen. Mutti strahlt. Die neuen Kleider sitzen wie angegossen, meint sie, jetzt sei er der hübsche und gepflegte junge Mann, wie sie ihn liebe. Mutti ist in so lockerer Stimmung, dass sie ihm vorschlägt, die Hummerbar aufzusuchen und dort Austern zu schlürfen mit Rosé Champagner. Sie zwingt ihn in die Rolle des Galans. Er öffnet ihr die Türe. Denkt dann mit Schrecken, wenn die übrigen Gäste in der Hummerbar bloss nicht denken, ich sei Muttis Gigolo! Hier sitzen vorwiegend ältere Herren mit jungen, sehr blonden Damen. Selbst Ariel ist klar, dass er für den gemeinsamen Theaterbesuch mit seinen Eltern die neuen Kleider wird anziehen müssen. Zuvor jedoch, will er sie beim Treffen mit Felicitas tragen. Felicitas kriegt einen Lachanfall, besänftigt dann aber Ariel. Er sei total schick. Am Abend des Theaterbesuchs kann Mutti es nicht unterlassen, Ariel daran zu erinnern, die neuen Kleider anzuziehen, obwohl sie nie einen Zweifel darüber aufkommen lässt, was er zu tun hat.

Ariel ist hin von ‚Michael Kramer'. Während der Pause lässt er das Gesülze der Leute über sich ergehen. Sein Verstand ist vom Erleben der Situation im Stück blockiert.

Die Figur Arnolds, des Sohnes von Michael Kramer, hat ihn erschlagen. Der Sohn, der vom Vater herabgewürdigt, geplagt, gepeinigt wird. Aus Protest in seiner angeborenen Hässlichkeit ein Emu spielt. Sich der Lächerlichkeit preisgibt. Der Sohn, der an seinem Vater scheitert. Diese verfahrene Situation. Ariel dreht der Kopf. Am liebsten wäre er auf die Bühne gestürmt und hätte diesen Arnold geschüttelt. Ihm Mut gemacht, sich selber zu behaupten.

> *Das grosse Misslingen kann mehr bedeuten – am Allergrössten tritt es hervor – kann stärker ergreifen und höher hinaufführen, ins Ungeheure tiefer hinein, als je das beste Gelingen vermag.*
> *Gerhart Hauptmann, Michael Kramer, Dritter Akt*

Neulich hatte Ariel sich tatsächlich behauptet. Seinen Willen durchgesetzt. Er ist der Einladung Onkel Howards gefolgt und alleine nach London gereist. Gegen den Widerstand der Eltern.

Seit Jahren schon kommt Onkel Howard aus London jährlich mindestens einmal zu Besuch. Mit oder ohne Arlette und Richie. Ariel bewundert Onkel Howard, seit er sich erinnern kann. Ariel findet Onkel Howard den lässigsten aller Verwandten. Onkel Howard hatte immer gesagt, „Ariel, wenn du möchtest, komm uns in London besuchen. Wir würden uns freuen. Besprich es mit Mutti und Vati, ja?"

Neulich fasst Ariel den Entschluss, ich reise zu Onkel Howard nach London. Vati und Mutti sperren. Mutti seufzt und jammert, schiebt schlechte Noten in Physik und Chemie vor, die Ariel wegen seiner Faulheit habe. Vati öffnet

166

den Mund, beginnt mit einem süffisant hingeworfenen, „hat unser aristokratischer Sohn proletarischer Eltern auch bedacht, dass". Und schon explodiert Ariel. Ariel ist überzeugt, dass Vati zu geizig ist, um ihm die Reise zu bezahlen. Überdies ist er eifersüchtig auf eine mögliche Reise Ariels. Alles, was Ariel liebt, verbietet Vati, weil es kostet und weil er, Vati, auf Ariel neidisch ist. Geiz und Missgunst bringen Ariel zur Weissglut.

> *Im wesenhaften Streit jedoch heben die Streitenden, das eine je das andere, in die Selbstbehauptung ihres Wesens. ... Je härter der Streit sich selbständig übertreibt, um so unnachgiebiger lassen sich die Streitenden in die Innigkeit des einfach Sichgehörens los.*
>
> *Martin Heidegger, Der Ursprung des Kunstwerkes, Reclam 1960, S. 46*

Lucia lacht. Quatsch, Bruderherz. Mutti und Vati wollen nicht, dass du zu Howard gehst, weil er schwul ist und weil sie sich vorstellen, er verdirbt dich. Ariel schüttelt seinen Kopf. Lucia sei mit ihrer Bemerkung total durchgeknallt. Onkel Howard sei verheiratet und Vater von Richie. Lucia klärt Ariel auf. Onkel Howard sei bisexuell. Richie sei in einem Internat. Arlette habe eine Professur in Miami. „Verstehst du, Bruderherz, du wärst alleine in London mit Onkel Howard und Mutti und Vati befürchten, dass er dir an die Wäsche geht, weil du ein geiles Kerlchen bist."

Lucia findet, Onkel Howard und Arlette hätten ein perfektes Arrangement. Ariel bekommt prompt einen Schreikrampf und schimpft wie ein Rohrspatz über die

Verlogenheit und das penetrante Schweigen von Vati über Dinge, über die man sprechen müsste. Lucia meint, Mutti habe genau so wie Vati geschwiegen. Sie seien eben etwas verklemmt. Ariel kann diese Verhältnisse nicht so locker angehen wie Lucia, weil er selber noch mittendrin steckt. Lucias Analyse der Gesprächs-Un-Kultur in ihrer Familie interessiert Ariel nicht. Er will nach London.

Lucia schenkt Ariel ein Ticket nach London. Vati macht mit säuerlicher Miene mit. Er stiftet ein so üppiges Taschengeld, dass es Ariel geradezu peinlich ist. Ariel denkt, er will mich unbedingt beschämen. Um vor Onkel Howard nicht als Geizhals dazustehen. Mutti malt sich aus, dass das Flugzeug abstürzt. Sie hat schlaflose Nächte. Ariel erwähnt immer wieder provozierend, wie sehr er Onkel Howard liebe und wie er ein cooler Typ sei. Weder Vati noch Mutti sprechen das heisse Thema an. Ariel geht einen Schritt weiter. Bei einem Nachtessen lässt er locker fallen, er finde es cool, dass Onkel Howard schwul sei und mit Arlette ein Arrangement habe. Mutti bleiben die Bissen im Munde stecken. Vati geht mit stoischer Ruhe über die Bemerkung hinweg. Später nimmt Mutti Ariel ins Gebet und gesteht ihm, sie mache sich schrecklich Sorgen, ob etwa er, Ariel, vom andern Ufer sei. Er möge ihr schwören, dass er es nicht sei.

In London hat Ariel anfänglich ein mulmiges Gefühl. Er würde es schrecklich peinlich finden, wenn Onkel Howard über ihn herfallen und er ihn gewaltsam verjagen müsste. Er entschliesst sich daher beim ersten gemeinsamen Nachtessen die Sache zu klären. Reisst seinen Mut zusammen. Fragt Onkel Howard.

„Trifft es zu, wie Lucia behauptet, dass du schwul bist?"

Onkel Howard nimmt die Frage locker. Bejaht sie grinsend. Stellt, während er Ariels Weinglas wieder füllt, die Gegenfrage, ob er, Ariel, etwa ebenfalls schwul sei. Ariel verneint. Onkel Howard schiebt nach, übrigens brauche er, Ariel, sich nicht zu sorgen, dass er, Howard, ihm etwas antun könnte. Er stehe nicht auf grüne Jungs, aber auf kernige, wilde Kerls. Dann grinst er und fügt an, er sei nicht schwul, wenn er es ehrlich bedenke. Er sei bisexuell. Geniesse es genau so, mit Frauen zusammen zu sein. Doch vor Frauen fürchte er sich im Allgemeinen, weshalb er nur mit Arlette intim verkehre. Für schnelle, flüchtige Abenteuer kämen ihm die kernigen, wilden Kerls gelegen. Ariel ist platt über diese Offenheit unter Männern. Onkel Howard wechselt das Thema. Morgen sei er beruflich voll engagiert, könne sich daher nicht um seinen Lieblingsneffen kümmern. Er rate ihm, zum Beispiel, ins British Museum zu gehen und dort die Bilder von Fuseli anzuschauen.

„Wer? Wie hast du gesagt? Fus ... Nie gehört!"

„Ein Schweizer Maler. Und du kennst ihn nicht!"

„Onkel Howard, Onkel Howard, wehe, du verscheisserst mich!"

„18. / 19. Jahrhundert. Weltberühmt. Tolle Bilder. ‚The Shepards Dream' – ein Meisterwerk."

Ariel bezweifelt, dass es diesen Maler mit dem seltsamen Namen tatsächlich gibt. In der Tate Britain entdeckt er das besagte Bild und erfährt zu seinem Erstaunen, dass Henry Fuseli in der Schweiz Johann Heinrich Füssli heisst und ihm, Ariel, als Name schon ein Begriff ist, ein Maler eben von alten Schinken. Onkel Howard zuliebe schaut er sich die Bilder etwas genauer an, damit er Onkel Howard etwas dazu sagen kann. Wenn schon Bilder, denkt Ariel, dann schon Bilder wie diese. Wenn er alte Malerei tatsächlich mögen würde, dann schon Bilder wie diese. Die gute Geschichten erzählen. Nicht bloss hübsch und gut gemalt vor sich hindämmern. Aber einen in ein Geschehen hineinziehen, das man vielleicht nicht wirklich versteht, das aber doch Dramatik und Dynamik sichtbar macht. Ariel spürt, wie ihm die Sache Spass macht. Wie Onkel Howard ihn auf eine Sache gelenkt hatte, auf die er von selber nie gekommen wäre. Es ist wie ein Rätsel oder ein Quiz. Es reizt ihn, Onkel Howard mit guten Bemerkungen zu diesen Bildern zu überraschen, denn, so überlegt er sich, Onkel Howard hätte ihn nicht auf diese Bilder aufmerksam gemacht, wenn er nicht etwas von ihnen halten würde.

Beim Nachtessen tauschen Ariel und Onkel Howard sich aus. Onkel Howard freut sich echt, wie Ariel auf die Bilder von Füssli/Fuseli eingeht. Er führt an, dass er düster sich zu erinnern glaube, einmal gehört zu haben, dass Fuseli aus der Schweiz, aus Zürich geflohen sei. Ariel gesteht, dass er sich mit der Biographie dieses Malers nie beschäftigt habe. Onkel Howard vermutet, dass Fuseli in einen Skandal verwickelt gewesen sei und er daher die Stadt habe verlassen müssen. Ihn würde es nicht wundern, wenn Fusely schwul gewesen sei und daher den Ärger der Leute von damals heraufbeschworen habe.

Ariel lässt es keine Ruhe. Er geht zu Foyles, sucht dort nach Maler-Lexika und Maler-Biographien, findet auch prompt eine Biographie von Füssli und liest da zu seinem riesigen Erstaunen, dass Füssli mit Freunden zusammen 1762 einen Aufruhr gegen einen ungerechten Landvogt angezettelt hatte. Füssli und seine Freunde erreichen, dass die Stimmung gegen den Landvogt so sehr angeheizt wird, dass dieser flieht. Füssli und seine Freunde triumphieren. Die Regierung von Zürich aber will das Verhalten der hitzköpfigen Jungs nicht tolerieren, rügt sie und gewährt ihnen keinen Schutz vor der möglichen Rache der mächtigen Familien. Daher flieht Füssli nach London. Aber auch, um der Fuchtel des herrschsüchtigen Vaters zu entfliehen, der ihn nicht das machen lassen will, was ihm wichtig ist. Dieser zwingt Füssli, Theologie zu studieren, obwohl Füssli mit Leidenschaft Maler sein will. In London, weit weg von zuhause, kann er tun und lassen, was er will und wird da auch berühmt. Ariel schreibt ein Hörspiel über Füssli und den Aufruhr in Zürich.

> *Müdigkeit spürte er keine, nur war es ihm manchmal unangenehm, dass er nicht auf dem Kopf gehen konnte.*
> *Georg Büchner, Lenz, Pos. 6, E-Book*

Am Sonntag nach Ariels Rückkehr aus London besucht Lucia mit Familie die Eltern und es wird gemeinsam zu Abend gegessen. Bei Tisch fragte Lucia Ariel über den Tisch hinweg, nun, hat Onkel Howard dich vergewaltigt? Ariel will Lucia lachend etwas Witziges antworten, doch Mutti kommt ihm zuvor, reicht die Schüssel mit Erbsen herum und fragt, insbesondere Paul und Julia eindringlich, ob sie nicht noch etwas Erbsen möchten. Erbsen seien sehr gesund. Vati sitzt vergeistigt da und isst stumm in sich hinein. Als Lucia nochmals zum Reden ansetzt und dabei Ariel ansieht, stellt Mutti Leo die Frage, wie er mit seiner Habilitationsschrift weiterkomme. Ariel ärgert sich einmal mehr darüber, wie die Eltern Themen abklemmen und alles dransetzen, dass das Unerwünschte nicht zur Sprache kommt. Paul stochert Erbsen auf und fragt mit Runzeln auf der Stirn, „Was heisst verwaltet?" Mutti streichelt Paul über den Kopf und sagt, „Sobald du grösser bist, werden wir es dir erklären, versprochen". Kaum hat Ariel seinen Teller leergegessen, steht er wortlos auf und geht in den Garten.

Nach wenigen Minuten folgt auch Leo Ariel in den Garten. Ariel fragt Leo, ob er etwas paffen möchte. Er habe einen Joint. Leo schüttelt den Kopf. Er steckt sich eine American Spirit an. Ariel bittet Leo ebenfalls um eine American Spirit. Lucia erscheint unter der Türe. Ariel zischt, jetzt habt ihr es miterlebt, der Alte ist unmöglich, blockt immer ab.

„Mach mal halblang, Bruderherz. Mutti hat abgeblockt, nicht Vati. Du und dein Ödipus!"

Lucia wirft diese Bemerkung schnippisch hin, wirbelt auf einem ihrer Absätze herum und verschwindet wieder ins Hausinnere. Ariel und Leo sehen sich mit Grimassen an. Ariel in Weltuntergangsstimmung. Leo belustigt. Leo fragt, kennst du den?

„Eine Mutter fragt ihren Sohn, der tiefbetrübt von einem Arztbesuch nach Hause kommt, und, was hat der Arzt gesagt? Der Sohn seufzt, ‚Er diagnostizierte einen Ödipus'. Worauf die Mutter: ‚Ödipus, Schnödipus, Hauptsache, du hast deine Mutti lieb'."

Kurz rauchen Leo und Ariel schweigend und stehen im Garten. Dann legt Ariel los. Jammert, dass er ein Versager ist. Weder gegen die Eltern, noch die Lehrer oder gegen sonstwen ankommt. Selbst Lucia, die ihm wohlgesonnen ist, nimmt ihn im Notfall nicht ernst. Macht sich lustig über ihn. Das habe er, Leo, soeben selber miterlebt. Leo sagt, Autoritäten seien da, um hinterfragt und bei Anmassungen hintergangen zu werden. Ariel beneidet Leo.

Leo sieht gut aus. Hat es geschafft. Hat gut reden. Ist kein ungelenker Koloss, wie er, Ariel, der nicht weiss, wie er mit seinem Körper und sich umgehen soll. Ariel lässt den Namen Füssli fallen. Füssli habe es der Obrigkeit gezeigt und die über ihn verhängte Strafe sei zum Freipass für ein freies Leben geworden. Leo fragt Ariel erstaunt, wie er ausgerechnet auf Füssli komme. Er erzählt Ariel, dass er sich als Historiker bei seiner Untersuchung von Jugendunruhen auch mit Füssli beschäftigt, neben den Halbstarken und ihrem Kampf gegen die Füdlibürger, den Zürcher Unruhen in den Achtzigerjahren. Ariel gesteht Leo als Erstem, dass er ein Hörspiel über Füssli und seinen Aufruhr in Zürich geschrieben habe. Leo kann es kaum fassen. Er bittet Ariel, ihm das Hörspiel unbedingt zu lesen zu geben. Ariel verspricht Leo, ihm sein Hörspiel-Manuskript zu geben, wenn er verspreche, niemandem ein Sterbenswörtchen davon zu verraten. Leo und Ariel haben ihr Thema gefunden und ergehen sich in Fachsimpeleien, bis Leo verschmitzt bemerkt, auch er, Ariel, sei ein kleiner Aufrührer. Wem sei die Reise nach London verboten worden? Wer habe es dennoch geschafft, nach London zu reisen? Eben! Ariel beklagt sich bitterlich darüber, dass in dieser Familie nicht geredet wird. Da herrsche das grosse Schweigen. Es sei fürchterlich. Er solle es von der andern Seite betrachte, rät Leo. Wenn bloss geschwiegen werde, sei er frei, sich seine eigenen Gedanken zu machen. Er sei grundsätzlich frei zu tun und zu lassen, was ihm gefalle. Falls von der vermeintlichen Autorität ein unbegründetes Verbot ausgesprochen werde, sei dies die Probe: ob man das Verbot beseitigen oder es unterlaufen könne.

„Du tust alles, was deine Eltern dir verbieten. Dabei verbieten sie dir herzlich wenig. Ariel, du bist ein

Prachtkerl, siehst blendend aus. Auf dich fliegen die Frauen. Die kleine Böckin."

„Ach, Jane Bocksberger? Sie ist mir zu brav. Ich werde mit ihr Schluss machen. Weil offiziell ja noch immer Rosanna meine Freundin ist. Hast du, Leo, mal was mit einer grünäugigen Rothaarigen gehabt?"

„Nein."

„Karl sagt, total langweilige Frauen. Ich habe eine kennengelernt. Valerie. Wunderschöne grüne Augen, rote Locken. Ich kann mich nicht entscheiden, Valerie oder Felicitas, das ist hier die Frage. Felicitas hat schwarze Haare. Eine tolle Figur."

Mutti öffnet die Terrassentüre und ruft Leo und Ariel zu, das Dessert sei bereit. Ob sie kein Dessert wollten.

Ariel kann Muttis Paradesatz über Ariels Verhältnis zu Vati schon nicht mehr hören:
„Ich verstehe nicht, weshalb du ständig mit ihm streitest, ihr seid euch so ähnlich."

Ariel gerät in Weissglut.
„Mein grösster Wunsch ist, dass ihr euch vertragt. Sonst stehe ich immer zwischen den Fronten."
„Weshalb, Mutti, bleibst du bei ihm?! Er verachtet die Frauen."
„Ariel! Wie redest du mit mir?!"

Mutti bricht in Tränen aus. Am Desaster ist einmal mehr Ariel schuld. Dabei kann er nichts für diesen Kriegszustand. Den Gipfel setzt jeweils die alte und ach so kluge Oberschwester Lucia auf, wenn sie überhaupt nicht sehen will, was abläuft und süffisant hinwirft, „Kleines

Brüderchen, Bruderherz, die reinste, doch ganz gewöhnliche Familien-Soap – notier dir alles, schreib ein Drehbuch, verklickre es an eine Fernsehstation und du bist der gemachte Mann, der seine Energien nicht mehr in sinnlosem Protest vergeudet. Aufruhr, Verweigerung, Protest – du wächst langsam über dieses Alter hinaus. Stell dir vor, wenn du Millionen scheffelst und Vati mit einem Lamborghini Countach um die Ohren sausen kannst!"

Ariel weiss genau, wenn Vati nicht wäre, würde Friede herrschen. Vati wird toben, denkt Ariel, während er auf der Staatsanwaltschaft sitzt, kurz bevor er in den Knast versenkt wird. Nein, ist ihm mit einem Mal klar, Vati wird triumphieren. Von nun an weiss alle Welt, Ariel ist der böse Junge, für den ihn seine Eltern halten.

Nach der der Lektüre von ‚L'étranger', nach der Entdeckung von Füssli in London und nach der Aufführung von ‚Michael Kramer' spuken Meursault, Arnold und Füssli in seinem Kopf herum. In seiner Phantasie nehmen sie Gestalt an und liefern sich die grössten Gefechte. Er lässt seine Phantasiegestalten namens Meursault, Arnold und Füssli über die Dinge streiten, die ihm wichtig sind. Götti Dani, Mellner, erzählt er von seinen Fantastereien. Götti Dani hört zu, ohne gleich alles blöd zu kommentieren oder runterzumachen.

Götti Dani bricht jedem Drama die Spitze, indem er es zur Komödie, zur Realsatire umfunktioniert. Nach dem Vorfall mit dem Haschisch, als Ariel zu Hause eisiges Schweigen entgegenschlug, ruft Ariel Götti Dani an und erklärt er müsse ihn dringend sprechen. Für Ariel ist die Reaktion von Götti Dani auf solche Anrufe erquickend. Götti

Dani freut sich echt, Ariel zu treffen. Er schlägt das Seilbähnli am Central vor, nicht in der Beiz unten, aber die Treppe rauf im Stübli. Da habe er seinen Stammplatz. Falls er, Ariel, zuerst dort eintreffe, solle er bloss Trudi fragen, welches der Platz von Mellner sei. Seit diesem Vorfall mit dem Haschisch, wo Ariel unbedingt Götti Dani sein Herz ausschütten musste, lädt Götti Dani Ariel alle drei Wochen zum Mittagessen ins Seilbähnli ein. Götti Dani schwärmt vom Seilbähnli. Trudi, die Serviertochter bringe ihm genau das, was er wolle, ohne dass er ein Wort zu sagen brauche. Ein Wädli auf Sauerkraut und ein grosses Bier. Mit Sandra könne er nie im Seilbähnli essen. Sie würde sich ekeln. Vor dem etwas zu sehr in die Jahre gekommenen Lokal, der verschmutzt hellgrünen Täferung mit den Rissen, dem Wädli auf Sauerkraut, dem Stammpublikum, älteren, beleibten Herren, die nach dem Essen ihre Stumpen rauchen. Ariel liebt Bratwurst an Zwiebelsosse mit Rösti. Zudem kommt ihm entgegen, dass Götti Dani immer ablehnt, wenn Ariel seinen Teil bezahlen möchte. So spart er sich das Essensgeld. Selten gesellt sich auch Lucia dazu, weil sie Götti Dani ebenfalls mag. Oder Helen, die Tochter von Götti Dani.

Neulich erkundigte Götti Dani sich nach Ariels Klavierspiel. Ariel freut sich, dass zumindest Götti Dani gecheckt hat, dass Ariel gerne würde Klavier spielen können. Ariel legt gleich los. Das Klavier zu Hause sei verstimmt. Niemand komme auf die Idee, den Klavierstimmer kommen zu lassen. Vati grinse bloss blöd, wenn er den Klavierstimmer erwähne. Mutti habe höhnisch bemerkt, das Geld könnten sie sich sparen für das Wenige Rumklimpern von Ariel. Er übe seit Monaten die A-Dur Klaviersonate von Mozart und den A-Moll Walzer von Chopin. Es sei eine Katzenmusik, vertreibe bestimmt alle Mäuse aus dem Haus, jammert Ariel.

Götti Dani erkundigt sich, ob er, Ariel, einmal auf einem Steinway spielen möchte? Ariel ist perplex, erstaunt, grinst verlegen, „Ja". Nachdem Götti Dani bezahlt hat, fordert er Ariel auf, „Komm!"

Götti Dani steuert geradewegs auf das Musikhaus Hug zu, dort in die Abteilung der Flügel. Ariels Herz schlägt höher. Was sich ankündigt, ist ihm schrecklich peinlich. Er flüstert Götti Dani zu, „Das kannst du nicht machen!" Götti Dani gibt lachend zurück, „Und ob wir es können!" Diese Selbstverständlichkeit von Götti Dani macht Ariel Mut. Der Verkäufer fragt Götti Dani, für welches Instrument sie sie interessierten. Götti Dani erklärt, dieser junge Mann hier habe noch nie auf einem Steinway gespielt und es wäre sein Traum, einmal ein paar Töne darauf spielen zu dürfen. Der Verkäufer windet sich kurz und weist dann auf einen Flügel.

„Los, Ariel, zeig, was du kannst und erlebe mal, wie herrlich es ist, auf einem guten Instrument zu spielen!"

Bei den ersten drei Anläufen verhaut Ariel sich schrecklich in den Tasten. Doch dann gelingt ihm Chopins A-Moll Walzer ordentlich. Er geniesst das Spiel auf dem herrlichen Instrument. Götti Dani und der Verkäufer applaudieren. Ariel ist echt gerührt, dass er diese Erfahrung machen konnte, dankt dem Verkäufer, dass er auf dem Steinway Gran Piano habe spielen dürfen.

> *Je lui ai dit que je ne savais pas ce qu'était un péché. On m'avait seulement appris que j'étais un coupable.*
> Albert Camus, L'étranger, Le livre de poche 1957, S. 172

Ariel hievt sich aus seinem Tagtraum heraus. Er darf den Bogen nicht überspannen. Muss etwas sagen. Er räuspert sich, schaut den jungen Staatsanwalt an, der gespannt, fragend Ariel in die Augen schaut und sogar lächelt.

„Meine Eltern sind in USA. Kann ich meinen Patenonkel anrufen. Er vertritt gleichsam meine Eltern. Und er ist Jurist. Dr. Daniel Mellner."

Die alte Tipse schreit schrill, „Dani Mellner???" Alle starren sie an. Sie rutscht kokett auf ihrem Stuhl herum, streicht ihren Rock über ihrem Schoss glatt, schaut mit süsslichem Blick auf und flötet, „Dani Mellner ist sehr nett, etwas weich, geht unserem Blum genauso auf den Leim wie alle hier. Entschuldigen sie, Herr Staatsanwalt, Herr Doktor von Hüttental. Ich will nichts gesagt haben."

Amanda Pfau schlägt ihre Augen nieder und lacht sich ins Fäustchen bei dem Gedanken, dass sie es diesen Herren gesagt hat. Ariel wartet, ob der junge Staatsanwalt oder der alte Lüstling protestieren. Es ist ihm unverständlich, dass so eine alte Schachtel hier das Sagen haben kann und die Männer kuschen. Es fällt ihm schwer, Achtung vor dieser Institution zu haben, wenn auch hier Weiber das Sagen und vor allem das letzte Wort haben.

Gestern, als er zusammen mit Rosanna Paul und Julia hütete, damit Lucia und Leo in den Ausgang gehen konnten, hatte er sich vorgenommen, Rosanna zu sagen, dass er sie möge und sie eine coole Frau sei, er jedoch keine feste Bindung eingehen möchte. Er hatte sich diese Worte zurechtgelegt. Als die Kinder endlich schliefen und der Moment gekommen ist, er aus Gewohnheit mit ihr zu schmusen begonnen hatte, setzt sie sich unversehens vom Sofa auf einen der Sessel. Sie wirft schnoddrig hin, sie habe sich übrigens in Kevin verknallt. Ariel ist einerseits schon ein Bisschen betroffen, dass sie Schluss macht und nicht er. Andrerseits packt er die Gelegenheit beim Schopf und gibt sich schrecklich traurig.

„Spar dir deine Mühe. Ich weiss, dass du es hinter meinem Rücken mit Valerie treibst."

„Falsch! Valerie ist Schnee von gestern. Ich gehe mit Felicitas!"

Ariel weiss, er hätte es nicht sagen sollen. Überhaupt rutschen ihm ständig Dinge raus, für die er sich im Nachhinein am Liebsten die Zunge abbeissen würde. Wie ebenfalls gestern, als er von Lucia im Schrankzimmer überrascht wurde, erschrak, dass ihm spontan und schreiend ein „Das Arschloch!" entfahren war, ohne dass er hätte sagen können, wen er damit meinte. Wütend war er auch nicht gewesen. Vielmehr erstaunt. Einmal mehr seinen Kopf darüber schüttelnd, dass Vati ihm alles, aber auch ganz alles verschweigt. Er, Ariel, bloss dann auf die spannenden und dunklen Geheimnisse der Familie stösst, wenn er heimlich in Vatis Sachen wühlt. Getrieben von dieser Ahnung, dass im von Vati als tabu erklärten Bereich schlafende Hunde liegen, weckt Ariel diese schlafenden Hunde, weil er so gerne mit Hunden spielt und weil ihm die Eltern nie erlaubt hatten, einen Hund zu haben. Schlafende Hunde sind keine unentschärften Bomben. Grossvati, den Ariel nur düster erinnert, gewinnt erst dann menschliche Konturen, wenn man seine Widersprüche kennt. Grossvati hätte das Zeugs zum Nazi gehabt. Wurde von den Nazis ausgestossen. Und verfolgt. Eine Geschichte, die Geschichte lebendig macht.

Ausgerechnet diese Geschichte dürfte er nicht kennen. Weil Vati alles Vergangene alleine für sich gepachtet hat.

> *Zwar gebraucht auch der Dichter das Wort, aber nicht so wie die gewöhnlich Redenden und Schreibenden die Worte verbrauchen müssen, sondern so, dass das Wort erst wahrhaft ein Wort wird und bleibt.*
>
> *Martin Heidegger, Der Ursprung des Kunstwerkes, Reclam 1960, S. 44*

Ariel stellt mit Genugtuung fest, dass der verbale Einwurf der alten Tipse auf taube Ohren stösst. Sowohl der junge Staatsanwalt als auch der alte Lüstling sehen Ariel in Ratlosigkeit an. Ariel platzt beinahe in Vorfreude auf seine Erzählung, wenn er Felicitas und Noureddine in blumigen Worten schildern wird, wie er auf der Staatsanwaltschaft durch cooles Kämpfen seinen Kopf aus der Schlinge gezogen hat. Auch Vati muss erfahren, wie er, Ariel, sich schlägt. Sich in dieser ihm feindlich gesinnten Welt behauptet, ohne einen Idioten aus sich zu machen, ohne sich der Lächerlichkeit preiszugeben, ohne in die Hose zu scheissen. Vati muss wissen, dass Ariel nicht mehr der kleine Junge ist, den Vati übers Knie legen und dem er den nackten Hintern versohlen kann. Heute würde Ariel zurückschlagen. Zudem ist Ariel grösser als Vati. Damals hatte Ariel trotz der Schmerzen bloss über Vatis hochrotem Kopf, seine wildesten Bewegungen bei diesem Veitstanz und dem rhythmischen Trommeln auf seinen Hintern gestaunt und befürchtet, dass Vati im Trubel des Geschehens Ariels Kopf zufällig gegen eine Kante des Esszimmerbüffets knallt. Geschämt hatte sich Ariel beim Durchgedroschenwerden, dass Mutti und Lucia zuschauen und seinen nackten Hintern sehen. Danach, als Ariel wieder

Boden unter seinen Füssen hatte, sich auf seinen zittrigen Steckenbeinen und den weichen Knien kaum aufrecht halten konnte, heizte der Gedanke seinen Zorn an, dass der Alte ihn hätte kaputt machen können. Danach hatte er auf einem Taburett, das er auf einen Stuhl gestellt hatte, vor dem Badezimmerspiegel balanciert und hatte versucht, auf seinen weissen Hinterbacken die blauunterlaufenen Stellen zu sehen.

Der alte Lüstling bricht die Stille im Raum. Er erhebt mit gönnerischer Miene seine Stimme. Ohne sich in das Geschehen, dessen Verfahren „in ihren Händen, Herr Doktor Lüscher, liegt", ungehörig einmischen zu wollen, frage er sich, ob nicht eine unbürokratische Lösung die beste wäre. Es sei rücksichtslos, den Kollegen Mellner zu später Stunde wegen einer Lappalie herzubemühen. Falls der junge Herr Blum sich in seinem jugendlichen Übermut tatsächlich etwas habe zu schulden kommen lassen, hätte er mit dieser Runde hier auf der Staatsanwaltschaft einen gehörigen Denkzettel verpasst bekommen. Der junge Staatsanwalt schaut unentwegt und lächelnd Ariel an, der diesem Blick standhält und sich schwört, bestimmt nicht als erster seinen Blick anzuwenden. Der alte Lüstling lässt das Ende seiner Rede verdämmern und überlässt den Raum wieder der Stille.

„Okay, rufen sie diesen Dr. Mellner an. Übrigens, Herr Blum, ihr Schweigen ist nicht notwendig. Eine Straftat kann ich ihnen nicht nachweisen. Doktor von Hüttental macht keine Strafanzeige. Er hat sich lediglich bereit erklärt, als Auskunftsperson zur Verfügung zu stehen. Sobald ihr Pate hier ist, können sie zusammen mit ihm abdampfen. Wollen sie nicht einfach sagen, was geschehen ist?"

Die alte Tipse, der Drachen, speit feurigen Atem. Der alte Lüstling richtet seinen Oberkörper auf, spreizt seine Beine noch mehr und will etwas sagen, doch der junge Staatsanwalt wendet seinen Blick vom alten Lüstling ab und Ariel zu, so dass der alte Lüstling schweigt. Der junge Staatsanwalt grinst Ariel an. Ariel grinst zurück und geniesst diesen Moment, wo aller Blicke mit Spannung auf ihm ruhen und er bestimmt, wie es weitergeht. Der junge Staatsanwalt streckt, ohne seinen Blick von Ariel abzuwenden, seinen linken Arm mit ausgestreckter Hand und ausgestrecktem Zeigefinger in eine bestimmte Richtung. Ariel schaut kurz hin. Er sieht, dass der junge Staatsanwalt auf das Telefon zeigt. Ariel lenkt seinen Blick zurück und schaut dem jungen Staatsanwalt wieder in die Augen, erhebt sich, ohne seinen Blick vom jungen Staatsanwalt abzuwenden. Bis er seinen Blick vom jungen Staatsanwalt abwendet, tut er ein paar Schritte blindlings. Er hat ein schlechtes Gewissen. Er wird Götti Dani in eine blöde Sache hineinziehen. Ihn zwingen, bei seinen Lügen mitzumachen. Um wie viel besser ist im Kampf mit den Autoritäten das Schweigen als das Lügen, wägt Ariel ab. Er fragt sich auch, ob es nicht zu früh ist, um zu triumphieren. Irgendetwas, bedenkt er, stimmt hier nicht. Der junge Staatsanwalt und der alte Lüstling sind viel zu nett zu ihm. Das ist verdächtig. Am liebsten würde er hier einen Filmschnitt machen und der Albtraum wäre aus. Dann könnte er wieder ein Hörspiel schreiben, um alles festzuhalten, was ihm widerfahren ist. Das unaussprechliche Resultat des Zusammenstosses der Ereignisse mit Ariels Rechtsgefühl und seiner Überzeugung. Alles genau festhalten. Um das Geschehen bei Bedarf nachstellen zu können. Um sich über die Form des Protests klar zu werden. Vielleicht ein unaktuelles Manuskript. Doch ein notwendiges. Schliesslich ist man wider Willen Kämpfer. Mit den Mitteln, die einem zur Verfügung stehen. Bevor er den Telefonhörer ergreift, blitzt ihm plötzlich durch den Kopf, was ist mit Noureddine geschehen?!

Wenn er sich selbst als ,Barfusshistoriker'
bezeichnet, kommt darin auch zum Ausdruck, was
seine Stärke ist: nicht der akademische und blutleere
theoretische Diskurs, sondern die Fähigkeit, aus
eigenen Erfahrungen oder persönlicher Betroffenheit
genau jene Fragen zu stellen, die zu einem besseren
Verständnis der sogenannt objektiven Tatsachen
führen.

Peter Pfrunder, Wunderkammer, Kraftwerk,
Geschichtslabor – und auch ein Treibhaus, über
den Fotografen Roland Gretler, in WOZ Nr. 13,
28. März 2013, S. 20

Zum Glück, denkt Ariel, ist Götti Dani zu Hause. Zum Glück, ist er selber am Apparat. Zum Glück stellt Götti Dani keine unnötigen Fragen. Zum Glück reagiert Götti Dani heiter und gelassen. Zum Glück ist auf Götti Dani Verlass. Zum Glück erklärt Götti Dani ohne viel Federlesens, dass er gleich abstürzen werde, um ihn, Ariel, auf der Staatsanwaltschaft abzuholen. Zum Glück enthält sich Götti Dani zynischer Kommentare. Ariel hat, wie er klopfenden Herzens feststellt, auf der ganzen Linie Glück. Mit Götti Dani. Nun gilt es, stur an der bisher verfolgten Strategie festzuhalten. Vor seinem Mund ist ein unsichtbares Schloss montiert. Die Zusage von Götti Dani gibt Ariel erneut Auftrieb. Die Zeit, bis Götti Dani hier auftaucht, wird er locker durchhalten.

Ariel sitzt wieder auf seinem Stuhl. Still grinsend. Bis die Bedenken einfahren. Unmerklich da sind. Sich in seinem Kopf ausbreiten. Überhand nehmen. Ob nämlich seine Strategie richtig ist. Bis jetzt hatte er sich mit seinem sturen Schweigen als besonders cool gesehen. Seiner Natur hätte es eher entsprochen zu explodieren. Doch ist ihm alles, was Polizei und Strafverfolgung betrifft, zu wenig geheuer, als dass er es sich hätte erlauben können, sich gehen zu lassen und zu explodieren. Sein Schweigen ist aus dieser Perspektive keine mutige Sache. Eher schon eine Notlösung. Nicht besonders cool. Eher feige. Er fragt sich echt, wie die Einvernahme ablaufen würde, falls er erzählte, was abgelaufen ist. Womöglich würden dann der junge Staatsanwalt, der alte Lüstling und die alte Tipse über ihn herfallen, ihn der Lüge bezichtigen. Weshalb aber, fragt Ariel sich besorgt, sind sie, ausser der alten Tipse, mit ihm ausgesprochen freundlich? Sein Verdacht erhärtet sich, dass etwas hier faul ist. Götti Dani wird auf den ersten Blick erkennen, was hier abläuft. Ariel wird sich schrecklich blamieren vor Götti Dani, weil er den Braten nicht riecht. Weshalb sollten die Erwachsenen sich von Ariels sturem Schweigen beeindrucken lassen?

Dann fällt ihm Noureddine wieder ein. Um Noureddine macht er sich riesige Sorgen. Im Trubel der Ereignisse hatte Ariel nicht auf ihn geachtet. Hofft inständig, dass er abhauen konnte. Noureddine ist ein Klasse-Kumpel, dessen Schicksal er schlicht nicht begreifen kann. Noureddine ist trotz seiner Schwierigkeiten offen für die vergleichsweise kleinen Schwierigkeiten von Ariel. Mit Noureddine hat Ariel darüber reden können, dass er verknallt ist in Felicitas. Dass alle anderen Mädchen Spielereien sind. Ihm hat er von der geplanten Reise nach München erzählt. Die Lieblingsband von Felicitas und Ariel hat einen Auftritt in München. Ariel gelingt es, zwei Karten für das Konzert zu kriegen. Seinen Eltern wird er erzählen, er sei übers Wochenende in die Ferienwohnung von einem Klassenkamerad eingeladen. Die Felicitas-Mama entdeckt in der Agenda von Felicitas eine Notiz über die geplante Münchenreise und quetscht Felicitas aus, bis diese gesteht, mit Ariel dorthin zu fahren. Felicitas-Mama besteht darauf, Ariel kennenzulernen. Sonst verbiete sie Felicitas zu reisen. Ariel tanzt an. Felicitas-Mama ist nett und hat, so scheint es Ariel, nichts gegen ihn einzuwenden. Dann erscheint auch der Vater von Felicitas und plaudert mit Ariel. Felicitas-Papa ist ein sehr erfolgreicher Mann. Die Familie wohnt in einer tollen Villa. Überall hängen Bilder von berühmten Malern und stehen Skulpturen von berühmten Bildhauern. Auch im grossen Garten und beim Swimmingpool sind Skulpturen. Felicitas-Papa nimmt Ariel ins Kreuzverhör, fragt ihn aus nach Schule, Zukunftsplänen, Hobbies, Geschwistern und dem Beruf des Vaters. Dann fragt er, wo die Blums heimatberechtigt sind.

„Im Aargau."

„-Ach so, im Aargau."

„Rein zufällig. Mein Grossvater kam aus Deutschland, landete zuerst im Aargau und konnte sich dort nach dem Krieg einbürgern. Also, er war vor dem Krieg in die Schweiz gekommen. Um dann von einem Baum auf der Bruggerberg erschlagen zu werden."

> *Vor der Zeit durch Gewalt aus dem Leben zu scheiden, das ist nämlich die einzige Weise, wie diese finale Entfremdungserfahrung im Angesicht des Todes noch zugespitzt werden kann.*
>
> *Ulrich Noller und Jürgen Wiebicke, Ermitteln als Arbeit. Hartmut Rosa, Byung-Chul Han und*

entfremdete Kommissare, in Der Tatort und die
Philosophie. Schlauer werden mit der beliebtesten
Fernsehserie, Wolfram Eilenbrger (Hrsg), Tropen
E-Book Pos. 724

„Jüdisch?"

„Es ist etwas kompliziert. Grossvater war evangelisch. Seine Eltern hatten vor seiner Geburt konvertiert. Für die Nazis aber galten sowohl mein Grossvater als auch meine Urgrosseltern als ‚Volljuden', da nicht die Religionszugehörigkeit, aber die Herkunft, die Rasse zählte."

Felicitas-Papa zeigt sich erstaunt. Er habe sich bisher nie mit diesem Aspekt der Judenverfolgung in Nazi-Deutschland beschäftigt. Weil immer von Juden gesprochen werde.

Am Tag nach dem Besuch von Ariel bei den Felicitas-Eltern ist Felicitas aufgelöst. Die Eltern haben ihr die Reise nach München mit Ariel verboten. Felicitas-Papa habe erklärt, es gehe um den Ruf seiner Tochter. Er wolle nicht, dass über sie geredet werde, wenn sie mit einem jungen Mann alleine ins Ausland reise. Felicitas fügt bitter hinzu, ihr Papa hätte nichts dagegen, wenn sie mit Kasimir nach München reisen würde, weil seine Familie zur Aristokratie gehöre und steinreich sei. Ihr Papa habe einen schrecklichen Dünkel.

Die Reise von Felicitas und Ariel nach München kann dennoch stattfinden, weil Felicitas-Mama Felicitas-Papa beschwichtigt. Sie kenne München nicht. Werde zusammen mit Felicitas nach München reisen. Falls zufällig der junge

Blum ebenfalls im gleichen Zug nach München reise, sei dies reiner Zufall. Felicitas-Mama ist nett. Sie bezahlt Ariel das Flugbillett. Auch das Zimmer im ‚Vier Jahreszeiten', wo Felicitas und sie eine Suite bewohnen. Ariels Mutti ist hoch beglückt, dass Felicitas-Mama ihn, Ariel, so nobel einlade. Ob Rosanna nichts dagegen habe, wenn er mit Felicitas nach München reise? Ariel murmelt etwas Unverständliches in seinen imaginierten Bart und macht sich dünn.

Ariel empört sich schrecklich über das, was ihm über Felicitas-Papas Einstellung seiner Familie gegenüber von Felicitas kolportiert wird. Den Eltern sagt er nichts davon. Bloss Götti Dani. Götti Dani meint, was hintenrum geredet werde, sei mit Vorsicht zu geniessen. Noureddine erzählt er ebenfalls davon. Dieser tröstet ihn mit der Aufzählung berühmter Liebespaare, die sich trotz Feindschaft der Familien gefunden haben. Ariel ist gerührt von Noureddines Worten. Dann erinnert er sich plötzlich wieder, dass Noureddine echten Ausgrenzungen ausgeliefert ist und seine Geschichte mit Felicitas-Papa im Vergleich dazu eine Lappalie ist. Und doch beschwert Noureddine sich nie. Scheint froh zu sein, wenn er unbehelligt einen Tag hinter sich bringt.

Noureddine ist Ariels bester Kumpel von ausserhalb der Schule. Noureddine behauptet, er sei 24. Ariel nimmt es Noureddine nicht ab. Noureddine ist ein cooler Typ. Er ist ein Sans-Papier. Ohne geregelten Aufenthalt in der Schweiz. Ein Illegaler, wie die Leute sagen. Kein Mensch ist illegal, wie die Linken und gewisse Pfarrer antworten. Noureddine ist über die grüne Grenze in die Schweiz gekommen. In seiner Heimat hat er, wie er Ariel glaubhaft erzählt, keine Perspektiven. Seine Eltern, der Vater Journalist, die Mutter Rechtsanwältin sitzen in Noureddines Heimat im Knast, aus politischen Gründen. Sein Vater war plötzlich verschwunden. Während mehrerer Tage. Ohne dass die Familie weiss, wo er ist. Eines Nachts dann taucht Geheimpolizei in Zivil in der Wohnung auf. Verwüstet die Wohnung. Schlägt die Mutter brutal zusammen. Schleppt sie weg. Noureddine ist Zeuge. Der Schwager kann danach in Erfahrung bringen, in welchem Gefängnis Noureddines Eltern sind. Jedermann wisse, dass es das Gefängnis für politische Gefangene sei. Der Schwager kommentierte süffisant, die Geheimpolizei sei bestens informiert und sperre bloss Staatsfeinde ein. Es sei ein Fehler, sich mit den Mächtigen anlegen zu wollen.

Seit der Verhaftung der Mutter steht Noureddine unter Schock. Er lebt zuerst bei seiner Schwester und deren Familie. Je schweigsamer er wird, desto misstrauischer wird sein Schwager und löchert ihn immer wieder mit den gleichen Fragen. Wirft ihm vor, er gefährde die Familie seiner Schwester, falls er mit den falschen Leuten sympathisiere. Seinem Verstocktsein und seinem Schweigen entnehme er, dass Noureddine etwas zu verbergen habe. Der Schwager droht Noureddine, ihn fertig zu machen, falls sich herausstellen sollte, dass er politisch im Untergrund agiere. Klar, fügt Noureddine hinzu, verfolgt sei er in seiner Heimat nicht. Zumindest nicht direkt. Er kann das Abitur machen. Sich vom Militärdienst befreien. Sich an der Uni immatrikulieren. Weil sein Schwager Geld und Einfluss hat.

Noureddines Hobby ist ein Studententheater. Das Studententheater hatte Brechts ‚Der gute Mensch von Sezuan' ausgewählt. Noureddine spielt Wang, den Wasserverkäufer. Während einer Probe fällt ihm eine düstere Gestalt an der

Rückwand des Probenlokals auf. Er fragte Azira, wer der Unbekannte sei. Azira lacht. So diskret komme bloss die Geheimpolizei. „Brechts Stück", flüstert sie grinsend, „kommt bei uns einem Aufruhr gleich".

Von da an hat Noureddine Schiss.

Noureddine haut er bei Nacht und Nebel ab. Schlägt sich bis in die Schweiz durch. Er findet eine Anstellung in einer Restaurantküche. Bei einer polizeilichen Kontrolle wird er verhaftet. Durch diese Verhaftung gerät er in einen Ausnahmezustand. Er nennt einen falschen Namen und falsche Daten. Als seine falschen Angaben auffliegen, wird er sofort des Landes verwiesen und für den Fall der Widerhandlung gegen diesen Bescheid mit einer Gefängnisstrafe belegt. Seither gilt Noureddine als Krimineller.

Noureddine sass in Auslieferungshaft. Er hatte Schiss, wieder nach Hause zu gehen. Willigt dennoch ein, nach Hause geschafft zu werden. Seine Familie gehört einem Stamm an, der nicht ausdrücklich verfolgt ist, aber gegenüber anderen Stämmen benachteiligt wird. Seine Heimat verweigert ohne Angabe von Gründen die Ausstellung der notwendigen Papiere. Den Schweizer Behörden wächst der Papierkram über den Kopf. Ein Gefängniswärter des Ausschaffungsgefängnisses erklärt Noureddine, er gehe etwas vorzeitig in den Feierabend. Sein Kollege komme erst in einer Viertelstunde. Versehentlich lasse er die Türe von Noureddines Zelle unverschlossen. Ebenso die Türe am Ende des Korridors. Diese Türe führe bloss zu einer Mauer. Hinter der jedoch freies Gelände ausserhalb des Gefängnisses sei. Er, der Gefängniswärter hoffe, Noureddine am nächsten Morgen nicht mehr zu sehen.

Seither lebt Noureddine zwar in Freiheit, doch in ständiger Angst, entdeckt zu werden.

„Mit meinem Äusseren ist klar, dass ich bei jeder Gelegenheit von Uniformierten und auch von ziviler Polizei kontrolliert werde. Sie machen Jagd auf Menschen, die wie ich ausschauen. Du, kein Problem. Inzwischen ist es mir in Fleisch und Blut übergegangen, übervorsichtig zu sein und die geringste Gefahr zu wittern."

Noureddines ehemaliger Arbeitgeber, ein Wirt mit grossem Herz, beschäftigt ihn weiterhin, unter der Auflage, sofort unsichtbar zu werden, wenn eine Kontrolle auftauche. Der Wirt ist für Noureddine wie ein Vater. Noureddine bewundert ihn, dass er so mutig handelt, obwohl er Parlamentarier ist und sich widerrechtliches Verhalten nicht leisten kann.

„Eine Frage der Abwägung, politisch korrekt oder menschlich. So, nicht herumschwatzen, los, los, an die Arbeit, an die Arbeit!", ruft der Wirt, als Noureddine sich überschwänglich bedanken will. Dabei klatscht der Wirt in die Hände und rührt in den Töpfen. Berichtet Noureddine Ariel.

Ariel berichtet Leo von Noureddines Schicksal. Leo sagt, Jammern bringt nichts. In der vorherrschenden Skandal- und Aufgeregtheits(un)kultur seien klare Parolen, klare Proteste, klarer Aufruhr, klare Verweigerung vonnöten. Ariel sagt, am Liebsten würde er einen Roman über Noureddines Schicksal schreiben. Leo ermahnt ihn, nicht gleich zu hoch zu greifen. Ob bei ihm nicht eine Matura-

Arbeit anstehe. Er habe vor Jahren seine Matura-Arbeit, zusammen mit Sergio, über Graffiti geschrieben. Damals seien Graffitis neu gewesen, skandalisiert worden. Eine illegale Angelegenheit. Sie hätten sich mit Sprayern getroffen. Sich vor einem Graffiti mit Spraydosen in der Hand ablichten lassen, als ob sie selber die Künstler wären. Es sei ein riesiger Spass gewesen. Sie hätten dem Deutschlehrer ihre Arbeit unter dem Titel ‚Strassenkunst heute' angekündigt. Als der Deutschlehrer gecheckt habe, dass es um illegale Graffitis geht, habe er die Arbeit zuerst nicht annehmen wollen. Zum Schluss hätten sie beste Noten dafür erhalten. Und einen wertvollen Diskurs mit dem Deutschlehrer, in der Klasse und an der ganzen Schule ausgelöst.

„Ich könnte als Titel zum Beispiel nehmen ‚Integration von Ausländern in der Schweiz am Beispiel eines jungen Arabers'. Da hat Zögl mit Bestimmtheit nichts dagegen."

„Was, du hast auch Zögl als Deutschlehrer!? Ich hatte ihn bereits gehabt."

Zögl lobt Ariel für die Wahl dieses Themas. Stellt Ariel der Klasse als ein Beispiel von beeindruckender Sozialkompetenz dar. Ariel findet Zögl echt cool. Neulich hat er im Deutschunterricht anhand eines Gedichts gezeigt, wie in einer konkreten Situation die Basis unter politischen Missständen gelitten und wie sie Unterstützung bei der Durchsetzung ihrer Rechte von den Intellektuellen erhalten hatten. Beim Gedicht hatte es sich um ‚Die schlesischen Weber' von Heinrich Heine gehandelt.

Das Königlich Preußische Kammergericht verbot das Gedicht wegen ‚seines aufrührerischen Tones'. In Berlin wurde 1846 ein Rezitator, der es trotzdem

gewagt hatte, es öffentlich vorzutragen, zu einer
Gefängnisstrafe verurteilt.
Wikipedia, Die schlesischen Weber, Gedicht von
Heinrich Heine, das am 10. Juli 1844 in der in
Paris herausgegebenen Wochenzeitung Vorwärts!,
deren Herausgeber Karl Marx und die von
Giacomo Meyerbeer finanziert wurde,
veröffentlicht wurde.

Das Gedicht habe trotz aller Verbote und Verteufelungen überlebt, hatte Zögl strahlend angefügt. Der gleiche Lehrer, Zögl, hatte die Anfrage Ariels, ob er seinen aus dem Ausland in der Schweiz weilenden Freund Noureddine in die Deutschstunde mitbringen dürfe, mit einem Riesentheater beantwortet.

Ariel nimmt es manchmal, wie er selber weiss, mit der Wahrheit nicht so genau. Er muss bei der Wahrheit bleiben. Tatsächlich hatte Ariel ohne Zögl vorzuwarnen Noureddine in eine Deutschstunde mitgeschleppt. Für Noureddine neben seinen Platz einen Stuhl herbeigezogen. Seine Mitschülerinnen und Mitschüler stürzten sich sogleich auf Noureddine. Bombardieren ihn mit Fragen, auf die dieser fröhlich und schlagfertig antwortet. Im Nu herrscht eine geniale Stimmung. Alle finden Noureddine cool und sympathisch. Zögl betritt das Klassenzimmer, beginnt mit seiner Stunde. Er bemerkt die Anwesenheit Noureddines vorerst nicht. Bis sein Blick auf den fremden jungen Mann fällt. Zögl fragt, „Wer sind sie? Wie kommen sie hierher?"

Erst da erklärt Ariel, dass Noureddine aus Nordafrika stamme. Hier in Ferien weile. Sein Freund sei. Und er, Ariel, nun ihn, Zögl, offiziell, etwas spät, anfrage, ob

Noureddine diese Stunde als Gast besuchen dürfe. Noureddine sei der Migrant, über den er seine Matura-Arbeit geschrieben habe.

Ariel ermahnt sich erneut, nicht zu übertreiben. Er muss Zögl Gerechtigkeit widerfahren lassen. Zögl ist ruhig geblieben.

„Ariel, so sehr ich es bedaure, ihr Freund darf nicht hier bleiben. Wie ich ihrer, übrigens vorzüglichen, Matura-Arbeit entnommen habe, ist ihr Freund ein so genannter Sans-Papiers. Ich nehme an, sie wissen alle, was ein Sans-Papiers ist. Illegaler Aufenthalt und so weiter. Die Gesetze hier sind nun einmal so, dass jeder, der einen illegalen Aufenthalt in unserem Land begünstigt, sich strafbar macht. Selbst wenn wir ihrem Freund bloss gestatten, bei uns zu sein und zuzuhören, machen wir alle uns strafbar und können, wenn es schief läuft, für unsere Gastfreundschaft bestraft werden. Als Klassenlehrer von ihnen muss ich meine Verantwortung wahrnehmen und ihren Freund, Ariel, bitten, unsere Schule zu verlassen."

Ariel kommen aus Wut Tränen. Er schämt sich für seine Tränen. Er schämt sich vor Noureddine. Dass er ihm diese schmähliche Szene eingebrockt hat. Noureddine bedankt sich für die Offenheit, die er hier erlebt habe, und verabschiedet sich. Zögl nimmt Ariel nach der Unterrichtsstunde ins Gebet. Was er sich bloss dabei gedacht habe, als er Noureddine in die Klasse brachte. Er gefährde den Aufenthalt Noureddines in der Schweiz. Er lädt Ariel ein, ihn zusammen mit Noureddine bei sich zu Hause zu besuchen. Er habe einen Freund, der Rechtsanwalt sei, mit Spezialisierung auf Ausländerrecht. Er werde Noureddine eine Beratung bei diesem Rechtsanwalt bezahlen, um abzuklären, ob ihm Papiere beschafft werden können und sein Aufenthalt hier rechtlich abgesichert werden kann.

Ariel ist allergisch auf Ausgrenzungen. Er hält es im Kopf nicht aus, wenn der Verstand Instinkte und Menschlichkeit unterdrücken muss. Und schon taucht er wieder auf in diese blöde Szene mit dem jungen Staatsanwalt, dem alten Lüstling und der alten Tipse. Laut und mit fester Stimme, leicht ärgerlich, gibt er von sich, „Ich sage nichts, bevor nicht Doktor Mellner hier ist".

Die Warterei nervt. Die Sekunden zerrinnen in Zeitlupe.

> N'étant plus héritier, tu surmontes ou succombes.
> L'exil t'apprend à te maintenir humble et fier.
> Abdelwahab Meddeb, Phantasia, Roman, Sindbad
> 1986, Seite 53

Die alte Tipse beginnt etwas zu murmeln und redet plötzlich laut, mit ihrem Blick auf die Wand gerichtet.

„Ich kann bloss meinen Kopf darüber schütteln, wie dieser liebe, junge, unerfahrene Staatsanwalt den jungen Rowdy mit Samthandschuhen anfasst, was für das Opfer, den Herrn Doktor von Hüttental ein Schlag ins Gesicht ist. Oje, habe ich laut gesprochen?! Entschuldigen sie, meine Herren. Ich weiss, ich bin nur eine kleine Sekretärin und würde mir nie anmassen, ihnen, meine Herren, Vorschriften zu machen."

Ariel fragt sich, woran er sich erinnert und welche Geschichte vom Vorfall am SP-Plausch im Volkshaus er erzählen könnte. Felicitas kennt die ‚Rebellen mit Grund'. Sie will unbedingt deren Auftritt im Volkshaus miterleben. Ariel hat nichts dagegen. Noureddine begleitet sie. Zuerst stehen sie im Gedränge vor der Bühne, bis es Ariel zu eng wird. Er schlägt vor, dass sie sich etwas nach hinten begeben, dorthin, wo der Gürtel der jungen Leute nicht mehr ganz so eng ist. Felicitas, meint sarkastisch, für ihn, Ariel, und Noureddine bei ihrer Grösse sei es kein Problem, hinten zu stehen. Sie sehe schlicht nichts. Ariel verspricht Felicitas, sie hochzuheben, wenn sie nicht auf die Bühne sehe. So begeben sie sich etwas nach hinten, immer noch im Pulk der jungen Menschen, doch nicht mehr weit von da entfernt, wo die auf das Geschehen auf der Bühne nicht achtenden alten Leute stehen.

Für Ariel ist klar, dass die alte Tipse ihn hinter Schloss und Riegel wissen will. Irgendwie versteht er sie. Es ist nicht richtig, Leute niederzuschlagen. Die Faust, soviel ist Ariel klar, ist ein schlechtes Argument. Sollte selbst als letztes Mittel möglichst vermieden werden. Er weiss auch nicht, wie ihm geschehen ist, dass ihm die Faust, ausgerechnet die Faust ausgerutscht ist. Wo er sonst keiner Fliege etwas zuleide tun kann. Sportlich eine Niete ist. Ein Schwächling. Trotz seiner Körpergrösse. In dem Sinne begreift er, dass die alte Tipse sich schrecklich ärgert über den jungen Staatsanwalt, der sich bei ihm, Ariel, aus unerfindlichen Gründen einschleimt. Leute, die sich, aus welchen Gründen auch immer, überfreundlich zeigen, sind lächerlich, denkt Ariel. Ihm widerstrebt, sich zum Komplizen von Autoritäten zu machen. Selbst wenn es zu seinem Vorteil ist. Das Getue des jungen Staatsanwalts ist schon okay, Berührt Ariel nicht. Ariel ist ruhig.

Der alte Lüstling ist ihm irgendwie verdächtig. Von ihm hätte er erwartet, dass er mit schmerzverzerrtem Gesicht und Stöhnen über seine Verletzungen jammert und die brutale Gewalt anklagt, deren Opfer er ist. Ariel weiss zwar, dass die Wahrheit für den alten Lüstling schrecklich peinlich wäre. Noch peinlicher wohl, als es Ariel ist, diese Wahrheit auszusprechen. Doch könnte der alte Lüstling alles bestreiten. Ariels Schilderung der Geschehnisse als Fantasiegebilde lächerlich machen. Dann würde nicht mehr nur die alte Tipse, aber auch der junge Staatsanwalt auf die Seite des alten Lüstlings kippen. Ariel hat den alten Lüstling zu Boden geschlagen. Der Schlag war nicht heftig gewesen. Der alte Lüstling war nicht echt gestürzt. Vielmehr in sich zusammengesackt. Behutsam zu Boden in die Horizontale geglitten. Ariels Schlag jedoch war Auslöser des Sturzes gewesen. Ariel kommt nicht drüber hinweg, dass er, der ein anständiger Mensch sein und nicht die Achtung vor sich verlieren will, unwillkürlich zu einem solchen Mittel gegriffen hat.

Ariel amüsiert sich trotz des Ernstes der Lage und trotz seiner Sorge um das Schicksal Noureddines über die mitten in der Nacht auf der Staatsanwaltschaft beisammensitzende Runde. Der junge Staatsanwalt, die alte Tipse und der alte Lüstling nippen in langen Abständen und in Zeitlupe an ihren Kaffeetassen. Überbrücken das Warten mit Schweigen. Jeder und jede hängt seinem und ihren Gedanken nach. Scheinbar still vergnügt. Was jeder und jede wohl denken mag, fragt Ariel sich. Eine absurd anmutende Runde.

Der alte Lüstling räuspert sich. Rutscht mit neckischen Bewegungen auf seinem Stuhl hin und her. Bringt dann noch einmal, sich tausendmal entschuldigend, Noureddine ins Gespräch. Ariel könnte den alten Lüstling auf der Stelle umbringen. Der junge Staatsanwalt, unterbricht den alten Lüstling, ohne seinen Blick zu heben. Die Polizei habe ihm ausschliesslich den jungen Herrn Blum zugeführt. Von einem zweiten Täter wisse er nichts. Ariel atmet auf. Die alte Tipse triumphiert und wirft Ariel einen frechen Blick zu.

Ariel ist nahe daran zu explodieren. Seine Scham überwinden. Ohne Rücksicht auf Verluste auspacken. Ob ihm geglaubt wird oder nicht.

Ariel überfällt die Erinnerung an den unheimlichen Beginn des absurden Geschehens am SP-Plausch im Volkshaus, während die ,Rebellen mit Grund' spielen und Leo singt. Eine warme Hand an Ariels Arsch, behutsam unter seinem T-Shirt, seiner Jeans und seiner Unterhose mit nach dem Arschspalt tastenden Fingerkuppen, auf die nackte Haut eingeführt, hat sich bei der ersten Wahrnehmung nicht unangenehm angefühlt. Bis Ariel erkannte, eine fremde Hand in meiner Hose.

Ariel ist dabei, mit Felicitas, Noureddine und weiteren Umstehenden das erste Lied der ,Rebellen mit Grund' aufzusaugen. Elektrisiert, weggetragen von den hämmernden Klängen. Dem rhythmisch herausgeschleuderten Rap. Trance. Mitvibrieren. Musik, die in den Körper eindringt. Nicht abprallt. Sich im Körper ausbreitet. Im Körper zerfliesst, bis in alle Muskeln hinein. In diesem Zustand befreiender Lust, spürt Ariel die Hand zwischen seinen Arschbacken.

Zuerst glaubt Ariel zu träumen. Im gleichen Moment weiss er, dass ein Schwein die Anonymität in der Masse benutzt, um ihn zu betatschen. Im Nu ist er von Null auf Hundert. Reagiert sofort. Wendet sich mit aller Wucht um und sieht der Person, die, er sieht es genau, ihre Hand zurückzieht und eine Unschuldsmiene aufsetzt, in die Augen und schlägt ihr ins Gesicht.

Dann überstürzen sich die Ereignisse. Der alte Lüstling fällt zu Boden. Ariel beobachtet fassungslos den Sturz. Sieht, wie der alte Lüstling ausgestreckt am Boden liegt. Ariel schiesst durch den Kopf, ich habe ihn umgebracht! Er weiss nicht, was er tun soll. Soll er niederknien, erste Hilfe leisten. Sein Bauchgefühl sagt ihm, da stimmt etwas nicht. Der Gesichtsausdruck des alten Lüstlings ist zu entspannt. Zudem blinzelt er. Ariel hat das Blinzeln wahrgenommen.

Ariel spürt, wie er gepackt, festgehalten wird. Ein Kreis von entsetzt hinstarrenden Menschen. Der böse Traum endet nicht. Dauert ewig. Ist nicht zu stoppen. Ariel wacht nicht auf. Die Dauer des Traumes wird zur Tortur. Dann kommt die Polizei. Ariel ist klar, ich sitze in der Scheisse. Protokoll und Zuführung zur Staatsanwaltschaft. Im ersten Schock bringt er kein vernünftiges Wort raus, stottert bloss, „Das wollte ich nicht, das wollte ich nicht".

Ariel will nicht lügen. Der alte Lüstling hat ihm keine Gewalt angetan. Die warme Hand an seinem Hintern fühlte sich ungewohnt und reizvoll an. Bis er feststellt, diese Hand ist nicht die Hand von Felicitas. Diese Hand gehört nicht hierher. Wer besitzt die Frechheit, meine Ruhe zu stören.

Diese Geschichte will er erzählen. Muss er erzählen. Damit es draussen ist. Jetzt. Damit er sich vor Götti Dani nicht blamiert. Und überhaupt! Ariel richtet sich auf. Holt tief Atem.

In dem Moment klopft es an die Türe. Der junge Staatsanwalt, der bis dahin Ariel angelächelt hat, wendet seinen Blick ab, schaut hin zur Türe. Ariel ebenfalls. Er bekommt mit, wie die alte Tipse aufspringt. Die Türe öffnet sich einen Spalt. Götti Dani streckt seinen Kopf rein und fragt, ob er hier richtig sei.

Dann geht es rasch. Vor Götti Dani will er seine Geschichte nicht erzählen. Er geniert sich, dass ausgerechnet ihm, Ariel, eine so dumme Geschichte zustösst. Er bekommt nicht mehr mit, was Götti Dani sagt, was sie vier verhandeln. Interessiert ihn nicht. Ist ihm wurst. Geschwätz. Für Ariel ist die Sache erledigt, er will nach Hause. Götti Dani zerrt Ariel aus dem Büro des jungen Staatsanwalts in den Korridor, bugsiert ihn da auf eine Sitzbank in einer Fensternische und redet auf ihn ein. Zerrt ihn dann zurück in das Büro des jungen Staatsanwalts. Götti Dani verhandelt mit dem alten Lüstling, der alten Tipse und dem jungen Staatsanwalt. Dann endlich können sie gehen. Der junge Staatsanwalt begleitet Götti Dani und Ariel bis zur Türe. Bleibt an ihnen kleben. Tritt hinaus mit ihnen in den Korridor. Fragt Ariel grinsend, „Wollen sie mir nicht doch noch sagen, was genau geschehen ist?"

Ariel hat die Nase voll. Nichts wie weg von hier. Er ärgert sich über Götti Dani, der trödelt und mit dem jungen Staatsanwalt endlos scherzt.

Als sie in der Bar-a-Dox beim Bier sitzen, ist Götti Dani in aufgeräumter Stimmung. Er fordert Ariel mehrmals lachend auf, sich endlich zu entspannen. Boxt Ariel gutgelaunt leicht in die Schulter. Quasselt munter drauflos. Ariel ist froh, nicht reden zu brauchen. Er geniesst es, Götti Dani zuzuhören. Götti Dani redet über Dinge, die Ariel angehen und überlässt Ariel die Freiheit, sich zu Wort zu melden, falls er es möchte. Ariel habe ihn, Götti Dani, zu Hause aus einer misslichen Situation erlöst und ihm einen Spektakel geboten, den er sich nie hätte erträumen lassen. Selbstverständlich wisse er, dass Ariel nie einen Hüttental auch nur angerührt hat. Amanda, die Frau Pfau, du weisst, sie ist die Mutter von Sergio, sei zwar überzeugt, dass Ariel ein böser Schläger sei. Dass mit Gemauschel eine schlimme Sache unter den Teppich gekehrt werde. Hüttental habe zum Schluss erklärt, womöglich habe er einen leichten Schwächeanfall gehabt und sei von selber gestürzt. Lüscher aber schiesse mit seiner Version den Vogel ab. Er behaupte, alle Welt wisse, dass Hüttental insgeheim schwul sei und junge, hübsche Männer unsittlich zu betatschen pflege. Nun glaube er, dass Hüttental im Gemenge der Leute, wo er sich sicher fühlte, wie beiläufig Ariel intim berührte. Lüscher gehe davon aus, dass Ariel zur Abwehr des Übergriffs von Hüttental diesem einen Kinnhacken versetzt habe. Lüscher hätte sich so sehr gefreut, Hüttental blosszustellen und ihm einen Übergriff nachweisen zu können. Doch sehr zum Bedauern von Lüscher habe Ariel nicht mitgemacht. Ob er, Ariel, nicht auch finde, dass das Leben eine köstliche Komödie sei, wenn alle der Wahrheit hinterherjagen, die es nicht gibt.

Götti Dani redet so laut, dass alle Leute rundherum zuhören. Ariel ist es peinlich. Oder doch nicht peinlich, im Grunde ist es ihm egal. Er trinkt Bier. Götti Dani bestellt eine nächste Runde.

„Wie du geschwiegen hast, herrlich. Der Staatsanwalt und alle waren perplex. Niemand hätte dir zugetraut, dass du mit Schweigen zu protestieren wagst. Und das Schweigen bis zum bitteren Ende durchziehst."

Ariel fragt lallend, was er, Götti Dani, vermute.

„Die Sache ist gut ausgegangen. Schwamm drüber! Doch nun habe ich ein Hühnchen mit dir zu rupfen. Findest du es nicht kindisch, dass du deinem Vati Sachen stiehlst? Schau mich nicht so entgeistert an. Dein Vati hat mich gestern angerufen und mir gesagt, dass du ihm ein blaues Sichtmäppchen mit Dokumenten gestohlen hast. Nicht? Ehrlich, nicht gestohlen?! Lucia! Wie kommt Lucia dazu, eurem Vati etwas zu stehlen. Geht mich nichts an. Und der gute Ferdi nimmt immer an, dass du der Übeltäter bist, sein, nach seinen Worten, missratener Sprössling."

> *Ironie ist Selbstschutz, der Ironiker will nicht mit der Wirklichkeit behelligt werden.*
>
> *Odo Marquard, Vernunft und Humor, in Endlichkeitsphilosophisches. Über das Altern, Reclam 2013, S. 64*

Ariel presst mit verschwommener Aussprache hervor, ihn ärgere, wie der Alte ihm solche Sachen vorenthalte. Daraus ein Geheimnis mache, wo ihn lediglich interessiere, ob und wie Rebellen mit Songs etwas bewirken können. Grossvati habe damals aus Protest gegen die Ausgrenzung der Juden naiv sein ‚Glaubensbekenntnis‘ geschrieben. Und der Alte halte es heute unter Verschluss.

„Ich weiss. Dein Grossvati, ein verkannter Dichter. Zuerst jubelnd stramm deutsch-national. Dann rebellierend. Auch du schreibst, und du schreibst nicht schlecht. Ehrlich! Wenn du nicht schweigst. Apropos Schweigen: neulich hat ein Freund mir ein Buch empfohlen. Von Fritz Stern. 'Gold and Iron. Bismarck, Bleichroeder, and the building oft he German Empire'. Könnte auch dich interessieren. Schliesslich hat dein Ururgrossonkel Wilhelm Hausmann für Bleichröder, diesen jüdischen Banker in Berlin, gearbeitet. Bleichröder quatschte viel. Ich weiss, ich mache einen Sprung. Solmssen, spielt in dieser Geschichte eine Rolle, sah das Schicksal des jüdischen Volkes in Deutschland 1933 bereits voraus."

Lieber Herr Urbig, Die Ausstoßung der Juden aus dem Staatsdienst, die nunmehr durch Gesetz vollzogen ist, drängt die Frage auf, welche Folgen sich an diese, auch von dem gebildeten Teil des Volkes gleichsam als selbstverständlich hingenommenen Maßnahmen für die private Wirtschaft knüpfen werden. Ich fürchte, wir stehen noch am Anfang einer Entwicklung, welche zielbewusst, nach wohlaufgelegtem Plane auf wirtschaftliche und moralische Vernichtung aller in Deutschland lebenden Angehörigen der jüdischen Rasse, und zwar völlig unterschiedslos, gerichtet ist. Die völlige Passivität der nicht zur nationalsozialistischen Partei gehörigen Klassen, der Mangel jedes Solidaritätsgefühls, der auf der Seite derer zu Tage tritt, die bisher in den fraglichen Betrieben mit jüdischen Kollegen Schulter an Schulter gearbeitet haben, der immer deutlicher werdende Drang, aus dem Freiwerden von Posten Nutzen zu ziehen und das Totschweigen der Schmach und des Schadens, die unteilbar all denen zugefügt werden, die obgleich schuldlos, von heute auf morgen die Grundlage ihrer Ehre und Existenz vernichtet sehen – alles dieses zeigt eine so hoffnungslose Lage, dass es verfehlt wäre, den Dingen nicht ohne jeden Beschönigungsversuch ins Gesicht zu sehen."

Wikipedia, Georg Solmssen, unter anderem Verwaltungsrat der Reichsbank, Brief vom 9.

April 1933 an Franz Ubrig,
Verwaltungsratsvorsitzender der Deutschen Bank
und Diskonto-Gesellschaft.

„Dein Grossvati hat Zeit seines Lebens über das,
was er erlebt hat im Dritten Reich, geschwiegen."

„Quatsch. Er hat alles aufgeschrieben. Nicht
darüber geredet, okay. Doch nicht das Geheimnis daraus
gemacht, das mein Alter nun daraus macht."

„Okay, mein lieber Freund Ferdi macht Fehler."

Wir vergessen zu leicht, dass ein Denker dort
wesentlicher wirkt, wo er bekämpft wird, als dort,
wo man ihm zustimmt.
Martin Heidegger, Was heisst Denken?, Reclam
1992, S. 24

Vom Bier beduselt, kann Ariel bloss noch heftig
nicken und grinsen. Götti Dani redet und redet und redet.
Der Klang seiner Stimme lullt Ariel in ein Wohlgefühl ein.

„Ariel, du bist ein vernünftiger junger Mann. Was
bringt es dir, bei jeder sich bietenden Gelegenheit über
deinen Alten zu schimpfen?! Dein Gehirn zu zermartern mit
quälend-drängenden Fragen, die du dir längst gestellt hast.
Du hast Recht, dein Grossvati war ein Schweiger. Dein Vati
ist ein Schweiger. Du bist mit dir im Reinen. Brauchst
niemanden unnötigerweise anzuklagen. Unnötige Anklagen
stehen am Anfang eines jeden Scheiterns. Eltern setzen nun
mal Kinder in die Welt, um die nagenden Fragen zu
verdrängen, die sie nicht beantworten können oder wollen.
Sie hoffen, dass sich Ruhe und Frieden von selber einstellen
werden, sobald neues Leben keimt. Unsinn. Das neue Leben
nährt sich aus den Wurzeln, die das Gift der drängend-

quälenden Fragen mit sich tragen. Das ist das Wesen der Vererbung. Und jeder muss mit dem Gift der dann und wann aufblubbernden quälend-drängenden Fragen fertig werden. Sich davor hüten, wegen dieses Giftes seinen Körper, seine Seele und seinen Geist heimlich zu verachten. Die Verachtung als Bürde des Erbes. Verachte deinen Körper nicht. Ist doch ein gutes Leitmotiv für ein gelungenes Leben, oder?"

> *Der Tatort ist der Baldrian der Demokratie.*
> *Adam Soboczynski, Warum Tatort? Theodor W. Adorno, der Krimi und die Kultur des 20. Jahrhunderts, in Der Tatort und die Philosophie. Schlauer werden mit der beliebtesten Fernsehserie, Wolfram Eilenbrger (Hrsg), Tropen E-Book Pos. 272*

Ariel entfährt ein Furz. Götti Dani grinst Ariel an. Ariel ist es peinlich gefurzt zu haben.

„Auch eine Antwort. Du hast Recht. Genug geschwatzt. Lass uns nach Hause gehen. Ein Furz, wie ein Gedicht der Verweigerung."

Ariel und Götti Dani lachen.
„Kellner, die Rechnung, bitte!"

In der Musik verlief die digitale Revolution schneller und radikaler, als in jedem anderen Bereich.

Christian Stöcker, Nerd Attack! Eine Geschichte der digitalen Welt vom C64 bis zu Twitter und Facebook, DVA 2011, S. 55

FORTSCHREITEN

Der überraschende Telefonanruf von Ariel an diesem Samstagabend um Viertel vor Zehn ist Mellners Erlösung aus einer lächerlichen Situation, in die er hineingeschliddert ist, die er ab einem bestimmten Zeitpunkt als ärgerlich empfindet und wegen der er seit Minuten schon mit seinem Schicksal hadert.

Mellner ärgert sich, dass er sich aus eigener Bequemlichkeit und aus Neugierde auf Zufälliges in eine lächerliche Situation hineinmanövriert hat. Die Situation ist alltäglich, undramatisch und nicht der Rede wert. Dennoch kann er nicht anders, als sie bedenken. Nachzuvollziehen, wie sie sich entwickelt hat, und worin das Lächerliche, ihn mit einem Mal Irritierende besteht. Er weiss, dass es vernünftiger wäre, seine Energie in Wesentlicheres und Wichtigeres zu stecken, doch er kommt von der Tatsache der ihm im Moment am Nächsten liegenden, lächerlichen Situation nicht los.

Äusserlich sitzt er in einem Lehnstuhl, nippt Champagner, mantscht Lachshäppchen und konversiert fröhlich mit Melanie und Sandra. Innerlich kocht er.

Bei der Destillation kristallisieren sich drei Klumpen heraus.

Der erste Klumpen betrifft den Samstagabend.

Mellner und Sandra sind gesellig, lieben es, Freunde und Bekannte einzuladen, werden oft eingeladen. Wieder einmal kündigt sich ein Samstag ohne Aktivitäten an. Endlich ein (verdienter) Abend zum Entspannen. Gelegenheit, zum Beispiel gemütlich diesen doofen Roman (der zweite Klumpen), mit etwas Glück, zu Ende zu lesen. Dazu wäre es tatsächlich, gesteht Mellner sich ein, mit grösster Wahrscheinlichkeit nicht gekommen, weil Sandra und er sich aus Gewohnheit aus dem Fernseh-Programmheft einen Krimi ausgewählt hätten und vor dem Bildschirm eingedöst und danach hundemüde ins Bett gesunken wären.

Der zweite Klumpen ist der doofe Roman.

Der doofe Roman war Mellner neulich aufgestossen wegen der aufdringlichen Werbung im redaktionellen und im Inserate-Teil aller Zeitungen und Zeitschriften. Er hatte sich geärgert, dass alle Medien, einschliesslich der in der Regel ernstzunehmenden Feuilletons der ernstzunehmenden Zeitungen und Zeitschriften, das Gebrüll aufgegriffen hatten. Intuitiv weiss Mellner, dieser Roman ist unbedingt zu meiden. Mellner schockiert dann, dass sein Freund Ferdi Blum ihn provozierend und grinsend fragt, weshalb ereiferst du dich?!

Ich lese den Roman und unterhalte mich köstlich. Diese Mitteilung Ferdis, der sonst vernünftig ist, haut Meller beinahe aus den Socken. Als dann Ferdis und Mellners Freund Strabo kleinlaut gesteht, auch er habe sich den Roman erstanden, jedoch in spanischer Übersetzung, weil er sein Spanisch auffrischen wolle, bleibt Mellner vollends die Spucke weg.

Mellner ersteht den Roman aus Neugierde. Weil er wissen will, welchen Schrott seine Freunde lesen. Beginnt das dicke Buch in der Absicht zu lesen, es genau so schlecht zu finden, wie es tatsächlich ist. Sieht sich mit der Tatsache konfrontiert, dass selbst die edle Literatursendung des Fernsehens eben diesen Quatsch bespricht. Als ob es sich dabei um Literatur handelte. Weil es Mellner andauernd Dinge reinschneit, auf die er liebend gerne verzichten würde, kommt er mit dieser Lektüre nicht voran. Wird wohl bis in alle Ewigkeit an diesen doofen Roman gekettet bleiben.

Dabei hatte er für diese Trivialität die ihn tatsächlich interessierende Lektüre von Tenmyouya Hisashis ‚Basara. Japanese art theory crossing borders: from Jomon pottery to decorated trucks' unterbrochen. Ihn interessiert diese Theorie, nach der jede neue Kunstrichtung aus einer Gegenbewegung gegen noble, höfische, hohe Kunst entsteht, wild und unbändig. Mellner ist gerade da angelangt, wo der Autor, selber ein Maler, auf Tätowierungen und, was Mellner vor allem interessiert, Graffiti, eingeht. Mellner liebt Graffiti, fotografiert sie, wann immer er welche entdeckt, und fühlt sich Menschen verbunden, die dieselbe Faszination empfinden und selbst das ernstnehmen, was auf den ersten Blick irritiert und sogar als störend, die Harmonie zerreissend, empfunden wird. Die Kunst, die von der Strasse kommt, um den Autor zu zitieren. Und ausgerechnet für ein doofes Romänchen voller platter Geschwätzigkeit und maniert konstruierten Charakteren, für diesen Inbegriff der hochgejubelten Beliebigkeit, lässt er sich seine Zeit stehlen. Er hat noch etwas über siebzig Seiten zu lesen. Dann hat er es geschafft. An einem ruhigen, gemütlichen Samstagabend spielend zu machen. Wenn nicht die Gewohnheit mit dem Krimi wäre und Sandras Geselligkeit, die zum dritten Klumpen wird.

Der dritte Klumpen.

Um Vier nachmittags an diesem Samstag überrascht Sandra Mellner mit ihrer Bombenidee. Sie könnte Melanie zu einem kurzen Umtrunk mit Häppchen einladen. Mellner fällt der Kiefer runter. Er will protestieren, doch Sandra fällt ihm ins Wort.

„Bestimmt wird Melanie so kurzfristig keine Zeit haben. Und wir haben unseren guten Willen wieder einmal gezeigt."

Melanie hat Zeit und freut sich sehr über die Einladung. Mellner hat nichts gegen Sandras Freundin Melanie und er hat nichts dagegen, dass Sandra Melanie einlädt, doch kommt es ihm gelegen, wenn solche Aktivitäten in seiner Abwesenheit stattfinden. Sandra beschwichtigt Mellner. Er dürfe sich nicht ärgern. Es reiche, wenn er ihnen beiden kurz zutrinke und dann in sein Arbeitszimmer verschwinde. Aus Erfahrung weiss Mellner, dass dieses Szenario nicht klappt. Weil Melanie sich gestisch und mimisch auf ihn fokussiert, solange er da ist. Da wäre es höchst unanständig, sich zu entziehen.

Wie viel lieber hätte er diesen doofen Roman endlich zu Ende gelesen. Über die Schnittstelle zwischen Interesse und Desinteresse, Ekel und Lust nachgedacht. Ihm ist ein Rätsel, weshalb gewisse Dinge einen kühl lassen. Andere einen packen. Für welche inneren Diskurse dieser läppische Roman herhalten muss. Während er bei Sloterdijk oder Zizek mit dem Inhalt ringt, bis er es aufgibt und nicht mehr kapieren will, was er dem Wortlaut nach gelesen hat. Vielleicht, denkt Mellner, sollte man die gewöhnlichen Dinge, die einem im Alltag zufallen, ernster nehmen. Diesen ihn drangsalierenden Gedanken kann er sich nicht wirklich widmen, weil Melanie Weiberkram erzählt, und dabei statt Sandra ihn, Mellner, fixiert. Der Abend, das Konversieren ziehen Fäden. Für Protest ist es zu spät. Er hat sich auf Small Talk eingelassen. Zudem liegt ihm Protest nicht. Er ist eher der Typ, Proteste zu beobachten und an sich selber wahrzunehmen, wie Protest sich entwickelt. Jetzt zu protestieren wäre Zeitverschwendung. Brav Konversation machen mit Melanie. Es ist zum aus der Haut Fahren. Lieber hätte er das doofe Romänchen endlich zu Ende gelesen. Oder vor dem Fernseher gedöst. Einen ruhigen Samstagabend genossen. In diese Gedankenkoagulation hinein schrillt das Telefon.

Mellner springt auf, um den Anruf zu beantworten. Sandra starrt Mellner ungläubig und pikiert nach. Sonst ist immer sie es, die Telefonanrufe beantwortet. Melanie verstummt und erstarrt, ihr Glas in der Rechten, das Lachshäppchen, das sie zum Munde führen will, in der Linken.

Ariels überraschender Telefonanruf um Viertel vor Zehn an diesem Samstagabend ist Mellners Erlösung aus einer ungemütlichen Situation.

Mellner mag Ariel. Begrüsst ihn am Telefon freudig. Seinen Retter aus der Not. Hofft, dass er sich nach Ariels Anruf mit Anstand vom Geplauder der Damen zurückziehen kann. Erinnert sich jedoch im gleichen Moment, dass dieses verflixte Bürschchen seinem Vater, Ferdi, das blaue Sichtmäppchen mit den alten Dokumenten geklaut hat. Mellner erachtet es als seine Pflicht, Ariel an Anstand und Ehrlichkeit, selbst in dem ihm verhassten Familienverband, zu erinnern. Er wird sich Ariel vorknöpfen und mit ihm ein Hühnchen rupfen.

Mellner ist Ariels Patenonkel. Ariel hängt an Mellner, obwohl er, Mellner, sich nie sonderlich um ihn gekümmert hat. Ferdi gegenüber erwähnte Mellner diesen Umstand. Dieser lacht ihn aus.

„Du bist der perfekte Pate. Wer nimmt sich die Zeit, mit einem so aufmüpfigen Chaoten regelmässig zu Mittag zu essen? Ich hoffe bloss, mein missratener Sprössling führt sich mit dir anständiger auf, als mit mir!"

Mellner weiss um das schwierige Vater-/Sohn-Verhältnis bei Blums und hört sich regelmässig, je einzeln, die Klagen von Ariel, Ferdi, Elfi, Lucia und Leo an. Anfänglich hatte Mellner versucht, zwischen den Streithennen und -hähnen zu vermitteln. Er merkt bald, dass Vater und Sohn sture Böcke sind. Dass auch Elfi als Ehefrau und Mutter ihren wackeren Teil zur Dynamik der Beziehung beiträgt. Dass Lucia und Leo eher tratschen wollen, als der Vater/Sohn-Beziehung zu einer Besserung zu verhelfen.

Mellner ist und bleibt die Klagemauer der Blums. Bei ihm laufen viele Fäden zusammen. Mellner hat Ariels Klagen über die stumpfinnige Matura über und längst erkannt, dass Ariel, was er nie eingestehen würde, Schiss vor den Prüfungen hat. Die Verwicklungen werden beinahe unentwindbar, weil Elfie felsenfest davon überzeugt ist, Ariel sei schlicht zu dumm. Ferdi wiederum weiss, dass Ariel ein Chaot ist, seine Zeit mit falschen Freunden verplempert und nicht gezielt lernen kann. Diesem sturen Bock gehöre endlich mal die Rechnung präsentiert. Er müsse durch die Prüfung rasseln und eine harte Landung auf seinem Allerwertesten machen. Das habe er verdient. Lucia ist ausser sich, dass ihre Eltern sich Ariel gegenüber einmal mehr verkehrt verhalten. Der Kleine, ihr kleiner Bruder, Ariel sei, was niemand wahrhaben wolle, zurückgeblieben und benötige stützende Ermunterung. Leo wiederum hält Ariel für überdurchschnittlich begabt und durch sein Milieu nicht im Geringsten blockiert. Bloss aufmüpfig, gehe stur seinen eigenen Weg, altersentsprechend.

Mellner wundert sich, was Ariel wohl angestellt haben mag, dass er, Mellner, ihn ausgerechnet auf der Staatsanwaltschaft abholen soll. Mellner kombiniert, dass Ariel nicht ihm, Mellner, aber dem Staatsanwalt, der zuhört, die Lüge mit der Abwesenheit seiner Eltern auftischt. Ariel würde ihn, davon ist Mellner überzeugt, nicht ohne Not um Hilfe bitten. Gleichzeitig sticht Mellner die Neugierde, zu erfahren, was geschehen ist, und die Tatsache schmeichelt ihm, dass Ariels Hilferuf an ihn erfolgt. Mellner widmet sich lieber dem Hilfeschrei Ariels, als der Konversation mit Melanie.

Neulich hatte Ariel Mellner ein Manuskript zu lesen gegeben. In London war Ariel eingefallen, ein Hörspiel über den Maler Füssli zu schreiben. Ariel bittet Mellner inständig, seinen Eltern kein Sterbenswörtchen von diesem Hörspiel zu sagen. Sonst würden sie losdonnern, er vertrödle seine Zeit, anstatt sich auf die Matura vorzubereiten. Leo hatte Mellner, der sich wundert, dass Leo von der Existenz von Ariels Hörspiel weiss, auf dieses angesprochen. Leo sagt stolz, da siehst du, Dani, in dem Jungen steckt etwas! Mellner fragt Leo, ob Lucia den Text ebenfalls gelesen habe. Behüte, ruft Leo aus. Ariel habe ihm strikte verboten, Lucia etwas davon zu sagen. Mellner kann bloss seinen Kopf schütteln über die verworrenen Verflechtungen der Kommunikation bei den Blums.

Mellner und Ferdi kennen sich seit ihrer Kindheit, seit der Primarschule in Windisch. Ferdinand Gustav Blum. Mellner war hin von diesem Namen. Ferdi und Mellner gefallen sich gegenseitig auf Anhieb. Teilen ihre Freude am Zeichnen und Malen, am Bücherlesen, am Geschichten Erzählen, an Abenteuern. Mellner ist beeindruckt vom Elternhaus Blum. Ferdis Mutter ist eine Dame, gütig und grosszügig. So anders als Mellners Mutter, die immer aufs Geld schaut und oft keift. Ferdis Vater ist ein gediegener Herr, ein Arzt, der Hochdeutsch spricht und mit den Kindern redet, als ob sie Erwachsene sind. Mellners Vater ist Bäcker in einer Grossbäckerei und fährt in seiner Freizeit mit dem Fahrrad zur Reuss und angelt dort stundenlang. Mellner muss seinen Vater zum Angeln begleiten. Ferdi gesteht Mellner, er beneide ihn um sein Fahrrad. Mellner bietet Ferdi an, kannst mein Fahrrad haben, wenn du dafür mit Papa zum Angeln fährst. Ferdi ist zuerst Feuer und Flamme für diese Idee. Lehnt dann aber ab. Weil seine Mutter Fahrradfahren gefährlich finde und dagegen sein könnte. Ferdis Vater befindet, dass sein Sprössling den Wölfen, der Vorstufe der Pfadfinder, beitreten müsse. Ferdi ist entsetzt. Mellner hätte gerne einen Vater gehabt, der ihm solche Dinge vorschlägt. Ferdis Vater schwärmt von seiner eigenen Jugend. In Jugend- und Sportverbänden, in Studentenverbindungen, im Stahlhelm, bei den Wandervögeln. Ferdi fährt seinem Vater über den Mund.

„Wir leben hier in der Schweiz. In deinem alten Deutschland ist alles besser gewesen, kennen wir!"

Mellner wundert sich, dass Ferdis Vater die ungehörigen Provokationen von Ferdi schweigend schluckt. Ferdis Vater fragt Mellner, ob nicht auch er den Wölfen beitreten möchte. Mellner ist begeistert. Seine Eltern haben nichts dagegen. Ferdi bekommt, zu seinem Ärger, den Wölfe-Namen Käfer verpasst und motzt über diesen blöden Namen. Mellners Wölfe-Name ist Marabu. Er hat kein Problem damit. Da weder Mellner noch Ferdi sportlich sind und die Spiele, die Buben spielen, nicht mögen, haben sie die Wölfe bald über. Ferdi erklärt seinen Eltern, dass er für den Schulübertritt von der Primar- in die Bezirkschule viel büffeln müsse, zusammen mit Mellner, und daher, sehr zu seinem Leidwesen, nicht weiter bei den Wölfen mitmachen könne. Ferdi erzählt Mellner, dass sein Vater einen Wutanfall gekriegt und geschrieen habe, es sei Drückebergerei und weibisches Getue. Ferdis Mutter entschied, Ferdi überlege vernünftig und sein Fleiss sei lobenswert. Er könne immer noch, wenn es später zeitlich wieder möglich sei, den Pfadfindern beitreten. Ferdi jubiliert. Mellner ist ebenfalls froh. Seine Eltern interessiert der Austritt aus den Wölfen nicht. Seine Mutter sagt bloss, wenn der Herr Doktor Blum es für seinen Sohn als gut bezeichnet, dann stimmt es auch für dich. Wir brauchen erst noch weniger Kleider. Von den Übungen der Wölfe kommst du regelmässig mit zerrissenen Kleidern und kaputten Schuhen nach Hause.

> *Nietzsches Denken gilt der Erlösung vom Geist der Rache. ... Im Raum der Freiheit von der Rache sieht Nietzsche das Wesen des Übermenschen. ... Das Selbe nennt und meint Schopenhauer, wenn er die Welt als Wille und Vorstellung denkt; das Selbe denkt Nietzsche, wenn er das Ursein des Seienden als Wille zur Macht bestimmt. ... Dieser Widerwille im Willen selber ist nach Nietzsche das Wesen der Rache. ,Dies, ja dies allein ist Rache selber: des Willens Widerwille gegen die Zeit und ihr ,Es war'. (Also sprach Zarathustra, II. Teil, Von der Erlösung). ... Die Rache nennt sich ,Strafe'. Sie setzt dadurch ihr feindseliges Wesen in den Schein des Rechtes.*
> *Martin Heidegger, Was heisst Denken?, Reclam 1992, S. 50 ff.*

Ferdi hat inzwischen eine Bilderbuchfamilie. Ferdi und Elfie, beide unkonventionell, doch mit der Aura von Menschen, die es im Leben zu etwas gebracht haben. Eine hübsche Tochter, die es sich mit ihrem familiären Hintergrund locker leisten kann, als elegante junge Frau selbstbewusst aufzutreten und sich für alternative Dinge einzusetzen. Als Nachzügler dann ein hübscher Sohn, mit sportlicher Figur und zarter Seele und als Achtzehnjähriger im Weltschmerz sich verzehrend. Ferdis ,alter Herr' ist seit Jahren tot. Ferdis Mutter lebt in einem Pflegeheim im Aargau. Elfies Vater ist ebenfalls tot. Elfies Mutter lebt in einem Pflegeheim in Zürich. Jeder Politiker, denkt Mellner, wäre froh, eine so hübsche Familie zu haben. Sich mit ihr zu Propagandazwecken brüsten zu können.

Gestern Abend hatte Ferdi Mellner angerufen. Ferdi ist ausser sich. Er entschuldigt sich für die Störung. Er müsse seinen Ärger über den Kleinen irgendwie loswerden. Dieser habe in seinen, Ferdis, Sachen gewühlt und wichtige Dokumente entwendet. Mellner hakt gleich zu Beginn da ein, wo er immer einhakt.

„Wer ist der Kleine?"

Mellner kennt seinen Freund und weiss, wenn er vom Kleinen spricht, ist er nicht empört, bloss verärgert über seinen Sohn, wie Ferdi es meist ist, wenn er Mellner anruft. Ferdi ist von der Natur seines Sohnes enttäuscht. Wünscht sich einen Sohn, der nicht nur wild männlich ausschaut, aber es auch ist. Ferdi kann mit diesem Träumer und Fantasten von Sohn wenig anfangen.

Ferdi wird verlegen, wenn Mellner ihm die stereotype Frage stellt, „wer ist der Kleine?"

„Ach, ich weiss! Ich sollte ihn bei seinem Namen nennen, doch für mich ist und bleibt er der Kleine. Ariel geht zu weit, wenn er mir aus meinen Sachen Dokumente stiehlt, die ich in einem blauen Sichtmäppchen aufbewahre. Das blaue Sichtmäppchen ist weg. Ich stehe den kindischen Unaufrichtigkeiten Ariels machtlos gegenüber. Würde ich Elfie erzählen, was geschehen ist, gerät sie ausser sich und wirft mir dann Verfolgungswahns vor. Ariel kann ich nicht auf den Diebstahl ansprechen. Ariel explodiert gleich und beschimpft mich. Dabei hat Ariel mich bestohlen und weiss haargenau, dass er damit im Unrecht ist."

Mellner erkundigt sich, welche Dokumente in dem blauen Sichtmäppchen seien. Ferdi grinst, darum gehe es nicht. Dokumente eben. Falls Ariel ihn höflich gefragt hätte, ob er die Dokumente sehen könne, hätte er sie ihm liebend gerne gezeigt. Doch der Herr Sohn habe nicht das geringste Interesse an Familiengeschichte. Lucia habe zwar den besten Draht zum Kleinen, nehme ihn, Ferdi, jedoch nicht ernst, erkläre immer gleich mit einem Grinsen auf den Stockzähnen, sie halte sich aus dem Vater/Sohn-Streit heraus. Er und Elfie seien keine Unmenschen. Er begreife schlicht nicht, weshalb der Kleine immer Streit suche. Zudem wisse er überhaupt nicht mehr, welche Dokumente im blauen Sichtmäppchen seien. Er könne, Herrgott nochmal, nicht alles wissen. Es treffe ihn aber schon, dass er, Mellner, sein bester Freund, sich über diese Sache lustig mache.

„Du, Dani, bist ein Lebenskünstler und heiterer Philosoph!"

Ferdi lässt Dampf ab. Mellner hatte es ursprünglich gehasst, als Lebenskünstler und heiterer Philosoph betitelt zu werden. Er hatte sich nicht ernstgenommen und herabgewürdigt gefühlt. Bis ihm ein Licht aufgegangen war. Was gibt es Schöneres, fragt er sich seither grinsend, als ein Lebenskünstler und ein heiterer Philosoph zu sein? Doch dies in Ernsthaftigkeit. Unversehens verfällt Ferdi am Telefon mit Mellner in einen lockeren Tonfall. Er plaudert belustigt daher. Entschuldigt sich für seinen Ausbruch. Habe abladen müssen. Gewusst, sein liebster Freund werde es ihm nicht übel nehmen.

„Entschuldige die Störung, es ist einfach schön, einen Freund wie dich zu haben! Selbstverständlich hätte ich Dich nicht anschreien dürfen. Okay, ich habe dich nicht wirklich angeschrien, ich habe bloss mit Nachdruck gesagt, mit mir nicht, bitte! Ich weiss, du nimmst nichts im Leben wirklich ernst."

Der Spuk war vorüber.

Die Geschichte wiederholt sich, dachte Mellner nach diesem Telefonanruf seines Freundes Ferdi. Er erinnert sich, wie Doktor Blum ihn, Mellner, zu einem Abendessen in den Storchen eingeladen hatte. Zur Zeit, als Ferdi in der Rekrutenschule ist. Mellner mag Doktor Blum. Er ist ein Herr alter Schule, ein gebildeter und anregender Gesprächspartner. Der sein Gegenüber ernst nimmt. Nie selber ins Dozieren gerät, aber Fragen über Fragen stellt und im Nu rauskriegt, wo einen der Schuh drückt. Doktor Blum gibt dem jungen Mellner die Möglichkeit, im Formulieren sich über seine Probleme klar zu werden. Doktor Blum ist anders ist als sein eigener Vater. Mellner beobachtet bereits während der gemeinsamen Schulzeit mit Ferdi, dass Doktor Blum als Arzt und gediegener Herr geachtet wird, dass aber die meisten Eltern der Mitschüler, die sonst unter Eltern locker verkehren, wie Eltern von Schülern und Schülerinnen eben miteinander verkehren, Doktor Blum Senior als etwas Besonderes betrachten. Distanziert. Verschlossen dem Fremden gegenüber. Hintenrum wird über Doktor Blums Herkunft aus Deutschland getratscht. Jemand sagt sogar, der und der habe gemeint, Doktor Blum sei während des Krieges ein Nazi-Spion gewesen.

Als Doktor Blum und Mellner im Storchen sitzen, ist Mellner angespannt. Er ahnt, dass Doktor Blum etwas von ihm will. Kann sich nicht vorstellen, was er von ihm wollen mag. Ungewohnt und neu ist, dass Doktor Blum ihn zum Essen einlädt und eigens nach Zürich fährt, um mit ihm ein

Gespräch zu führen. Einerseits schmeichelt es Mellner. Andrerseits ist ihm dabei nicht ganz wohl.

„Daniel, lesen sie sich etwas Schönes aus von der Karte. Ein Entrecôte Café de Paris, zum Beispiel. Falls ich meinen Sprössling, Ferdi, in den Storchen einlade, reagiert er mit einem Wutanfall. Meckert, ich sei zu geizig, mit ihm in die Kronenhalle zu gehen."

Mellner amüsiert sich. Er stellt sich die Szene mit Ferdi und Doktor Blum plastisch vor. Bisher hatte er sich nie wirklich überlegt, wie Doktor Blum sich fühlen muss, wenn Ferdi ihn beschimpft. Ferdi hat nie aufgehört, sich oft und intensiv über seinen Vater zu empören. Er berichtet Mellner von allen Zusammenstössen. Mellner geht ein Licht auf. Im Grunde prahlt Ferdi mit seinem schlechten Verhältnis zu seinem Vater. Nun spürt er, wie beim ironischen Tonfall von Doktor Blum Traurigkeit mitschwingt. Er hat Mitleid mit dem alten Herrn. Er will etwas Tröstendes sagen. Er wirft hin, Ferdi neige eben zu Übertreibungen, meine es nicht böse. Doktor Blum lacht.

„Da haben sie Recht, Daniel. Er übertreibt. Er verweigert sich mir. Er redet nicht mit mir. Dafür geniesse ich es umso mehr, dass sie als junger Mensch mir altem Mann die Ehre antun. Es ihnen nicht zu blöd ist, mit mir zu speisen. Ist das Essen hier nicht herrlich. Mein Scheusälchen und ich haben hier anno 42, mitten im Krieg, nach der Trauung in der Kapelle des Grossmünsters, unser Hochzeitsessen gehabt. In kleinstem Rahmen. Bloss die Trauzeugen und meine Schwiegereltern. So, aber nun erzählen sie von sich. Wie war die Rekrutenschule? Wie war die Handhabung der Waffen? Das Exerzieren? Die Kameradschaft? Das Auskommen mit den Unteroffizieren? Den Offizieren? Dem Kommandanten? Welche Lieder singt man heute? Der Ausgang in die

Wirtschaften der Umgebung? Und wie war der Frass in der Kaserne?"

Mellner entspannt sich. Locker erzählt er von seiner Zeit in der Rekrutenschule. Das Erzählen bereitet ihm Spass. Insbesondere auch, weil Doktor Blum Interesse an allem zeigt, was Mellner erwähnt. Mellner macht kein Hehl daraus, dass er, genau so wie Ferdi, gegen Militär, Gebrauch von Waffen und so weiter sei. In dem Sinne seien sie Pazifisten und glaubten nicht an die Notwendigkeit der Armee. Lachend fügt Mellner an, sie hätten bloss die Rekrutenschule gemacht, weil sie zu feige gewesen seien, den Militärdienst zu verweigern. Und weil sie keine Schwierigkeiten im weiteren Fortkommen wollten.

„Gehört es heute nicht mehr zum Ehrenkodex eines jeden Studenten, dass er Offizier der Reserve wird? Lachen sie ruhig über meine Ausdrucksweise, Daniel. Ich bin eben klar von gestern, wie mir mein holder Knabe in lockigem Haar, mein Sprössling, Ferdi, bei jeder Gelegenheit an den Kopf schmeisst."

Mellner klärt Doktor Blum darüber auf, dass sich die Zeiten geändert hätten. Von seinem Zug, in dem immerhin drei Studenten gewesen seien, hätten alle drei sich gegen das Weitermachen entschieden, seien einzeln vom Leutnant und auch vom Kompagniekommandanten bearbeitet worden, doch bei ihrer Meinung geblieben. Von Vorteil für sie sei gewesen, dass sie von Kollegen über den Inhalt der Rekrutenprüfung vorab informiert worden seien und dabei auch erfahren hätten, welche Antworten einen Vorschlag zum Offizier zweifelhaft erscheinen liessen. Ihm, Mellner, sei zu Gute gekommen, dass er sportlich, genau so wie Ferdi, eine Flasche sei. Hingegen hätten einige

Kameraden mit Berufsausbildung besonders gestrebert und alles drangesetzt, dass sie den Vorschlag zum Weitermachen als Unteroffizier und dann Offizier bekommen. Ironie des Schicksals sei ja auch, dass heute die meisten Bürgersöhne mit extremen oder gemässigten linken Parteien sympathisierten, während die Handwerker- und Arbeitersöhne unbedingt zum Freisinn wollten.

„Was sie nicht sagen, Daniel! Kaum zu fassen."

Das Gespräch ist angeregt. Der Kellner räumt die leergegessenen Teller ab. Er fragt, ob er die Dessertkarte bringen dürfe. Doktor Blum strahlt. Aber klar! Doktor Blum geht mit kindlicher Freude die aufgelisteten Aromen der Glace durch. Er fordert, im Vorgenuss bereits dahinschmelzend, Mellner auf, auszuwählen, was ihn gelüste. Mellner reizt es, Doktor Blum zu fragen, ob die Verhältnisse in seiner Jugend sehr verschieden gewesen seien. Die meisten Autoren jener Zeit hätten mit den Kommunisten oder sonst mit Linken sympathisiert gehabt. Doktor Blum schüttelt verlegen grinsend seinen Kopf.

„Junger Mann, ihr seid eine vom Schicksal begünstigte, verwöhnte Generation, die sich jeden Unfug leisten kann. Ich verstehe dies als blosse Feststellung, nicht als Werturteil."

Bei ihnen im Gymnasium hätte der Geschichtsunterricht beim Ersten Weltkrieg aufgehört. Ob es falsch sei, zu fragen, was danach geschehen ist, bohrt Mellner weiter. Doktor Blum lässt kleine Bissen Glace genüsslich auf seiner Zunge vergehen.

„Ach, die alte Geschichte! Mein junger Freund, glauben sie mir, wenn ich über das, was ich erlebt habe, brüten wollte, könnte ich meinen Alltag nicht in Frieden leben. Geschichte! Was ist Geschichte? Eine Kompilation von er- oder verklärenden, ernüchternden oder beschönigenden persönlichen Erinnerungen, persönlichen oder fachlichen Berichten, von Dokumenten aus dem persönlichen und offiziellen Bereich. Je mehr man sich in die Geschichte vertieft, desto mehr Fragen tauchen auf. Da gilt es, nicht vorschnelle Urteile zu fällen und billigen oder tief verwurzelten Vorurteilen aufzusitzen. Hütet ihr Jungen euch davor, uns Alten unsere Geschichte vorzuwerfen, die uns schicksalshaft getroffen hat, wie auch euch eure Geschichte heute trifft und zu Handlungen veranlasst, die uns nicht nachvollziehbar sind, genau so wie euch unsere damaligen Handlungsweisen vielleicht stossend erscheinen. Uns ging es nach der schrecklichen Zeit darum, wieder Bürger zu sein."

> *Die bundesrepublikanische Nachkriegszeit war –*
> *etwa durch den Wiederaufbau – der erfolgreiche*
> *Versuch, gegen die Faszination durch kriegerische*
> *und totalitaristische Moratorien des Alltags,*
> *Frieden mit dem Alltag zu schliessen: dadurch*
> *war sie eine entschieden vernünftige ausdrückliche*
> *Reaktion auf den Nationalsozialismus und seinen*
> *Krieg.*
> *Odo Marquard, Verweigerung der Bürgerlich-*
> *keitsverweigerung,   in*
> *Endlichkeitsphilosophisches. Über das Altern,*
> *Reclam 2013, Seite 32*

Doktor Blum isst den Rest seiner Glace rasch und scheinbar achtlos, während er seine Sätze mit ernster Miene achtsam formuliert. Mellner ist klar, dass Doktor Blum nicht Mundart, aber Hochdeutsch spricht. Demzufolge aus Deutschland stammt. Ferdi und er haben sich nie über diese

Tatsache unterhalten. Mellner kann sich ausrechnen, dass Doktor Blum vor dem Zweiten Weltkrieg in die Schweiz gekommen war. Ferdi ist in der Schweiz geboren und Ferdis Mutter, Doktor Blums Ehefrau, ist, so nimmt Mellner an, als Schweizerin geboren. Zumindest spricht sie Schweizerdeutsch. Aargauer Dialekt mit luzernischem Einschlag. Mellner überlegt sich, dass Doktor Blum Deutschland vor oder während des Zweiten Weltkriegs nicht ohne Not verlassen hatte. Sehr wahrscheinlich als Flüchtling in die Schweiz gekommen war. Darüber kann Mellner den alten Herrn nicht ausquetschen, solange er nicht von sich aus erzählt. Mellner ärgert sich ohnehin, dass er durch unbedachte, locker hingeworfene Fragen dem Gespräch eine Wendung gegeben hatte, die die anfänglich lockere Stimmung trübt.

„Ach", lacht Doktor Blum Mellner mit einem Mal, „wie ich unsere Unterhaltung geniesse! Mit Ferdi sind solche Gespräche unmöglich. Nun muss ich ihnen ein Geständnis machen. Ich hatte mir vorgenommen, sie ins Gebet zu nehmen. Sie zu überreden, auf Ferdi einzuwirken, dass er sich nicht länger weigert, Offizier zu werden. Ihre und meine so erfrischende Offenheit möchte ich nicht missbrauchen und sie als Boten einspannen. Unser Gespräch hat mir gut getan. Ich danke ihnen. Herr Ober, bitte, Kaffee und Rémy Martin für den jungen Herrn und mich!"

Mellner hatte damals nach diesem Gespräch mit Doktor Blum lange gezögert, ob er Ferdi von seinem Abendessen mit Doktor Blum im Storchen berichten soll. Er rechnet sich aus, falls Ferdi von dritter Seite davon Wind bekommt, müsste er echt verärgert sein. Also entschliesst er sich, Ferdi davon zu erzählen. Ferdi bekommt prompt einen Wutanfall. Typisch der Alte, versuche seine besten Freunde zu manipulieren. Mellner ereifert sich. Eben gerade nicht! Ferdi schimpft eine Weile über seinen unmöglichen Alten. Dann wechseln sie das Thema. Es wird nicht mehr aufgegriffen.

Diese Geschichte von damals ist Mellner mit einem Mal wieder gegenwärtig, als Ferdi aufgelegt hatte und Mellner die Idee gekommen war, die Geschichte wiederhole sich.

Inzwischen hat Mellner die bestimmte Vermutung, dass das blaue Sichtmäppchen mit dem zusammenhängt, was Doktor Blum ihm damals verschwiegen und daher, wohl nicht nur ihm, Mellner, gegenüber ein Geheimnis geblieben war.

Für Mellner sind Flüchtlinge und ihre beschissene Situation kein Geheimnis. Für den Durchschnittsbürger jedoch im Durchschnittsalltag ist der Flüchtling, bedenkt Mellner, oft Wirtschaftsflüchtling, Asylant, Wanderarbeiter oder schlicht Ausländer genannt, der Flüchtling also, der auf der Suche nach etwas Neuem ist, gefangen in oder ausgeschlossen aus rechtlichen Konstrukten. Für den Durchschnittsbürger im Durchschnittsalltag ist der Flüchtling ein Begriff aus dem politischen Bereich und nicht ein Mensch aus Fleisch und Blut.

Mellner leistet in seiner Freizeit Freiwilligenarbeit beim Obdachlosenpfarrer. Die freiwilligen Helfer und Helferinnen haben die Aufgabe, in kleinen Teams von zwei bis drei Freiwilligen im während der Wintermonate behelfsmässig eingerichteten Pfuusbus für die Obdach und ein vorübergehendes Zuhause Suchenden zu kochen und sie zu betreuen während des Abendessens, für Ordnung zu sorgen, Gespräche zu führen und zu schauen, dass jeder sich auf seiner Matratze, in seinem Schlafsack gut für die Nacht einrichten kann. Im Team der wechselnden freiwilligen Helferinnen und Helfer und in den Menschen in Not, die in dieser Notschlafstelle Hilfe erhalten, lernt Mellner Menschen und ihre Schicksale kennen. Vernimmt unzählige, zum Teil unter die Haut gehende, Lebensgeschichten. Wenn Menschen aus satter oder bedürftiger Bürgerlichkeit hinaus in die Existenz von Suchenden stürzen, die nirgends willkommen sind. Verjagt, vertrieben aus welchen Gründen auch immer. Von den Nazis im Dritten Reich als Ungeziefer bezeichnet, das auszutilgen war, denkt Mellner weiter. Doktor Blum, zum Beispiel, der, überlegt Mellner, nicht ohne Not sein geliebtes Deutschland verlassen hatte und der sein Schicksal bestimmt nicht als Plakat mit sich herumgetragen hatte. Weil ein solches Plakat ihn erst recht zum Unerwünschten gemacht hätte. Damals. Und heute, die heutigen Flüchtlinge?

Ungewollt quellen beim gedachten Stichwort ‚blaues Sichtmäppchen' diese Erinnerungen und Gedanken in Mellners Kopf auf, während er am Telefon mit Ariel die paar Worte wechselt. Mellner wird nervös. Mit der Staatsanwaltschaft hatte er bisher noch nie zu tun gehabt. Er hört sich das Wie und Wo an, beendet dann den Anruf und ist zerrissen, wie ein Mensch nur zerrissen sein kann. Melanie und Sandra sehen ihn fragend an.

Mellner stottert etwas daher, dass er dringend Ariel auf der Staatsanwaltschaft abholen müsse, daher sich entschuldigen müsse, sehr bedaure, die anregende Unterhaltung verlassen zu müssen. Vielleicht sei sie, Melanie, noch da, wenn er zurückkomme. Sandra wirft Mellner einen bösen Blick zu. Mellner wehrt weitere Fragen ab. Er wisse nicht, worum es gehe. Klar sei bloss, dass Ariel Hilfe brauche.

„Du verstehst, Melanie, ich bin Ariels Pate. Und da habe ich meine Pflichten."

„Obacht, Daniel, pass bloss auf, dass du Ferdi und Elfi nicht ins Gehege kommst! Ist höchst verdächtig, dass Ariel dich hinzitiert und anscheinend nicht seine Eltern."

Mellner zuckt mit den Schultern, hebt seine Arme in einer Geste der Ratlosigkeit und schwirrt ab. Nicht ohne Bedenken und gemischten Gefühlen. Ariel will er nicht hängen lassen. Theoretisch ist Mellner bereit, keine Mühen zu scheuen, um Ariel zu helfen. Solange dies vom Schreibtisch aus und/oder per Telefon möglich ist. Er will sich nicht in eine schräge Sache hineinziehen lassen. Vor einem Auftritt beim Staatsanwalt ist ihm bang. Intuitiv vermutet er bei dieser Institution repressives Verhalten. Bezweifelt, ob er nicht zu weich ist, um Ariel, was immer er verbrochen haben mag, rauszuboxen. Gleichzeitig ist er neugierig darauf, aus erster Hand zu erfahren, was Ariel angestellt hat. Er befürchtet, dass Ferdi und Elfi es ihm krumm nehmen könnten, weil er sich vordränge und nicht sie benachrichtige. Er ärgert sich über sich selber, dass er sich den Dingen nicht gelassen stellen kann. Dass er sich immer gleich nervös machen lässt und im Unbekannten strafende Autoritäten wittert, gegen die zu wehren er sich zu schwach fühlt. Wie angekündigt kann er mit dem ihm übermittelten Code die Eingangstüre zur Staatsanwaltschaft öffnen, findet den Empfangsschalter unbesetzt, begibt sich durch den riesigen Korridor, in dem seine Schritte widerhallen, zum Lift, fährt hoch in den dritten Stock und begibt sich zum Büro 312.

Mellners Herz klopft. Er sieht in Ariel immer noch den niedlichen, koketten und geistreichen kleinen Jungen, obschon er inzwischen die Formen eines stattlichen jungen Mannes angenommen hat. Mellner befürchtet, dass er einem Erinnerungsbild nachhängt, das das Tatsächliche verdrängt. Dass Ariel zu einem ausser Rand und Band gewordenen Jugendlichen herangewachsen ist. Der alles kurz und klein schlägt. Bloss ihm, Mellner, gegenüber noch die Unschuld vom Lande spielt. Andrerseits vermutet er, dass der Junge sensibel ist und in den Mühlen von Polizei und Justiz unter die Räder geraten könnte. Wie wenig man den Mensch kennt, denkt Mellner. Wie wenig man sich im Zweifelsfall auf seine eigene Einschätzung verlassen kann.

Mellner klopft an die Türe mit der Aufschrift 312, wartet, horcht auf ein Herein, das nicht kommt. Die Türe gleitet, wie von unsichtbarer Hand geführt, auf. Vor Mellner steht Amanda Pfau. Mellners Anspannung sinkt in sich zusammen. Er grinst. Ruft locker und fröhlich, „Du hier?! So ein Zufall! Bist du heute Abend im Dienst?"

Amanda Pfau gebietet Mellner mit einem scharfen Blick, auf Vertraulichkeiten in dieser Örtlichkeit zu verzichten. Mellner versteht.

Mellner weiss selbstverständlich, dass Amanda Pfau auf der Staatsanwaltschaft arbeitet. Er ist nicht gefasst darauf, ausgerechnet ihr an diesem Abend hier zu begegnen. Er bildet zusammen mit Amanda Pfau und Hanny das Traumteam vom Donnerstagabend der Freiwilligen im Pfuusbus. Daher assoziiert er Amanda Pfau mit dem Pfuusbus und nicht mit der Staatsanwaltschaft. Mellner schnauft auf. Amanda Pfau verbreitet Normalität in dieser für ihn furchteinflössend fremden Umgebung der Staatsanwaltschaft.

Amanda Pfau ist eine Legende. Spukt überall herum. Ist so markant, dass sie erinnert wird.

Doktor Blum hatte vor Jahrzehnten eine köstliche Geschichte von einem älteren Ehepaar aus seiner Praxis zum Besten gegeben. Die alten Leutchen waren grundanständige, einfache Menschen, die immer einfach gelebt hatten. Ein Erbonkel starb. Sie als nächste und einzige Verwandte erbten einen stattlichen Bauernhof. So zumindest hätten sie es ihm erzählt, kolportierte Doktor Blum die Geschichte. Er jedoch habe vermutet, es handle sich bei dem Bauernhof um die elterliche Liegenschaft des alten Mannes. Viele Leute seien schrullig und würden Wahrheit und Offenheit meiden, aus welchen Gründen auch immer. Die alten Leutchen hatten den Hof verkauft. Dabei stellte sich heraus, dass der Hof ein Liebhaberobjekt und das Land Bauland war, was ihnen ein riesiges Vermögen bescherte. Sie schämten sich des ihnen ohne eigene Leistung zugefallenen Reichtums. Sie änderten gegen aussen hin nichts an ihrem einfachen Lebensstil. Kaum war ihnen der Reichtum zugefallen, sorgten sie sich um ihre einzige Tochter. Dass ihr das viele Geld in den Kopf steigen könnte. Dass sie durch das Geld verdorben werde.

Hier fällt Frau Doktor Blum Herrn Doktor Blum ins Wort. Sie kann sich vor Lachen kaum halten. Presst zwischen Lachern hervor, das Schönste an der Geschichte sei, dass die Tochter, Amanda, mit dem unendlich reichen Pfau verheiratet sei und die Eltern sich unnötig Sorgen um ihre Tochter machten und grundlos in Depressionen gefallen sind. Herr Doktor Blum wirft Frau Doktor Blum einen bösen Blick zu. Sie wehrt sich. Niemand von den Anwesenden kenne diese Leute und der Name sei ihr bloss rausgerutscht.

Der Name Amanda Pfau blieb bei Mellner hängen.

Kollegen, die bei der Staatsanwaltschaft arbeiten, erzählen oft köstliche Geschichten von einer Mitarbeiterin, Amanda Pfau, einer korrekten, pflichtbewussten und schnell arbeitenden Frau, die wegen ihrer etwas speziellen Art überall auffalle. Sie trage, angelehnt an James Bond, den Übernamen 008. Sie wisse im Prinzip alles und halte Menschen, die nichts wissen, für dumm. Sie beantworte prinzipiell keine Fragen. Stelle auch nie welche. Wer dazu verdammt sei, mit ihr zusammenzuarbeiten, gerate gehörig unter ihre Fuchtel und müsse kuschen. Amanda Pfau wisse alles. Sie dirigiere die jungen Staatsanwälte herum. Manchmal auch die alten. Alle tanzten nach ihrer Pfeife. Sie habe etwas Besonderes an sich.

Schon wieder Amanda Pfau, lacht Mellner sich ins Fäustchen. Ihr Name ist fixiert.

Sehr zum Entsetzen von Mellner engagiert sich Sandra bei der Frauengruppe der FDP. Sandra findet nichts dabei. Sie wirft Mellner bei jeder Gelegenheit vor, politisch verkehrt gewickelt zu sein. Sandra geht mit den Programmen der FDP keineswegs einig, rechnet sich aber Chancen aus, bei einer allfälligen Kandidatur für ein politisches Amt mit langer Parteimitgliedschaft im Vorteil zu sein. Nebenher bekommt Mellner unzählige Namen von Frauen mit, die ebenfalls in der Partei sind. Beim Namen Amanda Pfau horcht Mellner auf. Amanda Pfau, beschreibt Sandra, sage wenig, doch wenn sie etwas sage, habe es Hand und Fuss.

Auf sie sei Verlass. Als Sandra sich die Kandidatur für ein politisches Amt überlegt, ist dieser Plan mit einem Mal vom Tisch. Mellner wundert sich. Sandra meint, Amanda Pfau habe ihr gesagt, sie hätte keine Chance gewählt zu werden. Amanda Pfau habe Recht.

Amanda Pfau und kein Ende. Wenn das kein Zufall ist, amüsiert Mellner sich.

Nachdem Lucia Blum Leo Keller kennengelernt hatte, tauchte bald Sergio Pfau auf, der beste Freund Leos. Sergio ist ein phantasiebegabter junger Mann ohne jegliches Selbstvertrauen. Bei Festen, wenn es zu vorgerückter Stunde feucht und fröhlich zugeht, öffnet sich Sergio Pfau. Klagt, wie er darunter leide, dass seine Mutter ihm bei jeder Gelegenheit unter die Nase reibe, was für ein ‚Schlufi' sein Vater, der Pfau, sei und er, Sergio, habe das Zeugs dazu, seinem Vater nachzuschlagen. Leo brüllt Mellner lachend an, er müsste Sergios Mutter kennen. Sie sei ein Unikum! Sergio schaut traurig drein. Ihm ist es offensichtlich peinlich, dass er unter dem Einfluss von Alkohol seine Mutter dem Gespött preisgibt. Mellner rettet die Situation, indem er absichtlich eine Bierflasche umstösst und aufspringt, als ihm das Bier über seine Hose rinnt.

Nochmals und schon wieder Amanda Pfau!

An einer Veranstaltung lernt Mellner eine Mitarbeiterin des Obdachlosenpfarrers kennen und lässt sich von ihr überreden, als freiwilliger Helfer im Pfuusbus mitzuwirken. Ihn reizte, den Pfuusbus kennenzulernen und zu wissen, was es mit dem Pfuusbus auf sich hat.

Wie alle Leute kennt auch Mellner den Pfarrer und sein Aushängeschild, den Pfuusbus, aus den Medien. Obdachlose hatte Mellner bis dahin bloss am Rande wahrgenommen. Sich nie mit diesem Thema auseinandergesetzt. Peinlich berührt verkommenen oder verhutzelten Gestalten, die ihn beim Warten an Tramhaltestellen anbettelten, allenfalls etwas Kleingeld zugesteckt. Den Pfuusbus eine originelle Idee gefunden. Bei allen Vorbehalten dem demonstrativen Gutmenschentum des Pfarrers gegenüber.

Nach einer kurzen Einführung durch den Pfarrer und seine Mitarbeiterinnen und Mitarbeiter und nach wenigen Schnupperabenden im Pfuusbus wird er in ein Freiwilligenteam eingeteilt. Dem Einsatzplan entnimmt er zu seinem Erstaunen und zu seiner Erheiterung, dass eine seiner Teamkolleginnen Amanda Pfau ist.

Mellner begegnet Amanda Pfau zum ersten Mal persönlich bei seinem ersten regulären Einsatz im Pfuusbus. Als er, wie vereinbart, zwei Stunden vor der abendlichen Öffnung des Pfuusbus, das Vorzelt betritt, steht Amanda Pfau im Eingang zum Bauch des Sattelschleppers. Das Vorzelt hat einen Boden aus Holzplanken. Von da führt eine Treppe in den Bauch des Sattelschleppers hoch. Beim Eingang befinden sich die Küche und ein Tisch mit eingebauter Sitzbank. Die Schlafkojen befinden sich im hinteren Teil. Amanda Pfau also steht bei der obersten Stufe der Treppe, im Eingang des Sattelschleppers, mustert den sich ihr nähernden Mellner mit misstrauischem Gesichtsausdruck.

„Ach, du wirst Dani Mellner sein. Merk dir eins, Freiwilligeneinsatz im Pfuusbus ist nichts für Faulenzer."

Mellner kommt klar mit Amanda Pfau. Er ordnet sich unter. Ist ihr Befehlsempfänger. Zu gross ist für ihn der Spass, diese legendäre Amanda Pfau endlich kennenzulernen. Seine Mitteilung, dass er ihren Sohn Sergio kenne und sehr schätze, quittiert sie beiläufig mit einem, „Ach so!". Der Tonfall, mit dem das Ach so ausgesprochen wird, ist die klare Aufforderung, mit Schwatzen aufzuhören. Mellner hätte noch gerne erwähnt, dass sie, Amanda Pfau, seine Frau, Sandra, aus der FDP kenne. Er nimmt aber an, dass Amanda Pfau es längst weiss und dass darüber keine Worte zu verlieren sind. Amanda Pfau ist nicht unangenehm, bloss trocken und humorlos. Die Zusammenarbeit in der Küche und beim Schöpfen der Mahlzeiten gestaltet sich perfekt. Sie weiss, wie der Wagen läuft und gibt knappe Anweisungen. Mellner staunt, dass viele Obdachlose, die scheinbar Dauergäste im Pfuusbus sind, sie herzlich begrüssen, sie Mutter nennen. Zu den Obdachlosen ist Amanda Pfau anders als zu Mellner. Sie gibt auch hier klare Anweisungen, verbietet alkoholische Getränke, das Rauchen, Streitereien. Sobald eine Obdachlose oder ein Obdachloser ihr etwas erzählt, hört sie aufmerksam zu und spricht freundlich mit ihr oder ihm. Mellner gesteht Amanda Pfau, dass er die Art und Weise, wie sie den Obdachlosen begegne, sehr gut finde. Amanda Pfau wirft Mellner einen bösen Blick zu.

„Gewöhne dir das mit den Obdachlosen ab. Wir reden von Bewohnerinnen und Bewohnern. Zudem hat jede und jeder einen Namen!"

Im Laufe des Abends raunt Hanny, die Dritte im Team, Mellner zu, er scheine bei Amanda Pfau einen Stein im Brett zu haben. Viele Freiwillige möchten ihre Art nicht, maulten rum. Doch zu den Bewohnerinnen und Bewohnern sei sie genial.

„Hast du ebenfalls Lust auf ein Bier? Komm, machen wir eine Zigarettenpause. Hinter dem Vorzelt. Dort habe ich ein paar Büchsen Bier. Hier gilt striktes Alkoholverbot."

Amanda Pfau huscht vorüber und herrscht Mellner an, nicht Maulaffen feilhalte, seinen Hintern zu bewegen und in der Küche im Risotto zu rühren. Aus dem von Hanny versprochenen Bier wird nichts. Im Laufe des Abends reicht Amanda Pfau Mellner einen gefüllten Becher. Mellner sieht sie fragend an. Amanda Pfau sagt laut und vernehmlich, so dass es im Vorzelt gut hörbar ist, „Dani, in deinem Alter muss man darauf achten, genügend Flüssigkeit zu sich zu nehmen. Trink dieses Wasser!"

Im nicht durchsichtigen Becher ist Bier. Bevor Mellner lächeln und einen Scherz hinwerfen kann, befiehlt Amanda Pfau ihm, trink endlich! Mellner wäre Amanda Pfau am Liebsten um den Hals gefallen.

Oft schaut der Pfarrer im Pfuusbus vorbei. Mellner staunt über das Charisma dieses Mannes. Die Bewohnerinnen und Bewohner des Pfuusbus sind oft vereinsamte, psychisch aufgerüttelte oder gestörte Menschen, die von Obdachlosigkeit, Alkohol und oder Drogen geprägt sind. Oft kommt es zu Spannungen zwischen diesen Menschen. Für die Freiwilligen ist es oft schwierig, die Stimmung im Vorzelt, wo die Menschen an langen Tischen essen, ruhig zu behalten. Kaum taucht der Pfarrer auf, herrscht Frieden. Er nennt alle Bewohnerinnen und Bewohner seine Freunde. Kennt die meisten mit Namen. Mischt sich munter unter sie. Führt zwanglos seelsorgerische Gespräche.

Mellner beobachtet, wie ein langjähriger Freund des Pfarrers, Zorro, eine schräge Gestalt, die nicht im Geringsten in eine durchschnittliche Gesellschaft passt, durch ihr Äusseres und ihre Aufmachung auffällt und aneckt, leichtfertig mit Bezeichnungen wie Alki, Drögi, Sozialfall und so weiter abgetan wird, wie dieser Zorro dem Pfarrers im Vorzelt mit berührenden Worten schildert, wie der Alkohol sein Leben zerstört habe und er nur dank der Liebe des Pfarrers wieder die Kraft gefunden habe, auf Alkohol gänzlich zu verzichten. Seit fünf Wochen sei er trocken und werde sich hüten, je wieder einen Tropfen Alkohol anzurühren. Er sei bereit, den Pfarrer in seinem Vorhaben, den Menschen in Not ihre Würde zurückzugeben, indem er für sie ein selbstverwaltetes Dorf schaffe, zu unterstützen und jede Funktion zu übernehmen, die das Projekt einen Schritt weiter bringe. Mellner ist zu tiefst beeindruckt von Zorro.

Zufällig wird Mellner Zeuge davon, wie Zorro in einer Runde von bekifften und alkoholisierten Gesellen hinter dem Vorzelt ein Bier nach dem andern kippt. Er prahlt damit, dass er den Pfarrer liebe und es ihm schuldig sei, das zu sagen, was er hören wolle. Der Pfarrer habe so viel für ihn getan. Mellner bleibt im Schatten eines Baumes wie angewurzelt stehen. Er kann nicht verstehen, wie er Zorro zuvor auf den Leim gegangen war.

Im Vorzelt ist der Pfarrer von Freunden umlagert. Der Pfarrer geniesst es, im Mittelpunkt zu stehen. Seine Visionen auszubreiten. Mellner gelingt es, den Pfarrer beiseite zu ziehen. Der Kreis um den Pfarrer öffnet sich. Alle schauen zu Mellner hin, dem der Pfarrer nun etwas ins Abseits folgt. Der Pfarrer fragt, „Ja, mein Lieber, was ist?"

Mellner flüstert dem Pfarrer zu, Zorro, der soeben noch grosse Worte über seine Abwendung vom Alkohol geschwungen habe, halte sich mit einer Gruppe von Kumpels stockbesoffen hinter dem Vorzelt auf. Der Pfarrer sieht Mellner scharf an und explodiert. Er brüllt, „Wer gibt dir das Recht, hinter meinen Freunden herzuspionieren?!"

Aller Augen richten sich erschreckt auf den Pfarrer und Mellner. Der Pfarrer umarmt Mellner, flüstert ihm mit bewegter Stimme zu, „Ich weiss, du meinst es gut, doch das ist nicht der richtige Weg".

Wenig später nimmt der Pfarrer in einer grossen Runde im Vorzelt das Thema vom selbstverwalteten Dörflein auf. In diesem Dörflein würden sie alle, die aus der Gesellschaft ausgestossen sind, ein Zuhause finden. Zeigen, dass sie als Basis gemeinsam ihr Leben bestimmen, ihr Dorf verwalten können. Zorro, der soeben so ergreifend seine Wandlung beschrieben habe, werde zusammen „mit euch allen, meine Freunde", Funktionen übernehmen. Mellner hört mit offenem Mund zu. Jemand zerrt ihn an einem Ärmel. Amanda Pfaus raue Stimme befiehlt, „Komm endlich. Die Leute haben Durst. Wir müssen etwas zu Trinken vorbereiten".

Sie schaut ihn grinsend an.
„Stosse dich nicht an diesem Allerweltsgeschwätz. Der Pfarrer hat unzähligen Menschen ihre Würde zurück und etwas Halt gegeben. Diese Menschen zählen. Zorro, ach! Alle kennen ihn. Hier zumindest ist er selig. Woanders ist er

schlicht nicht tragbar. Giesse die Becher nicht so voll! Sonst verschütten die Leute alles."

Ein andermal randaliert ein Bewohner im Vorzelt herum. Ivico. Ein Ausländer. Er riecht ein wenig nach Alkohol, nicht sonderlich. Mellner versucht auf ihn einzureden, er möge Ruhe geben, sich setzen. Er, Mellner, werde ihm gleich das Nachtessen bringen. Ivico schimpft weiter, geht im Raum auf und ab. Stört die sonst friedliche Stimmung. Mellner hat Bedenken. Unternimmt er nichts, gibt es Zoff. Mellner packt den Unruhegeist an einem Arm. Zerrt ihn vors Vorzelt hinaus. Versucht ihm, dessen Augen seinem Blick ausweichen, in die Augen zu schauen. Legt ihm mit leiser Stimme möglichst freundlich dar, dass sie doch den Frieden und das Nachtessen und die gute Stimmung hier geniessen wollen. Ivico scheint plötzlich aufzuschrecken. Bleibt in erstarrter Haltung den Bruchteil einer Sekunde mit schmerzverzerrt aufgerissenem Mund stehen. Als ob ein Schrei raus will. Um gleich wieder in sich zusammenzusinken. Seinen Blick zu Mellner aufhebend schnauzt er, „Blablablabla!" Zeigt Mellner den Vogel. Mellner explodiert. Er schreit Ivico an. Was ihm einfalle?! In dem Moment, wo er schreit, sieht Mellner in seinem erweiterten Blickwinkel am Eingang des Vorzelts Amanda Pfau stehen und die Szene beobachten. Mellner denkt, Scheisse. Muss ausgerechnet sie mich dabei ertappen, wenn ich meine Fassung verliere! Sein Blick konzentriert sich im selben Moment wieder auf Ivico. Er nimmt mit Schrecken wahr, wie dieser mit beiden zu Fäusten geballten Händen ausholt, um auf Mellner einzuschlagen. Einem Reflex folgend packt Mellner Ivico. Umarmt ihn mit aller Kraft. Mit seiner Umarmung blockiert Mellner Ivicos Arme. Mellner spürt bei der gewaltsamen Berührung, wie die Anspannung in Ivicos

Körper zusammenfällt. Wie Ivico sich weich und zerbrechlich anfühlt. Er spürt auch befremdet, dass Ivico seinen Kopf auf Mellners Schulter legt. Mellner streichelt, einem weiteren Impuls folgend, Ivico über die Schultern. Lockert den Griff seiner Arme. Ivico flüchtet rennend mit gesenktem Kopf davon, in Richtung Stadt. Mellner will ihm nachgehen, ihm sagen, dass dieser Vorfall unter ihnen beiden bleibe und er kein Grund sei, abzuhauen. Er solle wieder ins Vorzelt hereinkommen. Mellner ist geschafft. Er kann in diesem Moment Ivico nicht nachrennen. Mellner geht zurück ins Vorzelt. Nimmt seine Arbeit wieder auf. Plötzlich steht Amanda Pfau neben ihm. Sie zischt, „Ivico hat es gut getan, dass du ihn angeschrien hast". Und weg ist Amanda Pfau.

> *Es war ein Unterschied zwischen der Verallgemeinerung einer gesichtslosen Masse und dem Blick in ein menschliches Gesicht.*
> *Magiinnis, Military Gouvernement Journal, 2. Dezember 1945, S. 319, zitiert nach Atina Grossmann, Juden, Deutsche Alliierte. Begegnungen im besetzten Deutschland, Wallstein Verlag 2012, S. 79*

Als Mellner Monate später seine Tochter zum Nachtessen ausführt, sitzt ein paar Tische weiter ein Paar. Der Mann grüsst freundlich. Mellner grüsst zurück. Kann sich beim besten Willen nicht erinnern, woher er diesen Mann kennt. Obschon ihm ist, er kennt ihn. Der Mann wirkt gepflegt, bürgerlich. Mellner denkt, wohl jemand, dem ich beruflich mal begegnet bin. Er hat mit so vielen Leuten zu tun. Als Mellners Tochter zur Toilette geht, steht der Mann auf und kommt zu Mellner. Er wirft grinsend hin, mit einem Fremdsprachenakzent, „Du erkennst mich nicht wieder". Im

Moment, wo er die Stimme hört, fällt der Groschen und Mellner kommt aus dem Staunen nicht raus, welche Wandlung sich bei Ivico vollzogen hat. Ivico fasst seine Situation kurz zusammen. Er und seine Frau, mit zwei Kindern, seien vom Krieg traumatisiert als Flüchtlinge in die Schweiz gekommen. Seine Frau hätte als erste der Familie wieder normal zu funktionieren begonnen. Die Kinder hätten die notwendige fachliche Unterstützung bekommen. Er jedoch habe es nicht ausgehalten und sei auf der Gasse gelandet.

„Nach dem Vorfall, du erinnerst dich bestimmt, als ich, nicht sonderlich betrunken, doch in der durch das Trauma bedingten Zerrissenheit unzurechnungsfähig, dich angegriffen hatte, du mich kurz, du erinnerst dich womöglich nicht einmal daran, in deinen Armen gehalten hast und ich dich gespürt habe, bin ich unversehens aufgewacht und sagte mir, so kann es nicht weitergehen. Ich bin zu meiner Frau zurückgekehrt. Habe, wie meine Frau immer gefordert hat, professionelle Hilfe gesucht. Sie auch bekommen und habe sehr bald wieder Boden unter den Füssen bekommen. Zu Hause bin ich Mittelschullehrer gewesen. Hier kann ich nicht als Lehrer arbeiten. Jetzt arbeite ich, im Sozialbereich. Bekomme eine Zweitausbildung finanziert. Und endlich kehrt in meinem Leben und im Leben meiner Familie wieder Ruhe ein. Das habe ich Dir und, vor allem, dem Pfarrer zu verdanken. Ohne euch hätte ich es nie geschafft. Der Pfarrer mit seiner Offenheit für alle Menschen in allen Situationen ist für mich so etwas wie eine Leitfigur geworden."

Mellners Tätigkeit für den Obdachlosenpfarrer macht rasch die Runde und jeder, der es mitbekommt, glaubt, es kommentieren zu müssen. Mellner ist es peinlich, dass gewisse Leute ihn für sein soziales Engagement überschwänglich loben. Wo er wider Willen reingerutscht ist. Wo er ungläubig ist und von Pfarrern genau so wenig hält, wie von anderen Machtmenschen. Wo er zum Pfarrer ein ambivalentes Verhältnis hat. Winkt Mellner ab, sind diese gewissen Leute beeindruckt von Mellners Bescheidenheit. Dabei stellt Mellner sein Licht nicht unter den Scheffel. Er weiss, was er tut. Und er tut es gern. Doch eine Botschaft hat oder ist er deshalb keineswegs.

Ferdi hält den Pfarrer für einen Clown, der sich überall einmische, und vor allem ein genialer Selbstdarsteller sei. Er fragt Mellner darüber aus, ob diese Nummer nicht langsam, aber sicher ausgeleiert und die Zeit des Pfarrers abgelaufen sei.

Ein Bürokollege, den Mellner nicht besonders mag, tratscht Mellner, welche schauerlichen Geschichten er über den Pfarrer gehört habe. Mellner sei blöd, sich für eine solch widerliche Person einzusetzen. Ganz abgesehen davon, dass der Pfarrer vor wenigen Jahren mit mehr Glück als Verstand einem Strafverfahren und dem Zusammenbruch seines Werks entgangen sei. Mellner mag sich, insbesondere von diesem Bürokollegen, diesen Quatsch nicht länger anhören und beendet das Gespräch mit der Bemerkung, er helfe nicht dem Pfarrer, doch den Schwächsten der Schwachen, den so genannt Randständigen. Oft werde vergessen, dass der Rand genau so zum Ganzen gehöre, wie der Kern, und zum Rand genau so oder noch mehr Sorge getragen werden müsse, um ihn nicht ausfransen zu lassen.

Mit Amanda Pfau kann Mellner sich offen austauschen über diese Kommentare und auch über seine eigenen Zweifel. Vom Pfarrer und seinem Werk wisse er seit

Jahrzehnten. Letztlich sei niemand darum herum gekommen, ihn zur Kenntnis zu nehmen. Klar sei auch, dass man jemanden, der sich für Schwache einsetze, gut finden müsse. Seit er jedoch in die Nähe zum Pfarrer gerückt sei und diesen aus der Nähe beobachten könne, schmeichle ihm, Mellner, wie offen und zuneigend ihm der Pfarrer begegne. Gleichzeitig aber bekomme er Dinge mit, nicht gerade wenige, die echt unschön seien, gegen die man protestieren sollte, es aber dann aus Scheu vor der Auseinandersetzung mit dem wortgewaltigen Machtmensch nicht tue. Manchmal zweifle er, Mellner, ob er bei diesem Theater länger mitwirken soll.

„Dani, ihr studierten Leute seid bekloppt. Der Pfarrer ist auf deine Hilfe nicht angewiesen. Wenn's dir stinkt, bitte, geh! Du hast Zorro geholfen. Du hast Ivico geholfen. Reicht es dir nicht?! Der Pfarrer mag sein, wie er ist. Er mag anecken, wo er aneckt. Er mag ausgelacht werden. Er mag vergöttert werden. Tatsache aber ist, dass in seinem Werk die Menschen aufgefangen werden, die nirgends mehr aufgenommen und menschlich behandelt werden. Wer so etwas in Gang setzt und den Motor am Laufen hält, er hat mehr geleistet, als viele von sich behaupten können. Gerade die Grossmäuler und gefeierten Politik-, Wirtschafts- und Medien-Helden. Glaubst du im Ernst, dass bei ihnen alles Gold ist, was glänzt? Weshalb nicht auch dem Pfarrer seine Schwächen lassen. Papperlapapp, ist alles dummes Geschwätz! Steh nicht rum, schöpf das Gulasch. Unsere Freunde sind hungrig!"

Als Mellner nun, an diesem Samstagabend, kurz nach Zehn, nach seinem Klopfen an die Bürotüre 312 und nach seinem Erstaunen über Amanda Pfau, die ihm die Türe öffnet, gelöst vor ihr steht und ihr am Liebsten um den Hals gefallen wäre, blickt sie ihn scharf an und gibt ihm ohne Worte zu verstehen, dass ihre Vertrautheit hier nicht angemessen sei. Sie weist Mellner mit einer Handbewegung an, einzutreten und Ariel zu begrüssen. Mellner nähert sich, neugierig um sich schauend, Ariel. Dieser springt von seinem Stuhl auf. Fällt Mellner um den Hals. Dankt ihm überschwänglich für sein Kommen. Mellner erkennt den älteren Herrn als die Ikone Hüttental und fragt sich, was er hier soll. Der junge Mann, ein Jüngelchen noch, wird wohl, überlegt Mellner, der Staatsanwalt sein.

Es folgt die Vorstellungsrunde in ausgesuchter Höflichkeit. Doktor Lüscher, der junge Staatsanwalt, informiert Mellner kurz, dass es am SP-Plausch im Volkshaus zu einem Vorfall gekommen sei, in Folge dessen Doktor von Hüttental am Boden gelegen habe und der minderjährige Ariel Blum, dessen Eltern er, Mellner, hier vertrete, von der Polizei der Staatsanwaltschaft zugeführt worden sei, um abzuklären, ob zwischen dem Niedergang Doktor von Hüttentals und Ariel Blum ein Zusammenhang bestehe, wenn ja, welcher. Mellner ist entsetzt und kann sich Ariel nicht als Schläger vorstellen, während ihm durch den Kopf blitzt, hahaha, das ganze Theater an einem SP-Plausch.

„Ich schlage vor, fährt Lüscher fort, dass sie, Herr Doktor Mellner, sich draussen im Korridor mit dem jungen Herrn Blum besprechen, sobald Frau Pfau ihre Personalien aufgenommen hat."

Hüttental fällt Lüscher ins Wort. Er sei weder verletzt, noch stelle er einen Strafantrag. Lüscher lächelt Hüttental mild an.

„Sie wünschen auch, dass der Sachverhalt geklärt wird, oder etwa nicht, Herr Doktor von Hüttental?!"

Kaum hocken Ariel und Mellner alleine auf der Bank in einer Fensternische im Korridor, sprudelt Ariel los.

„Der alte Lüstling, dieses Schwein, will unbedingt Noureddine etwas anhängen. Er hat etwas gegen Ausländer. Ich halte dieses scheinheilige Getue nicht aus. Noureddine hat mit dem Vorfall nichts zu tun. Er stand zufällig daneben. Zumindest haben sie ihn nicht eingekapselt. Sagt zumindest der junge Staatsanwalt. Ich hoffe bloss, dass Noureddine in Sicherheit ist."

„Lieber Mann, jetzt geht es darum, deinen Arsch zu retten."

„Meinem Arsch geschieht nichts, darauf kannst du Gift nehmen, Götti Dani! Doch Noureddine. Er hat keine Papiere. Eine Katastrophe. Er wird ausgewiesen."

„Was ist geschehen, Ariel? Lass mich raten. Es ist alles ein Missverständnis. Weil du gross und kräftig bist, halten sie dich für einen Täter. Ist es so?"

„Spielt keine Rolle. Es geht um Noureddine."

„Erzähl dem Staatsanwalt deine Geschichte! Du, wir wollen doch nicht die ganze Nacht hier verplempern, bloss weil du hyperventilierst. Ich brauche ein Bier."

Mellner klopft zum zweiten Mal an diesem Abend an die Türe zu Büro 312, tritt, ohne eine Antwort abzuwarten, mit Ariel im Schlepptau wieder ein. Er setzt sich. Lüscher schaut ihn erwartungsvoll an. Mellner entschuldigt sich. Ariel, das heisse, Herr Blum, habe auch ihm nicht erzählen können, was vorgefallen sei. Sehr wahrscheinlich stehe er unter Schock. Wegen der Verhaftung.

„Es ist ja nichts geschehen. Ich habe keinen Schaden genommen. Womöglich hatte ich eine kurze Blutleere im Kopf und bin deshalb zusammengebrochen, ohne Einwirkungen dieses Burschen, der nicht wie ein Schläger ausschaut", gibt Hüttental von sich, bequem zurückgelehnt in seinen Stuhl und seine Arme verschränkt über der breiten Brust.

Mellner vermutet, dass Hüttental Elfie Blum von der FDP her kennt und unter dem Vorwand, Ariel Blum zu schützen, verhindert dass ans Licht kommt, was tatsächlich vorgefallen ist. Zudem nimmt Mellner wahr, dass Amanda Pfau kocht. Sie beisst ihre Zähne zusammen und scheint, nimmt Mellner an, mehr zu wissen. Doch der Staatsanwalt erklärt die Untersuchung für beendet, was Hüttental zu freuen und Amanda Pfau zu ärgern scheint. An Ariel geht die Sache unbeachtet vorüber. Mellner stösst ihn an, um ihn aus seinen Grübeleien zu wecken und ihm zu sagen, sie könnten nun gehen. Hüttental verabschiedet sich von allen und verschwindet. Amanda Pfau ist so verärgert, dass sie nicht mehr ansprechbar ist. Lüscher begleitet Mellner und Ariel bis zum Ausgang des Gebäudes. Er anvertraut Mellner, schon mehrmals gehört zu haben, dass Hüttental jungen, hübschen Männern nachsteige und vor nichts zurückschrecke. Für ihn sei klar, Hüttental habe Ariel unsittlich berührt und Ariel habe ihm dafür eine gelangt. Er hätte liebend gerne Hüttental etwas nachgewiesen. Doch leider sei die Sache in die Hose gegangen. Ariel geht neben Mellner und Lüscher her, als ob ihn die Sache nichts angeht.

In der Bar-a-Dox taut Ariel erst nach dem dritten Bier etwas auf. Mellner wundert sich, wie wortkarg Ariel ist. Nicht einmal das Bier lockert seine Zunge. Über den Vorfall im Volkshaus am SP-Plausch und die Verhaftung will er nichts sagen. Nicht einmal auf Schmeicheleien fällt Ariel rein. Vielleicht nimmt Ariel es ihm, Mellner, übel, dass er ihn wegen der Sache mit dem blauen Sichtmäppchen angefahren hat. Ariel ist verstockt. Vielleicht hatte er, Mellner, Ariel bisher überschätzt. Ariel scheint noch der verklemmte Heranwachsende zu sein.

Mellner fällt ein, wie verklemmt er in diesem Alter gewesen war. Zwar hatte er damals, als Gymnasiast eine Kurzgeschichte geschrieben. Im Französisch schreibt er Aufsätze, die der Französischlehrer als brillant bezeichnet und ihm, dem jungen Mellner, rät, Schriftsteller zu werden. Die Kurzgeschichte hatte er auf Französisch geschrieben. Wie der Protagonist von Weltschmerz und Selbstmordgedanken gequält dem See entlang geht, am Bürkliplatz, vor der Skulptur des Ganymed, eine Zigarette raucht und ziellos ins ferne Alpenpanorama stiert, als ihn plötzlich jemand anstösst, eine wunderschöne, elegante Frau in einem silbergrauen Nerzmantel. Sie schaut dem Protagonisten in die Augen. Fragt mit einem verschmitzten Lächeln, ob er Feuer habe. Als er ihr Feuer gibt, neigt sie ihren Kopf etwas. Ihr Nerzmantel öffnet sich ein wenig und der Protagonist entdeckt erstaunt, dass sie unter ihrem Mantel nackt ist. Sie fragt ihn, ob er Lust auf ein Glas Champagner habe. Sie wohne im Hotel Baur-au-lac. Diese Kurzgeschichte hatte Mellner versteckt gehalten, niemandem gezeigt. Wenn er im Alltag einer schönen Frau gegenüberstand, errötete er bis unter die Haarwurzeln und sein Geist war wie weggefegt, so dass er kaum noch zusammenhängende Worte rauskriegte. Einmal hatte, fällt Mellner jetzt plötzlich wieder ein, ein erwachsener Cousin sich an ihn rangemacht. Lieber wäre er gestorben, als ein Sterbenswörtchen von diesem Vorfall einer Menschenseele anzuvertrauen.

Mellner ist in aufgeräumter Stimmung. Er hat mit seinem Göttisohn etwas erlebt. Er hat ihn rausgehauen. Ohne sein, Mellners, Dazutun. Um kein Schweigen zwischen ihnen beiden aufkommen zu lassen, schlägt Mellner verschiedene Themen an, bis Ariel, endlich, beim Thema Grossvater anbeisst und sich zu trotzig hingeworfenen Bemerkungen verführen lässt. Ariel hat bereits zu viel Bier erwischt und lallt. Besser gelallte Sätze, denkt Mellner, als ein Schweigen, aus dem weiss der Kuckuck welche Gespenster auftauchen und sie beide erschrecken würden. Mellner wundert sich, wie vernünftig Ariel trotz seiner Betrunkenheit redet.

- Vati behält Grossvatis Gedichte, nicht nur sie, aber alles von früher, für sich. Es ist sein gutes Recht. Das sehe ich ein. Will er mich schonen? Wovor will er mich verschonen? Er hält mich für einen Dummkopf. Ich kann eins und eins zusammenzählen. Unbequeme Entdeckungen erschrecken mich nicht. Sie irritieren mich, klar. Doch dann gehe ich den Sachen auf den Grund. Zugegeben, ich interessiere mich nicht für die Dinge, die Vati für wesentlich hält. Doch ich interessiere mich für Vieles. Aber Vati findet, das ist alles Quatsch. Dabei ist es nicht Quatsch.

Ich bewundere Menschen, die sich ein Projekt vornehmen, das für sie eigentlich viel zu gross ist, und sich hineinstürzen, obwohl sie sich dem Risiko aussetzen, lächerlich zu wirken. Und mir gefällt es, ihnen dabei zuzusehen.

‚Das Chaotische ist natürlich'. US-Regisseur Wes Anderson im Interview mit Anna Kemper, Zeit Magazin vom 6. Februar 2014, Nr. 7, S. 41

Mellner hofft, dass Ariel nicht schon wieder über seinen Vati zu schimpfen anhebt. Er staunt, mit welcher Selbstverständlichkeit Ariel die Geschichte seines Grossvaters als rassisch Verfolgter in Deutschland nach 1933 klug analysiert. Der Junge, scheint ihm, hat den Bann des Familienromans durchbrochen, sich die drängend-quälenden Fragen bereits gestellt und ist dabei, den gordischen Knoten durchzuhauen. Aus Erzählungen verschiedener Generationen von Blums kennt Mellner die Folge von zerrütteten Vater-Sohn-Beziehungen. Ariel hat sich über die Beschäftigung mit seinem Grossvater auch mit seinem Vater ausgesöhnt. Weiss es noch nicht. Spielt den Krieg mit seinem Vati munter weiter. Aus Gewohnheit. Familienromane, denkt Mellner, sind eine vertrackte Angelegenheit.

„Dein Grossvati hat Zeit seines Lebens über das, was er im Dritten Reich erlebt hat, geschwiegen."

„Quatsch. Er hat alles aufgeschrieben. Nicht darüber geredet, okay. Doch nicht das Geheimnis daraus gemacht, das mein Alter nun daraus macht."

„Okay, mein lieber Freund Ferdi macht Fehler."

Ariel scheint jenseits von Gut und Böse. Grinst wie ein Idiot. Schüttelt seinen Kopf. Mellner schwingt, zur Rettung der Situation, eine gescheite Rede und denkt, Zeit, endlich die Runde aufzulösen und darum besorgt zu sein, dass Ariel sicher zu Hause ankommt. Ariel furzt mit einem prägnant platzierten Ton. Jemand am Nebentisch sagt aufgeregt, hast du es gehört?! Als du dein Glas auf den Tisch gestellt hast, hat es getönt, so seltsam laut. Mellner wird von einem Lachanfall geschüttelt. Selbst Ariel stimmt ins Lachen ein.

DIE ENTWICKLUNG

Amanda Pfau weiss, wie die Welt verschraubt ist.
Darin hat sie vielen Menschen, vor allem den Naiven, etwas
voraus. Sie wittert, wenn es irgendwo brodelt. Sie bekämpft
mögliche Brandherde. Erbarmungslos. Ihr Tun rechtfertigt sie
mit der lakonischen Feststellung, dass sie den Durchblick
habe, andere nicht. Sich darum zu sorgen, dass Andere den
Durchblick nicht haben (wollen), bringe nichts. Hauptsache,
sie handle. Nichts kann Amanda Pfau erschüttern. Es geht
vorwärts, trotz alledem! Wie sie zu sagen pflegt. Die jüngsten
Wendung der Dinge und die blinden Kämpfer fürs Vaterland
überall, diese blinden Männchen, bewirken ein
unaussprechliches Resultat des Zusammenstosses der
Ereignisse und ihrem Rechtsgefühl und ihrer Überzeugung
bewirken. So dass das Fortschreiten als echte Entwicklung
dringend notwendig ist.

Sie wird keinen Aufruhr anzetteln. Sie wird ihren
Ärger darüber runterschlucken, dass Doktor Lüscher dem

jungen Schläger auf den Leim gegangen ist. Die Untersuchung einstellt ohne Folgen für den Übeltäter und ihn erst noch, scheissfreundlich, zum Ausgang des Gebäudes begleitet. Sobald Doktor Lüscher zurückkommt ins Büro, wird sie kumpelhaft grinsend zu ihm, diesem jungen, unerfahrenen, so schrecklich naiven Staatsanwalt, sagen, „Was kümmert's uns, wenn alles schief läuft. Wir dürfen uns unsere gute Laune nicht verderben lassen". Zu ihrem Erstaunen stimmt Doktor Lüscher nicht in ihr Grinsen ein, aber bröselt nachdenklich hervor, ja, es ist total schief gelaufen.

Amanda Pfau versteht ihren Doktor Lüscher nicht mehr. Er sollte glücklich sein, einen heiklen Fall erledigt zu haben, ohne sich die eigenen Hände schmutzig gemacht zu haben. Manchmal, überlegt sie, ist schwer nachzuvollziehen, was in den Köpfen dieser jungen Menschen vor sich geht.

„Herr Staatsanwalt, sie werden noch an mich denken, wenn der junge Blum als Nächstes sie zusammenschlägt", beendet Amanda Pfau das Gespräch mit Doktor Lüscher.

Amanda Pfau setzt bei diesem Satz in ihrem Tonfall die Akzente bestimmt, so dass selbst Doktor Lüscher merkt, darüber wird nicht diskutiert. Sie geniesst den teils belustigten, teils ratlosen Blick, den Doktor Lüscher ihr zuwirft. Ihr ist klar, er glaubt, eine Heldentat vollbracht zu haben. Sie jedoch verspürt nicht den geringsten Drang, ihm auseinanderzusetzen, weshalb dem nicht so ist. Sie weiss, kommt Zeit, kommt Rat. Sie hat weit schlimmere Niederlagen überstanden. Jede Niederlage ist für etwas gut.

Amanda Pfau ist das Fossil der Staatsanwaltschaft. Sie hat unendlich viele Generationen von Staatsanwälten er- und überlebt. Ginge es nach ihr, würden die Gespräche mit den Angeschuldigten anders verlaufen. Dreck am Stecken hat jeder Angeschuldigte. Amanda Pfau weiss es aus Erfahrung. Oft ist es schwierig, diesen Gaunern, Lügnern und Verbrechern ihre Taten nachzuweisen. Vor dieser Herausforderung kneifen die meisten Staatsanwälte. Weil sie zu wenig Biss haben. Weil sie sich die Finger nicht verbrennen wollen. Weil sie müde sind. Weil sie keine Ideale haben. Weil sie jede Lüge glauben. Sie beobachtet genüsslich, wie eine eigentliche Industrie entsteht, die aus Angeschuldigten und Straftätern Opfer von weiss der Kuckuck welchen Verhältnissen und Ämtern macht. Tränendrüsendrückende Geschichten medial aufbereitet. Sie träumt von einem jüngsten Gericht, wo alle Angeschuldigten und Straftäter nackt, bloss und zitternd dastehen und heulen. Vor allem den jungen, stromliniengestylten Gewinnertypen von Staatsanwälten fehlt der Mut, ihr zu vertrauen und ihr die Zügel zu überlassen. Diese jungen Staatsanwälte sind, wie die Männer im Allgemeinen, feige. Sie inszenieren sich als wilde Kämpfer für die Wahrheit und stolpern blindlings vorwärts. Selbst Amanda Pfau ist klar, dass die Staatsanwälte sich an das Gesetz zu halten haben. Kampfgeist erwartet sie dennoch. Als Protest gegen die Verkommenheit der Verhältnisse in dieser Stadt. In diesem Land. Auf der ganzen Welt. Früher hatte sie, wenn ihr wieder einmal ein staatsanwaltliches Küken zugefallen war, besorgt versucht, diesen studierten Herrlein etwas gesunden Menschenverstand und Menschenkenntnis zu vermitteln. Inzwischen hat sie erkannt, dass diese Besserwisser selber mit ihren Köpfen gegen Wände knallen müssen. Damit ihnen ihre Augen aufgehen und ihr Verstand aufgerüttelt wird.

Dem Anblick eines hübschen jungen Mannes ist Amanda Pfau nicht abgeneigt, insbesondere, wenn er gepflegt und adrett gekleidet daherkommt. Im Gegensatz zu den älteren Staatsanwälten, den Polizisten, den Kolleginnen hat sie nichts dagegen, dass diese jungen Staatsanwälte in der Regel in knallengen Shorts auf Leichtmetall-Rennrädern ins Amt speeden, da als erstes duschen, um dann hübsch aufgemacht und parfümiert im Büro zu erscheinen. Dann stürzen sie sich mit Volldampf in ihre Arbeit, in Strafuntersuchungen, wo sie von Kleinkriminellen, grossen Ganoven und Wirtschaftskriminellen mühelos um den Finger gewickelt werden, ohne dass sie selber es merken. Beim geringsten Geständnis eines Angeschuldigten glauben, es mit viel Strategie und Geschick erpresst zu haben. Das Verbrechen geklärt zu haben, der Wahrheit auf der Spur zu sein. Die ältere Generation gibt sich gelassener. Versucht es mit Jovialität. Ist umgänglich und immer strahlend. Versteht es, im richtigen Moment eine äusserst gestrenge Miene aufzusetzen. Glaubt im Ernst, die Herren Kriminelle damit zu beeindrucken. Wenn selbst die Herren Kriminelle merken, dass der aus den Mündern der mittelalterlichen Staatsanwälte entschwindende Pfefferminzduft den übermässigen Alkoholkonsum in der Mittagspause vertuschen soll. Die alte Garde wiederum sucht in Ironie und Zynismus ihren Halt. Vertuscht die Geneigtheit zum Alkohol nicht. Torkelt dann und wann den endlosen Korridoren auf der Staatsanwaltschaft entlang. Was geflissentlich von allen, die es bemerken, übersehen wird. Weil man sich mit altgedienten Amtsältesten, die sich zu höheren Positionen durchgesessen haben, nicht anlegen soll. Weil ein Idiot ist, wer durch Rechthaberei sein eigenes Fortschreiten gefährdet.

Amanda Pfau lässt sich nichts vormachen. Doch sie steht über diesen Dingen und schweigt.

Doktor Lüscher trägt an diesem Abend zwar Jeans, doch sind sie von Armani und frisch gebügelt, dazu ein weisses Hemd, ohne Krawatte, und einen englischen Blazer, der ihm bestens steht. Er ist ein hübsches Kerlchen, das sichtlich Respekt vor ihr hat und nicht aufzumucken wagt, wenn sie seine Ansichten, Strategien, Entscheide genüsslich in knappen Worten oder Andeutungen dekonstruiert. Er wird dann süss verlegen und wagt nicht, sich die Blösse zu geben, sie, die den Übernamen 008 trägt, um Rat zu fragen. Sie verteilt ihre Ratschläge, wenn sie notwendig sind, ungefragt. Meist vernimmt er die Botschaft und ändert sein Handeln ohne von ihr direkt ausgesprochene Anweisung. Dann ist Amanda Pfau jeweils stolz auf ihn, dass er ohne ausufernde Belehrungen ihrerseits oder ausufernde Erklärungen seinerseits Vernunft annimmt. Ausser heute Abend.

Amanda Pfau fragt sich, was sie diesmal falsch gemacht hat, dass er gegen ihre Seufzer, Grimassen und Zwischenbemerkungen immun gewesen ist. Entweder ist er frisch verliebt und daher unkonzentriert oder, was sie eher nicht vermutet, er hat den Narren am jungen Blum gefressen, der auf einem hübschen Körper ein hübsches Frätzchen spazieren führt. Es könnte, bedenkt Amanda Pfau, auch sein, dass sie mit ihrem Wissen über die Verkommenheit der Welt einen Vorsprung hat, den ein junger Mensch nicht aufzuholen vermag.

Dieser Samstagabend hatte ungewohnt angefangen. Amanda Pfau hat nächste Woche Ferien. Sie reist erst am Sonntag nach Abano. Ihr Koffer ist bereits gepackt und steht im Korridor des Hauses. Am Freitag war sie im Büro nicht mehr dazugekommen, alles so zu erledigen, wie sie es sich gewohnt ist. Sie entschliesst sich, weil sie sonst nichts vorhat, am Samstagnachmittag ins Büro zu gehen. Sie will das Dringendste für Doktor Pfister, ihren Chef, erledigen. Ein junger Staatsanwalt, Doktor Lüscher, den sie mag, weil er knackig aussieht und sehr nett ist, hat Bereitschaftsdienst auf der Staatsanwaltschaft. Amanda Pfau bekommt mit, wie der Polizist, der bei Doktor Lüscher als Protokollführer im Bereitschaftsdienst eingeteilt ist, sich kurzfristig telefonisch krankheitshalber abmeldet. Amanda Pfau bietet Doktor Lüscher, der in arger Verlegenheit ist und nicht richtig weiss, was er tun soll, an, für den erkrankten Polizisten einzuspringen.

„Es ist mir nicht recht, dass sie … Umgekehrt bin ich so froh, dass gerade sie, Frau Pfau, die sie den ganzen Laden aus dem FF kennen … Dies ist ja erst mein fünfter Bereitschaftsdienst. Da bin ich etwas unsicher."

„Werden wir schon hinkriegen, wir beide, Herr Staatsanwalt!"

„Sagen sie es mir unbedingt, Frau Pfau, wenn ich etwas falsch anpacke."

„Ganz diskret, Herr Staatsanwalt, dass niemand etwas davon mitbekommt."

Als Amanda Pfau ihre Dinge für Doktor Pfister erledigt hatte und gemeinsam mit Doktor Lüscher auf Anrufe wartet, die den Beginn eines Einsatzes ankündigen, packt Doktor Lüscher ein Schinkensandwich aus. Amanda Pfau wird sich bewusst, dass sie noch nichts gegessen hat. Doktor Lüscher bietet ihr zwar die Hälfte seines Schinkensandwiches an, doch darauf verspürt sie keine Lust. Mit einem Blick auf ihre Armbanduhr vergewissert sie sich, dass erst Sieben ist. Aus Erfahrung weiss sie, dass die Anrufe in der Regel erst ab Acht kommen. Sie erklärt Doktor Lüscher, sie werde noch kurz etwas frische Luft schnappen.

Am Stauffacher schaut sie sich das Angebot der verschiedenen Fastfood-Restaurants an. Eine Falafel hat sie noch nie gegessen. Es reizt sie, etwas Neues zu versuchen. Weil sie möglichst rasch wieder auf der Staatsanwaltschaft sein will, beginnt sie, was sie sonst nie macht, die Falafel unterwegs bereits zu essen.

> *Street Art wird oftmals als Gegenkultur diskutiert. Sie wurde jedoch in den letzten Jahrzehnten immer stärker vom Mainstream aufgenommen und gilt heute schliesslich als eine der verbreitetsten Kunstpraktiken. Möglicherweise ist Street Art die angemessene Form von Protest im gegenwärtigen Zeitalter scheinbar freier Meinungsäusserung.*
>
> *Catherine Eisendle und Roman Leu, NO(W)HERE*. URBAN ART EXPO, Informationsblatt zur Ausstellung in der Starkart Exhibitions Zürich vom 21. Februar bis 30. März 2014*

Sie beisst in die Falafel. Sie quetscht mit ihrem Biss aus Seitenrissen der Teighülle Teilchen der Füllung heraus. Diese schlieren und fallen auf den Asphalt. Ihre Kleckerei ist ihr peinlich. Sonst ist sie eine ordentliche Person. Vor der Gefahr, mit den fallenden Kichererbsen und den langgezogenen Tropfen schmieriger Paste ihre Jacke zu bekleckern, rettet sie sich durch intuitives Vorbeugen von Kopf und Schultern, streckt ihre Arme nach vorne und verlangsamt ihren Schritt. Sie fasst sich wieder. Hebt ihren Blick. Betrachtet den Zustand der Falafel in ihrer Hand. Ihr Blick wird abgelenkt. Magisch angezogen von grell farbigen Schmierereien auf einer hellgelben Hauswand. Intuitiv bleibt sie stehen. Sie erstarrt und ist empört.

Die Frechheit dieser Schmierfinken, denen nichts heilig ist.

Sie setzt sich wieder in Bewegung. Sie zwingt sich zu gemächlichem Schlendern, um im Gehen die Falafel ohne Kleckern zu Ende zu essen, bevor sie das Gebäude der Staatsanwaltschaft erreicht. Sie koordiniert die Falafel, die sie in der Hand hält, mit ihren Bissen, die sie sorgfältig in die Falafel platziert, und ihrem Schlendergang, der ihrer Natur widerspricht. Bei dieser Konzentration auf Nebensächliches kommt sie sich blöd vor. Intuitiv wirft sie Sperberblicke nach links und rechts. Sie ist inzwischen auf der Höhe des Volkshauses angekommen. Sie lässt ihren Blick der Hauswand entlangwandern. Sie nimmt vage den Aushangkasten des Volkshauses wahr, ein Metallrechteck mit dem Aushang hinter Glas. Sie stellt sich ruhig vor den Aushangkasten und gibt vor, den Aushang zu lesen, schielt kurz nach links und rechts, während sie die letzten Bissen der Falafel in sich reindrückt. Dabei nimmt sie am Rand ihres Blickfeldes wahr, dass Leute ins Volkshaus strömen. Aus Neugierde, liest sie das Plakat im Aushang. Zwischen zwei Bissen schnauft Amanda Pfau tüchtig ein. Sie erfährt, dass diesen Abend im Volkshaus der SP-Plausch stattfindet. Wider Willen blitzen höhnische Gedanken auf.

Die Linke war das mit allen möglichen ideologischen Drogen vollgedröhnte Groupie des

*Weltgeists, und es ging nicht um Realpolitik,
sondern um exaltierte Analyse und diskursiven
Exzess als Lebensform.*

*Milo Rau, Was tun? Kritik der postmodernen
Vernunft, Kein & Aber 2013, Seite 17*

Der SP-Plausch der roten Köpfe, denkt Amanda
Pfau, während sie vorgibt, in die Lektüre des Plakats vertieft
zu sein. Sie versagt es sich, sich genüsslich an allen
Widersprüchen der SP und ihrer Genossinnen und Genossen
zu weiden. Sie will sich den Genuss bei den letzten Bissen der
Falafel nicht verderben. Sich gedanklich vom Spott über die
SP verabschiedend, landet sie unwillkürlich bei ihren eigenen
Erinnerungen. Wie es zu ihrer Parteizugehörigkeit
gekommen war. Wie die Partei der notwendige Steigbügel
für ihr Fortkommen gewesen war.

Amanda Pfaus Wurzeln sind gewöhnlich. Ihr
Vater war Arbeiter gewesen. Er hätschelte seinen
Arbeiterstolz. Der anständige Mensch arbeite im Schweisse
seines Angesichts, um bescheiden zu überleben.
Bescheidenheit sei eine Zier. Schliesslich hätten sie alles, was
sie brauchten. Verrückte Ideen seien des Teufels. Genau so
wie Politik, Parteien und unverdienter Reichtum, die die
gefügte Ordnung durcheinanderbringen. Amanda Pfau hatte
damals geträumt, dass ihr wahrer Vater, ein mächtiger Fürst,
sie hole und in das ihr gebührende Dasein einer Prinzessin in
ein Schloss im Süden führe, wo ein Prinz sie wachküsse und
ihr allen Reichtum dieser Welt beschere.

In der Wirklichkeit angekommen, erkämpfte
Amanda Pfau sich von ihren Eltern das Recht, eine
Handelsschule zu besuchen. Dort träumte sie, möglichst

rasch auf eigenen Beinen zu stehen und die beengenden Verhältnisse zu überwinden. Nach Beendigung ihrer Ausbildung arbeitet sie als Chefsekretärin einer Lackfabrik in der Agglomeration. Sie verdient das Doppelte ihres Vaters. Sie gibt einen guten Teil ihres Lohnes zu Hause als Kostgeld ab. Der Patron der Lackfabrik macht sich an sie ran. Sie findet es amüsant, ein Verhältnis mit einem verheirateten Mann zu haben, bei dem sie lernt, Champagner zu trinken.

Amanda Pfau lernt den Bruder ihrer Freundin Anita kennen. Er studiert Wirtschaftswissenschaften und lädt sie anlässlich seiner Beförderung zum Leutnant an den Offiziersball ins Dolder ein. Amanda Pfau fühlt sich im siebenten Himmel. Endlich wird sie frei atmen können. Sie betritt zum ersten Mal die Modelia an der Bahnhofstrasse und wählt sich in der Abteilung der Abendkleider ein preiswertes, doch kleidsames langes Abendkleid aus. Amanda Pfaus Mutter ist entsetzt, dass ihre Tochter sich nicht schämt, sich in einem solchen Kleid in der Öffentlichkeit zu zeigen. Amanda Pfau verschweigt ihrer Mutter, dass sie sich von der Mutter ihrer Freundin Helen eine passende Nerzstola ausleiht. Anitas Bruder holt Amanda Pfau im giftgrünen Mercedes 180 seiner Eltern ab. Sie ist geblendet von der Offiziersuniform und der guten Figur, die Anitas Bruder darin macht. Als sie mitten in der Ballnacht Anitas Bruder vorschlägt, sie könnten im Park spazieren gehen, und als sie dort Anstalten trifft, ihn zu vernaschen, stösst Anitas Bruder Amanda Pfau heftig von sich. Ein derart ausgeschämtes Verhalten hätte er von ihr nie erwartet. Sie sei die Frau seiner Träume. Er werde bei ihren Eltern um ihre Hand anhalten. Bevor sie verheiratet seien, werde er das Letzte von ihr nicht fordern. Ihre Ehre stehe für ihn über allem. Amanda Pfau begreift, dass sie mit ihm darüber nicht diskutieren soll. Aus Solidarität zu ihm, doch mit Bedauern beendet sie das intime Verhältnis zu ihrem Chef.

Als Chefsekretärin hat Amanda Pfau die Anrufe für ihren Chef entgegenzunehmen und ist es gewohnt, mit erfolgreichen, bekannten oder gar berühmten Männern zu reden, zu scherzen und mit ihnen ein wenig vertraut zu sein. Amanda Pfau macht sich keine Illusionen. Für diese Herren ist sie die kleine Tipse, deren Name sie nicht memorieren. Ihr Schnuppern an der Welt der Grossen täuscht sie nicht über die Tatsache hinweg, dass sie ausgeschlossen und nicht in der Lage ist, die Grenze vom äusseren in den inneren Kreis zu überschreiten. Ihre Fahrkarte in die bessere Gesellschaft ist der Plan der Heirat mit Anitas Bruder.

Mit einem Rechtsanwalt einer der, wie sie herausfindet, renommiertesten Anwaltskanzleien nicht nur der Stadt, aber des Landes, versteht sie sich am Telefon prächtig. Er scheint ihre geistreichen Bemerkungen zu mögen und hat es nie eilig, mit ihrem Chef verbunden zu werden. Sie weiss, dass sie nichts zu verlieren hat. Sie fasst sich ein Herz und fragt diesen Rechtsanwalt, ob allenfalls in seiner Kanzlei eine Stelle als Sekretärin frei wäre. Der Rechtsanwalt ist begeistert.

Lohn- und prestigemässig verbessert Amanda Pfau sich durch den Wechsel in die schicke Anwaltskanzlei. Der Rest entpuppt sich als harte Schule des Lebens. Sie ist und bleibt sich selbst. Bloss die Feinde, die die Umstände ihr bescheren und sie bekämpfen will, wechseln. Die schöne Vorstellung vom grossen Glück zerschellt an den Gegebenheiten. Selbst wenn das Bild, in dem sie steckt, harmonisch scheint und viele sie beneiden. Sie ist und bleibt das kleine Rädchen im Getriebe. Sie erkennt, dass sie bloss einen kleinen Ausschnitt der Welt durchschauen kann. Zwar hat sie im Rahmen des Sekretariats Führungsfunktionen, doch wird ihr von Kleidung, über Frisur bis hin zu den Parfüms alles vorgeschrieben und vom Arbeitgeber auch bezahlt. Ihre Aufgabe ist, den Klientinnen und Klienten aus aller Welt den Eindruck von Pflichtbewusstsein, Fleiss und Glamour zu vermitteln, ohne an echtem Glamour teilzuhaben. Amanda Pfau spürt, wie sie von ihren Chefs, die alle ausnehmend höflich sind und sie mit Geschenken von Pralinen über Hermès-Foulards bis hin zu Chanel 5 überschütten, als Nummer behandelt wird und so lange scheinbare Königin sein darf, bis – aus der Sicht der Herren – ihr Putz abblättert.

Anitas Bruder ist unheimlich stolz auf den beruflichen Erfolg seiner Freundin und bietet überall herum, wie Amanda Pfau es aus eigener Kraft, mit starkem Willen und Fleiss, aus dem Arbeiterquartier an die Bahnhofstrasse geschafft hat. Amanda Pfau lässt ihn reden und überlegt sich, dass sie an dieser Stelle so viel lernt, dass sie unbedingt durchhalten muss.

Ermutigt und befreit durch ihren beruflichen Erfolg und begierig, neben dem Roboterjob und dem allzu sehr geplanten Verhältnis mit Anitas Bruder etwas Kitzelndes zu erleben, sucht sie Abenteuer. Meist in Begleitung von Anita. Anitas Bruder lässt dazu scherzhaft fallen, solange du mit Anita ausgehst, brauche ich nicht eifersüchtig zu sein.

Amanda Pfau überredet Anita, mal etwas ganz Schräges zu unternehmen. Sie habe mitbekommen, dass an der Weststrasse eine unbewilligte Demonstration der RML stattfinde, um halb Sechs. „Mitten im Feierabendverkehr. Es wird ein Chaos geben."

„RML. Verstehst du, Anita, Revolutionäre Marxistische Liga. So etwas muss ich einmal gesehen haben. Ich muss mir Rechenschaft darüber geben, was auf der Welt läuft. Aus reiner Neugierde. Es wird ein Riesenspass sein. Wenn meine Chefs wüssten, was ich treibe! Aber Obacht, schön immer auf der richtigen Seite bleiben! Polizei ist überall und wir wollen nicht in Schwierigkeiten kommen!"

Weder Amanda Pfau noch Anita wissen, wie eine unbewilligte Demonstration abläuft. Sie stellen sich einen Umzug durch die Weststrasse vor. Wo sie sich eine Zeitlang an den Strassenrand stellen und sich über die seltsamen Gestalten amüsieren. Um sich danach gemütlich in einer Bar einen Drink zu genehmigen.

Es ist kein Umzug auf der Weststrasse. Es ist ein Menschenauflauf. Stehender Verkehr. Gehupe. Amanda Pfau und Anita kriegen nicht mit, was am Ort des Geschehens abgeht. Sie drängen sich vor. Eine Rauchwolke. Es stinkt fürchterlich. Wie sie im vordersten Kreis der Umstehenden ankommen, sehen sie, wie quer über die Strassenkreuzung eine brennende Barrikade aufgebaut ist. Gestalten huschen hin und her. Werfen weitere Autoreifen auf die brennende Barrikade. Das Bild, das sich Amanda Pfau bietet, ist absurd. Die Polizei hält sich in sicherem Abstand, weit hinter den Reihen der Zuschauer, steht abwartend um ihre Fahrzeuge herum. Beobachtet die Situation. Viele Fotografen sind da. Fröhliche Jungs und Mädels nähren das Feuer mit immer neu herangeschleppten Autoreifen: ein Volksfest!

Ein Traum von einem wilden Kerl hält kurz beim Vorüberrennen vor Amanda Pfau an. Sieht ihr in die Augen. Sie ist wie vom Blitz getroffen. Er fordert sie atemlos auf, zu helfen Autoreifen auf das Feuer zu werfen. Er packt sie am Arm, zieht sie mit in den Hinterhof, wo Autoreifen lagern. Sie schleppen mehrmals Autoreifen aus dem Hinterhof zur brennenden Strassenbarrikade.

Der Traum von einem wilden Kerl stellt sich als Pankraz Pius Pfau heraus, kurz PPP genannt. Amanda Pfau übernachtet in der WG von PPP in einer besetzten Liegenschaft. Sie ist hin und weg von ihrem neuen Doppelleben. Sie freut sich selbst über die Schwangerschaft. PPP dreht beinahe durch vor Freude. Er erklärt den – noch ungeborenen – Sohn zum Sieg der Liebe und der Revolution über die unerträglichen Verhältnisse. Amanda Pfau erhebt Einspruch. Ihr Bauchgefühl sage ihr, sie trage eine Tochter unter ihrem Herzen. PPP beharrt darauf, sein Bauchgefühl sage ihm, er habe einen Sohn gezeugt. Und morgen werde er einen Baum pflanzen. Eine Eibe. Mit Anitas Bruder macht sie Schluss. Endlich lebt sie frei und glücklich, braucht nicht länger Träumen nachzuhängen. Durch ihre Heirat mit PPP wird Amanda Pfau erst richtig zu Amanda Pfau. Sie behält diesen Namen selbst nach der Scheidung von PPP.

Erst vor der Hochzeit bekommt Amanda Pfau mit, dass PPP aus begütertem Elternhaus stammt. PPPs Eltern, die selber eine Villa am Toblerplatz mit eigenem Schwimmbad und eigenem Tennisplatz bewohnen, wollen dem Brautpaar eine Villa in einem Park mit Seeanstoss in Zollikon schenken. PPP ist entsetzt. Er weist dieses Ansinnen beleidigt von sich. Er sagt, er wäre allenfalls bereit, eines der Arbeiterhäuschen in Aussersihl als Geschenk anzunehmen. Amanda Pfau hält sich aus dem Streit raus. Eine Villa hätte sie überfordert. Das ‚kleine Arbeiterhäuschen' erscheint ihr als Luxus, den sie gerne geniessen würde. Das Arbeiterhäuschen in Aussersihl wird Wirklichkeit. Amanda Pfau fühlt sich im siebenten Himmel. Der Sohn wird geboren. Nach PPPs Wunsch erhält er den Namen Sergej, nach Eisenstein. PPP studiert weiter Architektur. Amanda Pfau arbeitet weiterhin als Chefsekretärin auf der renommierten Anwaltskanzlei. PPPs Eltern können sich nicht vorstellen, dass die junge Familie vom bescheidenen Lohn Amanda Pfaus als ‚Sekretärin' leben kann. Sie überweist Amanda Pfau monatlich einen erklecklichen Betrag auf ein eigens auf ihren Namen errichtetes Konto. PPPs Oma findet, selbst ein Arbeiterhäuschen müsse geschmückt werden und schenkt Amanda Pfau als persönliches Geschenk an sie aus ihrem Kunst-Fundus je ein Bild von van Gogh, Toulouse-Lautrec, Goya, Ensor und Schiele und ein Triptychon von Francis Bacon. PPP ist mit seinen Studien und seiner Revolution beschäftigt. Er ist Kunst in seinem direkten Umfeld gewohnt. Er nimmt die neuen Prachtsbilder in seinem Heim nicht zur Kenntnis.

Amanda Pfau ist eine ehrliche Haut und will unbedingt Zoff mit den Behörden vermeiden. Sie lässt die Bilder schätzen und führt sie als ihr Frauengut in der Steuererklärung auf. PPP bemerkt es nicht, weil sie die Finanzen für die Familie erledigt. Amanda Pfaus Eltern sind entsetzt über die Bilder und schimpfen sie tüchtig aus, dass sie obszöne Bilder aufhänge. Es sei eine Schande. Die Rahmen seien eine Zierde für „'deine Villa', doch diese Bilder!!!"

Nachdem PPP sein Architekturstudium beendet hat, doktoriert er über Semper. Nebenher organisiert er für alternative Künstlerinnen und Künstler Ausstellungen in Abbrucharealen. Er rutscht in die Rolle eines trendigen Galeristen, macht viel Geld, was ihn weiter nicht interessiert. Er investiert das Selbstverdiente in weitere Projekte, die wiederum erfolgreich sind. Dabei kommt ihm nie der Gedanke, aus seinem Geld etwas an den Unterhalt der Familie beizutragen. Amanda Pfau wundert sich, wie ein Mensch sich aus Geld tatsächlich nichts machen kann. Von Sergej schiesst er unaufhörlich Bilder, schenkt ihm Papier, Farbstifte und Malfarben, kaum beginnt der Kleine zu kritzeln. Im Übrigen ist PPP froh, dass Amanda Pfau sich so toll um seinen Sohn kümmert. Wie Amanda Pfau dies neben ihrer Arbeit schafft, kümmert ihn nicht.

Eines schönen Tages schleppt PPP einen jungen, vielversprechenden Künstler aus Chile an. Im Laufe des Abends fragt PPP Amanda Pfau, ob sie etwas gegen einen flotten Dreier mit dem jungen Chilenen habe. Der junge Chilene gefällt ihr. Zudem ist sie für neue Erfahrungen offen. Sie erklärt freudig ihr Einverständnis. PPP küsst sie und sagt, wie stolz er auf sein Weibchen sei. Beim Dreier ist Amanda Pfau vorerst im Zentrum. Sie geniesst die Zärtlichkeiten beider Männer. Nach und nach bemerkt sie jedoch, wie PPP sich auffällig mit dem jungen Chilenen beschäftigt und ausschliesslich an ihm rummacht. Zum Schluss treiben die beiden Männer es zusammen. Sie schaut interessiert zu. Danach stellt sie lachend fest, man hätte echt vermuten können, sie beide seien schwul. Der junge Chilene grinst. Als Mann für Frauen müsse er wissen, wie es sich anfühle, von einem Mann gefickt zu werden. Er nähert sich noch einmal Amanda Pfau und liebt sie mit wunderbarem

Einfühlungsvermögen. PPP holt derweil frische Getränke. Er wartet, bis Amanda Pfau und der junge Chilene fertig sind und bietet ihnen beiden dann die Getränke an.

Kaum ist der junge Chilene weg, überhäuft PPP Amanda Pfau mit Vorwürfen. Der junge Chilene sei bestimmt schockiert über die Bemerkung, die sie gemacht habe. Amanda Pfau stutzt. Sie fragt PPP, ob er ein Problem mit dem Reden über Sex habe. PPP verneint spöttisch.

„Wie ist es eigentlich, wenn zwei Männer", beginnt Amanda Pfau, doch PPP unterbricht sie sogleich.

„Willst du behaupten, ich bin schwul?!"

„Und, bist du schwul?"

Anstatt Amanda Pfaus Frage zu beantworten, schreit PPP Amanda Pfau wie von Sinnen an. Ihre Unterstellung sei unerhört. Sie versucht ihn zu besänftigen. Es gelingt ihr nicht. Er schreit weiter, verlässt dann aber abrupt das Zimmer, das Haus und taucht nicht wieder auf.

PPPs Eltern werden auf ihrer Fazenda in Paranà, wo sie jeweils den Monat April verbringen, ermordet. PPPs Oma bringt sich um, als bei ihr Krebs diagnostiziert wird. Amanda Pfau wird sowohl von PPPs Eltern als auch von PPPs Oma grosszügig bedacht, abgesehen davon, dass Sergej, der nun Sergio heisst, den grössten Teil der gross- und urgrosselterlichen Erbschaft erhält. Die Tatsache, dass PPP sich aus dem Staub gemacht hat und nicht einmal mehr nach Sergio fragt, verletzt Amanda Pfau zu tiefst. Die Scheidung ist eine Formalität. PPPs Anwalt erledigt alles.

Amanda Pfau erkennt, dass bei dieser Wendung der Dinge Protest und Selbstmitleid Energieverschwendung sind. PPP ist für sie gestorben. Der Boulevardpresse entnimmt sie, dass PPP inzwischen mit einer hübschen Blondine, einer amerikanischen Schauspielerin, verheiratet ist, zwei kleine Kinder hat und vorwiegend in Malibu und auf Paros lebt.

PPPs Zürcher Anwalt organisiert einmal ein Treffen von Sergio mit PPP und seiner neuen Familie in Ascona. Amanda Pfau bringt den damals sechsjährigen Sergio zum Flughafen, wo er von einer Crossair-Angestellten in Empfang genommen wird, um in den Tessin zu fliegen. Es ist verabredet, dass Amanda Pfau Sergio zwei Tage später wieder auf dem Flughafen in Empfang nehmen kann. Kaum hat sie Sergio abgeliefert und ist nach Einkäufen und einem Kinobesuch zu Hause, klingelt das Telefon und PPPs Anwalt teilt Amanda Pfau mit, der Junge könne am selben Abend um zehn Uhr fünfzehn wieder auf dem Flughafen abgeholt werden. Der Anwalt gibt vor, nicht zu wissen, wie es zu dieser Programmänderung gekommen sei. Sergio ist zugeknöpft. Er erzählt, wie spannend der Flug gewesen ist und dass er zum Piloten ins Cockpit habe gehen dürfen. Will unbedingt Pilot werden. Auf die Frage, weshalb er vorzeitig zurückgekehrt sei, zuckt er mit den Schultern.

Als Sergio mit Leo in seinem Zimmer Playmobil spielt, kann Amanda Pfau ein Gespräch der beiden belauschen. Sergio erzählt. Leo kommentiert.

„Der Papi hat ein neues Mami. Geschminkt wie ein Clown im Zirkus. Stinkt ekelhaft. Sagt zu mir, ‚kool miii Maami'. Kommt auf mich zu. Will mich packen. Küssen. Ekelhaft. Ich packe ihren Arm und beisse ganz fest in ihre Hand. Sie kreischt und geht zu Papi. Papi knallt mir eine Ohrfeige. Und dann darf ich wieder nach Hause."

Nach der Episode PPP stellt Amanda Pfau nüchtern fest, dass sie ihren Prinzessinnentraum, der im locker geträumten Traum eitel Wonne gewesen war, gehabt hat. Dass das wahre Leben mit traumhaft scheinenden Zufällen einen bitteren Nachgeschmack hinterlässt. Sie bleibt Amanda Pfau, die sie immer war. Um etliche Erfahrungen reicher. Sie weiss, sie muss ihr Leben in die eigenen Hände nehmen. Die passagere Verbindung mit den Schönen und Reichen dieser Welt hat ihr ausser einem beträchtlichen Vermögen, das ihr gleichgültig ist, nichts gebracht. In der renommierten Anwaltskanzlei ist sie nach wie vor der hübsche Roboter, der nickt, lächelt und scherzt und vor allem schön auszusehen hat. Auf die Arbeit will sie nicht verzichten, obwohl sie von ihrem Vermögen leben könnte. Etwas müsse sich ändern, nimmt sie sich vor. Das Umfeld von PPP hatte sie fasziniert. PPPs bürgerliche Eltern. Auch PPPs Freunde von der SP oder extrem linken Gruppierungen. Sie erkennt eine Parteizugehörigkeit als möglichen oder notwendigen Steigbügel fürs eigene Fortkommen.

Ihre Eltern hatten in ihrem Kampf ums tägliche Überleben keine Zeit für Politik und Parteien gefunden. PPPs Familie lebte abgehoben. PPP und seine Freunde reden von der notwendigen Wendung der Dinge und beschwören Utopien herauf, ohne einen Finger zu rühren. Bei ihren Chefs, den heeren Herren Rechtsanwälten, beobachtet sie, wie sie über Gesellschaften und Vereine vernetzt sind. Bei ihrer bescheidenen Herkunft ist Amanda Pfau kein Netzwerk automatisch zugefallen. Sie muss sich selber eines schaffen. Sie kauft sich ein Kleid von Akris samt dazu passendem Mantel und dockt bei den freisinnigen Frauen an.

Dort lernt sie endlich Frauen kennen, die ähnlich denken wie sie. Sie liebt es, sich Gedanken über politische Themen zu machen, zu debattieren. Hier ist sie in ihrem Element und kann ihr Potenzial zeigen. Ihre leise Hoffnung aber, dass sie hier Anschluss oder gar Freundinnen finden würde, verpufft bald. Sie erkennt, dass einige Frauen aus einfachen Verhältnissen, genau so wie sie, hier auf der Suche nach lohnenden Verbindungen für einen sozialen Aufstieg sind. Die Frauen aber, die aus bürgerlichen Verhältnissen stammen, sind zwar in den Debatten freundlich und offen, schotten sich aber, sobald es über Sachfragen hinaus geht, ab und bilden einen eigenen Kreis. Sie verkehren gesellschaftlich strikte untereinander. Wer nicht dazu gehört, ist ausgeschlossen.

Eine der ‚Damen' bei den freisinnigen Frauen ist Elfi Blum, eine an sich unkomplizierte, sympathische Frau, unwesentlich jünger als Amanda Pfau. Amanda Pfau erinnert sich düster, dass ihre Eltern vor Urzeiten einen Psychiater namens Blum aufgesucht hatten, weil, wie die Mutter damals vorgeschoben hatte, der Vater verrückte Ideen habe und davon kuriert werden müsse. Elfi Blum bestätigte, dass ihr Schwiegervater Psychiater im Aargau gewesen sei. Amanda Pfau staunt. Sie findet es im Nachhinein typisch, dass ihre Eltern sich geniert hatten, einen Arzt, dazu einen Psychiater, in der eigenen Stadt aufzusuchen, wo Bekannte sie beim Betreten der Praxis hätten beobachten können. Zudem war Amanda Pfau bereits damals überzeugt gewesen, dass die Eltern einen Psychiater nicht wegen Vaters, aber wegen ihrer, wie die Eltern fest überzeugt waren, verrückten Ideen aufsuchten. Sie hielten ihre Tochter, die sich weigerte eine Coiffeusen-Lehre anzutreten, aber unbedingt eine Handelsschule besuchen wollte, für verrückt.

In der Kreispartei trifft Amanda Pfau auch Männer. Gemischte Gremien, merkt sie bald, sind eher ihr Ding, als geschlechtsspezifische Organisationen. Sie hätte einige Gelegenheiten zu Abenteuern gehabt. Darauf jedoch ist sie nicht erpicht. Wenn für politische Ämter Kandidatinnen als Quotenfrauen gesucht werden, stehen unter den Töchtern, Nichten, Schwestern und Ehefrauen der bewährten Parteimitglieder genügend Frauen zur Verfügung, die meist studiert haben oder zumindest noch mit Akademikern verheiratet sind. Amanda Pfau stellt nüchtern fest, dass sie keine Chance hat, gegen diesen Dünkel und Filz anzukommen. Als Kandidatin für ein politisches Amt wird sie wohl nie aufgestellt werden. Sie weiss, Protest ist sinnlos. Man muss sich arrangieren und an dem freuen, was man hat. Amanda Pfau ist mit etlichen einflussreichen Männern und sogar mit Politikern auf Du und Du. Sie kennt Stadt-, Kantons-, National-, Stände und sogar einen Bundesrat persönlich. Auch die grauen Eminenzen der Parteien, wie Theo Güller, von Hüttental und sogar der Schaufelberger von den Roten. Es stört sie nicht, dass sie für diese Leute eine von Vielen ist und dass sie ihnen bei Begegnungen meist erst ihren Namen nennen muss. Die Meisten sind ihr gegenüber ausnehmend zuvorkommend und kameradschaftlich. Endlich gehört sie einem Netzwerk an, weiss aber noch nicht, wie sie es wird nutzen können.

Ein Regierungsrat, mit dem sie zufällig in Gesellschaft beisammensitzt, prahlt mit Gremien und Ausschüssen, in denen er den naiven Kolleginnen und Kollegen die Welt erklärt. Er macht sich scheinbar lustig darüber, wie alle Welt sich um ihn reisse und überzeugt sei, ohne seinen Rat zu verkommen. Nun müsse er strikte

Grenzen ziehen, um nicht ganz jeden Abend mit Wirtschaftskapitänen, Bundesräten, Königen und Präsidenten zu verplempern. Als dieser Regierungsrat sich kurz entschuldigt, um alleine dorthin zu gehen, wo selbst Könige alleine hingehen, raunt von Hüttental Amanda Pfau zu, der Schwätzer! Klebt mit seinen neunundsechzig Jahren an seinem Sessel fest, weil er genau weiss, sobald sein Rücktritt offiziell ist, reisst sich kein Schwein mehr um ihn. Dann ist er für die Mächtigen gestorben. Vor diesem Verlust der Position graut ihm. Die Angst vor der Leere.

Obwohl sie die Hoffnung auf eine eigene politische Karriere begraben hat, verbringt sie nach der Scheidung von PPP den grössten Teil ihrer Freizeit an Parteianlässen und politisiert nach Herzenslust in angenehmer Gesellschaft und lernt Einiges dabei.

Bei einem Umtrunk im Anschluss an eine Parteiveranstaltung fragt Otto Nünlist sie, ob sie mit diesem Pfau verwandt sei, der mit diesem amerikanischen Hollywoodstar verheiratet ist. Amanda Pfau erklärt lachend, sie habe keine Verwandten, sei auf sich selber gestellt und arbeite als Anwaltssekretärin. Otto Nünlist erkundigt sich nach ihrer Anwaltskanzlei. Er ist zu tiefst beeindruckt, als er ihr die Namen ihrer Chefs nennt. Sie steigt in seiner Achtung.
„Liebe Amanda, ich wusste nicht, dass du eine so wichtige Person bist.“

Amanda Pfau protestiert.
„Schade. Ich hatte bloss gedacht, ein Freund von mir, Läubli, Staatsanwalt, sucht eine kompetente Sachbearbeiterin. Doch bei deiner Bombenstelle wärst du ja

blöd, mit einer Beamtenstelle auf der Staatsanwaltschaft zu tauschen."

Über ihre gute Vernetzung in der Partei kommt Amanda Pfau zu ihrem Traumjob. Sachbearbeiterin auf der Staatsanwaltschaft. Sie kann endlich das Robotergehaben und das unterwürfige Zudienen in der renommierten Anwaltskanzlei hinter sich lassen. Sie schafft sich endlich einen eigenen Namen, die 008. Und eine Position, in der sie, nach Jahrzehnten zum anerkannten Fossil der Staatsanwaltschaft wird, an dem kein Weg vorüber führt.

Während Amanda Pfau ihren leeren Blick in den Aushangkasten an der Wand des Volkshauses gerichtet hat und am letzten Bissen der Falafel kaut, quellen diese Erinnerungen sprudelnd auf und, wieder gelandet im Hier und Jetzt, blitzt ihr kurz noch die Erinnerung an den Schmierfink wieder auf, der die Wand eines Nachbargebäudes verunstaltet hat. Sie fragt sich, ob sie diesen Schmierfink kennt. Ob er mit dem Angeschuldigten identisch ist, den sie nicht gerade hinter Schloss und Riegel gebracht, aber doch bewirkte hatte, dass er eine saftige Busse verpasst bekam, die in eine Haftstrafe umgewandelt wird, wenn er nicht bezahlt.

Doktor Pfister, der seit nunmehr drei Jahren ihr Chef ist, hatte sich schrecklich geärgert, dass ihm der Oberstaatsanwalt persönlich einen Bagatellfall, Sachbeschädigung durch Graffiti zugeteilt hatte. Er findet es unter seiner Würde, sich mit solchem Quatsch herumschlagen zu müssen. Amanda Pfau entschuldigt sich, dass sie ihm, ihrem Chef, hier wage zu widersprechen. Diese Wandschmierereien seien keine Bagatellfälle, aber ein

Phänomen, das zu wenig ernst genommen werde. Dieses Gespräch hatte in der Cafeteria der Staatsanwaltschaft stattgefunden. Immer mehr Staatsanwältinnen und Staatsanwälte gesellen sich zur Runde und es gelingt Amanda Pfau, eine Debatte auszulösen, die zum Schluss bewirkt, dass selbst Doktor Pfister sagt, er habe nie behauptet diese Wandschmierereien, die mit dem Begriff Graffiti gewissermassen verklärt würden, seien Bagatellen. Der Oberstaatsanwalt hätte ihm gegenüber diesen Fall des Schmierfinks als Bagatelle bezeichnet. Ihm sei schon immer klar gewesen, dass hier ein für allemal ein Exempel statuiert werden müsse, sonst werde dieses kindische Geschmiere Überhand nehmen. Wo käme man hin, wenn jeder protestierende und rebellierende Hitzkopf tun und lassen könnte, was ihm gerade passt! Ohne Respekt für das Eigentum anderer Leute. Ein junger Staatsanwalt wirft ein, die meisten Graffiti seien auf Betonmauern oder –wänden. Geduldet oder sogar erlaubt. Brächten etwas Farbe in das graue Dickicht des zubetonierten Stadtbilds.

Amanda Pfau wendet, immer noch vor dem Aushangkasten an der Wand des Volkshauses stehend, den letzten Bissen der Falafel kauend und Ausschau haltend, wo ein Abfallcontainer ist, um das Papier, in das die Falafel gehüllt war, zu entsorgen, ihren Blick in Richtung Eingang des Volkshauses und traut ihren Augen nicht. Und doch ist sie sich sicher, dass sie sich nicht täuscht. Die junge Frau, elegant im Kostüm, mit hochhackigen Schuhen, eine Aktentasche schwingend, die soeben das Volkshaus betritt, ist zweifellos Lucia Blum, die Tochter von Elfie Blum. Kein Zweifel. Sie musste, während Amanda Pfau scheinbar den Aushang studiert hatte, hinter ihr vorbei gegangen sein.

Lucia Blum kommt daher wie der Prototyp einer trendigen Bankerin in der Vollblüte ihrer Entfaltung, denkt Amanda Pfau. Dabei ist sie nicht Bankerin. Der Spruch, Kleider machen Leute, hat ausgedient. Dass Lucia Blum Co-Leiterin einer NGO von unverbesserlichen linken Weltverbesserern ist, stösst Amanda Pfau auf. Sie betritt nicht einen Finanztempel, selbst wenn das Gebäude imposant ist. Sie betritt das Volkshaus. Diese Brutstädte linken Gehabens. Diese strahlende junge Frau, die so nett sie ist, verrät, so überlegt Amanda Pfau, andauernd ihre Herkunft aus dem Bürgertum, das ihr diesen Lebensstil ermöglicht. Die bürgerliche Herkunft, seufzt Amanda Pfau, prägt das Erscheinungsbild, nicht die vertretenen Werte. Wie die Zeiten sich ändern. Das, was für sie, Amanda Pfau, zum Erstrebenswertesten gehört, wird von den Verwöhnten heute achtlos weggeworfen. Als sie Elfie Blum gegenüber einmal ihre Sorge geäussert hatte, dass Sergio ein Linker sein könnte, hatte diese sie bloss ausgelacht. Doktor von Hüttental hatte ihr gegenüber einmal bemerkt, „Amanda, du bist so erfrischend anders". Amanda Pfau hatte darauf nichts geantwortet. Sie will nicht anders sein. Sie will gleich sein und dazugehören.

Selten hatte Elfie Blum Amanda Pfau zu sich nach Hause eingeladen. Elfie Blum lebt ein bürgerliches Leben, ohne sich dessen bewusst zu sein. Für sie sind gute Gespräche, Theaterbesuche, Reisen ans andere Ende der Welt, der Einkauf bei Sprüngli, die renovationsbedürftige Louis XV-Kommode aus dem Familienfundus, die Bekanntschaft mit lebenden Malern und Schriftstellern, der Besuch des sündhaft teuren Restaurants Mesa, die Bahnfahrt in der ersten Klasse ebenso selbstverständlich wie das Essen im Cooperativo, eine Veranstaltung im Kanzleiareal oder die

Mitarbeit in einer Gassenküche als Freiwillige. Elfie Blum kennt keine Hemmungen, dorthin zu gehen, wonach sie gerade gelüstet. Sie ist sich gewohnt, dass die Welt ihr offen steht und alle Orte zugänglich sind. Diese Offenheit hat Elfie Blum von ihrem Elternhaus als selbstverständlich mitbekommen. Sie nimmt es als selbstverständlich hin.

Amanda Pfau stammt aus einer schweigsamen Familie, in der kein Wort zu viel gesagt wird. Wo es neben Vaters Arbeit, der Blasmusik, dem Kaninchenzüchterverband und dem Schrebergarten nichts gibt. Wo seltene Kirchenbesuche, Volksfeste, Vereinsveranstaltungen etwas Farbe in einen grauen Alltag bringen. Wo der Vater einen Freund hatte, mit dem er die Freizeit teilte und mit dem er angeln ging. Amanda Pfau kann sich nicht erinnern, dass ihre Mutter eine Freundin hatte. Sie unterhielt sich vorwiegend mit Nachbarinnen. Einladungen waren verpönt.

Amanda Pfaus Vater war Arbeiter in der Maschinenfabrik Oerlikon gewesen. Stolz darauf, ein Arbeiter zu sein: Hielt zeit seines Lebens ein regelmässiges Einkommen, so klein es auch sein mochte, für Wohlstand. Er hätte es nicht ertragen, dass die Mutter einer Arbeit ausser Hauses nachgegangen wäre, obwohl diese immer wieder sagte, wenn sie putzen ginge, könnten sie sich mehr leisten. Der Vater sah die Mutter dann traurig an und fragte sie, „genügt dir nicht, was ich dir bieten kann". Er befürchtete auch, dass die Leute zu tratschen beginnen, wenn die Mutter plötzlich einer Arbeit nachgehen muss. Wenn einer trinkt oder sonst ein Lotterleben führt, ja, dann muss die Frau, aber aus Not, einer Arbeit nachgehen. Es würde ihn bedrücken, falls über ihn hinten rum geredet wird, er trinke oder führe ein Lotterleben. Für ihn sei es das Schönste zu sehen, dass seine Frau nicht arbeiten müsse. Er habe in seiner Kindheit und Jugend gesehen, wie seine Eltern, sein Vater und seine Mutter, tagein tagaus, jeden Tag der Woche, ohne Unterlass, hätten schuften müssen, um ein kärglichstes Einkommen zu erzielen. Das Bauern sei kein Honigschlecken. Was er denn noch machen müsse, damit seine Frau zufrieden sei. Amanda Pfau kannte diese Diskussionen zur Genüge. Der Vater ging jeweils am Samstagnachmittag und Sonntag, später, als der ganze Samstag arbeitsfrei war, auch den ganzen Samstag auf dem Hof seiner Eltern helfen. Die Eltern nahmen es ihm schrecklich übel, dass er in die Fabrik arbeiten ging, hielten ihn für einen arbeitsscheuen Nichtsnutz und behandelten ihn wie den letzten Knecht, weil sie schrecklich beleidigt waren, dass er sich für etwas Mehrbesseres hielt und ihm das Bauern zu wenig ist. Der Hof der Grosseltern war, soweit Amanda Pfau sich erinnern kann, immer in einem schrecklichen Zustand. Als Kind fürchtete sie sich, auf den Hof ihrer Grosseltern zu gehen. Sie ekelte sich vor den Spinnweben und dem Schmutz. Als Kind weigerte sie sich, im seltsam riechenden und schmutzigen Haus ihrer Grosseltern zu essen. Im Nachhinein, jetzt, versteht Amanda Pfau, wie verletzt sich die Grosseltern durch die Verhaltensweise ihrer Enkelin gefühlt haben mussten. Sie reimt sich heute zusammen, dass die Grosseltern die Schuld am Verhalten ihrer einzigen Enkelin der Schwiegertochter in die Schuhe schoben.

Amanda Pfau war immer auf sich alleine gestellt. Sie musste selber schauen, wo sie blieb. Die Mutter war eine Waise gewesen mit phasenweise depressiven Verstimmungen. Erst als die Eltern zu trinken begannen, wurden sie gelöster und fröhlicher. Doch da hatte Amanda Pfau bereits ihr eigenes Leben. Als die Grosseltern starben, kurz nacheinander, berührte es sie kaum. Sie kümmerte sich auch nicht um die Formalitäten. Mutter und vor allem Vater trauerten sehr, was Amanda Pfau nicht verstehen konnte. Nachdem beide Eltern an einem Unfall gestorben waren, kümmerte Amanda Pfau sich um die Erbschaft. Zu ihrem Erstaunen hatten die Eltern ein riesiges Vermögen. Sie war immer davon ausgegangen, dass der grosselterliche Hof heillos überschuldet gewesen war. Die Felder und Wiesen waren Bauland geworden. Die Eltern hatten den geerbten grosselterlichen Hof mit grossem Gewinn verkauft. Amanda Pfau gegenüber nie ein Sterbenswörtchen über den Geldsegen verlauten lassen. Obwohl sie wussten, dass Amanda Pfau informiert ist. Die Eltern schenkten Amanda Pfau nie etwas von ihrem Geld. Amanda Pfau ist auf Geldgeschenke ihrer Eltern nicht angewiesen. Ihr ist unklar, ob ihre Eltern realisiert hatten, dass sie selber durch ihre Heirat mit PPP eine reiche Frau ist.

Elfie Blum hatte eine einzige Einladung von Amanda Pfau zu sich nach Hause angenommen. Amanda Pfau fragt Elfie Blum, ob sie Kaffee oder Tee möchte. Elfie Blum erklärt grinsend, um ehrlich zu sein, ihr wäre ein Whisky am Liebsten. „Mit Eiswürfeln, bitte." Amanda Pfau hätte es nicht gewagt Elfie Blum einen Whisky anzubieten. Ist über Whiskys beschlagen. Sie hat Single Malts entdeckt. Gefallen daran gefunden. Sie überrascht Elfie Blum mit einem Ben Riach 17 Years Septendecim. Elfie Blum mustert das Etikett misstrauisch. Nimmt sichtlich an, dass es sich bei diesem Produkt um ein Billigstangebot von Aldi oder Lidl handelt. Auf den van Gogh weisend, lächelt Elfie Blum und kommentiert, „Hübsch, hübsch". Amanda Pfau erkennt, dass Elfie Blum das Bild für eine Reproduktion hält. Amanda Pfau will den allfälligen Beginn einer Freundschaft nicht gefährden. Hält sich zurück und schweigt. Beim Abschied, damals, signalisiert Elfie Blum, dass sie einen lockeren Umgang mit ihr, Amanda Pfau sehr schätze. Amanda Pfau ergänzt im Stillen Elfie Blums Satz: die Nähe einer Freundschaft jedoch ablehne. Die Kunst, denkt Amanda Pfau, der wohlwollenden Herablassung.

Neulich hatte Amanda Pfau an einem Parteianlass Elfie Blum direkt gefragt, ob ihr gleichgültig sei, dass ihre Tochter bei dieser linken Organisation arbeite. Elfie Blum schaut Amanda Pfau belustigt an und schüttelt ihren Kopf. Amanda Pfau ist klar, dass Elfie Blums Kopfschütteln der Tatsache gilt, dass eine solche Frage gefragt wird. Nicht dem Inhalt der Frage.

Amanda Pfau hatte Elfie Blum in ihr Vertrauen gezogen, als sie ernsthaft befürchten musste, dass Sergio das Gymnasium schmeisst. Weil er zu allem bereit sei, das sein Freund Leo als Nächstes ankündige. Was sie, Amanda Pfau machen solle? Elfie Blum nimmt Amanda Pfau ernst und erklärt ihr, auch eine Lehre sei eine gute Basis für ein anständiges Leben.

Als Lucia Blums Beziehung zu Leo Keller bekannt geworden war, hatte Amanda Pfau es als ihre Pflicht angesehen, Elfie Blum zu warnen. Leo Keller sei zwar blitzgescheit, hübsch und charmant, doch ein Taugenichts, habe neben allem anderen bloss Flausen im Kopf, habe, dies im Vertrauen, Sprayereien gemacht und kiffe. Die Verhältnisse bei Kellers zu Hause seien eher chaotisch. Dem bürgerlichen Stil der Blums so ganz und gar nicht entsprechend. Lucia Blum laufe in ihr Unglück, wenn aus diesem Techtelmechtel etwas Ernsthaftes werde. Elfie Blum hatte bloss gegrinst und mit ihren Schultern gezuckt.

Amanda Pfau zerknüllt das Papier, in das die nun gegessene Falafel eingeschlagen war. Noch einmal wirft sie einen Blick auf den Aushang im Kasten an der Wand des Volkshauses, schnappt visuell das Wort ‚Grund' aus dem Text auf, schaut noch einmal genau hin, liest ‚Rebellen mit Grund' und denkt, aha! Lucia Blum will den Auftritt ihres Leo Keller als Sänger dieser Band nicht verpassen. Es beelendet sie zu sehen, dass Lucia Blum nicht nur nichts gegen das kindische Gehaben ihres Ehemannes hat, aber ihn darin unterstützt. Wohin treibt die Gesellschaft, denkt Amanda Pfau? Wenn mit einem Mal alles möglich ist und ein anständiges Leben nicht mehr das Ziel der jungen Leute ist.

Während Amanda Pfau weitergeht, am Eingang des Volkshauses vorüber, vergewissert sie sich mit einem Blick auf ihre Armbanduhr, dass erst knapp Acht ist, sie sich noch nicht zu beeilen braucht.

Angezogen durch die Erinnerung an Elfie Blums Unverständnis für Amanda Pfaus Sorge um Sergio, das Aufschnappen des Namens der ‚Rebellen mit Grund' und durch die Erinnerung an Leos Einfluss auf Sergio lebt Amanda Pfau beim Schlendern auf dem Gehsteig in Richtung Strassenkreuzung, wo Zebrastreifen und Lichtampeln zum Überqueren der Stauffacherstrasse sind, noch einmal ihre Ängste durch. Damals musste sie vermuten, dass Sergio mit Freunden, vor allem Leo, ein Schmierfink war, der mit Spraydosen nächtens Hauswände mit Graffiti verunstaltet.

Amanda Pfau hatte bemerkt, wie Sergio das Hotel Mamma nach Lust und Laune benutzte. Sie setzt ihm auseinander, dass sie beide im Grunde eine WG seien. In einer WG habe jeder seinen Beitrag zu leisten. Sie fordere von ihm herzlich wenig. Dass er zumindest sein Zimmer aufräume und sauber halte. Sergio mault herum, keift sie an, setzt ihr auseinander, dass er ein anderes Verständnis von Ordnung habe. Sie wirft ihm einen verächtlichen Blick zu.

Amanda Pfau ist es zu blöd, sich mit Sergio rumzustreiten. Ihre grösste Sorge ist, dass er ein ‚Schlufi‘ wird wie sein sauberer Herr Papa, PPP. In Sergios Abwesenheit putzt sie sein Zimmer und räumt tüchtig auf. Dabei stösst sie unbeabsichtigt in einem Stapel auf Fotos von Graffiti. Sie kann sich nicht vorstellen, dass ihr Sergio mit solchem Zeugs etwas am Hut hat. Sie will die Fotos wegschmeissen, weil zu viele Papiere rumliegen. In seiner Schludrigkeit häuft Sergio Dinge an, die er weder braucht, noch wirklich will. Beim Durchwühlen des Häufchens Fotos bleibt ihr Blick plötzlich kleben. Amanda Pfau hält die Luft an. Ihr wird heiss. Leo und Sergio, beide lachend, Spraydosen in die Luft haltend, vor einer schrecklichen Wandschmiererei. Sie kann nicht glauben, was sie sieht, und doch ist sie genügend realistisch. Tatsachen kann sie nicht wegmachen. Bestimmt hat Leo Sergio zu solchem Tun verführt. Über kurz oder lang wird Sergio als Sprayer erwischt werden. Wird für sein Tun bestraft werden. Wird als Krimineller abgestempelt sein. Wird wegen des schlechten Leumunds an der Uni nicht zugelassen. Sie nimmt die Fotos an sich. Verbrennt sie im Garten. Sie wird Sergio nicht auf seine Sprayereien ansprechen. Sergio erwähnt mit keinem Wort das Fehlen der Fotos. In seiner Abwesenheit durchsucht sie seine Sachen.

Findet keine Spraydosen. Sie fühlt sich wie auf einem Pulverfass. Nicht wissend, wann es losgehen wird.

Während Amanda Pfau in Gedanken versunken auf den Fussgängerstreifen beim Helvetiaplatz zuschlendert, kommt sie zum Schluss: Sergio und Leo waren nie, sind nie und werden nie zu trennen sein. Zum Glück macht ihr Sergio nicht mehr bei den kindischen ,Rebellen mit Grund' mit. Leo und Sergio hatten sich als Kleinkinder auf dem Spielplatz kennengelernt. Seither kleben sie aneinander. Schon blitzen Erinnerungen auf vom ersten Auftauchen Leos in Sergios Alltag.

Die Tagesmutter von Sergio hatte Amanda Pfau rapportiert, dass Sergio sich auf dem Kinderspielplatz mit einem niedlichen Jungen angefreundet habe. Ein kleiner Junge. Zum Anbeissen. Ein Putto mit blondem Lockenkopf. Frechem Grinsen. Etwas wild. Leo, so heisse der Junge, sei kleiner als Sergio, obwohl gleichaltrig. Leo werde jeweils von seiner Grossmutter, einer Frau Bilgeri, zum Spielplatz begleitet. Diese Frau Bilgeri sei sehr nett. Jammere jedoch ständig über ihre Tochter, eine Lyrikerin, die mit dem Kind überfordert sei, und über ihren Schwiegersohn, einen Architekten, der sich mit kleinen Aufträgen über Wasser halte und sich unbedingt als Maler selbstverwirklichen wolle.

Sergio und Leo sind bald unzertrennlich, besuchen die gleichen Schulen, studieren Wirtschaftswissenschaften. Im Grunde ist Amanda Pfau mächtig stolz auf ihren Sergio, der zu einem hübschen jungen Mann heranwächst. Hübscher noch als PPP je gewesen war, als sie sich in ihn verliebt hatte. Sie will unbedingt nicht, dass Sergio merkt, wie stolz sie auf ihn ist. Nicht geheuer ist ihr Sergios Freundschaft mit Leo.

Leo schaut selbst als junger Mann noch wie ein Junge aus, bleibt zum Anbeissen niedlich, betört mit seinem Charme alle Leute. Erbringt überall glänzende Leistungen und stiftet Sergio zu Unfug an. Im Gegensatz zu Sergio ist Leo Keller ein Träumer. Hat ständig Flausen im Kopf. Verführt Sergio zu Ladendiebstählen und Schulschwänzen. Sergio behauptet zwar, dass nicht Leo schuld sei. Sie würden ihre Unternehmungen jeweils gemeinsam austüfteln. Amanda Pfau ist sicher, dass ihr Sergio viel zu brav ist, um Dinge zu tun, die nicht in Ordnung sind. Obwohl Sergio immer die gesamte Schuld am unrechten Tun auf sich nimmt, ist Amanda Pfau sicher, dass Leo der Anstifter und die treibende Kraft ist. Sie rechnet es ihrem Sergio hoch an, dass er seinen Freund in Schutz nimmt. An ihrer Stelle auf der Staatsanwaltschaft wird Amanda Pfau mit den Abgründen des Lebens konfrontiert. Erlebt gescheiterte Existenzen hautnah. Weiss auch aus den Lebensläufen, dass eine behütete Kindheit kein Garant für ein geglücktes Leben ist. Amanda Pfau ist überzeugt, dass Leo Sergio zum Sprayen verführt hat. Amanda Pfaus Interventionen bleiben erfolglos. Redet sie Sergio ins Gewissen, schaltet er auf stur und führt immer an, dass Leos Eltern, die Kellers, nichts dagegen hätten. Amanda Pfau trifft sich mehrmals mit Leos Eltern, den Kellers. Diese sind sehr nett, teilen aber die Bedenken Amanda Pfaus nicht. Sie halten die Jungs für äusserst kreativ und meinen lachend, Jungs müssten eben ihre Hörner abstossen. Amanda Pfau wagt nicht, Kellers gegenüber zu erwähnen, welche Angst sie hat, dass Leo Sergio zum Trinken und zum Drogenkonsum verführt. Amanda Pfau wünscht sich nichts sehnlicher, als dass Sergio ein anständiger Bürger wird, nicht ein Aufrührer und Revoluzzer.

Amanda Pfau kam einmal, vor über zehn Jahren, von ihrer Arbeit nach Hause. Sie hört vom Eingang her bereits, wie Leo Sergio im Befehlston anführt, „Los, los, mach vorwärts!". Als sie ihr Arbeitszimmer betritt, sieht sie den nackten Leo auf ihrem Schreibtisch vor dem Schiele Bild herumtoben und Verrenkungen ausführen, wie die Figuren auf dem Bild. Sergio ist dabei sich ebenfalls auszuziehen. Der siebenjährige Leo grinst Amanda Pfau an. Sie würden Bild spielen. Zuerst dieses hier, dann das andere. Dabei zeigt Leo auf das Francis Bacon-Triptychon. Er zeigt keine Spur von Scham, während Sergio schrecklich verlegen ist.

Amanda Pfau erkennt erst jetzt den obszönen Inhalt dieser Bilder. Darmentleerung, Masturbation, Protzen mit Nacktheit. Ihr schaudert. Sofort entfernt sie die Bilder. Verkauft sie bei Sotheby's. Löst dafür Geld, auf das sich ihr Bankberater mit Genuss stürzt. Sie lässt ihn gewähren.

Zur Zerstreuung und zur Weiterbildung besuchte Amanda Pfau am daseinsanalytischen Seminar einen Kurs, der ihr von einer Frau aus der freisinnigen Frauengruppe empfohlen worden war und der sie schrecklich langweilt. In den Pausen jedoch und beim Umtrunk nach den Vorlesungen lernt sie neue, interessante Leute kennen, die, wie sie bald herausfindet, wohlhabend und vernetzt mit Wirtschaftskapitänen sind. Diese Leute wissen immer das Neuste von der Wirtschaft und tauschen Börsentipps aus, die Amanda Pfau aufhorchen lassen. Sie verfolgt das Thema und bemerkt bald, dass ihr Bankberater hinterherhinkt und sie ihr Geld gewinnbringender anlegt, wenn sie die Tipps der Kursbesucherinnen und Kursbesucher vom daseinsanalytischen Seminar befolgt. Sie kündigt bei ihrer Bank den Vermögensverwaltungsvertrag und kümmert sich selber um ihr Wertschriftendepot. Der Vermögensgewinn ist ihr egal. Sie will sich nicht als dumm verkaufen lassen vom Vermögensberater ihrer Bank.

> *Erfolg als emotionale Mobilmachung, Enthemmung, freier Flug über alle Hindernisse hinweg, und zu diesen Hindernissen gehören, selbstverständlich, auch die Gesetze und moralischen Alltagsskrupel.*
>
> *Jens Jessen, Verkäufer der Hölle. Martin Scorseses Film ,Wolf of Wallstreet' feiert das Leben des betrügerischen Börsenmaklers Jordan Belfort als hemmungslose Party. Amerikanische Kritiker vermissen die Moral. Zu Recht?, DIE ZEIT Nr. 4 vom 16. Januar 2014, Feuilleton, Seite 47*

Leo beliefert Sergio mit CDs. Amanda Pfau ist allergisch auf das Gewumme und Geschepper dieser Musik. Sie weiss, dass sie gegen Leo mit einem Verbot nicht ankommen kann. Sie lässt sich in einem Plattengeschäft beraten und schenkt Sergio CDs der Beatles, der Rolling Stones. Sergio bedankt sich höflich, lässt die CDs herumliegen. Hört weiterhin die Musik, mit der Leo ihn eindeckt.

Sergio erzählt zu Hause nichts. Fragen beantwortet er höflich, bleibt in seinen spärlichen Aussagen aber vage. Amanda Pfau weiss nie, woran sie mit Sergio ist. Das Wesentliche vernimmt sie nebenher oder von Drittpersonen.

Das Verhältnis mit PPP hat sich eingerenkt. Amanda Pfau ist froh, dass Sergio seinen Erzeuger gerne besucht. PPP lädt Sergio, Amanda Pfau und die Freunde von

Sergio, selbstverständlich auf eigene Kosten und mit grosszügigem Taschengeld, zum Skifahren nach Pontresina, zu Zeltferien in die Kalahari nach Namibia, zum Erkunden der Atacama-Wüste, zum Tauchen auf die Marquesas ein. Amanda Pfau lehnt dankend ab. Sergio ist begeistert und schleppt Leo mit, der ebenfalls begeistert ist. Zu ihrer Beruhigung schnappt Amanda Pfau nach diesen Ferien der Jungs aus Gesprächen auf, dass Sergio seinen Vater zwar mag, dessen Lebensstil und dessen zweite Frau aber grundsätzlich ablehnt.

Zufällig sieht Amanda Pfau, wie Sergio eines schönen abends mit einer Tasche nach Hause kommt, die ein Musikinstrument in deren Innerem vermuten lässt.

„Was ist da drin."

„Was wohl! Meine Klarinette!"

„Ach so, du spielst seit neustem Klarinette."

„Übrigens, ist es okay, wenn ich Klarinettenstunden nehme? Und die Klarinette ist aus zweiter Hand, ein Schnäppchen. Ist doch okay, dass ich gleich zugegriffen habe?"

Als Amanda Pfau Barbara Keller anruft, um sie zu fragen, ob sie sich ebenfalls Sorgen mache, dass die Jungs ständig ausgehen, lacht diese und beruhigt Amanda Pfau.

„Weisst du nicht? Leo und Sergio haben mit andern Jungs zusammen eine Band. Die ‚Rebellen mit Grund'. Ist dieser Name nicht niedlich. Leo hat Sergio dazu überredet, Klarinette zu spielen. Mir würde Leo kein Sterbenswörtchen erzählen. Ich muss ihm die Würmer aus der Nase ziehen. Das mit der Band weiss ich bloss, weil die Jungs in unserem Keller proben. Und weil ich ihnen

Sandwiches oder Glace runterbringe, bekomme ich manchmal etwas mit."

„Ich bin ja so glücklich, dass Sergio etwas Gescheites macht. Er ist so verschlossen, so schweigsam. Bisweilen denke ich, er ist depressiv."

„Dein Sergio und depressiv?! Immer führt er das grosse Wort, bringt alle zum Lachen. Er ist der Motor der Band! »

> *Un critique juge toujours un peu avec le public : il accepte l'opinion plutôt qu'il ne la donne.*
>
> *Edmond et Jules de Goncourt, Journal des Goncourt, (Troisième volume 1866 - 1870) Mémoires de la vie littéraire, e-Book, Position 1628*

Amanda Pfau weiss aus Erfahrung, dass sie am Ehesten etwas von Sergio erfährt, wenn Leo zum Nachtessen bei ihnen zuhause ist. Mit Leo kann sie, soweit es bei dessen verschrobenen Ideen überhaupt möglich ist, vernünftige Gespräche führen. Meist ist dann selbst Sergio gesprächiger. Sie fragt Leo, was er nach der Matura studieren wolle. Leo berichtet mit Unschuldsmiene, dass er an die Julliard School of Music gehen und dort Jazz studieren werde. Amanda Pfau bleibt die Spucke weg. Sie denkt, typisch, Kellers haben ihren Sohn nicht im Griff. Oder sie unterstützen ihn noch in seinen verrückten Plänen.

„Und du, Sergio?"
„Ich bin Maler."

Amanda Pfau stutzt.

„Klar, zuerst muss ich mal berühmt werden. Mir einen Namen schaffen. Mich in den Kunstbetrieb einschleusen. Nichts wird einem geschenkt. Man muss um alles kämpfen. Die Angst, mit den Geschäftemachern um meine eigenen Vorstellungen und Ideen kämpfen zu müssen. Es ist mir schlicht zu blöd. Ich weiss, ich verkaufe mich schlecht. Geschäfte mit meiner Kunst langweilen mich und sind mir gleichgültig. Ich sehe mich als einsamen Kämpfer mit meinen Werken. Ich bin nicht der Team-Player. Solche gibt es auch. Ich bin es nicht. Ich liebe es, meine Rolle als einsamer Kämpfer zu zelebrieren, mit meinen Werken die Leute zu schockieren, in der vagen Hoffnung, trotz alledem geliebt zu werden. Die Sucht, ach, nach Liebe. Damit lebe ich bisher gut. Mein Werk als Selbstbefriedigung. Das Werken als Scheissen. Die krude Ausdrucksweise nicht als Wertung oder Abwertung / Vernichtung verstanden, aber als Beschreibung der nackten Funktionalität."

Amanda Pfau ist schockiert von diesen Äusserungen und dieser Ausdrucksweise. Zudem ist ihr neu, dass Sergio tatsächlich malt. Ihr wird bang. Sie will, dass er etwas Anständiges macht. Sie kann und will sich diesen Quatsch nicht länger anhören. Sie steht auf und schmiert Sergio eine Ohrfeige. Sie erschrickt über ihre Impulsivität. Sergio ist verblüfft. Leo beginnt wie ein Verrückter zu lachen. Amanda Pfau fasst sich als Erste wieder. Sie holt aus dem Schrank drei Whiskygläser und nimmt von der Anrichte die Flasche Lagavulin.

„Versprich mir, Sergio, dass du endlich erwachsen wirst. Ihr müsst den Ernst des Lebens kennenlernen. Euch auf eure Allerwertesten setzen. Ihr werdet es schon tun. Davon bin ich überzeugt. Ihr wollt mich doch nicht enttäuschen, oder? Darauf trinken wir! Prost!"

Zu Amanda Pfaus grösstem Erstaunen schliessen Leo Keller und Sergio das Gymnasium als Bester und Zweitbester ihres Jahrgangs ihrer Schule ab. Leo Keller studiert Wirtschaftswissenschaften an der Universität Zürich. Sergio desgleichen. Amanda Pfau wäre es lieber gewesen, Sergio hätte etwas Anständiges studiert, Medizin oder Rechtswissenschaften. Doch will Sergio unbedingt studieren, was Leo studiert. Nach einem Semester wechselt Leo zu Geschichte, Philosophie und Soziologie. Amanda Pfau zittert und sendet Stossgebete zum Himmel, dass ihr Sergio sich nicht noch einmal von Leo zu unsinnigem Handeln verleiten lässt. Sie atmet auf, als Sergio vorwurfsvoll fallen lässt, wie sie bloss auf die Idee komme, er wolle ein Klon von Leo sein!

„Übrigens, ich habe die Nase voll von den ‚Rebellen mit Grund'."

Amanda Pfau ist beruhigt. Sie ist überzeugt, dass die Musik, die diese Band macht, zur Verwilderung der Sitten führt. Und etwas Distanz von Sergio zu Leo ist ihr recht. Denn trotz seines Charmes ist ihr Leo ein Dorn im Auge.

„Ist doch okay, wenn ich in eine WG mit Leo und anderen ziehe? Dort kann ich besser büffeln. Die Prüfungen sind Stress."

Nach und nach realisiert Amanda Pfau, dass sie Sergio nach dessen Auszug aus dem Haus weniger sieht, bloss noch an gemeinsamen Nachtessen, alle paar Wochen mal, an einem Sonntagabend. Die Gespräche aber werden gehaltvoller.

Leo schwängert während der Abschlussprüfungen seines Studiums seine Freundin, die ein Semester zeitiger promoviert und bereits eine gute Arbeitsstelle hatte. Bei dieser Freundin handelt es sich ausgerechnet um Lucia Blum, die Tochter von Elfie Blum. Obwohl Amanda Pfau strikte gegen Abtreibung ist, erklärt sie Sergio das sei ein typischer Fall, wo man ein Auge zudrücken müsse, weil junge Menschen sich ihre Karriere nicht mit einem Kind vermasseln dürften. Sergio wirft ein, Leo und Lucia hätten das Kind geplant, gut terminiert auf den Abschluss seiner Studien. Amanda Pfau kann nicht fassen, dass junge Leute so gewissenlos sind und Kinder zeugen, bevor sie ein gesichertes Auskommen haben. Sergio fährt fort, Lucia werde nach dem Mutterschaftsurlaub gleich wieder voll einsteigen und Leo werde Hausmann sein und nebenher an seiner Dissertation arbeiten. Amanda Pfau ist entsetzt und malt sich aus, wie ihr Sergio aus Bewunderung für seinen Freund ins gleiche Fahrwasser gerate könnte. Sie wagt nicht, ihre Gedanken auszusprechen. Um nichts auf der Welt möchte sie Sergio etwas verbieten, ihn damit erst in verantwortungsloses Handeln treiben. Von emanzipierten Frauen hält sie nichts. Lucia Blum, die sie nicht kennt, muss eine Emanze sein. Sonst würde sie nicht so handeln. Amanda Pfau nimmt wahr, wie gerade in bürgerlichen Kreisen, die sich für etwas Besseres halten, Anstand und Moral zu bröckeln beginnen.

Eine der freisinnigen Frauen, die Elfie Blum näher kennt, weiss zu berichten, dass Elfie Blums Schwiegervater, der Psychiater im Aargau, aus Deutschland zugereist sei. Ein „Papierchen-Schweizer", kein geborener Schweizer. Sie wolle nichts gesagt haben. Jude, Spion – was damals eben so in die Schweiz geschwemmt worden sei. Nun ist Amanda Pfau alles klar. Ausländern fehlen in der Schweiz die richtigen Wurzeln. Diese Tatsache wirkt sich über Generationen aus.

Als Letzte, kurz vor Sergios Abschluss an der Universität und vor der Hochzeit mit Selina, erfährt Amanda Pfau, dass er ein brillanter Student ist und sich in ein Mädchen verliebt hat, Selina. Nachdem er mit besten Noten promoviert und seinen Traumjob in einem bedeutenden Betrieb der Region gefunden hat, heiratet er Selina. Selina gefällt Amanda Pfau. Sie ist keine Emanze. Ein Jahr nach der Heirat kommt Simon, ein Sonnenschein, zur Welt. Inzwischen belächelt Amanda Pfau die Freundschaft zwischen Sergio und Leo und trägt mit Fassung, dass Leo Pate von Simon wird. Alles in Allem, Amanda Pfau kann zufrieden sein. Sergio hat es geschafft.

> *Il est rare que les faiseurs de l'opinion en art et en littérature ne subissent pas la tyrannie des imbéciles : les guides du goût public en sont généralement les domestiques.*
>
> *Edmond et Jules de Goncourt, Journal des Goncourt, (Troisième volume 1866 - 1870) Mémoires de la vie littéraire, e-Book, Position 2360*

Selinas Vater besitzt eine Fabrik und leitet den Betrieb. Er ist bereits in einem Alter, wo er sich zurückziehen möchte und die Nachfolge regelt. Sergio und Selina tüfteln aus, dass sie die Leitung gemeinsam übernehmen möchten. Sie handeln sich Zeit aus, um sich für die neue Aufgabe weiterzubilden und um vor dem Einstieg in den Familienbetrieb eine Auszeit von einem Jahr zu nehmen. Die Auszeit wollen sie nutzen, um eine Weltreise zu machen. Amanda Pfau befürchtet das Schlimmste. Sergio legt Amanda Pfau dar, dass mit der Übernahme der Leitung der Fabrik eine grosse Aufgabe auf sie warte und dass eine Weltreise von einem Jahr bloss noch möglich sei, solange Simon keiner Schulpflicht unterliege. Nach neun Monaten kehrt die kleine Familie gesund und munter vorzeitig aus der Südsee zurück, weil Selina wieder schwanger ist. Kaum ist der zweite Junge, Alwin, auf der Welt, übernehmen Sergio und Selina die Leitung der Fabrik. Sie sind eine Bilderbuchfamilie in einer zeitgemässen Situation, wo beide Eltern sich in die Arbeit und die Sorge um die Kinder teilen. Die Medien feiern sie gebührend. Bald kommt das dritte Kind, ein Töchterchen zur Welt, Sophie.

Amanda Pfau hat neben ihrer Arbeit auf der Staatsanwaltschaft wenig Zeit, ihre Enkelkinder zu hüten. Wenn Not am Mann oder an der Frau ist, nimmt sie sich einen Tag frei und betreut die Rasselbande. An einem schönen Sommertag ruft Sergio an. Er sollte sich am Nachmittag um die Kinder kümmern, weil Selina im Geschäft sei. Nun habe es ihnen unerwartet eine Pressekonferenz reingeschneit, an der sie beide als Co-Leiter teilnehmen müssten. Doktor Pfister ist damit einverstanden, dass Amanda Pfau frei nimmt. Sergio schlägt vor, dass sie mit den Kindern zusammen ins Tiefenbrunnen an den See gehe, weil die Kinder gerne badeten. Es sei kein Problem. Er werde nach der Pressekonferenz ebenfalls ins Tiefbrunnen kommen und die Kinder wieder übernehmen. Falls sie möchte, könne sie mit nach Hause zum Nachtessen kommen. Die Kinder jubeln, „Ja, Grossmami, ja, Grossmami". Sergio fährt fort, Sophie liege im Kinderwagen, Simon sei bereits recht verständig. Alwin, den unberechenbaren Wildfang, nehme sie am besten an die Hundeleine. Alwin schaut Amanda Pfau mit grossen Augen lachend an. Beginnt dann zu kreischen, „Nicht Hundeleine, nicht Hundeleine!". Tränen spritzen ihm waagrecht aus den Augen. Amanda Pfau nimmt Alwin in ihre Arme. Sie verspricht ihm, ihn nicht an eine Hundeleine zu nehmen. Falls er ihr verspreche, für einmal zu gehorchen.

Die beiden Älteren plantschen im Kinderbecken. Lassen sich dann aus Kinderbüchern vorlesen. Sophie schläft im Kinderwagen. Plötzlich rennen die beiden Älteren kreischend los. „Papa, Papa, Papa!" Amanda Pfau wendet sich um. Sie beobachtet, wie die kleinen Jungs auf ihren Sergio zu rennen. Sie denkt, ein so schönes Bild und Sergio ist tatsächlich ein toller junger Mann. In diesem Augenblick sticht ihr etwas in die Augen, das sie im ersten Augenblick nicht als tatsächlich hinnehmen will, dann aber, als ein zweiter Blick die Sache des Anstosses als Tatsache bestätigt, nämlich – Amanda Pfau kann es kaum denken, ohne dass ihr beinahe schlecht wird, so sehr ist sie entsetzt – ein Tattoo auf Sergios linker Flanke. Die Kinder scheinen es nicht wahrzunehmen. Amanda Pfau kriegt beinahe einen Schreikrampf, denn das Tattoo setzt sich am linken Bein fort, wächst aus dem Stoss der Badehose hervor. Sergio kommt grinsend angerannt, den Mittleren tragend, den Grösseren angehängt und sieht sie verunsichert an, „Mami, ist dir schlecht oder was ist?"

Es dauert einige Zeit, bis Amanda Pfau sich genügend gefasst hat, um mit einem Gesichtsausdruck äussersten Abscheus zu fragen, sie nehme an, das Zeugs da auf seinem Körper sei abwaschbar. Er solle das Unsägliche augenblicklich abwaschen. Um ja den Kindern kein schlechtes Beispiel zu geben. Kein anständiger Mensch verunstalte seinen Körper so. Der Grössere, der soeben noch mit etwas anderem beschäftigt war, stürzt herbei und lacht die Oma aus, das schöne Tattoo sei nicht abwaschbar. Er wolle das gleiche. Nicht wahr, Papa, ich bekomme auch so ein Tattoo. Amanda Pfau schliesst ihre Augen. Ihr wird heiss.

„Hat Leo dich zu diesem Mist überschwatzt. Ich bin sicher, man hat heute die technischen Mittel um solchen Quatsch wegzumachen."

Sergio bemerkt nicht, was der Anblick dieses Tattoos bei ihr ausgelöst hat oder er nimmt seine Mutter nicht ernst. Er plaudert, vor den Kindern, die mit offenen Mündern zuhören, drauflos und erzählt, er habe in der Südsee, auf der Weltreise, sich von Tattoos faszinieren lassen und dann in Tokyo entdeckt, dass Tattoos eine eigene Kunst sind, ähnlich den Graffiti, eine Art von Kunst, die aus Protest entstanden ist. In Japan habe er das Buch von Teninmuya Hiroshi, ‚Basara', gekauft und gelesen, so fasziniert, dass Selina ihm plötzlich vorgeschlagen habe, er solle, wenn es ihn gelüste, ein Tattoo stechen lassen. Wenn er es mache und das Sujet ihr gefalle, lasse sie sich das gleiche stechen. Für sie beide sei das Tattoo irgendwie die Besiegelung ihrer Liebe.

„O Gott, Selina hat auch so was!"

> *La science du romancier n'est pas de tout écrire, mais de tout choisir.*
> *Edmond et Jules de Goncourt, Journal des Goncourt, (Troisième volume 1866 - 1870) Mémoires de la vie littéraire, E-Book, Position 2246*

Die beiden Grösseren halten sich ihre Bäuche vor Lachen. Amanda Pfau inspiziert das Tattoo von Sergio, stellt fest, dass es sich unter der Badehose fortsetzt. Sergio fragt sie, ob sie das ganze Tattoo sehen möchte. Er greift an den Bund seiner Badehose. Er ist im Stande, schreckt Amanda Pfau auf, und lässt seine Hose gänzlich fallen. Vor den Kindern, vor allen Leuten! Amanda Pfau stösst einen leisen, dumpfen, kaum hörbaren Schrei des Entsetzens aus. Sergio schüttelt seinen Kopf und fordert sie auf, sich wieder zu fassen und endlich auch zu begreifen, dass er kein kleiner Junge mehr sei. Selbst kleine Jungs hätten heute die Bemutterung über. „Nicht wahr, Simon, Alwin? Tattoo ist Kunst!" Amanda Pfau verschluckt sich beinahe an ihrem Speichel. Sie muss diesen Albtraum beenden.

Amanda Pfau steht auf, lächelt und fragt in die Runde, wer möchte ein Glace? Die beiden Älteren kreischen sogleich, „Ich, ich, ich!" Lächelnd pilgert Amanda Pfau zum Kiosk, im Schlepptau die beiden Jungs, die sich darum streiten, wer zuerst sagen dürfe, welches Aroma er wünsche.

Es gibt viele Dinge, die Amanda Pfau nicht versteht. Mit denen sie sich abfinden muss. Widersprüche, mit denen sie leben muss.

Von Sergio weiss Amanda Pfau, dass Leo inzwischen an der Universität habilitiert und die berechtigte Hoffnung besteht, dass er nach der Habilitation zum ordentlichen Professor gewählt werden wird, dem jüngsten seiner Fakultät. Sie sitzen in der Stube von Selinas und Sergios Haus. Selina ist mit den Kindern draussen. Die Musik, eine schreckliche Musik, ist so laut aufgedreht, dass Amanda Pfau Mühe hat, Sergio zu verstehen.

Amanda Pfau fragt Sergio, ob er immer solche Negermusik höre. Sergio tadelt sie mit einem Kopfschütteln und zzzzz-Lauten, worauf sie sagt, ja, ja, sie wisse schon, so etwas darf man nicht mehr sagen. Doch dann setzt sie eine ernsthafte Miene auf und gesteht ihm, dass sie sich um sein Gehör und seine Gesundheit sorge, wenn er so laute und so schreckliche Musik höre. Sergio steht auf, umfasst mit einem Arm die Schultern seiner Mutter, möchte sie zum Tanzen bringen, hält inne in der Bewegung, lässt seinen Arm auf ihren Schultern ruhen.

„Halt, du musst dir das mal anhören."

Er startet die Musik erneu, drosselt die Lautstärke. Das Gewumme der Bässe verschwindet. Amanda Pfau findet, obwohl sie es Sergio gegenüber nie eingestehen würde, den Sänger echt gut, seine Stimme sexy und verführerisch und ist sogar gewillt zu fragen, wer der Sänger sei. Sergio kommt ihr zuvor und sagt, du musst auf den Text hören. Selbst Amanda Pfau gibt sich Mühe, andächtig hinzuhören und vom Text etwas mitzubekommen. Amanda Pfau stutzt. Dieser Frechdachs macht sich lustig über die Abstimmungsparolen der FDP! Sergio grinst. Nicht nur der FDP, auch der EVP, der CVP, der SVP! Sofern ihre Parolen die Würde des Menschen verletzen und die Wähler und Wählerinnen aufhetzen. Amanda Pfau kreischt, „Dieser Sänger ist ja ein Linker! Und du hörst solche Musik! Du sollst dich schämen!". Sergio sieht seine Mutter erstaunt an. „Weshalb regst du dich auf?!"

Amanda Pfau hält Diskussionen für Gift. Sie lobt lächelnd den Glenfiddich, den Sergio ihr eingeschenkt hat, prostet Sergio zu und hängt unversehens, unter ihrer lächelnden Aussenseite, der Tatsache nach, die sie irritiert. Sie fragt sich echt, wie ein erfolgreicher Unternehmer, der Sergio ist, ein durch und durch bürgerliches Leben führt und sich gleichzeitig für Refrains begeistert, die den Umsturz hochjubeln. Wer sich so verhält, denkt Amanda Pfau, sägt am eigenen Ast. Gefährdet das eigene Fortkommen und die

Gesellschaftsordnung. Droht tief zu fallen, falls die Gesellschaft tatsächlich umgekrempelt werden sollte. Von ihrem Einsatz als freiwillige Helferin im Pfuusbus kennt sie die Gesichter des Scheiterns. Denn entgegen der landläufigen Meinung, wird ein Teil der gestrandeten Existenzen nicht als Taugenichtse geboren, aber fällt von hoch oder sehr hoch runter und landet in der Gosse. Mit einem letzten Tritt derer, die kurz zuvor noch seine oder ihre Kumpane gewesen waren.

Amanda Pfau schüttelt Sergios Arm von ihrer Schulter weg. Ihr ist es peinlich von Sergio berührt zu werden. Sie hasst körperliche Berührungen. Hält aus Anstand, zumindest körperlich, Distanz. Bereits das Kind Sergio erzog sie zu Selbstbeherrschung und Eigenständigkeit. Ein Sohn, der am Rockzipfel der Mutter hängt, Streicheleinheiten begehrt, wird verzärtelt, bekommt ein falsches Bild der Welt.

„Mama, hast du die Stimme des Sängers nicht erkannt?"

Wie käme Amanda Pfau dazu, sich in solche Krakeelereien, die sich Musik nennen, zu vertiefen! Sie schaut den fröhlich lachenden Sergio an und weiss mit einem Mal, der Sänger ist Leo! Sergio ahnt, dass bei seiner Mutter der Groschen gefallen ist.

„Das ist die neuste CD der ‚Rebellen mit Grund'. Ist toll, wie Leo es schafft neben der Habilitationsschrift, der bevorstehenden ordentlichen Professur, Lucia, Paul und Julia mit Jungen im Jugendzentrum in unserer ehemaligen Band mitzumachen!"

„Leo will sich etablieren. Singt solche Lieder. Lächerlich! Und du bist so verblendet, es als Jugendarbeit anzusehen! Mit solchen Liedern impft er den verunsicherten Jugendlichen den Protest ein! Wie sollen aus den Jungen anständige Bürger werden!"

„Vielleicht nicht anständige, doch kritische Bürger mit Verantwortungsbewusstsein."

„Sergio, wie kann du mir das antun! Du bist ja noch verrückter als PPP. Zum Glück hört uns hier niemand. Versprich mir, dass du in der Öffentlichkeit nie solchen Mist erzählst!"

Die Lichtampel wechselt auf Grün und Amanda Pfau kann die Stauffacherstrasse vor dem Helvetiaplatz überqueren, während sie ihren Kopf über die Jungen schüttelt, die Graffiti, Tattoos, Protestlieder zelebrieren, dabei aber unter sich bleiben und nichts, aber auch gar nichts gegen die tatsächlich bestehende Not unternehmen. Sie weiss, was sie weiss. Selbst wenn die Jungen sich über sie lustig machen, sie als rückständig und konservativ betrachten und ihr vorwerfen, kein Herz für soziale Skandale zu haben, weiss sie, dass die Berührung mit Obdachlosigkeit und Migration im Pfuusbus für sie eine Schule des Lebens ist. Eine Nischen-Sache. Mit der sie nicht hausiert. Die niemanden etwas angeht. Der Obdachlose, der Migrant, ist für sie, die Weltverbesserer und die Weltverschlechterer, ein Problem, eine abstrakte Sache, mit der, je nachdem, mit Laschheit oder mit Gesetz und Korrektheit umzugehen ist. Dass der Obdachlose, der Migrant auch ein Mensch ist mit konkreten Leiden und Nöten übergehen und übersehen sie geflissentlich. Diese Nischen wie der Pfuusbus sind nichts für Weicheier, die ständig von Fortschritt faseln und dabei in ihren Gewohnheiten und deren Perpetuierung verstrickt, gefangen und gefesselt bleiben.

Amanda Pfau bekommt bei ihrer Arbeit auf der Staatsanwaltschaft mit Menschen, die sich in Auseinandersetzungen mit der Gesellschaft und mit einem anständigen Leben befinden. Sie hat mit Verbrechern und (Klein-)Kriminellen zu tun. Dass es daneben noch an sich friedliche Menschen gibt, die aus der Gemeinschaft der wohl Funktionierenden herausgeschäumt werden, hatte sie nie wirklich wahrgenommen, sich nie damit befasst, bis sie einmal Doktor Pfister, der im Zusammenhang mit einem seiner Fälle sich ins Bild über diese Örtlichkeit machen wollte, in den Pfuusbus des Obdachlosenpfarrers begleitete.

> *Gedächtnis, die Mutter der Musen: das Andenken an das zu-Denkende ist der Quellgrund des Dichtens. Das Dichten ist darum das Gewässer, das bisweilen rückwärts fliesst der Quelle zu, zum Denken als Andenken.*
> *Martin Heidegger, Was heisst Denken?, Reclam 1992, S. 12*

Amanda Pfau hatte einmal einer Freundin aus Deutschland gegenüber den Pfuusbus erwähnt. Diese verstand das Wort nicht und bat um Wiederholung. Dann geriet Amanda Pfau in Erklärungsnotstand. Schlafbus klingt viel zu brav. Das schweizerdeutsche Wort ‚pfuusen‘ lässt sich mit seiner heimeligen, gemütlich-wohligen Konnotation kaum mit schlafen übersetzen.

> *Das Bedachte ist das mit einem Andenken Beschenkte, beschenkt, weil wir es mögen.*
> *Martin Heidegger, Was heisst Denken?, Reclam 1992, S. 3*

In einer Untersuchung von Doktor Pfister war ein Obdachloser, der jeweils im Pfuusbus übernachtet hatte, Opfer einer Straftat gewesen. Der Obdachlosenpfarrer hatte sich bei Doktor Pfister gemeldet und sich für seinen Schützling stark gemacht. Doktor Pfister war vom Pfarrer beeindruckt gewesen. Er überwies privat eine kleine Spende an den Pfuusbus. Der Pfarrer bedankte sich und lud Doktor Pfister ein, an einem Abend seine Nase in das Vorzelt des Pfuusbus hineinzustecken, damit er sich ein Bild davon mache, wofür seine Spende verwendet werde. Doktor Pfister vereinbart mit dem Pfarrer einen Termin. Er fragt Amanda Pfau, ob sie Lust hätte, ihn in den Pfuusbus zu begleiten. Amanda Pfau hält es für angebracht, den zur Sentimentalität neigenden Doktor Pfister vor unbedachten Handlungen zu schützen und ihn zu begleiten. So pilgern sie gemeinsam dorthin.

Der Pfarrer begrüsst Doktor Pfister und Amanda Pfau am Eingang des Vorzelts herzlich. Sie treten ein. Der Pfarrer gebietet Ruhe. Das bunte Treiben kommt zum Erliegen. Es ist mucksmäuschenstill. Selbst die zwischen Menschen, Tischen, Bänken und Matratzen herumstreichenden Hunde stehen still und schauen hin zum Pfarrer. Der Pfarrer hebt zu reden an.

„Meine Freunde, heute haben wir hohen Besuch. Der berühmte Doktor Pfister von der Staatsanwaltschaft kommt hierher, um euch, meine Freunde, die Ehre anzutun. Ein Zentrum der Staatsmacht stattet jenem Teil der Gesellschaft einen Besuch ab, der in den Augen Vieler am Rand ist. Wir erleben diesen Besuch als Zeichen, dass der Rand als Teil des Ganzen wahrgenommen werden muss."

Amanda Pfau setzt sich auf einen der Bänke an einem der Tische, zwischen Hutzelgestalten. Sie versucht, sich einen Überblick über die Menschen hier zu verschaffen. Vor Jahren hatte sie de Pabst Film ,Die 3-Groschen-Oper' gesehen. Die ärmlich gekleideten, aus der Not nachlässig in beliebige, oft verschmutzte Textilien gehüllten Gestalten mit zum Teil von einem harten Alltag verzerrten Gesichtern, mit strubbeligen Haaren, mit lückenhaften Zahnreihen erinnern sie an Mr. Peachums Bettlergemeinde. Sie fragt sich, was sie unter diesen Leuten verloren hat. Sie kennt keine Berührungsängste. Sie verscheucht einen Anflug von Ekel.

Zu ihrem Erstaunen nimmt Amanda Pfau mitten unter den armen Teufeln Schaufelberger, diesen SP-Mann, wahr. Irgendwie steigt Schaufelberger durch sein ungezwungenes Dasein im Pfuusbus in ihrer Achtung. Sie fixiert ihn so lange, bis auch er seinen Blick zufällig auf sie richtet. Nickt ihm zu. Um dann gleich wieder wegzuschauen. Um keine falschen Signale zu setzen. Dabei nimmt sie neben Schaufelberger einen Mann wahr, kein Obdachloser, ein Besucher wie sie und Schaufelberger. Wohl ein Begleiter von Schaufelberger. Dieser Fremde schaut fröhlich, doch besonders aufmerksam abwechselnd den Pfarrer und dann bedächtig die hier versammelten Leute an. Sie ist berührt, wie dieser Mann still neugierig beobachtet. Sich vom bisweilen beelendenden Anblick nicht abschrecken lässt. Dabei wirkt er sympathisch. Ist attraktiv. Durchschnittlich, doch von einer unaufdringlichen Attraktivität. Amanda Pfau schätzt ihn jünger als sich. Sie will, sie muss diesen Fremden kennenlernen.

Amanda Pfau hat nur noch Augen für den Unbekannten. Als der Pfarrer zu reden aufhört, ist

Schaufelberger bereits aufgestanden. Hat sich mitten in eine Gruppe von herumstehenden Hutzelgestalten gemischt. Der Fremde sitzt alleine da. Amanda Pfau fasst sich ein Herz, steuert auf ihn zu, setzt sich neben ihn. Sie fragt ihn, ob er ein freiwilliger Helfer sei. Der Fremde schüttelt seinen Kopf und grinst. Eine Stimme hinter Amanda Pfau sagt, Sämi sei noch kein freiwilliger Helfer.

„Doch nächsten Mittwoch kommst du hier schnuppern, nicht wahr, Sämi? Und dann wird es dir den Ärmel reinnehmen."

Amanda Pfau und der Fremde, genannt Sämi, drehen sich nach dem Sprecher um, doch dieser entfernt sich gerade, eine gebeugte Gestalt stützend, die schwankt.

Sämi grinst und zuckt mit den Schultern. Er stellt sich Amanda Pfau als Sämi Bocksberger vor. Amanda Pfau beginnt, ihn in ein Gespräch zu verwickeln. Er wirkt natürlich. Der Klang seiner Stimme ist eine Wohltat. Amanda Pfau schnuppert ein gutes Eau de Toilette. Dieser Mann gefällt ihr. Zum Gespräch kommt es nicht. Schaufelberger steht unversehens da. Er begrüsst Amanda Pfau. Stösst Sämi an und fordert ihn auf, aufzustehen, es sei Zeit zu gehen. Amanda Pfau denkt, diese SP-Leute sind offen und engagieren sich für Schwache.

Ein mittelalterlicher Mann, der wie ein Landstreicher wirkt, mit Bartstoppeln, kommt auf Amanda Pfau zu, streckt ihr seine Hand entgegen. Grinst sie breit an, so dass sie zwischen Zahnlücken und –stummeln einzelne Zähne sieht. Kaum hat sie diese Hand gedrückt, schiebt sich der junge Mann dazwischen, der hinter Sämi und ihr gestanden und diese Bemerkung hingeworfen hatte. Amanda

Pfau wittert eine Chance, weiteres über Sämi zu erfahren. Der junge Mann heisst Anton. Er holt ihr einen Kaffee und setzt sich zu ihr. Er spricht in gebrochenem, doch flüssigem Deutsch mit osteuropäischem Akzent. Amanda Pfau fragt ihn, ob er Sämi kenne? Anton grinst.

„Genau so, wie du ihn kennst. Kommen viel Leute. Heeren vom Pfuusbus. Kommen Besuch. Wollen Pfarrrrer sehen. Dietsch Schaufelberger Politiker. Viel Politiker kommen. Sämi gut rumgeschaut. Echt Interesse für Pfuusbus. Ich sagen, du kommen. Er bestimmt kommen Mittwoch. Schnuppern für freiwilliger Helfer."

Amanda Pfau fragt Anton über seine Tätigkeit aus. Anton ist kleingewachsen, bullig mit breitem Gesicht und fröhlich blitzenden Äuglein. Er erzählt ihr, er stamme aus Tschetschenien. Habe nach einer Krise den Boden unter den Füssen verloren. Sei auf der Gasse gelandet. Habe wie ein Loch gesoffen. In einer früheren Notschlafstelle des Pfarrers sei er dem Pfarrer in die Arme gelaufen. Der Pfarrer habe ihn so genommen, wie er sei. Habe ihm so viel geholfen. Er sei wieder auf die Beine gekommen. Habe in der Notschlafstelle mitgearbeitet, dann mit dem Pfarrer und anderen zusammen den Pfuusbus aufgebaut. Sei nun verantwortlich für den Betrieb im Pfuusbus. Seit es den Pfuusbus gebe. Seit mehreren Jahren.

Amanda Pfau ist erleichtert, als Doktor Pfister sie fragt, ob sie einen Eindruck vom Pfuusbus bekommen habe? Ob sie gehen sollten? Oder ob sie noch länger bleiben möchte? Er werde nun gehen. Amanda Pfau schliesst sich ihm an.

Im Tram zeigt sich Doktor Pfister beeindruckt vom Pfuusbus und wie der Pfarrer mit seinem Charisma es verstehe, diesen auffälligen Menschen Wärme zu geben. Amanda Pfau träumt vom hübschen Bocksberger und lässt Doktor Pfister reden. Sie verspürt keine Lust, Doktor Pfisters Gerührtheit mit kritischen Fragen zu dekonstruieren.

Beim Kaffee in der Neun-Uhr-Pause erwähnt sie einer Kollegin gegenüber, dass sie im Pfuusbus ihren Traummann gesehen habe. Die Kollegin bekommt einen Lachanfall. Ob sie, Amanda Pfau, neuerdings auf Stadtstreicher stehe. Ob sie in ihrem Alter bei anderen Männern keine Chance mehr habe?

„Ich ahne schon, Amanda, nun wirst du jeden Tagen in den Pfuusbus pilgern, Nussgipfel oder Crème-Schnitten bringen, um deinen Schwarm zu sehen. Wieviele Zahnlücken hat dein Traummann? Muss man einen Luftveredler sprühen, bevor man sich ihm nähert?"

Amanda Pfau fasst den Plan, am nächsten Mittwoch zwei kleine Linzertorten in den Pfuusbus zu bringen und dabei, wie zufällig, Sämi Bocksberger wieder zu treffen.

Am Mittwoch taucht Amanda Pfau, bewaffnet mit zwei Linzertorten, beim Pfuusbus auf, öffnet den Eingang zum Vorzelt, tritt ein und wird sogleich von Anton empfangen, der sie anstrahlt und sagt, wie sehr es ihn freue, sie wiederzusehen. Er finde es echt toll, dass sie heute Abend schnuppern komme. Gerade heute bei viel Betrieb seien sie auf jede helfende Hand angewiesen. Die freiwillige Helferin, die mit Hanny zusammen hätte Einsatz leisten sollen, falle krankheitshalber aus. Falls es ihr nichts ausmache, möge sie sich gleich zu Hanny in die Küche begeben und Mahlzeiten schöpfen. Die Linzertorten werde er auf einen Teller geben und auf die Tische stellen. Werner sei Hüttenwart, verteile die Schlafstellen an die Leute, die jetzt eintrudeln. Hanny und sie, Amanda Pfau, seien für das Essen zuständig. Amanda Pfau fragt, wo Sämi geblieben sei? Anton schneidet eine Grimasse und zieht seine Schultern hoch. Er wisse auch nicht, wo er geblieben sei. Bis jetzt noch nicht aufgetaucht.

> *Oh ! la bonne émotion de couper son livre vierge, et dans la moite fraîcheur du brochage encore mouillé!*
> *Edmond et Jules de Goncourt, Journal des Goncourt, (Troisième volume 1866 - 1870) Mémoires de la vie littéraire, E-Book, Position 2246*

Hanny strahlt übers ganze Gesicht, als Amanda Pfau sich bei ihr meldet. Sie sei aufgeschmissen ohne Hilfe. Alleine könne man das Kochen und die Ausgabe des Essens nicht bewältigen. Anton habe zwar geholfen, wo er könne, doch sei er mit der Verteilung der Schlafplätze vollauf in Beschlag genommen.

„Amanda, du bist ein Schatz! Dich schickt der Himmel!"

Hanny, eine grosse, stämmige Frau mit einem gutmütigen Gesicht, packt Amanda, umarmt sie, drückt sie fest an sich. Amanda ist peinlich berührt. Hanny ist natürlich und tut alles mit einer Selbstverständlichkeit, die Amanda Pfau bewundert. Hanny gibt Reis auf die Teller und bittet Amanda Pfau, Fleisch und Gemüse zu schöpfen und immer auch einen Löffel Sosse über den Reis zu geben. Amanda Pfaus Nase zuckt. Hannys Anweisungen sind für jeden normalen Menschen selbstverständlich. Brauchen, insbesondere Amanda Pfau, nicht gesagt zu werden. Weil Hanny so nett ist, verzichtet sie auf einen Kommentar.

Bevor Amanda Pfau weiss, wie ihr geschieht, ist sie mitten drin im Betrieb. Hanny erkundigt sich nach Amanda Pfaus Arbeit und berichtet dann, dass sie im Leben viel Schlimmes durchgemacht, der liebe Gott ihr immer geholfen habe. Sie sei dankbar dafür, wie es ihr jetzt gehe. Mit ihrem Einsatz für den Pfuusbus wolle sie etwas von dem zurückgeben, das sie empfangen habe. Amanda Pfau wird in Gespräche mit Menschen verwickelt, die hier einen Schlafplatz suchen. Sobald diese Menschen, die anfangs verstockt und mürrisch sind, ein Gegenüber haben, das ihnen zuhört, lockern sich ihre Zungen. Sie erzählen Geschichten, die Amanda Pfau berühren.

Amanda Pfau nimmt es den Ärmel rein. Sie verpflichtet sich für die restliche Dauer der Pfuusbus-Saison als freiwillige Helferin. Mit Hanny zusammen bildet sie das Team des Donnerstagabends. Diese Freizeitbeschäftigung einmal wöchentlich bringt ihre eine willkommene Abwechslung und einen Ausgleich zu ihrer Tätigkeit auf der Staatsanwaltschaft. Mit Hanny versteht sie sich blendend. Auch mit Anton, den übrigen Freiwilligen, den Hüttenwarten und sie gewöhnt sich sogar an die Pfuusbus-Bewohnerinnen und –Bewohner, die nicht so sind wie sie. Sie lernt den Pfarrer näher kennen. Will und kann ihre Vorbehalte gegen ihn nicht begraben. Anerkennt, dass er Menschen in verzweifelten Situationen, Menschen, die keinen Halt mehr haben und durch alle Sozialnetze gefallen sind, umarmt und aufrichtet. Ihnen ihre Würde, an der die Betroffenen selber am meisten zweifeln, zurückgibt und, mit etwas Glück, ihnen neue Perspektiven eröffnet. Inzwischen ist sie seit mehreren Jahren dabei. Bezeichnen die Bewohnerinnen und Bewohner des Pfuusbus sie als Mutter, als Seele des Pfuusbus, zuckt sie mit den Schultern. Letztlich tut sie nichts als das, was sie als notwendig erachtet.

Als sich für die Begleitung eines neuen freiwilligen Helfers, Mellner, kein gut eingearbeiteter und bewährter freiwilliger Helfer findet, erklären Hanny und Amanda Pfau sich bereit, einzuspringen. Beim ersten Einsatz von Mellner ist Hanny anderweitig beschäftigt. Amanda Pfau fuchst Mellner ein.

Amanda Pfau hat nichts gegen Männer. Ganz im Gegenteil. Doch für praktische Arbeit sind Männer, so Amanda Pfaus Erfahrung, nicht zu gebrauchen. Auch Mellner nicht. Zumindest mault er nicht rum. Ist willig. Tut, was man ihm sagt. Betont immer wieder, wie schön es sei, mit ihr, Amanda Pfau, zusammenzuarbeiten. Amanda Pfau misstraut Schmeicheleien.

Mellner hatte sich einmal dazu aufgeschwungen, dem mit allen Wassern gewaschenen Pfarrer die Stirn zu bieten. Er schleudert dem Pfarrer an den Kopf, dass sein Lieblings-‚Freund' Zorro, entgegen seinen scheinheiligen Beteuerungen, weitersaufe. Amanda Pfau hätte Mellner im Voraus sagen können, dass es ein sinnloses Unterfangen ist, dem Pfarrer die Augen öffnen zu wollen. Erstens, weil der Pfarrer seine Augen weit geöffnet hat. Zweitens weiss der Pfarrer genau, weshalb er welche ‚Wahrheit' glaubt. Und drittens befördert jede nützliche ‚Wahrheit', selbst wenn sie eine Lüge sein sollte, das Werk des Pfarrers.

Ein andermal hatte Amanda Pfau zufällig bemerkt, wie Mellner seine Fassung verliert und einen Bewohner des Pfuusbus, Ivico, wie von Sinnen anschreit. Mellner bemerkt, dass Amanda Pfau ihn dabei ertappt. Sein vergelsterter Blick, den Amanda Pfau aufschnappt, zeigt ihr, wie schrecklich ihm der Vorfall ist. Sie zieht sich sogleich zurück und spricht Mellners Ausbruch nur beiläufig an. Die Tatsache aber, dass Mellner es gewagt hat, selbst einem Schwachen gegenüber nicht zimperlich aufzutreten, lässt Mellner in ihrer Achtung steigen. Sie weiss aus Erfahrung, dass zu viel Nachsicht nichts bringt. Inzwischen schätzt sie Mellner mehr, als sie es ihm gegenüber je eingestehen würde.

Auf der andern Strassenseite angekommen, an diesem Samstagabend kurz nach Acht, gestärkt durch den Verzehr der Falafel, die wider Erwarten gut geschmeckt hat, ist Amanda Pfau gerüstet, um sich dem zu stellen, was ein gewöhnlicher Samstagabend im Bereitschaftsdienst ihr und Doktor Lüscher bescheren wird. Sie sagt sich, Schluss mit den alten Geschichten, diesem passageren Erinnerungsgewitter. Konzentration auf das Hier und Jetzt. Ohne weitere Abschweifungen. Man darf sich von seinen Gefühlen nicht weichklopfen lassen. Muss hart bleiben, um dem Alltag gewachsen zu sein.

Sie geht auf den Hintereingang des Bezirksgebäudes zu. Ihr Blick fällt noch einmal in die Richtung, wo sie die mit Farbgekleckse verschmierte Hauswand gesehen hatte. Sie wünscht sich sehnlichst, dass ihr und Doktor Lüscher auf ihrem Bereitschaftsdienst ein hitzköpfiger, auf frischer Tat ertappter Jungrebell zugeführt wird. Dem sie tüchtig einheizen dürfen. Um ihm zu zeigen, dass es so nicht geht. Dass Protest, Aufruhr keine Optionen sind. Bekämpft werden müssen. Schliesslich kann man seine Meinung auch ruhig und anständig äussern!

Siehe da! Kaum ist Amanda Pfau zurück auf der Staatsanwaltschaft, klingelt das Telefon von Doktor Lüscher. Wenig später führt die Polizei ihnen einen jungen Übeltäter zu. Amanda Pfau amüsiert sich insgeheim, dass es ausgerechnet am SP-Plausch im Volkshaus zu einer Schlägerei mit einem Verletzten gekommen ist. Diese Linken glauben immer, auf Ruhe und Ordnung pfeifen zu können. Doch sobald etwas vorfällt, kommen sie nicht mehr selber klar und rufen die Polizei. Doktor Lüscher lässt sich von den beiden Polizisten, die Ariel Blum – Elfie Blums Sohn, kombiniert Amanda Pfau – begleitet haben, kurz über den Sachverhalt informieren. Fest stehe, dass Herr von Hüttental am Boden gelegen habe. Leute eines privaten Sicherheitsdienstes hätten den Angeschuldigten festgehalten und erklärt, der Angeschuldigte habe Herrn von Hüttental niedergeschlagen.

Vom Erscheinen von Hüttentals im Gefolge des Angeschuldigten ist Amanda Pfau erstaunt und befremdet. Zwar freut sie, dass von Hüttental sich nicht nur ihres Namens erinnert, aber auch der Tatsache, dass sie sich duzen. Doktor Lüscher bemerkt diesen Umstand, wie Amanda Pfau gleich registriert, und ist irritiert, kommentiert diesen Umstand aber nicht. Dass von Hüttental, ausgerechnet der friedfertige, so noble von Hüttental Opfer eines Schlägers geworden ist, empört Amanda Pfau.

Ariel Blum, der Schläger aus bürgerlichen Kreisen, ist ein junger Typ von kräftiger Statur. Ist gekleidet, wie gewisse Junge eben gekleidet sind. Verwaschene, zerschlissene Jeans, schmuddelig.

Doktor Lüscher nimmt als Erstes die Personalien des Schlägers auf. Bei der Nennung von Elfie und Ferdinand Blum als Eltern hat Amanda Pfau die Gewissheit. Es wundert sie nicht, dass ausgerechnet Elfie Blums Sohn ausgerechnet am SP-Plausch ausgerechnet im Volkshaus ausgerechnet einen unschuldigen Bürger ausgerechnet zu Boden schlägt. Für einen Aufruhr sorgt. Rätselhaft ist Amanda Pfau, weshalb von Hüttental sich an einen solchen Anlass an einem solchen Ort begibt. Irgendwie triumphiert sie, dass in der holden Bürgerlichkeit die Dinge ganz schön durcheinander geraten. Die Bürgerlichkeit bröckelt. Genau so, wie alles bröckelt. Und niemand das zu sagen wagt, was gesagt werden musste!

They entered and stood listening. They wandered through the rooms like sceptical housebuyers.
Cormac McCarthy, The Road, e-Book, S. 205

Amanda Pfau hofft, dass der junge Doktor Lüscher sich von der bürgerlichen Herkunft dieses Angeschuldigten nicht beeindrucken lässt. Dieser Ariel Blum ist ein besonderes Früchtchen.

Doktor Lüscher lächelt Ariel Blum an und erklärt ihm, zuerst müsse er, Doktor Lüscher, aus seinem Mund hören, was vorgefallen sei. Ob er, Ariel Blum, kurz schildern könne, wie es dazu gekommen sei, dass Herr Doktor von Hüttental neben ihm am Boden gelegen habe. Anschliessend werde Doktor von Hüttental seine Version des Vorfalles erzählen. Von Hüttental will sogleich das Wort ergreifen, doch Doktor Lüscher bittet ihn, zuzuwarten, bis Herr Blum den Vorfall aus seiner Sicht geschildert habe. Ariel Blum schweigt. Schweigt beharrlich. Doktor Lüscher bleibt ruhig. Er ermuntert Ariel Blum mehrmals mit sanfter Stimme, allfällige Scheu zu überwinden und ungeniert zu sagen, was vorgefallen sei. Endlich ergreift von Hüttental das Wort. Er lässt sich von Doktor Lüscher das Wort nicht länger verbieten. Trotz sanfter Einwürfe Doktor Lüschers, fährt von Hüttental in jovialem Tonfall mit seiner Rede fort. Bloss bei den Versuchen Doktor Lüschers, wieder Oberhand zu gewinnen, erhebt von Hüttental seine Stimme leicht, ohne den Tonfall zu verändern.

„Als Liberaler bin ich grundsätzlich nicht an Veranstaltungen der SP anzutreffen. Als neugieriger Mensch hingegen interessiert mich sehr, was unsere Gegner denken. Ich besuche den SP-Plausch in der Absicht, auch einmal ungefiltert zu hören, was hier thematisiert wird. Politik ist meine Leidenschaft. Und ich möchte am Puls der Zeit sein. Sich bloss in den eigenen Reihen zu bewegen und zu bestätigen, ist auf Dauer langweilig. Haben sie, Herr Kollege Lüscher, hast du, Amanda, haben sie schon einmal Rap gehört. Ein niedliches Kerlchen zappelt auf der Bühne rum, skandiert in einem primitiven Rhythmus aufrührerische Parolen. So hübsch. Müssen sie einmal miterleben, echt. Ist ein Erlebnis. Ein paar junge Menschen und ich hörten auf die Musik. Sofern man diesen Lärm Musik nennen will. Der Hauptharst der Anwesenden, vor allem gesetzte SP-Leute, nehmen von dem, was sich auf und neben der Bühne abspielt keine Kenntnis. Scheinen durch die Musik nicht gestört zu werden. Aufruhr, ach, die Nostalgie der 68er. Aufruhr ist passé. Ihn hat selbst die SP überwunden. Was dann geschehen ist, daran erinnere ich mich nicht. Bekam ich einen Schlag? Woher? Keine Ahnung. Meine Erinnerung setzt erst wieder ein, als ich am Boden liege. Ich sehe, wie ein Sicherheitsbeauftragter den hier anwesenden Herrn Blum festhält. Ich kann nicht bezeugen, dass Herr Blum etwas mit meinem Sturz zu tun hat. Es scheint mir eher unwahrscheinlich. Ich kenne ihre Mutter, Herr Blum. Aus der Kreispartei. Eine sehr, sehr gediegene Dame. Ach, jetzt fällt mir gerade wieder etwas ein. Wie ich meine Augen öffne, fällt mein Blick auf einen jungen Mann. Er hatte neben mir gestanden. Kaum hatte ich meine Augen geöffnet, rannte er weg. Ergriff er die Flucht. Er, wenn überhaupt jemand, könnte es gewesen sein. Es ist bloss eine Vermutung. Ich bedaure, dies nun sagen zu müssen: der junge Mann war, seiner Physiognomie nach zu urteilen, ein Nordafrikaner. Ein Araber. Ein Ausländer, eben."

Amanda Pfau führt Protokoll und muss sich mit aller Kraft zurückhalten, um nicht heftig dreinzufahren. Ihr ist klar, dass der anständige, gediegene von Hüttental Elfie Blum und damit auch Ariel Blum schützen will. Von Hüttental lügt. Er weiss haargenau, was ihm zugestossen ist. Will den missratenen Sohn bürgerlicher Eltern, seiner Schicht, decken. Ein solches Verhalten hätte Amanda Pfau von von Hüttental nicht erwartet. Von ihm am Allerwenigsten.

Doktor Lüscher dankt von Hüttental höflich, doch kühl für seine Ausführungen und fragt Ariel Blum aufmunternd, ob er seine Scheu nun überwunden habe. Ariel Blum richtet sich auf. Atmet ein. Konzentriert sich klar auf die Formulierung seiner Worte.

„Ich sage nichts ohne meinen Anwalt. Ich sage nichts ohne meinen Anwalt!"

Amanda Pfau braucht diesen Satz nicht aufzuschreiben. Ihn memoriert sie auch so. Sie kann es nicht fassen, dass der junge Schläger sich erdreistet, den coolen Verbrecher à la Hollywood zu mimen. Sie hofft inständig, dass Doktor Lüscher endlich den Ernst der Situation erkennt. Sie fordert ihn diskret, mit mimischen und gestischen Zeichen auf, endlich auf die harte Tour umzuschwenken.

Doktor Lüscher grinst und sagt, „Aha!".

„Herr Blum, sie scheinen etwas Bestimmtes im Sinn zu haben. Das ist ihr gutes Recht. Doch vorerst müssen wir noch etwas klären. Sie sind minderjährig."

„Nach neuem Recht bin ich volljährig."

„Das neue Recht gilt erst ab dem neuen Jahr. Ich schlage vor, wir entspannen uns erst einmal, bevor ich ihre Eltern, Herr Blum, benachrichtigen muss. Bei einem Kaffee?"

„Ich trinke keinen Kaffee. Für mich ein Glas Wasser, bitte. Hahnenwasser. Falls sie meine Eltern benachrichtigen wollen, sie sind in Atlanta, USA. Als ihr Vertreter könnte mein Pate benachrichtigt werden. Götti Dani, Daniel Mellner. Doktor Daniel Mellner."

Amanda Pfau hätte am liebsten die Leitung der Einvernahme übernommen. Den jungen Blum in den Senkel gestellt. Ihn mit ihrer Vermutung konfrontiert, dass der Auslandaufenthalt seiner Eltern eine Lüge sei und der nette, doch für eine solche Sache ungeeignete Mellner hier nichts verloren habe. Doktor Lüscher und von Hüttental sind Feiglinge, die den jungen Schläger vor der gerechten Strafe schützen wollen. Männer sind gefühlsduselig. Das Bürgertum ist ein starker Filz, der nicht zu zerreissen ist. Zum Glück kann sie das Büro einen Moment verlassen, um

Kaffee zu holen. Und ein Glas Wasser für den ach so durstigen jungen Herrn Blum!

> *954 Eine Logik bis zum Tode gibt es erst totologisch gesehen, denn das von Camus so sehr ins Zentrum seines Denkens gerückte ‚Absurde' entsteht aus der Gegenüberstellung des Menschen, der fragt, und der Welt, ‚die vernunftwidrig schweigt'.*
> *Hermann Burger, Tractatus logico-suicidalis, E-Book*

Auf dem Heimweg, mitten in der Nacht, denkt Amanda Pfau heiter und gelassen, wie ahnungslos die Leute sind. Wie sie nicht merken wollen, was läuft. Wie sie fest zusammenhalten, wenn es darum geht, einen aus den eigenen Reihen zu decken. Wie sie ein Otterngezücht hegen und pflegen und dabei verdrängen, dass es sie bedrohen wird.

Die Blindheit von Elfie Blum. Wie stolz sie auf ihre Tochter, Lucia Blum, und Leo, ihren Schwiegersohn, ist. Der, davon ist Amanda Pfau überzeugt, Ariel Blum verdorben hat. So dass er zum gefährlichen Schläger wird. Jedoch ungeschoren davonkommt, weil alle zu feige sind, das morsche Gefüge zu restaurieren. Aus Blindheit, aus Angst vor Veränderungen. Bestimmt, phantasiert Amanda Pfau, ist Ariel Blum auch Sprayer und hat Tattoos auf seinen Hinterbacken. Wie ehrlich und hoffnungsvoll, im Vergleich zu dieser scheinbar heilen Welt der satten Bürger, ist doch das scheinbar verrückte Leben ihrer Freunde, die im Pfuusbus ihr Obdach finden!

Protest (laut oder leise) lohnt sich, lohnt sich nicht, das ist hier die Frage. Der Protest ist Tatsache, in dieser oder einer anderen Form. Quod erat demonstrandum, wie Doktor Pfister zu Amanda Pfau zu sagen pflegt, wenn er einen Straffall aufgeklärt und den Übeltäter überführt hat. Amanda Pfau mag über das Geschwätz auf dieser Welt bloss lachen.